Dietmar Urmes

Das kleine Namenlexikon

Dietmar Urmes

Das kleine Namenlexikon

marixverlag

Covergestaltung: Thomas Jarzina, Köln
Korrekturen: Christa Marsen, Oberursel
Bildnachweis: Bridgeman Art Library, Berlin
Satz und Bearbeitung: C&H Typo-Grafik, Miesbach
Gesamtherstellung: GGP Media GmbH, Pößneck
Printed in Germany

ISBN: 978-3-86539-908-3

www.marixverlag.de

Inhalt

Vorwort

Das vorliegende Buch bietet knappe und prägnante Erklärungen zur Herkunft und Bedeutung von Namen; es dient damit vor allem der schnellen und gezielten etymologischen Information. Die Lebensdaten des jeweiligen Namensträgers werden nur insoweit berücksichtigt, als sie zu einer eindeutigen Identifizierung notwendig sind.

Nur in den seltensten Fällen wird sich dem wissbegierigen Leser auch die Herleitung des eigenen Familiennamens offenbaren, denn im Folgenden geht es um die Etymologie von »großen Namen« aus aller Welt, die uns aus Mythologie, Geschichte und dem aktuellen Geschehen mehr oder weniger vertraut sind und deren Verständnis unser Wissen in kultureller Hinsicht bereichern kann.

So bedeutet etwa der Name *Antigone* (jener sagenhaften griechischen Prinzessin, die Ödipus unwissentlich mit seiner eigenen Mutter zeugte) treffend »die widernatürlich Geborene«, und der römische Beiname *Brutus*, »der Stumpfsinnige«, ist ebenso wie der Name *Freisler*, »der Grausame«, dazu angetan, unser Urteil über den Mörder Caesars bzw. den gefürchteten Präsidenten des NS-Volksgerichtshofes zu untermauern.

Der Name *Himmler* (»der am Himmel Wohnende«) für den teuflischen Organisator der Judenvernichtung im Dritten Reich muss uns hingegen wie blanker Hohn erscheinen. Wenig zutreffend ist auch der Name *Daimler*, den man zwar mit luxuriösen Automobilen assoziiert, der übersetzt jedoch »Folterknecht« bedeutet, und unser Dichterfürst *Schiller* hieß gar »der Schielende«. Enttäuschend harmlos klingen indes Namen so großer Künstler wie *Dürer* oder *Molière*, die lediglich auf eine ungewöhnliche »Haustür« verweisen bzw. schlicht »Müller« bedeuten.

Auch die Namen heutiger Prominenter können uns, wenn wir sie denn verstehen, zu allerlei Wort- und Gedankenspielchen anregen; so ist der Name des bayerischen Ministerpräsidenten *Stoiber* als »Staubaufwirbler« und der des russischen Staats- und Regierungschefs *Putin* als »Irreführender« interpretierbar, während der rücksichtslose ehemalige Machthaber des Irak sich selbst den Namen *Saddam,* »Streit«, gab, wo er doch als *Hussein,* »der Schöne«, geboren wurde.

Im vorliegenden Buch ist jeweils erkennbar, um welche Art von Namen es sich handelt:

- einen Vornamen (der im alten Rom etwa die Umstände der Geburt kommentierte, z.B. *Publius,* »der öffentlich Geborene«)
- einen Über- oder Beinamen (d. h. einen Spitz- oder Spottnamen, wie *Botticelli,* »Fässchen«, *Caruso,* »Glatzkopf«, oder *Paulus,* »Kleiner«)
- einen Wohnstättennamen (z.B. *Pullman,* »Siedler am Teich«, oder *Delacroix,* »an einem Wegkreuz Wohnender«)
- einen Berufsnamen (etwa *Beckenbauer,* »Bäcker und Bauer«, oder *Bednarz,* »Böttcher«)
- einen Abstammungsnamen (z.B. *Marx,* »Sohn des Markus«, *Macdonald,* »Sohn des Donald«, oder *Bin Laden,* »Sohn des Wendigen«)
- einen Herkunftsnamen (z.B. *Boleyn,* »aus Boulogne«, *Disney,* »aus Isigny«, *Shapiro,* »aus Speyer«, etc.) oder
- einen Wahlnamen (etwa einen Papst-, Thron-, Künstler-, Kampf- oder Tarnnamen, z.B. *Benedikt,* »Gesegneter«, *Hamilkar,* »großer König«, *Depardieu,* »im Namen Gottes«, *Stalin,* »der Stahlharte«, oder *Voltaire,* ein Akronym seines Geburtsnamens)

In der Regel werden Vornamen nicht unter einem eigenen Stichwort behandelt (mit Ausnahme von Fürstennamen); ungewöhnliche oder exotische Vornamen einer Persönlichkeit werden jedoch meist innerhalb eines Artikels miterklärt, z. B. bei *Annan* (*Kofi,* »am Freitag Geborener«, und *Ata,* »Zwillingsbruder«).

Da es vorrangig um die Namensherkunft und -bedeutung geht, ist fast immer nur eine Persönlichkeit pro Namen erwähnt, es sei denn, zwei gleich geschriebene Namen stammen aus verschiedenen Sprachen, wie im Fall von *Gotthold Ephraim Lessing* (aus dem Deutschen oder Sorbischen) und *Doris Lessing* (aus dem Englischen).

Das Buch umfasst mehr als 2300 bedeutende Namen und bietet damit einen guten Überblick über die Namenwelt vieler Völker auf allen Kontinenten der Erde, und mit etwas Glück kann der Leser also doch vielleicht seinen eigenen Namen in dieser Auflistung entdecken und erklärt finden!

In einem Anhang habe ich zudem die wichtigsten Titel, Ämter und Ränge aufgeführt, die in den unterschiedlichsten Sprachräumen der Welt anzutreffen und als korrekte Anrede zu verwenden sind (oder waren).

Kirchhellen, September 2006 *Dietmar Urmes*

NAMENLEXIKON

Aalto, *Alvar* (1898–1976), von finn. *aalto*, »Welle, Woge«, finnischer Architekt und Designer

Aaron [arab. *Harun*, hebr. *Aharon*], vielleicht »Erhabener«, älterer Bruder und Rivale des Moses, erster Hohepriester der Israeliten

Abbado, *Claudio* (geb. 1933), von ital. *abate*, »Abt«, italienischer Dirigent, zunächst Chef der Mailänder Scala und der Wiener Oper, ab 1989 Leiter des Philharmonischen Orchesters Berlin → *Abbate*

Abbas, *Mahmud* (geb. 1935), wohl zu arab. *'abus*, »mürrisch«, 2003 zum ersten palästinensischen Ministerpräsidenten, 2005 als Nachfolger Jassir Arafats mit großer Mehrheit ins Präsidentenamt gewählt (vgl. *Abbassiden*)

Abbate, von ital. *abate*, »Abt«, z.B. *Nicolo dell' Abbate* (1509–1571), italienischer Maler, Schöpfer der berühmten Fresken im Schloss von Fontainebleau → *Abbado*

Abel (arab. *Habil*), von hebr. *hebel*, »Atem, Hauch« und »Vergänglichkeit«, »Nichtigkeit« (oder aus ass. *aplu*, »Sohn«), zweiter Sohn Adams und Evas, von seinem Bruder Kain aus Neid erschlagen

Abraham (arab. *Ibrahim*), hebr. »Vater der Menge«, neuer Name des biblischen Stammvaters *Abram* (von hebr. *'abram*, »erhabener Vater«), nachdem Gott ihm eine große Nachkommenschaft prophezeit hatte

Abu Hanifa (699–767), »Vater des Aufrechten«, zu arab. *hanif*, »ehrlich«, Stifter einer Rechtsschule im sunnitischen Islam, mit dem Ehrentitel *Thabit*, »Nachfolger«, da er persönlich noch Gefährten des Propheten gekannt hatte

Achaia, »die Schmerzensreiche«, zu grch. *áchos*, »Leid, Trauer«, Beiname der griechischen Göttin Demeter, die von Helios erfahren hatte, dass ihre entführte Tochter Persephone als Gattin des Hades in der Unterwelt weilte → *Demeter*

Achill (grch. *Achilleus*), »Kummer-Bringer« oder »Lippenloser«, von grch. *áchos*, »Schmerz« (vgl. engl. *ache*), bzw. aus *a*, »ohne«, und *cheîlos*, »Lippe«; blindwütiger thessalischer Held im Trojanischen Krieg

Adam, von hebr. *'adamah*, »Erde«, und *'adom*, »rot«, »erdfarben«, Name des ersten Menschen im Paradies, Mann der Eva und Vater von Kain, Abel und Seth

Adams, *John* (1735–1826), nach dem biblischen *Adam*, Gegner der Kolonialmacht England und Mitverfasser der Amerikanischen Unabhängigkeitserklärung (1776), zweiter amerikanischer Präsident (1797–1801) → *Adam*

Adenauer, *Konrad* (1876–1967), nach dem Eifelstädtchen *Adenau* (»Auensiedlung des Ado«), deutscher CDU-Politiker, von 1949 bis 1963 erster deutscher Bundeskanzler, von 1951 bis 1955 gleichzeitig Außenminister

Aditi, »die Unendliche«, »die Grenzenlose«, altindischer Name der hinduistischen Muttergöttin (angeblich auch Mutter des Gottes Vischnu) und als Göttin der Weltordnung verantwortlich für den Schutz vor Krankheit und Sünde

Admetos, »Ungebändigter«, von grch. *admés, admêtos*, »ungezähmt«, mythischer König in Thessalien und Gatte der Alkestis, Teilnehmer am Argonautenzug; auch Beiname des Hades

Adolf, »edler Wolf«, aus ahd. *adal*, »edel«, und *wolf*, beliebter deutscher Fürstenname, z. B. *Gustav Adolf* von Schweden (1594–1632)

Adonis, von phön. *'adoni*, »mein Herr«, altorientalischer Vegetationsgott, schöner Geliebter der Totengöttin Persephone und der Liebesgöttin Aphrodite, in deren unter- bzw. oberirdischem Reich er in halbjährlichem Wechsel lebte

Adorno (1903–1969), lat. »ich schmücke«, zu *adornare*, »ausrüsten, herausputzen« (vgl. *Ornat*), Pseudonym des deutsch-jüdischen Philosophen und Schriftstellers *Theodor Wiesengrund*

Aegir, anord. »Meer«, gutartiger germanischer Meerriese und Gatte der Meeres- und Totengöttin → *Ran*

Aemilius → *Scipio*

Afer → *Terenz*

Agamemnon, »der zu allem Entschlossene« (aus grch. *ágan*, »sehr«, und *ménos*, »Eifer, Stärke«), König von Mykene und Anführer der Griechen bei der Belagerung Trojas → *Memnon*

Agenor, von grch. *agénor*, »mannhaft, trotzig, frech«, mythischer König der phönizischen Stadt Tyros, Vater des Kadmos

Aglaia, von grch. *aglaïa*, »Glanz, Pracht«, in der griechischen Mythologie (neben *Euphrosyne* und *Thaleia*) eine der drei Göttinnen der Anmut → *Chariten*

Agni, von sanskr. *agní*, »Feuer« (vgl. lat. *ignis*), arischer, später hinduistischer Feuergott, Beschützer des Herd- und Opferfeuers, aber auch Garant ewigen Lebens für die auf dem Scheiterhaufen verbrannten Toten

Agricola, *Georgius* (1494–1555), »Bauer«, aus lat. *ager*, »Acker«, und *colere, cultum*, »bebauen, pflegen« (vgl. *Kultur*), latinisierter Name des Chemnitzer Mineralogen und Geologen *Georg Bauer*

Agrippa, aus lat. *aeger partus*, »unter Qualen (da mit den Füßen voran) Geborener«, Beiname des römischen Feldherrn *Marcus Vipsanius* (63–12 v. Chr.), eines engen Vertrauten Octavians, des späteren Kaisers Augustus

Ahenobarbus, zu lat. *ahenus* oder *aeneus*, »kupferfarben«, und *barba*, »Bart«, Beiname des römischen Kaisers Nero (37–68 n. Chr.) → *Nero*

Ahmose (1563–1537 v. Chr.), »Sohn des Mondes«, aus ägypt. *iah*, »Mond«, und *mes*, »geboren von«, ägyptischer König, der die aus Palästina nach Ägypten eingefallenen Hyksos (Seevölker) besiegte

Ahriman → *Angra Mainyu*

Ahura Mazda, »Herr der Weisheit« (zu awest. *ahura*, »Geist«, und *mazda*, »weise«), als Prinzip des Guten höchster Gott im persischen monotheistischen Zoroastrismus und Freund der Menschen → *Angra Mainyu*

Aiakos, von grch. *aiázein*, »bejammern« (oder von *aîa*, »Erde, Land«), ein frommer Sohn des Zeus, Herrscher eines mythischen Inselreiches, der nach dem Tod wegen seiner Gerechtigkeitsliebe einer der Richter in der Unterwelt wurde

Aida, von arab. *'aida,* »Belohnung« (vielleicht auch angelehnt an frz. *aider,* »helfen«, oder grch. *aidós,* »Schande«), in Verdis gleichnamiger Oper eine nubische Prinzessin und spätere ägyptische Sklavin, die nach einer verbotenen Beziehung mit ihrem Geliebten Radames lebendig eingemauert wurde → *Verdi*

Aischa (ca. 613–678), von arab. *a'isha,* »die Lebende«, Lieblingsfrau des Propheten Mohammed, die dieser als Zehnjährige geheiratet hatte; Tochter seines Vertreters und Nachfolgers Abu Bekr

Aischylos (525–456 v. Chr.), von grch. *aîschos,* »Schande, Hässlichkeit«, einer der größten griechischen Tragödiendichter und berühmter Kämpfer bei Marathon und Salamis

Ajax, von grch. *aetós,* »Adler« (oder von *aiázein,* »wehklagen«), einer der stärksten griechischen Helden vor Troja, der nach einem Wahnsinnsanfall Selbstmord beging

Akihito (geb. 1933), »im Herbst Geborener«, aus jap. *aki,* »Herbst«, und *hito,* »Mensch«, Kaiser Japans ohne Regierungsgewalt, Sohn und Nachfolger Hirohitos, der noch göttlichen Status besaß → *Hirohito*

Akrisios, von grch. *akrisía,* »Verwirrung«, König von Argos, der gemäß einer Weissagung vom Sohn seiner Tochter Danaë (die trotz vorsorglicher Isolierung von Zeus geschwängert worden war) durch einen Diskuswurf getötet wurde

Alarich (etwa 370–410), von ahd. *alah,* »Heiligtum«, und *rīhhi,* »mächtig« (auch »Herrscher«), Westgotenkönig und Eroberer Roms (410)

Albertus Magnus (um 1200–1280), von ahd. *adal,* »vornehm«, und *beraht,* »glänzend«, sowie lat. *magnus,* »groß«, latinisierte Namensform des deutschen Kirchenlehrers und Heiligen *Albert der Große* (eigentlich *Adalbert*)

Albright, *Madeleine* (geb. 1937), von aengl. *Æðelbriht* (aus ahd. *adal,* »vornehm«, und *beraht,* »glänzend«), amerikanische Politikerin tschechisch-jüdischer Herkunft; eigentlich *Maria Jana Körbel* (Berufsname zu »Korb«)

Al Capone (1895–1947), eigentlich *Alphonso Caponi*, von ital. *capo*, »Kopf, Anführer«, während der Prohibitionszeit berüchtigter amerikanischer Gangsterkönig in Chicago

Alekto, »die nie Rastende«, zu grch. *álektos*, »unablässig, rastlos«, griechische Rache- und Fluchgöttin, eine Schwester der Megaira und der Tisiphone → *Erinnyen*

Alexander der Große (356–323 v. Chr.), aus grch. *aléxein*, »abwehren, verteidigen«, und *anér, andrós*, »Mann« (vgl. *Andreas*), makedonischer König, Eroberer und Gründer eines Riesenreiches

Al Ghasali, auch *Algazel* (1058–1111), aus dem arabischen Artikel *al* und *ghazal*, »Hirsch, Gazelle«, größter Theologe des Islam und einer der bedeutendsten arabischen Philosophen und Mystiker

Ali (ca. 601–661), »Erhabener, Edler«, arabischer Name eines Cousins des Propheten und eines seiner ältesten Anhänger, Gatte der Mohammed-Tochter Fatima und vierter Kalif, Vater der Imame Hassan und Hussein

Alkestis, aus grch. *alké*, »Stärke, Schutz«, und *hestía*, »Herd, Haus, Familie«, laut griechischer Mythologie Gattin des Königs Admetos, für den sie aus Liebe den Tod auf sich nahm

Alkibiades (ca. 450–404 v. Chr.), aus grch. *alké*, »Abwehr, Rettung«, und *bía*, »Stärke«, Athener Politiker im Peloponnesischen Krieg und ruhmsüchtiger Sieger über Sparta und die Perser

Alkinoos, »mit mutigem Sinn«, aus grch. *álkimos*, »tapfer, stark«, und *nóos*, »Geist, Verstand«, mythischer König von Korkyra (heute Korfu) und Wohltäter des schiffbrüchigen Odysseus

Alkmene, wohl aus grch. *alké*, »Stärke«, und *mênis*, »Zorn«, in der griechischen Mythologie Gattin des Amphitryon und von Zeus Mutter des Herkules

Allah, zu arab. *al'ilah*, »der Gott«, ursprünglich Name eines jeden arabischen Stammesgottes, heute Anrede des einzigen Gottes im Islam, interpretiert als »ich bin, der ich war, der ich sein werde«

Allen, *Woody* (geb. 1935), von ir. *allain*, »gut aussehend«, Künstlername des amerikanischen Schauspielers und

Regisseurs *Allen Stewart Königsberg* (*Woody* angelehnt an die Comic-Figur *Woody Woodpecker*; engl. *woodpecker*, »Specht«)

Allende, *Salvador* (1908–1973), wohl von katal. *allèn de*, »auf der anderen Seite« (eines Berges, eines Baches, Waldes etc.), chilenischer Sozialist und ab 1970 Staatspräsident, sowie seine Nichte, die Schriftstellerin *Isabel* (geb. 1942)

Almansor → *Mansur*

Alvarado, *Pedro de* (1485–1541), von katal. *albareda*, »Pappelhain« (zu lat. *albus*, »weiß«, vgl. *Album*) oder vom germanischen Vornamen *Alfred* (zu ahd. *alf*, »Naturgeist«, und *rāt*, »Ratgeber«), spanischer Konquistador und Eroberer Kubas und Mittelamerikas

Alzheimer, *Alois* (1861–1915), zum Ortsnamen *Alzheim* in Rheinland-Pfalz, deutscher Neurologe und Gehirnpathologe (vgl. die nach ihm benannte *Alzheimer Krankheit*)

Amaterasu, eigentlich *Amaterasu-ō-mi-kami*, »die erhabene Erleuchterin des Himmels«, mythische japanische Sonnengöttin und eine der schintoistischen Hauptgottheiten → *Amitabha*

Ambrosius (340–397), von grch. *ambrósios*, »unsterblich, göttlich«, lateinischer Kirchenlehrer und Bischof aus römischem Adel, dessen Predigten angeblich zur Bekehrung des Augustinus führten

Amenemhet, eigentlich *Imen-em-hat*, »Amun ist an der Spitze«, Name mehrerer ägyptischer Könige der 12. und 13. Dynastie → *Amun*

Amenophis IV. (1364–1347 v. Chr.), von ägypt. *Imen-hetep*, »Amun ist zufrieden«, ägyptischer Pharao, der sich nach der Abkehr von *Amun* und der Hinwendung zum monotheistischen *Aton*-Kult fortan *Echnaton* nannte

Améry, *Jean* (1912–1978), Pseudonym des österreichischen Schriftstellers *Hans Mayer* (französisiertes Anagramm seines Geburtsnamens)

Amin Dada, *Idi* (1925–2003), aus arab. *amin*, »Treuhänder«, afrik. *dada*, »Alter, Älterer«, und suah. *idi*, »am Id geboren« (muslimischer Feiertag), brutaler und paranoider ugandischer Despot

Amitabha, »Buddha des grenzenlosen Lichts«, zu skr. *ámita*,

»nicht messbar«, nach der Ankunft des Buddhismus in Japan (um Christi Geburt) als *Amida* mit der heimischen Göttin Amaterasu gleichgesetzt → *Amaterasu*

Ampère, *André Marie* (1775–1836), zu okzit. *emperi* und frz. *empire*, »Reich«, französischer Mathematiker und Physiker, der sich besonders mit dem Elektromagnetismus befasste

Amphitrite, aus grch. *amphí*, »rings herum«, und *trítos*, »drittes Element (neben Luft und Erde)«, in der griechischen Mythologie Gemahlin des Poseidon und Beherrscherin des Meeres → *Nereus*

Amphitryon, von grch. *amphí*, »auf beiden Seiten, rings herum«, und *trýchein*, »quälen, heimsuchen«, König von Tiryns und Gatte der von Zeus verführten Alkmene, mit der er aus Furcht vor göttlichem Zorn nie wieder das Bett teilte

Amun, von ägypt. *Imen*, »der Verborgene«, urzeitlicher Schöpfergott von Theben in Oberägypten – Gott des unsichtbaren Lebenshauchs, Reichsgott des Neuen Reichs, später widderköpfiger libysch-ägyptischer Orakelgott

Amundsen, *Roald* (1872–1928), »Sohn des Agimund«, aus *agi*, »Schwert«, und *munt*, »Schutz«, norwegischer Polarforscher, der 1911 knapp vor seinem englischen Konkurrenten Scott den Südpol erreichte

Anakreon (ca. 580–495 v. Chr.), aus grch. *ana*, »über ... hin«, und *kreíon*, »Herrscher, Gebieter«, griechischer Lyriker und Günstling an den Königshöfen, der in seinen Gedichten den Genuss des Augenblicks besang

Anastasius, von grch. *anástasis*, »Auferstehung« (in der Kunst auch als »Höllenfahrt Christi« aufgefasst), Wahlname mehrerer Päpste des Mittelalters; z.B. *Anastasius I.* (399–401), ein Freund des heiligen Hieronymus

Anath, phön. »Vorsehung«, »himmlischer Wille« (nach anderer Quelle aus einer semitischen Wurzel für »Wasserquelle«), phönizische Fruchtbarkeits-, Liebes- und Kriegsgöttin, die mit Baal das Geschehen auf der Erde bestimmte

Anaxagoras (500–428 v. Chr.), »Herr der Versammlung«, aus grch. *ánax*, »Herr«, und *agorá*, »Versammlung, Marktplatz«, griechischer Naturphilosoph und Freund des Perikles

Anaximander (um 500 v. Chr.), aus grch. *ánax*, »Herr«, und *anér, andrós*, »Mann«, vorsokratischer ionischer Naturphilosoph aus Milet → *Anaximenes*

Anaximenes (ca. 510 v. Chr.), aus grch. *ánax*, »Herr«, und *ménos*, »Wunsch« oder »Lebenskraft«, Naturphilosoph aus Milet → *Anaximander*

Anchises, aus grch. *ánchi*, »nahe bei«, und dem Namen der ägyptischen Göttin *Isis* (in Griechenland gleichgesetzt mit Aphrodite), mythischer trojanischer Königssohn und von Aphrodite Vater des Äneas

Andersch, *Alfred* (1914–1980), Variante von *Andreas*, »der Männliche«, zu grch. *andreîos*, »tapfer, männlich«, deutscher Schriftsteller, der in seinen Romanen die Flucht aus der Unfreiheit und der modernen Wohlstandsgesellschaft thematisierte

Andersen, »Sohn des Anders«, also des *Andreas*, zu grch. *andreîos*, »tapfer, männlich«; z.B. *Hans Christian Andersen* (1805–1875), dänischer Puppenspieler und Märchendichter, sowie *Lale Andersen* (1910–1972), deutsche Sängerin (eigentlich *Liselotte Bunnenberg*), während des Zweiten Weltkriegs berühmt durch ihr Lied »Lili Marleen«

Andreotti, *Giulio* (geb. 1919), »kleiner Tapferer«, von ital. *Andrea* (d. h. *Andreas*), zu grch. *andreîos*, »männlich«, italienischer Politiker und sechsmaliger Premierminister seines Landes (ital. *Giulio* entspricht lat. *Iulius*)

Andrić, *Ivo* (1892–1975), aus *Andreas* und der sslaw. Endung *ić-*, »Sohn des«, serbischer Schriftsteller bosnischer Herkunft, dessen Romane fast ausnahmslos von seinem Geburtsland handeln (*Ivo* entspricht *Iwan*, »Johannes«) → *Andersen*

Andromache, aus grch. *anér, andrós*, »Mann«, und *máche*, »Kampf, Streit«, tragische Frauengestalt der griechischen Mythologie, deren Gemahl und sieben Brüder allesamt von Achill getötet wurden → *Hektor*

Andromeda, »Männerlenkerin«, aus grch. *anér, andrós,* »Mann«, und *médon,* »Beherrscher«, in der griechischen Mythologie selbstbewusste und erfolgreiche Werberin um ihren Lebensretter Perseus → *Perseus*

Andropow, *Jurij Wladimirowitsch* (1914–1984), zu grch. *anér, andrós,* »Mann«, kommunistischer Apparatschik und während seiner letzten beiden Lebensjahre sowjetisches Staatsoberhaupt → *Andromeda*

Äneas, von grch. *aineîn,* »loben, preisen« (wohl auch angelehnt an lat. *aeneus,* »kupfern, ehern«), legendärer trojanischer Held und nach seiner Flucht aus der brennenden Stadt angeblich Ahnherr des römischen Volkes → *Ascanius*

Angra Mainyu, awest. »arger Geist« (npers. *Ahriman*), von Zarathustra geprägte Bezeichnung des teuflischen Anführers aller Dämonen und Verführers der Menschen → *Ahura Mazda*

Ångström, *Anders Jonas* (1814–1874), aus schwed. *ånga,* »Dampf«, und *ström,* »Strom«, schwedischer Physiker und Astronom, Erforscher des Magnetismus und des Sonnenspektrums

Annan, *Kofi Ata* (geb. 1938), von ghan. *Anane,* »vierter Sohn« (ghan. *Kofi,* »Freitag«; *Ata,* »Zwillingsbruder«), ghanaischer Politiker und UN-Generalsekretär, in seinem Heimatland als *Busumuru,* »weiser Berater«, verehrt

Anouilh, *Jean* (1910–1987), über prov. *anhel,* »Lämmchen«, aus lat. *agnus,* »Lamm«, zynischer französischer Dramatiker, dessen Stücke eine recht pessimistische Weltanschauung spiegeln

Antaia, »die Begegnerin«, zu grch. *antaîos,* »entgegen gerichtet«, Beiname der Hekate, die auf ihrer nächtlichen Jagd den ihr Begegnenden Furcht und Schrecken einflößte → *Hekate*

Anteros, aus grch. *antí,* »entgegen«, und *éros,* »sexuelle Liebe, Begierde« (zu *erân,* »lieben, ersehnen«), im alten Griechenland Rächergott der verschmähten Liebe, ein Bruder des *Eros*

Antigone, »die widernatürlich Geborene«, aus grch. *antíos,* »entgegen«, und *goné,* »Zeugung, Geburt«, mythische

Tochter des thebanischen Königs Ödipus, die dieser unwissentlich mit seiner eigenen Mutter zeugte → *Iokaste*

Antigonos (382–301 v. Chr.), angelehnt an den Namen der mythischen Königstochter *Antigone,* makedonischer Feldherr unter Alexander d. Gr., nach dessen Tod (323) sein Nachfolger im asiatischen Reichsteil → *Antigone*

Antiochos, aus grch. *antí,* »gleich wie«, und *óchos,* »Kampfwagen«, Name mehrerer makedonischer Könige (3. und 2. Jh. v. Chr.), Nachfolger Alexanders d. Gr. im vorderasiatischen Seleukidenreich → *Seleukos*

Antiope, »die Widersprechende«, aus grch. *antíos,* »gegen«, und *óps,* »Stimme, Wort«, von Zeus verführte und geschwängerte thebanische Prinzessin, Mutter der Zwillinge Zethos und Amphion, die später gemeinsam Theben regierten

Antipas (ca. 20 v. Chr. bis 39 n. Chr.), »an Stelle des Vaters«, von grch. *antí,* »anstatt, gleich«, und *patér,* »Vater«, Beiname des jüngsten Herodes-Sohnes und judäischen Landesfürsten zur Zeit Christi → *Herodes*

Antipatros, aus grch. *antí,* »wie, anstelle von«, und *patér, patrós,* »Vater«, General und Freund Alexanders d. Gr., Statthalter von Makedonien und Griechenland

Antisthenes, aus grch. *antí,* »gegen« (oder »anstatt«), und *sthénos,* »Kraft, Stärke«, Schüler des Sokrates und Begründer des Kynismus (vgl. *zynisch*)

Antonioni, *Michelangelo* (geb. 1912), vom Rufnamen *Antonio,* zum altrömischen Gentilnamen *Antonius* (vgl. dt. *Anton*), italienischer Regisseur realistisch-pessimistischer und gesellschaftskritischer Filme → *Antonius*

Antonius, *Marcus* (ca. 83–30 v. Chr.), unbekannte etruskische Namensherkunft (wohl nicht von grch. *ánthos,* »Blume«), römischer Konsul, bei Philippi (42 v. Chr.) Sieger über die Caesarmörder Brutus und Cassius → *Octavianus*

Anubis (eigentlich *Inpu*), ägypt. »Herr der Gotteshalle«, ein Sohn des Osiris und dessen Schwester Nephthys, göttlicher Einbalsamierer und als hundeköpfiger Unterweltsgott Schutzherr der Friedhöfe und Richter der Toten

Anzengruber, *Ludwig* (1839–1889), aus *Anzo,* einer alten Koseform von *Arnold,* und mhd. *gruobe,* »Senke, Steinbruch«, österreichischer Volksdramatiker und Autor von Kalendergeschichten und Dorfromanen

Äolus, von grch. *aiólos*, »schnell, beweglich, wechselhaft«, Name des altgriechischen Stammvaters der *Äolier* sowie seines gleichnamigen Enkels und Beherrschers der von launischen Winden heimgesuchten *Äolischen Inseln*

Aphrodite, auch *Aphrogéneia*, »Schaumgeborene«, zu grch. *aphródes*, »schäumend, schaumig«, mythische griechische Göttin der sexuellen Liebe und der Schönheit (vgl. *Aphrodisiakum*)

Apis, von ägypt. *hapi*, »Eilender«, ägyptischer stierköpfiger Fruchtbarkeitsgott (ursprünglich ein Herold des Gottes Ptah), in Memphis verkörpert durch einen lebenden Stier, der sich bei seinem Tod mit Osiris vereinte

Apollinaire, *Guillaume* (1880–1918), von grch. *Apollon*, französischer Dichter und Kunsthistoriker polnisch-italienischer Herkunft, der eigentlich *Wilhelm Apollinaris de Kostrowitzky-Flugi* hieß (nach *Küstrin* bzw. von ital. *fluire*, »strömen«)

Apollon, »Vernichter«, von grch. *apollýnai*, »zerstören« (angeblich lenkte er den Pfeil des Paris auf Achills verwundbare Ferse), Sohn des Zeus und Vater des Asklepios, griechischer Gott der Heilkunst und der Ordnung → *Phoibos, Sol*

Apophis, »Riese«, im alten Ägypten ein finsterer Schlangendämon, den der Himmelsgott in seiner Barke morgens und abends abwehren musste, sodass sich von dessen Blut der Himmel rot färbte

Appius (Abk. *Ap.*), *Claudius Caecus* (ca. 340–273 v. Chr.), von lat. *apparere*, »erscheinen« (wohl bezogen auf die Geburt eines Sohnes), römischer Zensor, der 312 v. Chr. die alte Heerstraße *Via Appia* von Rom nach Capua bauen ließ

Appleton, *Sir Edward Victor* (1892–1965), aus engl. *apple*, »Apfel«, und *tūn*, »Farm« (vgl. *town*), englischer Physiker und Nobelpreisträger, Mitentwickler der Radar-Ortung von Flugzeugen

Arachne, grch. »Spinne«, Name einer lydischen Prinzessin und begnadeten Weberin, die von der neidischen Athene in eine Spinne verwandelt wurde (das Kleintier, das die Göttin am meisten verabscheute; vgl. *Arachnologie*)

Arafat, *Jassir* (1929–2004), nach einer heiligen Ebene bei Mekka (zu arab. *araffa*, »erkennen«), Beiname des palästinensischen Politikers *Muhammad Abd' al-Rahman ar-Rauf al-Qudwah al-Husayni*, »Mohammed, Knecht des Erbarmers, der Freundliche, der Heiligste, der Gute« (*Jassir* von arab. *jasir*, »klein«)

Aram, von hebr. *'aram*, »Anhöhe«, Sohn des Sem und Enkel des Noah, sesshaft im gleichnamigen Gebiet (heute Syrien), in dem *Aramäisch* (damals auch die Sprache Jesu) gesprochen wurde

Arbogast, aus ahd. *arbi*, »Erbe«, und *gast*, »Fremder, Gast«, alter deutscher Vorname, bekannt durch den Einsiedler *Arbogast* (gest. vermutlich 618), der wegen seiner Tugendhaftigkeit zum Bischof von Straßburg berufen wurde

Archimedes (ca. 287–212 v. Chr.), aus grch. *árchein*, »beherrschen«, und *médein*, »sich ausdenken«, genialer Mathematiker und Physiker aus Syrakus, dem wir die Berechnung des Volumens von Körpern und des spezifischen Gewichts sowie die *Archimedische Schraube* verdanken

Archipenko, *Alexander Porfirjewitsch* (1887–1964), nach dem Paulus-Anhänger *Archippus*, aus grch. *árchein*, »beherrschen«, und *híppos*, »Pferd«, amerikanischer Bildhauer ukrainischer Herkunft

Arcimboldo, *Giuseppe* (1527–1593), lomb. für *Archibald* (aus ahd. *erkan*, »echt«, und *bald*, »kühn«), italienischer Maler allegorischer Bildkompositionen (meist aus realistisch dargestelltem Obst und Gemüse)

Ardenne, *Manfred Baron von* (1907–1997), von kelt. *ard*, »hoch« (verwandt mit lat. *arduus*, »hoch aufragend«, vgl. *Ardennen*), großer deutscher Kernphysiker und Krebsforscher

Ares, von grch. *aréios*, »streitbar« (oder von *ársen*, »männlich, kraftvoll«), Sohn des Zeus und der Hera, griechischer Kriegsgott, der dem Mars der Römer entspricht → *Mars*

Arete, von grch. *areté*, »Tüchtigkeit, Tugend, Glück«, in der

Odyssee Nichte und Gemahlin des Phäakerkönigs Alkinoos und Mutter der Nausikaa, die dem schiffbrüchigen Odysseus aus Liebe die Heimkehr ermöglichte

Argus (Beiname *Panoptes,* »Ganz-Auge«), zu grch. *argós,* »leuchtend, hell«, mythischer griechischer Riese mit hundert Augen, von denen jeweils fünfzig geöffnet blieben, sodass er der ideale Wächter war (vgl. *Argusaugen*)

Ariadne, aus grch. *arí-,* »sehr, gut«, und *hadeîn,* »gefallen« (oder von *hagnós,* »keusch«, vgl. *Agnes*), mythische Tochter des kretischen Königs Minos und Geliebte des Theseus, dem sie nach der Tötung des Minotaurus mit Hilfe eines Fadens die Flucht aus dem Labyrinth ermöglichte

Aristides (gest. ca. 467 v. Chr.), von grch. *aristeía,* »Heldentat, Heldenmut«, zu *áristos,* »der Beste« (vgl. A*ristokrat*), unbestechlicher Athener Politiker zur Zeit der Perserkriege und erklärter Gegner des Themistokles

Aristophanes (452–388 v. Chr.), aus grch. *áristos,* »der Beste«, und *phaínein,* »sichtbar machen«, berühmter Komödiendichter Athens, einer der größten Schriftsteller der klassischen Antike

Aristoteles (384–322 v. Chr.), aus grch. *áristos,* »der Beste« (vgl. A*ristokrat*), und *teléeis,* »vollkommen«, bedeutender griechischer Philosoph, ein Schüler Platons und der Erzieher Alexanders d. Gr.

Arius (ca. 260–336 n. Chr.), wohl von grch. *araiós,* »dünn, schwach«, kämpferischer Theologe, dessen Lehre die wahre Gottessohnschaft Jesu bestritt und das erste Ökumenische Konzil zu Nizäa erforderte (vgl. *Arianismus*)

Arkadius (377–408 n. Chr.), nach *Arkadia,* einer Landschaft auf dem Peloponnes, wohl zu grch. *árkos,* »Abwehr, Schutz«, ältester Sohn des Kaisers Theodosius I. und nach der Teilung des Römischen Reichs (395) oströmischer Kaiser

Arminius (ca. 18 v. Chr. bis ca. 21 n. Chr.), latinisiert aus ahd. *irmin,* »Erde« (auch »gewaltig«), Cheruskerfürst, der 9 n. Chr. im Teutoburger Wald den Römer Varus besiegte und als *Hermann* fälschlich zum Symbol wurde

Armstrong, *Louis* (1900–1971), »starker Arm«, aus engl. *arm,* »Arm« (auch »Waffe«), und *strong,* »kräftig«, schwarzer Trompeter und Bluessänger, genannt *Satchmo*, »Großmund« (aus engl. *satchel*, »Ranzen«, und *mouth*, »Mund«)

Arndt, *Ernst Moritz* (1769–1860), verkürzt aus *Arnold*, zu ahd. *arn*, »Adler«, und *waltan*, »herrschen«, deutscher Schriftsteller und romantischer Dichter, der für die staatliche Einheit Deutschlands eintrat

Arnim, *Achim* (1781–1831) und *Bettina* von (1785–1859), wörtlich »Adlerheim« (mit ahd. *arn*, »Adler«), Adelsname nach dem gleichnamigen Dorf in der Altmark, deutsches Schriftsteller- und Dichterehepaar → *Brentano*

Árpád, »Gerstenkorn« (zu ung. *árpa*, »Gerste«), mächtiger madjarischer Fürst, der seinen Stamm um 900 n. Chr. nach Ungarn führte und jene Dynastie gründete, die den ersten ungarischen König, *István* (dt. *Stephan*), hervorbrachte

Arsinoë, aus grch. *ársen*, »stark, männlich«, und *nóos*, »Geist, Verstand«, Name einiger ägyptischer Königinnen der Ptolemäerzeit → *Ptolemäus*

Artaxerxes, von apers. *Artachshatra*, »rechtmäßiger König«, Name mehrerer Perserkönige, z. B. des Xerxes-Sohns *Artaxerxes I.* (464–424 v. Chr.), der sich durch die Ermordung seines älteren Bruders den Thron sicherte → *Xerxes*

Artemis, in der Regel hergeleitet von grch. *artemés*, »unverletzt«, ein Verweis auf die ewige Jungfernschaft, die sich die griechische Göttin der Jagd von ihrem göttlichen Vater Zeus ausbedungen hatte → *Diana*

Aruna, von skr. *aruná*, »rötlich, rotgelb«, Name des hinduistischen Gottes der Morgenröte, der als Wagenlenker des Sonnengottes mit seinem Körper die Erde vor zu großer Erhitzung schützt → *Surya*

Asam, *Cosmas Damian* (1686–1739) und *Egid Quirin* (1692–1750), von *Erasmus* (zu grch. *erásmios*, »willkommen, lieb«), deutsche Baumeister, Bildhauer und Maler des Spätbarock → *Asimov, Erasmus*

Aschera, von hebr. *ashera*, »Wäldchen«, älteste kanaanitische Göttin, Mutter von angeblich mehr als 70 Göttern, häufig als »Baum des Lebens« dargestellt

Aschkenas, hebr. »Deutscher«, häufiger Name deutschstämmiger Juden und allgemeine Bezeichnung der Juden in Mittel- und Osteuropa (nach einem im Buch Genesis erwähnten Volk nördlich des Schwarzen Meeres)

Aschtoret, von akk. *astar*, »Gottheit«, mehrfach in der Bibel erwähnte semitische Fruchtbarkeitsgöttin, deren Name wahrscheinlich mit dem der phönizischen Astarte verwandt ist → *Ischtar*

Äschylus (525–456 v. Chr.), von grch. *aîschos*, »Hässlichkeit, Schande«, neben Sophokles und Euripides einer der großen Tragödiendichter in Athen, Entwickler des dramatischen Dialogs durch gleichzeitigen Auftritt mehrerer Schauspieler

Asen, zu germ. *ass*, »Pfahl, Balken«, kriegerisches, in der Burg *Asgard* wohnendes germanisches Göttergeschlecht, das sich durch den Genuss von Äpfeln jung hielt und dessen Mitglieder man in germanischer Frühzeit als Pfahlfiguren darstellte

Asimov, *Isaac* (1920–1992), Variante von *Asmus* (aus *Erasmus*), zu grch. *erásmios*, »willkommen, lieb«, berühmter amerikanischer Science-Fiction-Autor und Biochemiker russischer Herkunft → *Asam*

Äskulap, aus *askelés*, »unermüdlich«, und *épios*, »sanft«, mythischer griechischer Gott der Heilkunde, der alle Sterblichen gesund machen und sogar vom Tode erwecken konnte (vgl. den *Äskulapstab* der Mediziner) → *Hygieia*

Asmodeus (im Talmud *Aschmedai*), von pers. *aeshma*, »Zorn«, nach der Babylonischen Gefangenschaft Bezeichnung der Juden für den Dämonenkönig, den Teufel der Wollust, der Sinnlichkeit und des Luxus

Asquith, *Herbert Henry* (1852–1928), von aengl. *æsć*, »Esche«, britischer Politiker, der nach einem Erdrutschsieg seiner liberalen Partei 1906 zunächst Finanzminister und zwei Jahre später Premierminister wurde (Rücktritt 1916)

Assad, genauer *Hafez el-Assad* (1928–2000), von arab. *assad*, »Löwe«, ehemaliger Präsident Syriens, nach dessen Tod sein Sohn *Bachar el-Assad* (geb. 1966) dieses Amt übernahm

Assisi, *Franz von* (1182–1226), nach dem Namen seiner Heimatstadt (zu ital. *assidersi*, »sich niederlassen«), frommer italienischer Asket mit einer ausgeprägten Liebe zur Natur, Stifter der Franziskaner-Bruderschaften

Assur, wohl zu ass. *sar*, »Erster«, assyrischer Kriegs- und Richtergott, nach dem sich etliche assyrische Könige benannten → *Assurbanipal*

Assurbanipal (669–631 v. Chr.), »Assur erschafft den Sohn«, assyrischer König, Erbauer des Palastes und der Bibliothek von Ninive, aus deren Bestand Tausende von zerbrochenen Tontafeln mit literarischen Zeugnissen erhalten sind → *Assur*

Astaire, *Fred* (1899–1988), Künstlername des amerikanischen Tänzers und Schauspielers *Frederick Austerlitz*, dem die Assoziation mit engl. *astir*, »beweglich, munter«, wohl besser gefiel als die mit einer berüchtigten Schlacht

Astarte, von akk. *astar*, »Gottheit« (nach anderer Quelle »Schoß«), phönizische Fruchtbarkeitsgöttin, deren pralle Brüste einst die Sterne der Milchstraße an den Himmel spritzten; häufig dargestellt als Mutter mit ihrem Kind → *Aschtoret*

Asteropetes, »Blitzeschleuderer«, zu grch. *asteropé*, »Blitz«, üblicher Beiname des obersten Himmels- und Wettergottes Zeus, der vom Olymp aus Blitze und Donnerkeile auf die Erde schmetterte → *Zeus*

Astrid (1905–1935), aus *Asfrith*, zu schwed. *as*, »Gottheit« (vgl. *Asen*), und anord. *fridhr*, »schön«, schwedische Prinzessin und spätere Gattin Leopolds III. von Belgien und Mutter König Baudouins I. sowie dessen Bruders und Nachfolgers Albert (seit 1993 König Belgiens) → *Lindgren*

Atatürk (1881–1938), »Vater der Türken«, liebevoller Beiname des ersten Präsidenten der modernen Türkei, eigentlich *Mustafa Kemal Pascha* (türk. *kemal*, »Reife«, und pers. *pasha*, »Weltkönig«) → *Attila, Mustafa, Schah*

Ate, »Verirrung, Frevel, Verderben«, altgriechische Personifizierung von Betörung, Verblendung und Schuld, älteste Tochter des Zeus, der sie einst in einem Wutanfall aus dem Olymp in die Welt der Menschen vertrieben hatte

Athanasius (ca. 295–373), von grch. *athánatos*, »unsterblich, ewig«, Bischof von Alexandria und griechischer Kirchenvater, als erbitterter Gegner des Arius Teilnehmer am Konzil zu Nizäa

Athene (Name unbekannter Herkunft) → *Pallas*

Atlas, nach der legendären Insel *Atlantis* (oder von grch. *tálas*, »tragend«), mythischer Titanensohn, der wegen seiner Beteiligung an einer Erhebung gegen Zeus dazu verdammt war, das Himmelsgewölbe auf seinen Schultern zu tragen

Aton, wörtlich »Sonnenscheibe«, Erscheinungs- und Verehrungsform des ägyptischen Sonnengottes *Atum* (später Rê), dessen Strahlen aus vielen Armen und Händen bestanden → *Echnaton*

Atreus, von grch. *átrotos*, »unverwundbar«, Sohn des Pelops, Vater des Agamemnon und des Menelaos, mythischer König von Mykene, der zum ruchlosen Bruder-, Gatten- und Kindesmörder wurde

Atropos, »die Unumgängliche«, aus grch. *a*, »ohne«, und *tropé*, »Wende, Flucht«, griechische Schicksalsgöttin, die den Lebensfaden der Sterblichen durchtrennte → *Klotho, Lachesis, Moiren*

Atrytone, »die Unbezwingliche«, grch. *átrytos*, »unermüdlich, unerschöpflich«, einer der Beinamen der Göttin Athene, die als Beschützerin der Städte und Staaten häufig mit Lanze und Schild dargestellt wurde → *Pallas*

Attes (röm. *Attis*), wohl von phryg. *atta*, »Vater«, legendärer schöner Hirt, der aus Liebe zur kleinasiatischen Göttin Kybele sein Keuschheitsgelöbnis brach und sich zur Strafe dafür selbst entmannte

Attila (gest. 453 n. Chr.), dt. *Etzel*, »Väterchen«, von got. *atta*, »Vater«, König der Hunnen, der die Goten vor sich her nach Westen trieb, bei seinen Anhängern jedoch für reichlich Beute sorgte und daher in hohem Ansehen stand → *Atatürk*

Attlee, *Clement Richard* (1883–1967), aus aengl. *atte lee*, »Bewohner an einer Waldlichtung« (aus aengl. *atte*, »an«, und *lēah*, »Waldrodung«), nach Churchills Abwahl (1945) erster sozialistischer Regierungschef in Großbritannien

Atum, »der Nicht-Seiende«, altägyptischer Gott des Chaos, aus dem alle Materie und alles Leben entstanden, nach dem Aufkommen des *Rê*-Kultes abgeschwächt zum Gott der Abendsonne, im Gegensatz zu *Rê* als strahlender Mittagssonne

Augias, von grch. *augé*, »Glanz, Sonnenlicht«, mythischer König von Elis, dessen schmutzigen Stall Herkules an einem Tag ausmistete, indem er einen umgeleiteten Fluss die Arbeit verrichten ließ

Augustinus, *Aurelius* (353–430), vom römischen Ehrentitel *Augustus* (»Ehrwürdiger, Majestät«), Name eines bedeutenden lateinischen Kirchenlehrers, dessen Werk großen Einfluss auf das christliche Mittelalter ausübte

Augustus, »Erhabener, Ehrwürdiger, Heiliger«, seit 27 v. Chr. zunächst Beiname des Kaisers Octavianus, danach im Sinne von »Majestät« Ehrentitel aller römischen Kaiser → *Octavianus*

Aurel (lat. *Aurelius*), von lat. *aureolus*, »aus Gold gemacht«, bei Personen auch »schön«, römischer Geschlechtername; bekanntester Träger: der römische Kaiser *Marcus Aurelius* (121–180 n. Chr.)

Aurelianus (von lat. *aureolus*, »golden, schön«, Adoptionsname zu *Aurelius*), römischer Kaiser, mit dessen Namen der Bau der *Aurelianischen Mauer* in Rom verbunden bleibt (212–275 n. Chr.)

Aurora, von lat. *aurora*, »Morgenlicht« (vielleicht verwandt mit *aurum*, »Gold«, »goldener Glanz«), dichterischer Name der römischen Göttin der Morgenröte, einer Schwester des Sonnengottes Sol und der Mondgöttin Luna → *Eos, Ostara*

Austen, *Jane* (1775–1817), über afrz. *Aoustin* aus röm. *Augustinus* (zu lat. *augustus*, »Erhabener«), Pfarrerstochter und englische Erzählerin, die mit feiner Ironie und kühlem Blick ihre eng begrenzte Welt schilderte

Averroës, spanischer Name des maurischen Philosophen und Arztes *Ibn Rushd* (1126–1198), »Sohn der Vernunft«, Ausleger und Kommentator der Werke des Aristoteles (aus arab. *ibn*, »Sohn«, und *rushd*, »Klugheit«, »rechtes Handeln«)

Avicenna (980–1037), westlicher Name des Philosophen und Arztes *Abu Ibn Sina* aus Isfahan, dessen Erkenntnisse jahrhundertelang die Lehre der medizinischen Fakultäten Europas bestimmte (arab. *Abu Ibn Sina,* »Vater, Sohn des Sina«)

Aymé, *Marcel* (1902–1967), von frz. *aimer,* »lieben, mögen« (zu lat. *amare,* »lieben«), humorvoller, gesellschaftskritischer französischer Schriftsteller sowie Autor viel gelesener Märchen

Ayub Khan (1907–1974), pakistanischer Politiker, von 1958 bis 1969 Präsident Pakistans (mit *Ayub,* der arabischen Entsprechung des biblischen *Hiob,* aus hebr. *i?,* »wo?«, und *ab,* »Vater«) → *Dschingis Khan*

Aznar, *José María* (geb. 1953), entweder von span. *asnero,* »Eseltreiber« (zu lat. *asinus,* »Esel«), oder bask. *acenari,* »Fuchs«, »Schlaumeier«, ab 1996 spanischer Ministerpräsident (2004 Rücktritt nach den verheerenden Zuganschlägen in Madrid)

Aznavour, *Charles* (geb. 1924), verwestlichter Name des französischen Sängers und Filmschauspielers *Shahnour Varenagh Aznavourian,* wohl aus armen. *azniv,* »vornehm«, und *avur,* »schön« (mit der armen. Endung *-ian,* »Sohn von«)

Baader, *Andreas* (1943–1977, Selbstmord im Gefängnis), nach der alten Berufsbezeichnung des *Baders,* der in seiner Badestube u. a. auch Haare schnitt und Zähne zog, Mitglied der terroristischen Baader-Meinhof-Gruppe

Baal, wohl verwandt mit grch. *phallós,* »Pfahl, Phallus« (zur idg. Wurzel *bhel-,* »schwellen, prall sein«), phönizischer Sonnen- und Fruchtbarkeitsgott der Kanaaniter, meist als Stier dargestellt (vgl. urverwandt *Bulle*)

Baal Hammon, von pun. *ba'al hammon,* »Herr der Räucheraltäre«, Haupt- und Fruchtbarkeitsgott der nordafrikanischen Punier (Karthager), dem man regelmäßig Kinder als Brandopfer darbrachte

Baal-Zebul, hebr. »Herr und Fürst«, alter Orakelgott der Philister, der im Mittelalter als oberster Teufel der Hölle, als »Fürst der Dämonen«, angesehen und als *Belzebub* verspottet wurde → *Belzebub*

Bacchus, »Schreihals, Rasender«, zu grch. *bakcheîos,* »verzückt, rasend«, Name des römischen Weingottes, dem zu Ehren die Bacchanalien gefeiert wurden – Feste, die mit viel Weingenuss verbunden waren (vgl. *Bacchanten*) → *Dionysos*

Bach, *Johann Sebastian* (1685–1750), Wohnstättenname mit Bezug auf ein Fließgewässer, einer der größten deutschen Komponisten und Vater von vier ebenfalls hervorragenden Musikern

Bacon, *Francis* (1561–1619), von engl. *bacon,* »Schinkenspeck«, großer englischer Staatsmann und Philosoph, der die Beherrschung der Natur durch Erwerb möglichst großer Kenntnisse auf der Basis der Erfahrung forderte

Baden-Powell, *Robert* (1857–1941), von wal. *powell,* »Sohn des Howell« (mit Anfangs-*P* für wal. *ap,* »Sohn von«, vgl. engl. *of*), englischer Gründer der Pfadfinderbewegung

Baedeker, *Karl* (1801–1859), aus mnd. *bodeker,* »Böttcher« (Fass-Hersteller), deutscher Buchhändler aus Koblenz und Verleger von Reisehandbüchern, ab 1827 in Koblenz, seit 1872 in Leipzig, nach dem Zweiten Weltkrieg in Freiburg

Bahr, *Egon* (geb. 1922), von mhd. *bar,* »Sohn, freier Mann« (oder von mnd. *bare,* »Bär«), Journalist und SPD-Politiker, zwischen 1972 und 1976 zweimal Bundesminister, danach bis 1981 Bundesgeschäftsführer der SPD

Bajesit I. (1347–1403), »der Geehrte«, zu türk. *bayar,* »angesehen« (vgl. *bey,* »Herr«), osmanischer Sultan, der innerhalb weniger Jahre die Balkanstaaten unterwarf und 1396 bei Nikopolis ein christliches Heer besiegte → *Yıldırım*

Bakunin, *Michail Alexandrowitsch* (1814–1876), aus russ. *bak,* »Fass, Tonne«, und der patronymischen Endung *-in,* »(Sohn) des«, russischer Revolutionär und einer der geistigen Väter des Anarchismus

Baldur (nord. *Baldr*), entweder »Leuchtender« (zu der germ. Wurzel *bhal-,* »weiß, glänzend«, vgl. *fahl*) oder »Kühner, Held« (von ahd. *bald,* »kühn«, vgl. engl. *bold*), schöner und guter Sohn des Odin und der Frigg, germanischer Lichtgott

Baldwin, *Stanley* (1867–1947), von ahd. *bald,* »kühn«, und *wini,* »Freund« (vgl. dt. *Balduin* und frz. *Baudouin*), britischer Konservativer und zwischen den Weltkriegen zweimal Premierminister

Balladur, Édouard (geb. 1929), wohl von pers. *bala,* »oben«, und *dur,* »fern, weit«, französischer gaullistischer Politiker armenischer Herkunft, von 1993 bis zu seinem Rücktritt 1995 Premierminister Frankreichs

Balthasar, babyl. »(der Gott) Baal erhalte den König«, einer der so genannten Heiligen Drei Könige (die indes nie heiliggesprochen wurden), deren Gebeine seit 1164 im Kölner Dom ruhen → *Kaspar, Melchior*

Balzac, *Honoré de* (1799–1850), eigentlich *Honoré Balssa,* von span. *balsa,* »Floß« (port. *balsa,* »Gestrüpp«), französischer Dichter, der mit wissenschaftlicher Präzision die Schwächen und Verbrechen seiner Zeitgenossen beschrieb

Bamm, *Peter* (1897–1975), zum brandenburgischen Ortsnamen *Bamme,* Künstlername des deutschen Schriftstellers und Arztes *Curt Emmrich* (vom deutschen Rufnamen *Emmerich*)

Bancroft, *George* (1800–1891), aus aengl. *bēan,* »Bohne«, und *croft,* »Feld«, amerikanischer Politiker, Gründer der Marineschule von Annapolis (1845), als Gesandter in Berlin Verfasser neuer Regeln für die Auswanderung nach Amerika

Barabbas, aus aram. *bar,* »Sohn des«, und *ab,* »Vater«, jüdischer (vielleicht zelotischer) Aufrührer gegen die römischen Besatzer, der auf Verlangen des Volkes an Stelle von Jesus zum Paschafest freigelassen wurde

Barak, *Ehud* (geb. 1942), von hebr. *barak,* »Blitz« und »strahlen, blitzen«, israelischer General und Politiker, zeitweilig Leiter des militärischen Geheimdienstes, Ministerpräsident von 1999 bis 2001 (*Ehud,* »Vereinigung«)

Bardot, *Brigitte* (geb. 1934), vielleicht von frz. *bardot,* »Maulesel« (oder von ahd. *barta,* »Axt, Beil«), französische Schauspielerin und Tierschützerin, die eigentlich *Camille Javal* heißt (wohl von frz. *javelot,* »Wurfspieß«)

Barenboim, *Daniel* (geb. 1942), jidd. »Birnbaum«, bekannter Pianist und Dirigent, zunächst in Israel, von 1975 bis 1989 in Paris und ab 1992 in Berlin, zudem von 1981 bis 1999 bei den Bayreuther Festspielen

Barents, *Willem* (1550–1597), Variante des Namens *Berends,* »Sohn des Bernd«, aus ahd. *bero,* »Bär«, und *harti,* »hart«, niederländischer Seefahrer, der auf der Suche nach einer Nordostpassage die Bäreninsel und Spitzbergen entdeckte

Bar-Kochba, »Sternensohn« (von hebr. *kochav*, »Stern«), Ehrenname des jüdischen Freiheitskämpfers *Simon Ben Koseba* (»Sohn des Koseba«), der von 132 bis 135 den Aufstand gegen die römische Besatzungsmacht anführte

Barlach, *Ernst* (1870–1938), Herkunftsname zu deutschen Ortsnamen wie *Barlag* oder *Barlohe*, expressionistischer Bildhauer, Grafiker und Dramatiker, dessen Werke von den Nationalsozialisten als entartet gebrandmarkt wurden

Barnum, *Phineas Taylor* (1810–1891), aus aengl. *bern*, »Scheune, Speicher«, und *hamm*, »Flussauenland«, amerikanischer Spekulant und Schausteller, Gründer des nach ihm benannten Zirkusunternehmens

Bartók, *Béla* (1881–1945), ungarische Kurzform des Personennamens *Bartholomäus* (von aram. *Bar Talmai*, »Sohn des Talmai«, d. h. des »Faltenreichen«), bedeutender ungarischer Komponist und Musikforscher

Basie, *William*, genannt *Count Basie* (1904–1984), von grch. *basíleios*, »königlich« (vgl. *Basilika*), amerikanischer Pianist, Komponist und Leiter eines Jazzorchesters, einer der großen Meister des Swing

Bastet, zu ägypt. *bast*, »Salbgefäß«, Tochter des Rê, katzenköpfige Göttin der Musik, Verkörperung der Freude (vor allem an der Musik) und der Liebe (somit auch der Sexualität und der Geburt) sowie Hüterin des häuslichen Feuers

Baudelaire, *Charles* (1821–1867), von afrz. *badelaire*, »gebogenes Küchenmesser«, »Dolch«, französischer Dichter, den die Beschreibung alles Bösen, Hässlichen und Perversen faszinierte

Baudouin I. (1930–1993), »mutiger Freund«, aus ahd. *bald*, »kühn«, und *wini*, »Freund« (vgl. *Balduin*), ab 1951 belgischer König, dessen vollständiger Name *Baudouin Albert Leopold Axel Marie-Gustave Herzog von Brabant* lautete

Beardsley, *Aubrey Vincence* (1872–1898), aus aengl. *beard*, »Bart«, und *lēah*, »Lichtung«, englischer Buchillustrator, der durch seinen ornamentalen Zeichenstil weltberühmt wurde

Beaufort, *Sir Francis* (1774–1857), aus frz. *beau*, »schön«, und *fort*, »Festung«, britischer Admiral, dessen zwölfstufige Skala der Windstärken noch heute in Gebrauch ist

Beauvoir, *Simone de* (1908–1986), etwa »schöne Ansicht«, aus frz. *beau*, »schön«, und *voir*, »sehen, erblicken«, französische Schriftstellerin und Lebensgefährtin des Philosophen Jean Paul Sartre

Bebel, *August* (1840–1913), von slaw. *Pawel*, »Paul« (oder vom Vornamen *Babilo*), 1869 Mitbegründer der deutschen Sozialdemokratie sowie Verfechter des Klassenkampfes und der internationalen Solidarität des Proletariats

Bécaud, *Gilbert* (1927–2001), angelehnt an frz. *bécot*, »Küsschen«, Künstlername des französischen Sängers *François Léopold Silly* (zum röm. Personennamen *Silius*, jedoch Verwechslungsgefahr mit engl. *silly*, »dumm, töricht«)

Bechet, *Sidney* (1897–1959), von sfrz. *bechet*, »Hecht« (heute *brochet*), berühmter schwarzer Jazzmusiker (Klarinettist und Saxofonist) aus New Orleans, wo zum Teil noch heute Französisch gesprochen wird

Bechterew, *Wladimir Michailowitsch* (1857–1927), vielleicht von ukr. *bechati*, »wuchtig schlagen«, russischer Psychiater und Neurologe, der die nach ihm benannte *Bechterewsche Krankheit* erforschte

Beckenbauer, *Franz* (geb. 1945), aus mhd. *becke*, »Bäcker«, und mhd. *būr(e)* und *gebūr(e)*, »Bauer« (eigentlich »Mitbewohner«, »Nachbar«, zu ahd. *būr*, »Haus«, vgl. engl. *neighbour*), bekannter deutscher Fußballspieler, genannt »der Kaiser«

Becket, von engl. *becket*, »Tauhaken« (zu frz. *bec*, »Schnabel«), z.B. der irische Schriftsteller *Samuel Beckett* (1906–1989) und der Erzbischof von Canterbury, *Thomas Becket* (1118–1170), den Ritter in der dortigen Kathedrale ermordeten

Beckmann, *Max* (1884–1950), von mhd. *becke*, »Bäcker« (oder von mnd. *beke*, »Bach«, vgl. mdl. *Becke*), expressionistischer deutscher Maler und Grafiker, der 1937 in die Niederlande, später in die USA emigrierte

Becquerel, *Antoine Henri* (1852–1908), »Gesprächiger«, von frz. *becquer,* »schnäbeln« (zu frz. *bec,* »Schnabel«) oder von frz. mdl. *bécherel,* »Bächlein«, französischer Physiker, Entdecker der spontanen Radioaktivität

Bednarz, *Klaus* (geb. 1942), Berufsname zu poln. *bednarz,* »Böttcher, Fassmacher«, deutscher Fernsehkorrespondent und Redakteur, vor allem bekannt durch seine Berichte und Dokumentationen aus Russland und Polen

Beethoven, *Ludwig van* (1770–1827), »vom Rübenhof«, zu lat. *beta,* »rote Rübe« (vgl. *Rote Bete*), großer deutscher Komponist flämischer Abstammung

Behan, *Brendan* (1923–1964), vielleicht zu lat. *benignus,* »Freundlicher« (oder von ir. *beheen,* »Dummerchen«, zu ir. *baoth,* »Dummkopf«), irischer Dramatiker

Behring, *Emil von* (1854–1917), wohl vom Rufnamen *Bernhard* (mit ahd. *bero,* »Bär«), deutscher Arzt und Serologe, der 1890 ein Diphtherie- und ein Tetanus-Antitoxin entdeckte und 1901 als Erster den Nobelpreis für Medizin erhielt

Bell, *Alexander Graham* (1847–1922), von engl. *bell,* »Glocke« und »Läuten, Klingeln«, amerikanischer Taubstummenlehrer schottischer Herkunft und Erfinder eines einfachen Telefons (1876), der daher als Vater der Telefonie gilt

Bellini, *Iacopo* (ca. 1400-1470), aus *Bellino* (Koseform von *Iacopo,* »Jakob«), venezianischer Maler, dem wir außer Madonnenbildern vor allem Zeichnungen mit perspektivischer Darstellung von Gebäuden und Landschaften verdanken

Bellow, *Saul* (1915–2005), von engl. *bellows,* »Blasebalg« (vgl. *belly,* »Bauch«), amerikanischer Romanschriftsteller russischer Abstammung, der vor allem das Leben jüdischer Intellektueller in amerikanischen Großstädten beschrieb

Belmondo, *Jean-Paul* (geb. 1933), aus ital. *bello,* »schön«, und *mondo,* »Welt«, bekannter französischer Schauspieler und liebenswerter Leichtfuß und Frauenheld

Belzebub, Entstellung des hebräischen Spottnamens *Baal-Zewuw* (»Herr der Fliegen«) für den heidnischen Orakelgott der Philister, *Baal-Zebul* (»Herr und Fürst«), der im Mittelalter als »Fürst der Dämonen« galt → *Baal*

Benedikt, von lat. *benedictus,* »Gesegneter«, z. B. *Benedikt von Nursia* (480–547), Gründer des gemeinsamen Mönchslebens (Monte Cassino, 529) und Verfasser der ältesten Ordensregel, sowie beliebter Papstname (vgl. *Benedikt XVI.*, vor seiner Wahl im Jahr 2005 Kardinal Joseph Ratzinger)

Ben Gurion, *David* (1886–1973), »Sohn eines jungen Löwen« (aus hebr. *ben,* »Sohn«, *gur,* »junges Tier«, und *arje,* »Löwe«), in Polen als *David Gruen* geborener israelischer Politiker, 1948 Gründer des Staates Israel

Benjamin, »Sohn zur Rechten«, aus hebr. *ben,* »Sohn«, und *jamin,* »rechts«, laut Altem Testament zweitältester Sohn Jakobs und Ahnherr eines der zwölf Stämme Israels, der zunächst *Benoni,* »Sohn des Unheils«, geheißen hatte, da seine Mutter Rachel unmittelbar nach seiner Geburt gestorben war → *Desny*

Benn, *Gottfried* (1886–1956), aus *Benno,* einer Kurzform von *Bernhard* entstanden (zu ahd. *bero,* »Bär«, und *harti,* »hart«), deutscher Arzt und Dichter, der sich in seinen Werken vor allem mit den Schattenseiten des Lebens befasste

Benz, *Carl Friedrich* (1844–1929), Kurzform von Namen wie *Berthold, Bernhard* und *Benedikt* (oder vom gleichlautenden Ortsnamen in Schleswig-Holstein), deutscher Ingenieur und Automobilhersteller → *Daimler*

Berija, *Lawrentij Pawlowitsch* (1899–1953), von svan. *berej,* »Eisen«, brutaler sowjetischer Politiker georgischer Herkunft, Hauptverantwortlicher für die stalinistischen Säuberungen; nach dem Tod seines Gönners hingerichtet → *Stalin*

Bering, *Vitus Jonassen* (1680–1741), von ahd. *bero,* »Bär«, dänischer Asienforscher und Seeoffizier in russischen Diensten, der 1741 über Sibirien die Küste Alaskas und die Aleuten erreichte

Berlioz, *Hector* (1803–1869), Wohnstättenname zu afrz. *berle,* »Brunnenkresse«, französischer Komponist von Kantaten, Messen und Orchesterwerken, der erst nach seinem Tod Anerkennung und Ruhm erlangte

Berlusconi, *Silvio* (geb. 1936), »Schieler«, von ital. *berlusco,* »schielend« (aus lat. *bis,* »zweifach«, und *lux,* »Licht«, »Augenlicht«), italienischer Medienzar und rechter Politiker, Regierungschef 1994 und von 2001 bis 2006 → *Scheel, Schiller*

Bernini, *Giovanni Lorenzo* (1598–1680), aus einer Koseform von *Bernardo*, mit ahd. *bero*, »Bär«, und *harti*, »hart«, italienischer Barockkünstler, der z.B. den Petersplatz gestaltete und den Bronzetabernakel im Petersdom schuf

Bertolucci, *Bernardo* (geb. 1941), aus *Umberto* (zu ahd. *hun*, »braun«, und *beraht*, »glänzend«; vgl. *Humbert*) und *Lucio* (zu lat. *lucere*, »leuchten«), wenn nicht aus einer Koseform von *Alberto* oder *Roberto*, bekannter italienischer Filmemacher

Beuys, *Joseph* (1921–1986), aus rhein. *Bäus*, »kurze Jacke« (auch als Schimpfwort benutzt), zu afrz. *wambais*, »gesteppter Waffen-Rock«, viel geschmähter deutscher Künstler, der ungewöhnliche Materialien für seine Werke verwendete

Bhagvan, von skr. *bhágavat*, »Erhabener, Heiliger«, hinduistischer Name eines Schöpfergottes in Teilen Indiens, allwissender Richter über die Menschen, der die Guten zu ihm gelangen und glücklich sein lässt

Bhumibol (Ausspr. etwa *Phumipon*; geb. 1927), genauer *Bhumibol Adulyadej*, »Stärke des Landes« oder »unvergleichliche Macht«, seit 1946 thailändischer König, Monarch mit der längsten Regierungszeit der Welt → *Sirikit*

Biedermeier, mhd. *biderbe*, »brauchbar, nützlich« (bei Personen auch »brav, einfältig«), Pseudonym Ludwig Eichrodds und Adolf Kussmauls, die Mitte des 19. Jahrhunderts Spottverse über das deutsche Spießbürgertum veröffentlichten

Bierce, *Ambrose* (1842–1914), von engl. *pierce*, »durchdringen, durchstechen« (oder von afrz. *biere*, »Bahre, Sarg«), amerikanischer Autor phantastischer und gruseliger Geschichten

Bin Laden, *Osama* (geb. 1957), »Löwe, Sohn des Wendigen«, mit arab. *usama*, »Löwe«, *bin* (auch *ibn*), »Sohn«, und *ladin*, »flexibel, mobil«, saudischer Terrorist, Gründer des Terrornetzwerks *El Kaida* (arab. »die Basis«)

Biolek, *Alfred Franz Maria* (geb. 1934), wohl aus grch. *bíos*, »Leben«, und tsch. *lék*, »Medizin«, promovierter Jurist tschechischer Herkunft, TV-Entertainer und UN-Sonderbotschafter für die Aids-Situation in Afrika

Bismarck, *Otto Fürst von* (1815–1898), »Bischofsmark« (d. h. Grenzmark eines Bistums), zu einem gleichnamigen Ort in der Altmark, Gründer des Deutschen Reichs von 1871 und bis 1890 Reichskanzler

Bizet, *Georges* (1838–1875), »der Bleiche«, von picard. *bis*, »graubraun« (oder von frz. *biset*, »Holztaube«), berühmter französischer Komponist, Schöpfer der zunächst wenig erfolgreichen Oper »Carmen« (1875)

Blair, *Anthony*, genannt *Tony* (geb. 1953), von gäl. *blàr*, »Feld, Schlachtfeld«, britischer Labour-Politiker, ab 1994 Parteiführer, 1997 zum Premierminister seines Landes gewählt

Blanco, *Roberto* (geb. 1937), von span. *blanco*, »Weißer«, Künstlername des deutschen, in Tunesien geborenen schwarzen Schlagersängers kubanischer Abstammung namens *Roberto Zerquera* (zu lat. *quercus*, »Eiche«)

Bloch, *Ernst* (1885–1977), wohl von poln. *włoch*, »Welscher, Fremder«, gängige Bezeichnung für die aus Westeuropa nach Polen eingewanderten Juden; deutscher Philosoph und Schriftsteller jüdischer Herkunft

Blücher, *Gebhard Leberecht von* (1742–1819), seit 1814 Fürst von Wahlstatt, slawischer Herkunftsname zum mecklenburgischen Ortsnamen *Blücher*, berühmter preußischer Feldmarschall, bei Waterloo Sieger über Napoleon

Boabdill (gest. 1527), deformiert aus *Abu Abdallah* (zu arab. *Abu*, »Vater«, und *Abd Allah*, »Knecht Gottes«), unter dem Namen Mohammed XI. letzter maurischer König von Granada, 1492 aus Spanien vertrieben

Bobadilla, *Francisco de* (gest. 1502), Verkleinerungsform von span. *bobada*, »Dummheit«, als Nachfolger von Kolumbus Gouverneur Westindiens, 1499 wegen zu schonender Behandlung der Eingeborenen aus seinem Amt entfernt

Boccaccio, *Giovanni* (1313–1375), »Großmaul«, von ital. *boccaccia*, »Maul«, auch »Grimasse« (zu *bocca*, »Mund«), italienischer Schriftsteller, Verfasser des berühmten »Dekameron« mit der freizügigen Schilderung triebhafter Liebe

Boff, *Leonardo* (geb. 1938), eine Variante von frz. *boeuf*, »Rind, Bulle« (früher ein beliebter Spitzname für einen starken

Mann), brasilianischer katholischer Priester, Initiator der sogenannten Befreiungstheologie

Bogart, *Humphrey* (1899–1957), von ndl. *Bogaard*, »Baumgarten«, Wahlname des amerikanischen Filmschauspielers *Humphrey De Forest* (»vom Walde«, zu engl. *forest*, »Forst«), Abkömmling früher holländischer Siedler in New York

Bokassa, *Jean-Bédel* (1921–1996), zentralafrikanischer Politiker, selbsternannter Kaiser und brutaler Despot, nach seinem Sturz 1979 zum Tode verurteilt, später jedoch begnadigt

Boleyn, *Anna* (1507–1536), Herkunftsname mit Verweis auf die französische Küstenstadt *Boulogne*; zweite Ehefrau des englischen Königs Heinrich VIII., Mutter der späteren Königin Elizabeth I., wegen angeblicher Untreue enthauptet

Bolívar, Simón (1783–1830), wohl aus span. *bolí-*, »Kugel-« (vgl. frz. *boule*), und *varon*, »Mann, Edelmann« (vgl. *Baron*), lateinamerikanischer Nationalheld, Befreier des nördlichen Südamerikas von spanischer Herrschaft (vgl. *Bolivien*)

Böll, *Heinrich* (1917–1985), von mhd. *bolle*, »kugeliges Gefäß« (oder Wohnstättenname für einen Siedler am Fuß eines Hügels; vgl. *Beule*), deutscher Schriftsteller und Nobelpreisträger

Bonaventura (1221–1274), »gutes Geschick«, aus lat. *bona*, »gute«, und *ventura*, »Zukunft«, neben Franz von Assisi einer der Hauptvertreter der Hochscholastik, Ordensgeneral der Franziskaner, später Kardinal, 1482 heilig gesprochen

Bonhoeffer, *Dietrich* (1906–1945), nach dem Ort *Bonhof* (wohl zu kelt. *bona*, »feste Burg«), deutscher evangelischer Theologe, Anhänger der Bekennenden Kirche, 1945 als Widerstandskämpfer im KZ Flossenbürg hingerichtet

Bonifatius, aus lat. *bonus*, »gut«, und *fatum*, »Schicksal«, von Papst Gregor II. umbenannt in *Bonifacius*, »Wohltäter« (mit lat. *facere*, »machen«), englischer Benediktiner und Missionar, 754 von den Friesen erschlagen

Bora, *Katharina von* (1499–1552), wohl aus einer Kurzform von *Borislav,* zu urslaw. *borti,* »kämpfen«, und *slava,* »Ruhm« (oder von mhd. *bōr,* »Trotz, Empörung«), Ehefrau des deutschen Reformators Martin Luther

Borchert, *Wolfgang* (1921–1947), von einer niederdeutschen Form von *Burkhard,* aus ahd. *burg,* »Burg«, und *harti,* »hart«, erfolgreicher, jung verstorbener deutscher Erzähler

Borgia, berühmte römische Familie (ursprünglich aus dem spanischen Ort *Borja*), angelehnt an ital. *borgo,* »Burg, Ortschaft«; bekannteste Namensträger: die Kinder Papst Alexanders VI., *Lucrezia* (1480–1519) und *Cesare* (1475–1507)

Borodin, *Alexander Porfirjewitsch* (1833–1887), von russ. *boroda,* »Bart«, russischer Komponist, Schöpfer etlicher Symphonien, einer Oper und diverser Geigen- und Klavierstücke

Bosch, *Hieronymus* (um 1450–1516), nach seinem Geburtsort *s'Hertogenbosch* (»Herzogenbusch«) benannter niederländischer Maler, der eigentlich *Hieronymus van Aaken* hieß (*Aachen* war der ursprüngliche Herkunftsort der Familie)

Botha, *Pieter Willem* (1916–2006), zu ahd. *boto,* »Bote«, südafrikanischer Politiker und Verfechter der Rassentrennung, von 1978 bis 1984 Premierminister und danach bis 1989 Staatspräsident der Republik Südafrika

Botticelli, *Sandro* (1445–1510), »Tönnchen« (Verkleinerungsform von ital. *botte,* »Fass«, vgl. *Bottich*), Spitzname des berühmten italienischen Malers *Alessandro di Mariano Filipepi* (wohl aus ital. *filo-,* »Freund des«, und *pepe,* »Pfeffer«)

Bougainville, *Louis Antoine de* (1729–1811), aus prov. *bouga,* »Teilpächter«, und vlat. *villa,* »Landhaus«, französischer Weltumsegler (1766–1769) und Entdecker (vgl. die tropische und subtropische Kletterpflanze *Bougainvillea*)

Bourbonen, nach dem altkeltischen Wassergott *Borbo,* »Schäumender« (zu kelt. *borvo,* »Gischt«), französische Dynastie, aus der z. B. der »Sonnenkönig« *Ludwig XIV.* sowie Könige von Spanien, Neapel-Sizilien und Parma stammten

Bourguiba, *Habib* (1903–2000), französische Version des Namens *Abu-Ruqaiba*, »Vater des Ruqaiba« (»Hübscher«, zu arab. *ruqa*, »schön«), 1956 tunesischer Ministerpräsident, nach der Abdankung des Königs (1957) Staatspräsident

Boutros-Ghali, *Boutros* (geb. 1922), aus der arabischen Variante von *Petrus* und *ghali*, »Wertvoller«, »Geliebter«, aus Ägypten stammender Vorgänger Kofi Annans als Generalsekretär der Vereinten Nationen (1992–1997)

Brahe, *Tycho*, eigentlich *Tyge* (1546–1601), wohl von schwed. *bra*, »tüchtig, schön, gesund« (oder nach dem polnischen Fluss *Brahe*), großer dänischer Astronom (*Tyge* und *Tycho* zu grch. *tycheîn*, »ins Ziel treffen«, »Glück haben«)

Brahma, verw. mit skr. *brāhmaná*, »Priester«, und *bráhman*, »das Absolute«, »der Weltgeist«, nach hinduistischem Glauben Göttervater sowie Weltschöpfer und Lenker des Universums

Brahms, *Johannes* (1833–1897), Kurzform von *Abrahams (Sohn)* oder von mnd. *bramhus*, »Haus am Brombeergebüsch«, berühmter deutscher Komponist, Schöpfer von Meisterwerken aller Gattungen der Musik (außer der Oper)

Braille, *Louis* (1809–1852), von frz. *brailler*, »brüllen, schreien«, französischer Lehrer, der selbst mit drei Jahren sein Augenlicht verloren hatte und an einer Blindenschule in Paris unterrichtete (vgl. *Braille*-Schrift)

Bramante, *Donato* (1444–1514), von ital. *bramare*, »herbeisehnen«, Künstlername des italienischen Baumeisters und Malers *Donato d'Angelo* (»Geschenk des Engels«), eines Hauptvertreters der klassischen Architektur der Hochrenaissance

Brandauer, *Klaus Maria* (geb. 1944), nach dem Ortsnamen *Brandau*, bekannter österreichischer Schauspieler, der eigentlich *Klaus Steng* heißt (wohl zu ahd. *stengil*, »Pflanzenstängel«)

Brando, *Marlon* (1924–2004), vom alten germanischen Personennamen *Brando*, zu ahd. *brand*, »Brenneisen», »glühendes Schwert«, großer amerikanischer Filmschauspieler (z. B. »Endstation Sehnsucht« und »Die Faust im Nacken«)

Brandt, *Willy* (1913–1992), von *Hildebrandt*, aus ahd. *hiltja*,

»Kampf«, und *brand,* »flammendes Schwert«, Deckname des 1933 nach Norwegen geflohenen *Herbert Ernst Karl Frahm* (zu mhd. *vrum,* »ehrenhaft«), vierter deutscher Bundeskanzler

Braque, *Georges* (1882–1963), zu mhd. *bracke,* »Spürhund«, bekannter französischer Maler, der sich zunächst in Paris den *Fauves,* d. h. den »Wilden«, anschloss, dann jedoch schon bald mit Picasso den Kubismus entwickelte

Braun, *Wernher von* (1912–1977), »Brauner«, deutscher Raketenkonstrukteur im Dritten Reich, Vater der berüchtigten *V2* (»Vergeltungswaffe«) und nach 1945 maßgeblich an der Entwicklung der amerikanischen Weltraumfahrt beteiligt

Brecht, *Bertolt* (1898–1956), von ahd. *beraht,* »glänzend«, deutscher Dichter, Essayist und Dramatiker, der 1933 Deutschland verließ und über mehrere europäische Länder und die Sowjetunion ins amerikanische Exil ging

Brentano, *Clemens* (1778–1842), deutscher romantischer Dichter mit italienischem Namen (nach dem Dolomitenfluss *Brenta,* »Gleitkufe«), befreundet mit Achim von Arnim, der später dessen Schwester Bettina heiratete → *Arnim*

Breschnew, *Leonid Iljitsch* (1906–1982), von russ. *brjesch',* »Bresche, Lücke« (oder von *brjezschit',* »schimmern, dämmern«), ehemaliger sowjetischer Generalsekretär der KPdSU, ab 1960 auch Staatspräsident

Briand, *Aristide* (1862–1932), von kelt. *bryn,* »Hügel, Anhöhe«, französischer Staatsmann, nach dem Ersten Weltkrieg Verfechter einer konsequenten Abrüstungs- und Friedenspolitik gegenüber Deutschland

Brice, *Pierre* (geb. 1929), von frz. *brise,* »sanfter Wind«, Künstlername des bekannten französischen Winnetou-Darstellers *Pierre Louis de Bris* (entweder zu frz. *bris,* »Bruch«, oder zum keltischen Namen *Ab Rice,* »Sohn des Rice«)

Brod, *Max* (1884–1968), »Furt«, zu tsch. *brodit sa,* »waten«, in Prag geborener, 1939 nach Palästina emigrierter jüdischer Schriftsteller

Bronson, *Charles* (1921–2003), nach der *Bronson Street* in Beverly Hills (von *Branston,* »Siedlung des Brant«), Wahlname des aus Litauen stammenden amerikanischen Filmschauspielers *Charles Dennis Buchinsky* (zu poln. *buk,* »Buche«)

Brontë, wohl eine anglisierte Form von irisch *proinnteach,* »Speisesaal«, Name dreier englischer Schwestern, die als Schriftstellerinnen den Decknamen *Bell* wählten (von engl. *bell,* »Glocke«)

Brown, *John* (1800–1859), von engl. *brown,* »braun«, militanter Verfechter der Sklavenbefreiung in den USA, zu Beginn des Amerikanischen Bürgerkriegs 1861 hingerichtet, im Norden der USA noch heute als Märtyrer besungen

Bruegel (auch *Breughel*), von mhd. *brüel,* »Feuchtwiese« (zu mlat. *brogilus,* »Aue«, vgl. den Ortsnamen *Brühl*), berühmte niederländische, in Brüssel und Antwerpen tätige Malerfamilie, z.B. *Pieter Bruegel d. Ä.* (ca. 1525–1569) sowie seine Söhne *Pieter* (1564–1638) und *Jan* (1568–1625)

Brunhild, aus ahd. *brunne,* »Brustharnisch«, und *hiltja,* »Kampf«, Heroin der deutschen und nordischen Heldendichtung, Gemahlin König Gunthers von Burgund

Brüning, *Heinrich* (1885–1970), aus ahd. *brun,* »braun«, und der Endung *-ing* für »Gefolgsmann«, deutscher Zentrumspolitiker, während der Weimarer Republik von 1930 bis 1932 Reichskanzler

Brutus, »Dummkopf«, »Tölpel« (zu lat. *brutus,* »schwerfällig«, »stumpfsinnig«), altrömischer Beiname des Caesar-Mörders *Marcus Iunius* (85–42 v. Chr.)

Brynner, *Yul* (1915 oder 1920–1985), entweder vom Ortsnamen *Brunn* oder von *Bruno,* »Brauner« (zu ahd. *brun,* »braun«), amerikanischer Schauspieler, Sohn eines schweizerisch-mongolischen Vaters und einer russischen Mutter

Buber, *Martin* (1878–1965), wohl von mhd. *buobe,* »Diener, Knecht«, jüdischer Sozialphilosoph und Theologe österreichischer Herkunft

Buchanan, *James* (1791–1868), Herkunftsname mit Bezug auf den gleichnamigen schottischen Distrikt (aus gäl. *buth,* »Haus«, und *chanain,* »Kanonen«, vgl. engl. *cannon*), 15. Präsident der Vereinigten Staaten (1857–1861), der den Ausbruch des Bürgerkriegs trotz seiner Kompromissbereitschaft nicht verhindern konnte

Büchner, *Georg* (1813–1837), Herkunftsname zu Ortsnamen wie *Buchen* oder *Buchenau*, von mhd. *buoche,* »Buche«, und *buoch,* »Buchenwald«, deutscher Arzt und Schriftsteller

Buck, *Pearl S.* (für *Sydensticker*), 1892–1973, von engl. *buck,* »Bock« (oder von aengl. *bōc,* »Buche«), Künstlername einer amerikanischen Schriftstellerin, die als Tochter des China-Missionars *Sydensticker* einen Teil ihrer Kindheit im Reich der Mitte verbrachte

Buddha (ca. 563–483 v. Chr.), »Erwachter«, »Erleuchteter« (zu skr. *budh,* »erwachen«), indischer Philosoph adliger Herkunft und Prediger der Weltentsagung; eigentlicher Name *Siddhārtha,* skr. »das Ziel erreicht habend«

Buffalo, *Bill* (1846–1917), »Büffel-Willi«, Spitzname des für die Fleischversorgung der Arbeiter beim Bau der Pazifikbahn verantwortlichen amerikanischen Offiziers *William Frederick Cody* (von engl. *code,* »Gesetzbuch«), der wilde Büffel aus dem fahrenden Zug zu erlegen pflegte

Bugatti, *Ettore* (1881–1947), von lomb. *bugatto,* »Mehlsieb«, französischer Autokonstrukteur italienischer Herkunft (*Ettore,* ital. Form von *Hektor*)

Bulganin, *Nikolaj Alexandrowitsch* (1895–1975), von turkm. *bulga,* »gemischt« (vgl. das Völkergemisch der *Bulgaren*), unter Chruschtschow Vorsitzender des Ministerrates der UdSSR, wegen eines Putschversuchs aus dem Amt entlassen

Bultmann, *Rudolf Karl* (1884–1976), von mhd. *bulte,* »kleiner Erdhügel« (oder vom niedersächsischen Ortsnamen *Bülten*), deutscher evangelischer Theologe

Bunsen, *Robert Wilhelm* (1811–1899), aus *Buno,* einer Lallform von *Bruno,* »Brauner«, und der patronymischen Endung *-sen,* »Sohn von«, deutscher Forscher, Entdecker der Spektralanalyse und Erfinder des *Bunsenbrenners*

Buñuel, *Luis* (1900–1983), wohl von span. *buñuelo,* »Ölgebäck«, »Windbeutel« (im übertragenen Sinn auch »Pfuscherei, Murks«), spanischer Autor und Regisseur, einer der bedeutendsten Vertreter des surrealistischen Films

Buonaparte → *Napoleon*

Buonarroti (1475–1564), aus ital. *buon-,* »gut«, und *arrotino,* »Scherenschleifer«, Geburtsname *Michelangelos,* berühmt durch seinen David, seine Fresken in der Sixtinischen Kapelle und die Kuppel des Petersdoms in Rom → *Michelangelo*

Burroughs, *Edgar Rice* (1875–1950), aus aengl. *būr*, »Wohnstätte« (vgl. *Vogelbauer* und *Bure*), sowie *hūs*, »Haus«, amerikanischer Schriftsteller, Schöpfer der Tarzanfigur (*Rice* aus awal. *ris*, »Eifer, Inbrunst«)

Burton, *Richard* (1925–1984), entstellt aus engl. *Breton*, »Bretone«, Künstlername des aus Wales stammenden englischen Schauspielers *Richard Walter Jenkins* (»Sohn des Jenkin«, aus *John* und dem Verkleinerungssuffix *-kin*)

Busch, *Wilhelm* (1832–1908), aus mhd. *busch*, »Gesträuch, Wäldchen«, deutscher Dichter, Maler und Zeichner (Vater der Figuren »Max und Moritz«), der mit seinen Bildgeschichten zu den größten Humoristen Deutschlands zählt

Bush, *George W. (Walker)*, geb. 1946, von engl. *bush*, »Gebüsch«, republikanischer US-Politiker, 43. Präsident der Vereinigten Staaten (2001 und 2004), sowie sein Vater und Vorgänger *George Herbert Bush* (beide mit Vornamen nach dem New Yorker Bankier *George Herbert Walker*, in dessen Familie ihr Großvater bzw. Vater eingeheiratet hatte)

Butenandt, *Adolf Friedrich Johann* (1903–1995), von nd. *buten an*, »außen an (Wohnender)«, deutscher Chemiker, Nachfolger Otto Hahns als Präsident der Max-Planck-Gesellschaft

Butler, von afrz. *bouteillier*, »Kellermeister« (vgl. frz. *bouteille*, engl. *bottle*, »Flasche, Buddel«), Name zweier englischer Dichter: *Samuel Butler* (1612–1680), Verfasser einer puritanischen Satire (»Hudibras«), und *Samuel Butler* (1835–1902), Autor von evolutions- und gesellschaftskritischen Romanen

Buxtehude, *Dietrich* (1637–1707), Herkunftsname zum gleichnamigen Ort an der Este, aus ahd. *buohha*, »Buche«, *stado*, »Ufer« (vgl. *Gestade*), und *hude*, »Stapelplatz«, in Dänemark geborener Komponist und Organist in Lübeck

Byron, *George Gordon Noel* (1788–1824), auch *Lord Byron* (er war der 6. Baron *Byron*), von aengl. *bŷre*, »Kuh-Unterstand«, englischer romantischer Dichter, wegen eines

Verhältnisses mit seiner Stiefschwester gesellschaftlich geächtet

Caballé, *Montserrat* (geb. 1933), von katal. *cavaller*, »Reiter, Ritter« (vgl. *Kavallerie*), spanische Sopranistin und Operndiva aus Barcelona

Cabot, *John* (ca. 1455–1498), anglisierter Name des italienischen Seefahrers *Giovanni Caboto*, von ital. *cabotiere*, »Küstenfahrer«, 1497 Entdecker Labradors

Cabral, *Pedro Álvares* (1467–1526), wohl von port. *cabra*, »Ziege«, portugiesischer Seefahrer, der 1500 Brasilien entdeckte

Caesar, von lat. *caesaries*, »langes Haar, Mähne« (oder von *caesum*, »geschnitten«, zu *caedere*, »schneiden«, auch »aus dem Mutterleib schneiden«), römischer Beiname, z. B. des Diktators und Feldherrn *Caius Iulius Caesar* (100–44 v. Chr.), und dessen Adoptivsohns *Caius Iulius Caesar Octavianus* (63 v. Chr. bis 14 n. Chr.), besser bekannt als Kaiser Augustus

Calderón de la Barca, *Pedro* (1600–1681), von span. *calderón*, »großer Kessel« (evtl. für eine Geländemulde), und *barca*, »Fischerboot«, spanischer Offizier und Hofkaplan, Verfasser zahlreicher religiöser Dramen

Caligula (12–41 n. Chr.), »Stiefelchen« (zu lat. *caliga*, »Legionärsstiefel«), Beiname des tyrannischen und grausamen römischen Kaisers *Caius Iulius Caesar Germanicus*, der schon als Kind mit Vorliebe kleine Soldatenstiefel trug

Callas, *Maria* (1923–1977), Künstlername der griechisch-amerikanischen Sopranistin, die eigentlich *Maria Kalogeropoulos* hieß (aus ngrch. *kalós*, »gut«, *géros*, »Greis«, und der Endung *-poulos*, »Kind von«)

Calvin, *Johann* (1509–1564), zu lat. *calvus*, »kahl«, extrem protestantischer Reformator, der sein Geburtsland Frankreich 1534 verlassen musste (bis dahin *Jean Cauvin*) und danach in Basel und Genf wirkte

Camus, *Albert* (1913–1960), von frz. *camus*, »platt(nasig)«, berühmter französischer Schriftsteller und Dramatiker

Canaletto (1697–1768), »Kanälchen«, verniedlichender Name des berühmten italienischen Malers und Radierers *Giovanni Antonio Canal*

Candra, »der Glänzende«, zu skr. *candrá,* »schimmernd«, »golden«, Name des hinduistischen Mondgottes

Canisius, *Petrus* (1521–1597), latinisiert aus ndl. *Pieter Kanijs* (zu lat. *canis,* »Hund«), erster deutscher Jesuit, 1925 heilig gesprochen

Čapek, *Josef* (1887–1945) und sein Bruder *Karel* (1890–1938), von tsch. *čap,* »Storch«, tschechische Erzähler und Verfasser von Kinderbüchern

Capote, *Truman* (1924–1984), »Kapuzenumhang«, zu span. *capó,* »Haube«, Wahlname des amerikanischen Schriftstellers *Truman Streckfus-Persons*

Caracalla, Beiname des römischen Kaisers *Marcus Aurelius Severus Antonius* (211–217 n. Chr.), von kelt.-lat. *caracalla,* »Kapuzenumhang«, den er in Rom als neue Mode einführte

Cardenal, *Ernesto* (geb. 1925), span. »Kardinal«, katholischer Befreiungstheologe, Dichter und Politiker in Nicaragua

Carnegie, *Andrew* (1835–1919), nach seinem schottischen Geburtsort (aus gäl. *cathair an eige,* »Festung an der Schlucht«), amerikanischer Industrieller

Carrell, *Rudi* (1934–2006), vielleicht angelehnt an afrz. *carrel,* »Kopfkissen, Nackenrolle« (oder an engl. *car,* »Wagen«), Künstlername des niederländischen TV-Entertainers *Rudolf Wijbrand Kesselaar* (von mnd. »Kesselmacher«)

Carreras, *José* (geb. 1946), von span./katal. *carrera,* »Straße, Weg«, weltbekannter spanischer Tenor

Carroll, *Lewis* (1832–1898), aus *Carolus* (»Karl«, »Kerl«), der latinisierten Form von *Charles,* Künstlername des englischen Schriftstellers *Charles Lutwidge Dodgson* (»Sohn des Dodge«, Koseform von *Robert*)

Carstens, *Karl* (1914–1992), »Christians Sohn«, deutscher Jurist und CDU-Politiker, Bundespräsident der Bundesrepublik Deutschland von 1979 bis 1984

Carter, *James Earl (Jimmy),* geb. 1924, von engl. *carter,* »Fuhrmann«, 39. amerikanischer Präsident (1977–1981) der USA, der 1978 mit dem Camp-David-Abkommen eine Annäherung zwischen Ägypten und Israel erreichte

Cartesius, *Renatus* (1596–1650), latinisierte Form des Namens *René Descartes* (nach seinem Heimatdorf *Les Cartes,*

»Die Karten«), französischer Philosoph, dem wir den Ausspruch *Cogito, ergo sum,* »Ich denke, also bin ich«, verdanken

Caruso, *Enrico* (1873–1921), ital. »Glatzkopf« (einst Spottname für einen sizilianischen Schwefelgrubenarbeiter), berühmtester Tenor seiner Zeit, der große Erfolge in Mailand, London und später in Amerika feierte

Casanova, *Giovanni Giacomo* (1725–1798), zu ital. *casa,* »Haus«, und *nuova,* »neu«, italienischer Abenteurer und unersättlicher Frauenheld

Cäsar → *Caesar*

Castor → *Kastor, Pollux*

Castro, *Fidel* (geb. 1927), von span. *castro,* »Burg, Festung« (*Fidel* von span. *fidelidad,* »Treue, Verlässlichkeit«), kubanischer Sozialist und Revolutionär, seit 1961 Regierungs- und Staatschef seines Landes

Cato, von lat. *catus,* »gescheit, pfiffig«, Beiname des römischen Staatsmanns und strengen Sittenrichters *Marcus Porcius* (234–149 v. Chr.), genannt »der Ältere«, und des gleichnamigen Caesar-Gegners (95–46 v. Chr.), genannt »der Jüngere«

Catull (84–54 v. Chr.), von lat. *catulus,* »Tierjunges«, und *catula,* »Hündchen«, berühmter römischer Lyriker, der mit vollem Namen *Caius Valerius Catullus* hieß → *Valéry*

Cellini, *Benvenuto* (1500–1571), verkürzt aus ital. *uccellino,* »Vögelchen«, Florentiner Goldschmied und Bildhauer, zeitweilig am Hof des französischen Königs Franz I. tätig (ital. *Benvenuto,* »der Willkommene«)

Celsius, *Anders* (1701–1744), lat. *celsus,* »erhöht, hoch«, latinisierte Form des Wohnstättennamens *Högen* (von schwed. *hög,* »Hügel«), schwedischer Physiker und Astronom, Erfinder des Celsius-Thermometers

Ceram, *C. W.* (1915–1972), Pseudonym aus dem rückwärts gelesenen Namen des deutschen Schriftstellers *Kurt Wilhelm Marek* (»Götter, Gräber und Gelehrte«)

Cerberus → *Kerberos*

Ceres, wohl von lat. *creare,* »schaffen, hervorbringen«, römische Göttin des Wachstums in Landwirtschaft und Ehe (vgl. engl. *cereals,* »Körnerfrüchte«)

Cervantes, *Miguel de* (1547–1616), Herkunftsname zum Namen eines galicischen Örtchens (oder zu span. *sirviente,* »Diener«), großer spanischer Dichter, Verfasser des »Don Quixote« (span. *quijote,* »Beinschiene« der Ritterrüstung)

Cézanne, *Paul* (1839–1906), französisierte Form des nordwest-italienischen Ortsnamens *Cesana* (zu piem. *cesa,* »Kirche«, vgl. ital. *chiesa*), französischer Maler, Wegbereiter der Kubisten

Chaban-Delmas, *Jacques* (1915–2000), aus sfrz. *chaban,* »Kapuzenmantel«, und katal. *del mas,* »vom Bauernhof«, gaullistischer französischer Politiker, von 1969 bis 1972 Premierminister und wiederholt Präsident der Nationalversammlung

Chabrol, *Claude* (geb. 1930), zu okzit. *cabrol,* »Rehbock« (frz. *chevreuil*), französischer Filmkritiker und bedeutender Regisseur der »Neuen Welle«

Chadidscha (ca. 555–619), zu arab. *cha'didja,* »Frühgeborene«, »Frühreife«, erste Frau des Propheten Mohammed, dem sie fünf Kinder gebar, u. a. seine Lieblingstochter Fatima

Chagall, *Marc* (1887–1985), Französisierung seines Geburtsnamens *Segal,* verkürzt aus hebr. *segan* (»Stellvertreter«, deutsche Entsprechung: *Siegel*) und *leviyyah* (»levitisch«), berühmter französischer Surrealist russisch-jüdischer Herkunft

Chaka (ca. 1787–1828), »großer König«, Name eines berühmten Zuluherrschers, der als Einiger der südafrikanischen Stämme zum Symbol für die Unabhängigkeit Afrikas wurde

Chamberlain, *Arthur Neville* (1869–1940), »Kammerherr« (zu engl. *chamber,* »Kammer«), ab 1937 britischer Premierminister, wegen seiner zurückhaltenden und nachgiebigen Haltung gegenüber Hitler 1940 von Churchill abgelöst

Chamenei, auch *Khamenei* (geb. 1939), von pers. *cham,* »krumm, verbogen« (oder von *chām,* »roh, unfertig«), iranischer Ayatollah und als Nachfolger Chomeinis oberster geistlicher Führer des Iran, seit 1981 Staatspräsident

Champollion, *Jean-François* (1790–1832), aus frz. *champ,* »Acker«, und *lion,* »Löwe«, französischer Gelehrter und

Begründer der Ägyptologie, Entzifferer der Hieroglyphen auf dem sogenannten Stein von Rosette

Chandler, *Raymond Thornton* (1888–1959), aus afrz. *chandelier*, »Hersteller oder Verkäufer von Kerzen« (vgl. engl. *candle* und dt. *Kandelaber*), amerikanischer Schriftsteller, Meister des psychologischen Kriminalromans

Chanel, *Coco* (1883–1971), Verkleinerungsform von afrz. *chane*, »Wasserkrug«, Wahlname der französischen Modedesignerin *Gabrielle Bonheur Chasnel* (vielleicht zu afrz. *châsse*, »Reliquienschrein, Sarg«; frz. *bonheur*, »Glück«)

Chaplin, *Charlie* (1889–1977), von frz. *chapelain*, »Kaplan«, Künstlername des englisch-amerikanischen Filmkomikers *Charles Spencer Thonstein* (*Thon-* zu kelt. *dunum*, »Bergfestung«, *Spencer* von afrz. *despensier*, »Austeiler«)

Chariten, »die Holden«, von grch. *charíeis*, »anmutig, reizend«, Bezeichnung für die drei griechischen Göttinnen der Anmut, gleichzusetzen mit den römischen Grazien → *Aglaia, Euphrosyne, Thalia*

Charon, »der erfreut Blickende« (zu grch. *chará*, »Freude«), mythischer griechischer Fährmann, der die Verstorbenen über die Totenflüsse Styx, Acheron und Kokytos ins Totenreich beförderte

Charpentier, *Marc Antoine* (1643–1704), »Zimmermann«, aus lat. *carpentarius*, »Stellmacher, Wagner« (vgl. engl. *carpenter*), französischer Komponist, vor allem von Kirchenmusik (sein *Te Deum* war Vorlage für die Eurovisionsmelodie)

Charybdis, vielleicht zu grch. *rhoibdeîn*, »schlürfen, verschlucken«, in der griechischen Mythologie ein Schiffe verschlingendes weibliches Monster, das seiner Beute an der sizilianischen Küste auflauerte → *Skylla*

Chase, *James Hadley* (1906–1985), von engl. *chase*, »Verfolgungsjagd«, treffender Name eines englischen Autors spannender Kriminalromane

Chatami (geb. 1943), »Vollender«, zu pers. *chateme*, »Beendigung«, seit 1997 iranischer Präsident, mit vollem Titel *Hodschatolislam* (»Lehrer des Islam«) *Sejjed Ali Mohammad* (arab. *Sejjed*, »Herr«, für einen Nachfahren des Propheten)

Chateaubriand, *François René, Vicomte de* (1768–1848), aus frz. *château*, »Schloss« (zu lat. *castellum*), und bret. *briand*, »Vornehmer«, französischer Schriftsteller und nach Napoleons Sturz Außenminister Frankreichs

Chaucer, *Geoffrey* (um 1340–1400), von afrz. *chaucier*, »Hersteller von Bein- und Fußbekleidung« (vgl. frz. *chaussures*, »Schuhwerk«), berühmter englischer Dichter (u. a. Verfasser der »Canterbury Tales«)

Che Guevara (1928–1967), aus span. *que* (das er wegen eines Sprachfehlers falsch aussprach) und *guero*, »der Blonde«, berüchtigter argentinischer Arzt und kubanischer Revolutionär, eigentlich *Ernesto Rafael Guevara Lynch de la Serna*

Cheiron, von grch. *cheír*, »Hand« (vgl. *Chirurgie*), in der griechischen Mythologie ein weiser und gerechter Kentaur, der etliche griechische Helden in ihrer Jugend unterrichtete, u. a. Asklepios, Achilleus und Jason

Cheops, eigentlich *Chui-ef-ui-Chnum*, »er beschützt mich, nämlich Chnum«, bedeutender ägyptischer König (Mitte des 3. Jahrtausends v. Chr.), dessen berühmte Pyramide bei Giseh schon im Altertum zu den Weltwundern zählte

Chephren, eigentlich *Chai-ef-re*, »er erscheint, nämlich Rê«, Sohn und Nachfolger des ägyptischen Pharaos Cheops und Vater des Mykerinos, deren drei Pyramiden bei Giseh stehen

Cherubim, wohl von akk. *karubu*, »Bittsteller, Fürbitter«, in der Offenbarung des Johannes schlicht »Lebewesen« genannt; geflügelte himmlische Geistwesen rings um den Gottesthron

Chesterton, *Gilbert Keith* (1874–1936), aus aengl. *cæster*, »Römerlager« (zu lat. *castra*, »befestigtes Lager«, vgl. engl. *castle*), und *tūn*, »Farm, Gehöft«, englischer Schriftsteller, Schöpfer des Krimihelden Pater Brown

Chevalier, *Maurice* (1888–1972), »Ritter«, »Angehöriger des niederen Adels«, zu frz. *cheval*, »Reittier, Pferd« (vgl. *Kavallerie*), weltberühmter französischer Chansonsänger und Filmschauspieler

Childebert (dt. *Hildebert* und *Hilpert*), aus ahd. *hiltja*, »Kampf«, und *beraht*, »glänzend«, Name mehrer Frankenkönige aus dem Hause der Merowinger

Childerich (dt. *Hilderich*), aus ahd. *hiltja,* »Kampf«, und *rīhhi,* »mächtig, reich«, Name dreier Frankenkönige

Chimäre, von grch. *chímaira,* »Ziege«, in der griechischen Mythologie ein Feuer speiendes Ungeheuer mit einem Löwenkopf, Ziegenleib und Schlangenschwanz, das von Bellerophon mit Hilfe des geflügelten Pegasus getötet wurde

Chirac, *Jacques René* (geb. 1932), aus kelt. *Cariacum,* »Anwesen des Carius«, zweimaliger französischer Premierminister (1974–1976 und 1986–1988), 1995 als Nachfolger Mitterrands zum Staatspräsidenten gewählt (2002 wiedergewählt)

Chlodwig → *Ludwig*

Chlothar, von ahd. *Hlothar* (zu *hlūt,* »laut, berühmt«, und *heri,* »Heer«), Name fränkischer Könige aus dem Haus der Merowinger → *Lothar*

Chnum, ägypt. »Bildner, Former«, im alten Ägypten Fruchtbarkeits- und Geburtsgott, der auf seiner Töpferscheibe das Kind im Mutterleib formte und dem auch die Regulierung des Wasserstandes im Nil oblag

Chomeini (1902–1989), nach dem Geburtsort *Chomein,* ehemals politischer und geistlicher Führer der Islamischen Republik Iran, eigentlich *Ayatollah Ruhollah ibn Mustafa Musawi Hindi,* »Ayatollah, Seele Gottes, Sohn des Erwählten, Moses, Inder« (sein Großvater hatte als Geistlicher in Indien gewirkt)

Chopin, *Frédéric* (1810–1849), von afrz. *chopin,* »Hieb, Stoß«, berühmter polnischer Pianist und Komponist, Sohn eines französischen Vaters und einer polnischen Mutter

Chrétien de Troyes (ca. 1135–1183), »Christian von Troyes«, altfranzösischer Dichter (z. B. »Perceval« und »Lancelot, der Karrenritter«)

Christie, *Agatha* (1890–1976), zu *Christian,* Pseudonym der englischen Kriminalschriftstellerin *Agatha Mary Clarissa Miller* (»Müller«), Schöpferin der Romanhelden *Hercule Poirot* und *Miss Marple*

Christophorus, »Christusträger«, aus grch. *christós,* »Gesalbter«, und *phérein,* »tragen«, laut Legende ein Riese, der einst den kleinen Jesus auf seinen Schultern durch einen Fluss ans andere Ufer trug

Christus, von grch. *christós*, »der Gesalbte« (zu *chríein*, »salben, bestreichen«), griechische Lehnübersetzung aus gleichbedeutend hebr. *Mashiah* (dt. *Messias*), Beiname Jesu → *Messias*

Chruschtschow, *Nikita Sergejewitsch* (1894–1971), von ukr. *chruschtsch*, »Maikäfer« (oder von *chrustet'*, »knirschen«), Sohn eines ukrainischen Bauern, Ministerpräsident der UdSSR von 1958 bis zu seinem Sturz 1964

Chrysostomus, *Johannes* (ca. 350–407), »Goldmund«, aus grch. *chrysós*, »Gold«, und *stóma*, »Mund«, Erzbischof und Patriarch von Konstantinopel, größter Prediger der griechischen Kirche (vgl. *Chrysantheme*, »Goldblume«)

Churchill, *Sir Winston* (1874–1965), aus engl. *church*, »Kirche«, und *hill*, »Hügel«, britischer Premierminister von 1940 bis 1945

Cicero, Beiname des *Marcus Tullius* (106–43 v. Chr.), von lat. *cicer*, »Erbse« (davon *Kichererbse*), hochgebildeter Anwalt, machtvoller Redner und idealistischer Politiker im alten Rom

Citroën, *André-Gustave* (1878–1935), von ndl. *citroen*, »Zitrone«, französischer Automobilhersteller, Sohn eines holländisch-jüdischen Diamantenhändlers, der nach Paris zog und seinen Namen leicht französisierte

Clair, *René* (1898–1981), von frz. *clair*, »hell, klar«, Künstlername des französischen Filmregisseurs *René Chomette* (von afrz. *chomet* und *chaumet*, zur vorlat. Wurzel *calm*, »kahler Gipfel, Bergweide«)

Claudius (10 v. Chr.–54 n. Chr.), von lat. *claudus*, »hinkend«, in der Tat körper- und sprachbehinderter Sohn des Drusus Nero und Bruder des Germanicus; nach dem Tod seines Neffen Caligula ab 41 n. Chr. römischer Kaiser

Clemenceau, *Georges* (1841–1929), Verkleinerungsform von frz. *Clément*, »der Milde«, zu lat. *clemens*, »sanft, gnädig«, französischer nationalistischer Staatsmann, Verfechter einer harten Linie gegenüber Deutschland

Clinton, *Bill* (geb. 1946), nach seinem Stiefvater (zum Ortsnamen *Glinton*, »schmutzige Siedlung«, aus mengl. *glint*, »schlüpfrig«, und *tūn*, »Anwesen«), geboren als *William Jefferson Blythe* (von aengl. *blīþe*, »liebenswürdig«), demokratischer amerikanischer Politiker, 42. Präsident der USA (1992–2001)

Cocteau, *Jean Maurice Eugène Clément* (1889–1963), aus frz. *coquet*, »gefallsüchtiger Mann« (eigentlich »junger Hahn«, zu *coq*, »Gockel«, vgl. *kokett*), französischer Dichter, Maler, Schauspieler und Regisseur

Cohn-Bendit, *David* (geb. 1945), aus hebr. *kohen*, »Priester«, und lat. *benedictus*, »Gesegneter«, französischer Publizist und Politiker deutsch-jüdischer Herkunft, grüner Europaparlamentarier

Cole, *Nathaniel Adams* (1919–1965), genannt *Nat King Cole*, von aengl. *col*, »Kohle«, weltbekannter schwarzer amerikanischer Jazzpianist und -sänger (engl. *king*, »König«)

Cölestin, »Himmlischer«, von klat. *coelestis*, »überirdisch, göttlich« (zu lat. *caelum*, klat. *coelum*, »Himmel«), beliebter Name römischer Päpste

Colette, *Sidonie Gabrielle* (1873–1954), verkürzt aus *Nicolette*, Verkleinerungsform von *Nicole* (wie *Nikolaus* aus grch. *níke*, »Sieg«, und *laós*, »Volk«), französische Schriftstellerin, Autorin heiterer und erotischer Romane

Colonna, zu ital. *colonna*, »Säule«, ein überaus reiches römisches Adelsgeschlecht, das in ständiger Fehde mit dem Haus Orsini lebte und aus dem ein Papst (Martin V., 1417–1431) sowie etliche Bischöfe und Kardinäle hervorgingen → *Orsini*

Columban (521–597), von lat. *columba*, »Taube«, irischer Heiliger, der im 6. Jahrhundert Schottland und England zum Christentum bekehrte (auch »Apostel Schottlands« genannt) → *Malcolm*

Comenius (1592–1670), eigentlich *Jan Amos Komenský* (wohl zu tsch. *kominik*, »Schornsteinfeger«), tschechischer Theologe und Pädagoge, Verfasser zahlreicher Lehrbücher und Unterrichtshilfen

Commodus (180–192 n. Chr.), von lat. *commodus*, »geeignet« und »höflich«, despotisch regierender römischer Kaiser, Sohn des Marc Aurel

Conrad, *Joseph* (1857–1924), Künstlername des englischen, polnischstämmigen Schriftstellers *Teodor Józef Konrad Nałęcz Korzeniowski* (Verweis auf einen Herkunftsort wie *Korzeniew* oder *Korzeniów*, zu poln. *korzeń*, »Wurzel«)

Constable, *John* (1776–1837), von engl. *constable*, »Polizist, Wachtmeister« (aus lat. *comes stabuli*, »Stallmeister«), bedeutender englischer Landschaftsmaler

Constantine, *Eddie* (1917–1993), französisierter Name des russischstämmigen, in Amerika geborenen Pariser Sängers und Schauspielers *Edward Constantinowsky* (»Mann aus Konstantinow«, zu lat. *constans*, »standhaft«; vgl. *Konstantin*)

Cook, *James* (1728–1779), von engl. *cook*, »Koch«, englischer Seefahrer und mehrfacher Weltumsegler, Erforscher der Ostküste Australiens und Entdecker der Hawaii-Inseln, wo er von Eingeborenen erschlagen wurde

Cooper, *James Fenimore* (1798–1851), von engl. *cooper*, »Böttcher«, Erzähler spannender Geschichten über das Leben der Fallensteller und frühen Kolonisten in den USA (*Fenimore* aus frz. *fin amour*, »vollendete Liebe«)

Copperfield, *David* (geb. 1956), aus engl. *copper*, »Kupfer«, und *field*, »Feld«, Künstlername des US-Zauberkünstlers *David Seth Kotkin*, dessen jüdische Vorfahren aus Weißrussland stammten (zu russ. *kot*, poln. *kotka*, »Katze«)

Corinth, *Lovis* (1858–1925), wohl von mnd. *ku-rint*, also »Kuh-Rind«, berühmter impressionistischer deutscher Maler, der sich gegen Ende seines Lebens dem Expressionismus zuwandte

Corneille, *Pierre* (1606–1684), von frz. *corneille*, »Krähe«, oder lat. *Cornelius*, »Mann aus dem Geschlecht der Cornelier«, französischer Bühnendichter, in dessen Tragödien römische Stoffe vorherrschen

Corot, *Jean-Baptiste Camille* (1796–1875), von afrz. *cor*, »Ecke« (oder von der bretonischen Wurzel *cor*, »Armee«), französischer Maler, ein Vorläufer der Impressionisten

Corrèges, *André* (geb. 1923), von frz. *corrège* oder *courrège*, »Streifen Land«, »Anbauterrasse« (zu *courroie*, »Band, Gürtel«), französischer Modeschöpfer, Vater des Minirocks

Correggio (1494–1534), genannt *Il Correggio,* nach seinem Heimatort in der Provinz *Reggio nell'Emilia,* berühmter italienischer Maler, geboren als *Antonio Allegri* (zu ital. *allegro,* »heiter, lustig«)

Cortés, *Hernán* (1485–1547), von span. *cortés,* »gesittet, höfisch«, spanischer Eroberer Mexikos und Zerstörer des Aztekenreiches, dessen Herrscher Montezuma er zur Anerkennung der spanischen Oberherrschaft zwang

Cousteau, *Jacques-Yves* (1910–1997), von prov. *coustèu,* »Vogelfalle« (zu lat. *custos,* »Wächter«), oder von prov. *couste,* »Berghang« (vgl. frz. *côte*), französischer Marineoffizier, Ozeanograf und Autor etlicher Forschungsfilme

Cranach, *Lukas* (1472–1553), nach seiner Geburtsstadt *Kronach* (damals *Cranach,* zu *Kranich*), Künstlername des deutschen Malers und Kupferstechers *Lukas Müller*

Crassus (115–53 v. Chr.), von lat. *crassus,* »dick, fett«, Beiname des römischen Beamten *Marcus Licinius Crassus Dives* (»der Reiche«), der durch Ausbeutung der Provinzbevölkerung und durch Korruption ein enormes Vermögen anhäufte

Crawford, *Joan* (1904–1977), aus aengl. *crāwe,* »Krähe« (engl. *crow*), und *ford,* »Furt«, amerikanische Schauspielerin, die mit wirklichem Namen *Lucille LeSueur* hieß (von afrz. *sueur,* »Schuster«, zu lat. *sutor,* »Flickschuster«)

Crockett, *David,* genannt *Davy* (1786–1836), von norm. *croket* (afrz. *crochet*), »Haarlocke«, »Häkchen«, berühmter texanischer Held bei der Belagerung von Fort Alamo durch die Mexikaner

Cromwell, *Oliver* (1599–1658), von aengl. *crumb,* »gebogen, krumm«, und *wella,* »Quelle, Wasserlauf«, puritanischer englischer Staatsmann, nach dem Sieg über die Truppen König Karls Gründer einer englischen Republik

Crosby, *Bing* (1904–1977), zu anorw. *cros,* »Kreuz«, und *bý,* »Dorf, Ort«, Künstlername des amerikanischen Sängers und Schauspielers *Harry Lillis* (von engl. *lily,* »Lilie«, oder Abstammungsname zu *Elizabeth*: »Elisabeths Sohn«)

Cupido, von lat. *cupidus,* »begierig, leidenschaftlich«, römischer Liebesgott, dargestellt als geflügelter Jüngling mit Pfeil und Bogen

Curie, *Pierre* (1859–1906) und *Marie* (1867–1934), von prov. *escuria*, »Marstall (eines Fürsten)«, französisches Physikerehepaar, das die Strahlung des Urans untersuchte und für die Isolierung von Radium aus Pechblende 1903 den Nobelpreis erhielt

Curtis, *Tony* (geb. 1925), wohl von engl. *courteous*, »höflich, liebenswürdig«, zu *court*, »Hof, Königshof«, Künstlername des amerikanischen Schauspielers *Bernard Schwartz*, Spross einer ungarisch-jüdischen Familie

Cusanus, *Nikolaus* (1401–1464), latinisiert aus *Nikolaus von Kues* (nach dessen Geburtsort an der Mosel, zu ahd. *chubisi*, »Hütte«), deutscher Philosoph und Theologe, geboren als *Nikolaus Chrypffs* (»Krebs«)

Dädalus, »der Kunstreiche«, zu grch. *daidállein*, »ausarbeiten, verzieren«, mythischer griechischer Baumeister, Schöpfer des Labyrinths von Kreta und Erfinder künstlicher Flügel, mit deren Hilfe er König Minos entkam, während sein Sohn Ikarus bei dem Fluchtversuch in die Ägäis stürzte → *Ikarus*

Dagobert, wohl von kelt. *dago*, »gut«, und ahd. *beraht*, »glänzend«, Name dreier merowingischer Frankenkönige im 7. und 8. Jahrhundert

Daguerre, *Louis Jacques Mandé* (1787–1851), von bask. *aguirre* und *aguerre*, »weithin sichtbar«, französischer Maler und 1837 Erfinder der sogenannten *Daguerrotypie* (Lichtbild auf einer mit Jodsilber beschichteten Metallplatte)

Daimler, *Gottlieb* (1834–1900), »Folterknecht«, von mhd. *diumeln*, »quälen«, »Daumenschrauben ansetzen« (oder von mdl. *täumeln*, »übers Ohr hauen«), deutscher Ingenieur und Entwickler von Motoren und Fahrzeugen → *Benz*

Dajan, *Mosche* (1915–1981), von hebr. *dajan*, »Richter«, »Gesetzeslehrer«, israelischer General und von 1977 bis 1979 Außenminister seines Landes

Daladier, *Édouard* (1884–1970), von prov. *doladoira*, »Axt«, »Brecheisen«, radikalsozialistischer französischer Staatsmann, in den 1930er-Jahren wiederholt Ministerpräsident (1938 einer der Unterzeichner des Münchener Abkommens)

Dalí, *Salvador* (1904–1989), aus *Adalin*, einer Kurzform von

Adalbert (zu ahd. *adal,* »vornehm«) oder Variante von katal. *adalil* (zu maur. *dalil,* »Wegweiser«), surrealistischer spanischer Maler und Schriftsteller

Dalila (auch *Delila*), von hebr. *dalal,* »dünn sein« (oder von hebr. *laila,* »Nacht«), alttestamentliche Philisterin, die das Geheimnis der Stärke ihres Geliebten Simson (die in seinen Haarlocken steckte) an die Philister verriet → *Samson*

Damokles (404–367 v. Chr.), aus grch. *dêmos,* »Volk«, und *kléos,* »Ruhm«, Günstling am Hof des Tyrannen Dionysos I. von Syrakus, der beim Mahl unter einem Schwert sitzen musste, das an einem einzigen Pferdehaar aufgehängt war

Danaë, vielleicht verwandt mit hebr. *danah,* »Richtende« (zu *dan,* »Richter«), in der griechischen Mythologie die Mutter des Perseus, den diese vom listigen Verführer Zeus, der ihr in einem Goldregen erschien, empfangen hatte

Dante (1265–1321), verkürzt aus *Durante,* von lat. *durans, durantis,* »dauerhaft«, Künstlername des berühmten italienischen Dichters *Durante Alighieri* (ital. »Bootshaken«), des Schöpfers der »Göttlichen Komödie«

Danton, *Georges Jacques* (1759–1794), kurz für *Duranton* (Verniedlichung von *Durant,* zu lat. *durans,* »dauerhaft«) oder von *d'Anton,* »Sohn des Antoine«; für die Schrecken der Französischen Revolution mitverantwortlicher Justizminister

Daphne, »Lorbeer«, griechischer Name einer Nymphe, die sich wegen der Nachstellungen des liebestollen Apollon von Zeus in einen Lorbeerbaum verwandeln ließ

Darius (grch. *Dareios*), von apers. *darayavahush,* »der Reiche«, Name dreier persischer Könige, z.B. *Darius' d. Gr.,* den 490 v. Chr. der griechische Feldherr Miltiades in der berühmten Schlacht bei Marathon besiegte

Darwin, *Charles* (1809–1882), von aengl. *dēorwine,* »lieber Freund« (vgl. engl. *dear,* »teuer«, und ahd. *wini,* »Freund«), britischer Biologe und Begründer der Evolutionstheorie

Davis, *Jefferson* (1808–1889), »Sohn des Davy«, von hebr. *david,* »Geliebter«, zu Beginn des Amerikanischen Bürgerkriegs zum Präsidenten der Konföderierten Staaten von

Amerika ernannt, 1865 von den Nordstaaten gefangen genommen

Day, *Doris* (geb. 1924), von engl. *day*, »Tag«, Künstlername der amerikanischen Sängerin und Schauspielerin *Doris von Kappelhoff* (zu mhd. *kappel*, »Kapelle«)

Debora, von hebr. *devora*, »Biene«, alttestamentliche Prophetin und Richterin, um 1100 v. Chr. siegreiche Anführerin der Israeliten im Kampf gegen die Kanaaniter

Debré, *Michel* (1912–1996), von kelt. *briga*, »Hügel«, oder aus *de Bré*, »(Sohn) des Bré«, (d. h. »des zu klein Geratenen«, von frz. *bref*, »kurz«), französischer Ministerpräsident von 1959 bis 1962

Debussy, *Claude* (1862–1918), Verweis auf Ortsnamen wie *Buissy* oder *Bussy* an der Kanalküste (zu frz. *bois*, »Wald«, und *buisson*, »Gebüsch«), bedeutender französischer Komponist

Defoe, *Daniel* (ca. 1660–1731), aus *D* (für *Daniel*) und seinem Familiennamen *Foe* (sodass sein voller Vorname eigentlich überflüssig wäre), englischer Schriftsteller, Verfasser des weltbekannten Romans »Robinson Crusoe«

Degas, *Edgar* (1834–1917), eigentlich *Edgar de Gas*, Wohnstättenname zu norm. *gas*, »Schlamm, Morast«, französischer impressionistischer Maler von Tänzerinnen und weiblichen Akten, nach seiner Erblindung Modellierer

de Gaulle, *Charles* (1890–1970), fälschlich mit klein geschriebenem *de* vor *Gaulle*, vom flämischen Namen *De Walle* (»der Wallone«), französischer General und Politiker, 1958 und erneut 1965 zum Staatspräsidenten gewählt

De Klerk, *Frederik* (»Friedensreich«), geb. 1936, von lat. *clericus*, »Geistlicher«, auch »Schreiber«, gemäßigter südafrikanischer Politiker, der als Staatspräsident (1989–1994) die Abschaffung der Apartheid vorbereitete

Delacroix, *Eugène* (1798–1863), aus frz. *de la croix*, »vom Kreuz«, Wohnstättenname mit Verweis auf ein Wegkreuz oder eine Wegkreuzung, französischer Maler und Grafiker

Delon, *Alain* (geb. 1935), vom alten Vornamen *Adelo*, »Edler«, zu ahd. *adal*, »vornehm«, französischer Filmschauspieler (*Alain* zu lat. *Alanus*, »der Alane«)

Delors, *Jacques* (geb. 1925), Wohnstättenname zu okzit. *l'ort,* »Garten« (von gleichbedeutend lat. *hortus*), französischer Politiker, von 1985 bis 1995 Präsident der Europäischen Kommission

Demeter, »Erdmutter«, zu grch. *dê* oder *gê,* »Erdreich, Acker«, und *méter,* »Mutter«, griechische Vegetationsgöttin und Mutter der Persephone → *Achaia, Gäa*

Demirel, *Süleyman* (geb. 1924), aus türk. *demir,* »Eisen«, und *el,* »Hand«, türkischer Staatsmann, ab 1965 mehrmals Premierminister, von 1993 bis 2000 Staatspräsident (*Süleyman,* dt. *Salomon,* zu hebr. *shalom,* »Friede«)

Demokrit (ca. 460–370 v. Chr.), aus grch. *dêmos,* »Volk«, und *kritós,* »erwählt«, vielseitiger griechischer Philosoph und Zeitgenosse des Sokrates, bedeutendster Vertreter der antiken Atomlehre und des Materialismus

Demosthenes (384–322 v. Chr.), aus grch. *dêmos,* »Volk«, und *sthénos,* »Stärke«, Athener Politiker und Redner, erklärter Gegners Philipps von Makedonien

Deneuve (geb. 1943), *Cathérine,* von frz. *neuve,* »Neue«, Künstlername der französischen Filmschauspielerin *Cathérine Dorléac* (»vom Lande des Aurelius stammend«, aus dem römischen Namen *Aurelius* und dem Flurnamensuffix *-ac*)

De Niro, *Robert* (geb. 1943), etwa »Sohn des Schwarzen«, zu ital. *nero,* »schwarz« (aus gleichbedeutend lat. *niger*), bekannter amerikanischer Filmschauspieler

Denktaş, *Rauf* (geb. 1924), aus türk. *denk,* »Gleichgewicht«, und *taş,* »Stein«, nach der Eroberung Nordzyperns durch türkische Truppen von 1974 bis 2005 Präsident dieses Inselteils (arab. *rauf,* »Mitleidiger«, einer der Beinamen Allahs)

Depardieu, *Gérard* (geb. 1948), von frz. *de par Dieu,* »im Namen Gottes«, oder von *Part-Dieu,* »Teil Gottes« (für »Teil eines Kirchenguts«), Künstlername des französischen Schauspielers *Gérard Darrieu* (bask. »Siedler am Wasserlauf«)

Descartes → *Cartesius*

De Sica, *Vittorio* (1901–1974), aus einer Kurzform von *Sicardo* (zu ahd. *sigu*, »Sieg«, und *harti*, »hart«), italienischer Schauspieler und Regisseur

Desny, *Ivan* (1922–2002), verkürzter Künstlername des in Peking geborenen französisch-deutschen Filmschauspielers *Ivan Desnitzky* (aus russ. *desnitza*, »die Rechte«, mit poln. *-ski*, »Sohn des/der« → *Benjamin*

Deukalion, aus grch. *deûkos*, »junger Wein«, und *halieís*, »Seemann« (zu *háls*, »Salz«), mythischer Sohn des Prometheus, sozusagen der griechische Noah, wie dieser Überlebender einer verheerender Überflutung der gesamten Erde

De Valera, *Eamon* (1882–1975), wohl von span. *valer*, »Wert« (ir. *Eamon*, »Edmund«), spanischstämmiger irischer Kämpfer für die Unabhängigkeit seines Landes von Großbritannien, Präsident der Republik Irland von 1959 bis 1973

Devi, von skr. *deví*, »Göttin«, »Königin«, »Prinzessin«, Gattin des Schiva, wohlwollende und zugleich furchtbare Hindugöttin (vgl. lat. *diva*, »Göttliche«)

Diana, wohl von lat. *divina*, »Göttliche«, »Herrliche«, in der römischen Mythologie die Göttin des Mondes und der Jagd → *Artemis*

Dias, *Bartolomëu* (1450–1500), wohl eine Verkleinerungsform von *Diogo*, zu span. *Diego*, auch *Jago*, »Jakob« (vgl. *Santiago*), portugiesischer Seefahrer, dem 1487 als Erstem die Umrundung des Kaps der Guten Hoffnung gelang

Dickens, *Charles* (1812–1870), »Sohn des Dick« (Koseform von *Richard*), autodidaktischer englischer Erzähler, der als Sprössling einer ärmlichen Familie sich zum Verteidiger der mittellosen Massen machte

Diderot, *Denis* (1713–1784), wohl eine Verkleinerungsform von *Dietrich* (aus ahd. *diot*, »Volk«, und *rīhhi*, »reich, mächtig«) oder eine Koseform von *Didier* (aus *Desiderius*, »der Ersehnte«), französischer Schriftsteller und Philosoph

Dido, phön. »kühn, selbstbewusst« (nach anderer Quelle »Jungfrau«), oder aber von grch. *didónai*, »geben«, »zum Geschenk machen«, Prinzessin von Tyros, Gründerin und Königin Karthagos, nach Vergil die Geliebte des Äneas

Diesel, *Rudolf* (1858–1913), über *Dies* (mit *l*-Suffix) aus *Matthias* entstanden, zu hebr. *mattanja*, »Gabe Gottes«, deutscher Ingenieur und Erfinder des nach ihm benannten Motors (1897)

Dietrich, *Marlene* (1901–1992), von *Dietrich* (aus *diot*, »Volk«, und *rīhhi*, »Herrschaft«), Künstlername der deutschen Schauspielerin und Sängerin *Maria Magdalena Sieber* (Berufsbezeichnung des »Siebmachers«)

Dike, von grch. *díke*, »Gesetz, Recht, Urteil«, mythische Tochter des Zeus und Göttin der Gerechtigkeit, eine Personifizierung der Naturgesetze

Diocletian (in Dalmatien als *Diokles* geboren), aus grch. *Diós* (Genitiv von grch. *Zeús*) und *kléos*, »Ruhm, Ruf«, römischer Kaiser von 284 bis 305, Initiator der letzten, aber äußerst blutigen Christenverfolgung (303)

Diogenes (gest. 323 v. Chr.), von grch. *diogenés*, »von Zeus gezeugt«, aus *Diós* (Gen. von *Zeús*) und *génesis*, »Ursprung«, ein berühmter griechischer Philosoph, der getreu seinem kynischen Ideal der Bedürfnislosigkeit in einer Tonne lebte

Dionysius, »dem Dionysos Geweihter«, Tyrann von Syrakus (405–367 v. Chr.), der durch Schillers Ballade »Die Bürgschaft« Weltruhm erlangte → *Dionysos*

Dionysos, »Göttlicher vom (Berg) Nysa«, ein Sohn des Zeus und der Semele (oder Demeter), griechischer Gott des Weinbaus und des Rausches, den die Römer unter dem Namen *Bacchus* kannten → *Bacchus*

Dioskuren, »Söhne des Zeus«, aus grch. *Diós* (Genitiv von *Zeús*), und *kóroi*, »Jünglinge«, Bezeichnung für das unzertrennliche mythische Zwillingspaar *Kastor* und *Polydeukes* (lat. *Castor und Pollux*)

Disney, *Walter*, genannt *Walt* (1901–1966), wohl aus *d'Isigny* (Herkunftsname zum normannischen Ortsnamen *Isigny*), berühmter amerikanischer Filmproduzent, Vater der Trickfilmfiguren »Mickey-Mouse«, »Donald Duck« und »Bambi«

Disraeli, *Benjamin* (1804–1881), von *D'Israeli* (zu hebr. *Jisrael*, »Gott streitet«), Sohn eines aus Venedig eingewanderten jüdischen Kaufmanns, zwischen 1868 und 1880 zweimaliger britischer Premierminister

Dix, *Otto* (1891–1969), verkürzt aus *Benedix* oder *Bendix* (zu lat. *benedictus*, »der Gesegnete«), deutscher Maler und Vertreter der Neuen Sachlichkeit, dessen Werke die Nationalsozialisten als entartete Kunst bezeichneten

Djindjić, *Zoran* (1952–2003), wohl zu osm.-türk. *cin*, »Dämon«, »Schelm« (serbokr. *Zoran*, »Morgendämmerung«), serbischer Dissident und nach Milošević von 2000 bis zu seiner Ermordung Ministerpräsident seines Landes

Djoser (ca. 2609–2590 v. Chr.), ägypt. »König mit dem Körper eines Gottes«, dem der Baumeister Imhotep die erste Stufenpyramide errichtete – ein Symbol für das Aufsteigen der Pharao-Seele zum Himmel → *Imhotep*

Doderer, *Heimito* von (1896–1966), zu mhd. *toderer*, »Stotterer«, und *todern*, »unverständlich reden«, österreichischer Schriftsteller (*Heimito* über wfries. *Heimo* aus ahd. *heima*, »Heim, Wohnung«)

Dollfuß, *Engelbert* (1892–1934), oberd. »Klumpfuß«, österreichischer Kanzler und Außenminister (ab 1932), der den Anschluss seines Landes an Deutschland zu verhindern suchte und von putschenden Nationalsozialisten ermordet wurde

Domingo, *Plácido* (geb. 1941), von span. *domingo*, »Sonntag«, aus lat. *dies dominica*, »Tag des Herrn« (zu lat. *dominus*, »Herr«), berühmter spanischer lyrischer Tenor (span. *plácido*, »sanft«, »Sanfter«)

Domitianus (51–96), zu lat. *domitare*, »bändigen« (vgl. *Dompteur*), mit vollem Namen *Titus Flavius Domitianus*, ein Sohn Kaiser Vespasians und jüngerer Bruder des Titus, nach dessen Tod er im Jahr 81 die Herrschaft übernahm

Donar (auch *Thor*), zu anord. *thorr*, ahd. *donar*, »Donner«, in der germanischen Mythologie der *Donnergott*, dem der *Donnerstag* (engl. *Thursday*) geweiht war, vergleichbar mit Jupiter und dem Blitze schleudernden Zeus → *Thor*

Donatello (1386–1466), Verkleinerungsform von ital. *dona-*

to, »gegeben, geschenkt«, italienischer Renaissance-Bildhauer, eigentlich *Donato Niccolò di Betto Bardi* (*Betto* aus *Benedetto,* »Gesegneter«; *Bardi* zu *bardo,* »Sänger«)

Don Bosco, *Giovanni* (1815–1888), von ital. *bosco,* »Wald« (*Don,* »Herr, Hochwürden«), italienischer Priester und Pädagoge, der sich besonders der Erziehung verwahrloster Jugendlicher verschrieben hatte

Dönitz, *Karl* (1891–1980), Herkunftsname mit Verweis auf den Ort *Dönitz* in Sachsen-Anhalt, deutscher Großadmiral und ab 1943 Oberbefehlshaber der Kriegsmarine, nach Hitlers Tod für wenige Tage Reichspräsident

Donne, *John* (1572–1631), aus aengl. *dun(n),* »braun, dunkel«, sprachgewaltiger englischer Prediger und Dichter mit überspitzt geistreichen Gedankengängen

Doppler, *Christian* (1803–1853), von mhd. *to(p)pel,* »Würfelspiel«, oder *tobel,* »Waldschlucht«, österreichischer Entdecker des *Dopplereffekts* (Veränderung der Tonhöhe bei sich nähernden oder entfernenden Schallquellen)

Doria, *Andrea* (1468–1560), von *d'Oria,* »aus Oria«, einer von Griechen gegründeten süditalienischen Stadt (wohl zu grch. *ouría,* »günstiger Wind«), genuesischer Admiral und Staatsmann

Dos Passos, *John Roderigo* (1896–1970), aus port. *dois passos,* »zwei Schritte« (oder Verweis auf »zwei Villen«, zu galic. *pazo,* »herrschaftliches Landhaus«), amerikanischer Romancier, Nachfahre portugiesischer Einwanderer

Dostojewski, *Fjodor Michailowitsch* (1821–1881), nach *Dostojewo,* dem Adelssitz seiner Familie in Weißrussland (vielleicht zu russ. *dostoinstwo,* »Würde, Wert«), weltberühmter russischer Schriftsteller

Douglas, *Kirk* (geb. 1916), aus gäl. *dubh,* »schwarz«, und *glas,* »Bach«, Wahlname (nach *Douglas* Fairbanks) des amerikanischen Schauspielers russisch-jüdischer Abstammung *Yssur Danilowitsch Demsky* (von *Damian,* zu grch. *dêmos,* »Volk«, oder nach einem polnischen Ort wie *Dąbie* oder *Dębno*)

Drake, *Sir Francis* (1540–1596), von engl. *drake,* »Drache«, berühmt-berüchtigter englischer Freibeuter im Dienst Königin Elizabeths I., dem auf seinen Kaperfahrten als erstem Engländer eine komplette Erdumseglung gelang

Drakon, von grch. *drákon,* »Drache«, Athener Gesetzgeber, der 621 v. Chr. das Gewohnheitsrecht schriftlich festlegte und das Strafrecht rigoros verschärfte (vgl. *drakonische Strafe*)

Dreyfus, *Alfred* (1859–1935), von lat. *Trevus,* »Einwohner von Trier (oder Troy)«, französischer Hauptmann, der 1894 wegen angeblicher Spionage für Deutschland nach Cayenne in Südamerika verbannt, später jedoch begnadigt wurde

Drusus, eigentlich *Nero Claudius Drusus* (38–9 v. Chr.), zu *Drausus,* »der Starke« (angeblich nach einem Gallier-Häuptling), Beiname jenes römischen Statthalters in Germanien, der bis an die Ems und die Weser vordrang (12–9 v. Chr.)

Dschafari, *Ibrahim* (geb. 1947), genauer *Ibrahim al-Dschafari,* von arab. *djafa,* »grob sein«, aber auch »meiden«, schiitischer irakischer Politiker, 2005 zum Ministerpräsidenten des Irak gewählt (arab. *Ibrahim,* »Abraham«)

Dschingis Khan (ca. 1160–1227), mong.-türk. »rechtmäßiger Herrscher« (oder »allumfassender Herrscher«), Gebieter über ein Reich, das vom Schwarzen Meer bis zum Pazifik reichte, und Begründer der mongolischen Nation → *Temudschin*

Dubarry (1743–1793), nach ihrem Gatten, dem Grafen *Du Barry* (frz. »aus der Vorstadt«), Geliebte des französischen Königs Ludwig XV., die ursprünglich *Marie Jeanne Bécu* geheißen hatte (zu prov. *bécus,* »mit dicker Oberlippe«)

Dubček, *Alexander* (1921–1991), Verkleinerungsform von tsch. *dub,* »Eiche«, tschechoslowakischer Urheber des Prager Frühlings von 1968, nach dessen blutiger Beendigung unter Hausarrest gestellt, ab 1989 Parlamentspräsident

Duden, *Konrad* (1829–1911), Lallform von Rufnamen wie *Ludolf* oder *Dietrich,* Gymnasiallehrer, der 1880 sein Werk »Vollständiges orthographisches Wörterbuch der deutschen Sprache« vorlegte

Dulles, *John Foster* (1888–1959), wohl hergeleitet von dem mittelalterlichen Namen *Dulle* oder *Dylle*, eine Anspielung auf den Beruf eines »Dillanbauers«, ab 1952 amerikanischer Außenminister unter Dwight D. Eisenhower

Dumas, *Alexandre* (1802–1870), von prov. *du mas*, »vom Bauernhof« (zu lat. *mansio*, »fester Wohnsitz«, »Haus«), französischer Schriftsteller, Autor zahlloser historischer Abenteuerromane

Dürer, *Albrecht* (1471–1528), aus einer mundartlichen Form von *Tür* (wohl wegen einer auffällig gestalteten Haustür), berühmter deutscher Maler, Zeichner, Holzschneider und Kupferstecher

Durga, von skr. *durgá*, »unzugänglich«, wilde zwölfarmige Gattin Schivas, unergründliche hinduistische Muttergöttin sowie Sieges- und Schutzgöttin

Dürrenmatt, *Friedrich* (1921–1990), aus mhd. *dürre*, »trocken, unergiebig«, und *matte*, »Bergwiese«, bekannter schweizerischer Schriftsteller

Dutschke, *Rudi* (1940–1979), von sorb. *dučko*, »Deutscher«, Anführer der 1960er-Studentenbewegung im Kampf gegen eine vermeintlich »faschistische Mentalität« in Deutschland sowie den Vietnamkrieg und die Notstandsgesetze

Dvořák, *Antonín* (1841–1904), von tsch. *dvořák*, »Großbauer«, »Meier«, böhmischer Musiker mit Weltgeltung, vor allem auf dem Gebiet der Kirchen- und Kammermusik

Dylan, *Robert* (genannt *Bob*, geb. 1941), aus Respekt vor dem Dichter *Dylan Thomas* (zu wal. *dy*, »groß«, und *llanw*, »Meer«), amerikanischer Rockmusiker und Folksänger russisch-jüdischer Abstammung, eigentlich *Robert Zimmermann*

Eastman, *George* (1854–1932), vom altenglischen Rufnamen *Eastmund* (»gewährter Schutz«), amerikanischer Erfinder des Rollfilms und Gründer der *Eastman Kodak Company* sowie Vater der *Kodak*-Kamera (1888)

Eban, *Abba* (1915–2002), aus hebr. *'eben*, »Stein«, und aram. *'abba*, »Vater«, in England als *Aubrey Solomon Meïr* geborener israelischer Außenminister (1966–1974) → *Meïr*, *Salomon*

Ebert, *Friedrich* (1871–1925), verkürzt aus *Eberhard* (zu ahd. *ebur*, »Eber«, und *harti*, »kühn«), deutscher SPD-Politiker, nach dem Sturz der Monarchie 1918 erster Reichspräsident der Weimarer Republik

Ebstein, *Katja* (geb. 1945), Wahlname (angeblich nach der Berliner *Epenstein*-Straße) der deutschen Sängerin *Karin Witkiewicz*, zum polnischen Ortsnamen *Witkow*, »Witeks Ort«, zu *Witoslaw*, aus urslaw. *vit'*, »Herr«, und *slava*, »Ruhm«

Ecevit, *Bülent* (1925–2006), zu türk. *ece*, »Schönheit« (eigentlich »Königin«), und *bülent*, »der Große«, »der Hohe«, türkischer links-demokratischer Politiker, Premierminister seines Landes von 1974 bis 1979

Echnaton, ägypt. »er gefällt dem Aton«, neuer Name des Königs und Nofretete-Gatten Amenophis IV. nach der Einführung des monotheistischen *Aton*-Kults → *Aton*, *Nofretete*

Echo, von grch. *echó*, »Widerhall, Klage«, in der griechischen Mythologie eine Bergnymphe, deren unerwiderte Liebe zum schönen Narziss sie zu einem Felsen erstarren ließ und die nie wieder als Erste sprach, aber stets das letzte Wort hatte

Eck, *Johann* (1486–1543), falsch geschriebener Zusatzname des im bayerischen *Egg* an der Günz geborenen katholischen Theologen *Johann Maier*, einer der Hauptgegner Luthers und der Reformation

Eckart, *Johann* (1260–1328), genannt *Meister Eckart*, zu ahd. *ekka*, »Schwertspitze, -schneide«, und *harti*, »hart, stark«, Dominikanermönch mit in Paris erworbenem Magistergrad, einer der bedeutendsten deutschen Mystiker

Eckermann, *Johann Peter* (1792–1854), wohl nach dem Fluss *Ecker* im Harz, deutscher Schriftsteller und enger Vertrauter Goethes in dessen letzten Lebensjahren

Eco, *Umberto* (geb. 1932), von ital. *eco*, »Echo, Widerhall«, italienischer Romanautor und Semiotiker (*Umberto*, dt. *Humbert*, zu ahd. *hun*, »braun, dunkel«, und *beraht*, »glänzend«)

Eden, *Sir Anthony*, *Lord Avon* (1897–1977), von aengl. *ēad*, »Erbbesitz, Wohlstand«, konservativer britischer Staatsmann, mehrmals Außenminister und nach Churchills Rücktritt Premierminister seines Landes (1955–1957)

Edison, *Thomas Alva* (1847–1931), wohl aus *Ead*, einer altenglischen Koseform von *Edith*, und engl. *son*, »Sohn«, amerikanischer Erfinder eines verbesserten Telefons, des Phonographen und der Stromerzeugung mit einer Dampfmaschine

Edward, aus aengl. *ēad*, »Erbgut, Besitztum«, und *weard*, »Wächter« (vgl. *Wart*), beliebter Thronname englischer und britischer Könige, z. B. *Edward VIII.* (1894–1972), der 1936 aus Liebe zu einer Bürgerlichen noch vor der Krönung abdankte

Eichel, *Hans* (geb. 1941), entweder Wohnstättenname zu *Eiche* oder Hinweis auf eine Schweinemast, deutscher SPD-Politiker, hessischer Ministerpräsident (1991–1998), danach bis 2005 Finanzminister im Kabinett Schröder → *Maffay*

Eichendorff, *Joseph Freiherr von* (1788–1857), Wohnstättenname zu mhd. *eich*, »Eiche«, deutscher romantischer Lyriker, Erzähler und Dramatiker

Eichmann, *Karl Adolf* (1906–1962), von mhd. *eich*, »Eiche«, hoher Nazifunktionär, Organisator der Judendeportation und -vernichtung in vielen europäischen Ländern, in Israel zum Tod verurteilt und hingerichtet

Einstein, *Albert* (1879–1955), auf eine Ortsbezeichnung zurückgehender Name des deutschen Physikgenies, der 1915 die Wissenschaft mit der Aufstellung der Allgemeinen Relativitätstheorie verblüffte

Eirene, von grch. *eiréne*, »Friede«, im alten Griechenland Name der Friedensgöttin (vgl. *Irene*, »die Friedfertige«), Tochter der Gerechtigkeitsgöttin Themis, seit dem Friedensschluss zwischen Athen und Sparta (374 v. Chr.) kultisch verehrt

Eisenhower, *Dwight D. (David)*, 1890–1969, anglisiert aus *Eisenhauer*, »Erzabbauer«, deutschstämmiger amerikanischer General und 34. Präsident der Vereinigten Staaten (1953–1961) → *Talleyrand*

El, wsem. »der Hohe« (entsprechend arab. *Il*, daraus *Ilah*, »Gottheit«, und schließlich *Allah*), höchster Schöpfer in der kanaanitischen Mythologie, Vater der Götter und der Menschen sowie Gatte der Fruchtbarkeitsgöttin → *Aschera*

El Cid (ca. 1043–1099), verkürzt aus arab. *El Sajjid*, »Der Herr«, »Der Meister«, Name des Nationalhelden Spaniens, eigentlich *Rodrigo* (oder *Ruy*) *Díaz de Vivar* (span. »Fischteich«), gefeierter Haudegen im Kampf gegen die Mauren

Elektra, von grch. *eléktor*, »strahlend wie die Sonne«, mythische Tochter des mykenischen Königs Agamemnon, Schwester des Orest und der Iphigenie

El Greco (1541–1614), span. »der Grieche«, spöttischer, vielleicht sogar abwertender Beiname des spanischen, jedoch in Kreta geborenen Malers *Domenikos Theotokopoulos* (zu grch. *theós*, »Gott«, und *tókos*, »Geburt«)

Eliot, *George* (1819–1880), zu aengl. *Elyat* (»ehrenhafte Schlacht«) oder zu hebr. *Elias* (»mein Gott ist Jahwe«), Deckname der englischen Schriftstellerin *Mary Ann Evans* (»Sohn des Evan«, walis. für *Johannes*).

Elizabeth, von hebr. *'elisheba*, »Gott ist Fülle«, »Gott ist Glück«, z.B. Name britischer Herrscherinnen wie *Elizabeth I.* (1533–1603), Tochter Heinrichs VIII., und *Elizabeth II.* (geb. 1926), die 1953 zur britischen Königin gekrönt wurde

Ellington, *Edward Kennedy*, genannt *Duke* (1899–1974), wohl aus anglo-norm. *Helling*, »der aus Helléan (in der Bretagne) Stammende«, und aengl. *tūn*, »Anwesen«, berühmter amerikanischer Jazzpianist, Bandleader und Komponist

Empedokles (490–430 v. Chr.), aus grch. *émpedos*, »unerschütterlich«, und *kléos*, »Ruhm«, griechischer Arzt und Philosoph aus Sizilien, nach dessen Lehre die Welt aus den vier Elementen Wasser, Luft, Feuer und Erde besteht

Engels, *Friedrich* (1820–1895), »Sohn des Engels« (zu Rufnamen mit *Engel-*, z.B. *Engelbert*), deutscher Philosoph und Politiker, engster Mitarbeiter von Karl Marx, mit dem er 1848 das »Kommunistische Manifest« verfasste

Enlil, »Herr des Windes«, in der sumerischen Mythologie ein Sturm- und Windgott, der wegen des unerträglichen

Lärms der quirligen Städte beschloss, die Menschheit durch eine große Flut auszulöschen

Enzensberger, *Hans Magnus* (geb. 1929), Herkunftsname mit Verweis auf *Enzensberg* bei Füssen, deutscher Schriftsteller, Verfasser von zeitkritischer Lyrik und Aufsätzen zur sozialen und politischen Entwicklung in unserem Land

Eos, »Morgenröte«, in der griechischen Mythologie Name der rosenfingrigen und gelb gewandeten Göttin der Morgenröte, Schwester des Sonnengottes Helios

Epaminondas (ca. 420–362 v. Chr.), von grch. *epamýntor,* »Verteidiger, Retter«, thebanischer Politiker und Feldherr, mehrmaliger Sieger über die Spartaner

Epiktet (ca. 50–130 n. Chr.), etwa »Fremder«, von grch. *epíktetos,* »neu erworben, mitgebracht«, griechischer stoischer Philosoph und freigelassener Sklave, in dessen Denkweise sich starke Anklänge an die christliche Ethik finden

Epikur (342–270 v. Chr.), von grch. *epíkouros,* »Hilfe leistend«, berühmter, aus Samos stammender Athener Philosoph, Begründer der *epikureischen* Philosophenschule, die das Vergnügen als höchstes Gut pries

Epimetheus, »der nachträglich Überlegende« (mit grch. *epí,* »danach«), laut griechischer Sage Bruder des weit blickenden Prometheus, durch seine Heirat mit Pandora verantwortlich für alles Unheil auf der Erde → *Pandora, Prometheus*

Epiphanes (gest. 128 v. Chr.), »Berühmter«, von grch. *epiphanés,* »sichtbar, deutlich, ausgezeichnet«, Beiname des bithynischen Königs Nikomedes II., der durch die Ermordung seines Vaters Prusias auf den Thron gelangte

Erasmus (1469–1536), zu grch. *erân,* »lieben, ersehnen« (vgl. *Eros*), fälschlicher Wahlname des großen Humanisten *Geert Geerts* (zu germ. *gēr,* »Speer«, nicht zu »begehren«, wie er selbst glaubte!), bekannt als *Erasmus von Rotterdam*

Erato, von grch. *eratós,* »lieblich« (zu *erân,* »lieben«), griechische Muse des Liebeslieds und der erotischen Poesie, dargestellt mit einem Saiteninstrument → *Euterpe, Kalliope, Klio, Melpomene, Polyhymnia, Terpsichore, Thalia, Urania*

Erdoğan, *Recep Tayyip* (geb. 1954), aus türk. *er,* »Mann, Held«, und *doğan,* »Falke«, türkischer Politiker und Verfechter islamischer Werte, 2003 zum Premierminister seines Landes gewählt (*Tayyip* zu arab. *tayeb*, »großzügig«)

Ereschkigal, »Herrin der großen Erde«, in der babylonischen und akkadischen Mythologie Herrscherin der Unterwelt mit grenzenlosem sexuellen Appetit, Schwester der Fruchtbarkeitsgöttin Ischtar

Erhard, *Ludwig* (1897–1977), von ahd. *era*, »Ehre, Ansehen«, und *harti*, »hart, stark«, nach Gründung der Bundesrepublik deutscher Wirtschaftsminister bis 1963 (»Vater des Wirtschaftswunders«) und danach bis 1966 Bundeskanzler

Erik, von anorw. *einn*, »einer«, und *ríkr*, »Herrscher«, Name skandinavischer Könige, z. B. zur Wikingerzeit *Erik der Rote* (ca. 950–1007), der Erforscher Grönlands, oder sein Sohn *Leif Eriksson*, der Entdecker Nordostamerikas

Erinnyen, zu grch. *erinýs*, »Rache, Strafe, Verderben«, in der griechischen Mythologie Name der wilden Rachegöttinnen, die man beschönigend *Eumeniden*, »die Wohlmeinenden«, nannte → *Tisiphone, Alekto, Megaira*

Eris, von grch. *éris*, »Zwietracht, Streitlust«, griechische Göttin des Streits, deren »Zankapfel« mit der Aufschrift »Für die Schönste« einst Streit unter Hera, Athene und Aphrodite stiftete und den Trojanischen Krieg auslöste → *Paris*

Eros (lat. *Amor* oder *Cupido*), von grch. *éros*, »sexuelle Liebe, Begierde«, zu *erân*, »lieben, ersehnen« (vgl. *Erotik*), Sohn der Aphrodite und des Ares, im alten Griechenland als Gott der Liebe verehrt → *Anteros*

Esau, von hebr. *'esav*, »Behaarter«, aus der Bibel bekannt als Sohn der Rebekka und des Isaak, erstgeborener Zwillingsbruder des Jakob, dem er für ein Linsengericht sein Erstgeburtsrecht verkaufte

Ester, laut Bibel zunächst *Hadassa* (hebr. »Myrte«), vielleicht verwandt mit akk. *ischtar*, »Stern«, junge und hübsche jüdische Waise, die der persische König Achaschwerosch (Xerxes) zur Gattin nahm → *Ischtar*

Eugen, *Prinz von Savoyen* (1663–1736), »Wohlgeborener«, von grch. *eugenés*, »von edler Abstammung« (aus *eû*, »gut«, und *geneá*, »Geburt, Herkunft«, vgl. *Genetik*), siegreicher Kämpfer im kaiserlichen Heer gegen die Türken

Euklid (ca. 300 v. Chr.), zu grch. *eukleés,* »wohl bekannt, berühmt«, und *eúkleia,* »Ruhm, guter Ruf«, griechischer Mathematiker, der an der Platonischen Akademie in Alexandria lehrte

Eulenspiegel, *Till* (gest. 1350), ndd. *Ulenspegel,* aus ndd. *ulen,* »fegen«, und weidmännisch *Spiegel,* »Hinterteil«, mittelalterlicher Schelm, dessen Schwänke die gesamte europäische Literatur eroberten (*Till* zu afries. *til,* »gut, tüchtig«)

Eumenes (ca. 197–159 v. Chr.), von grch. *eumenés,* »wohlwollend, gnädig« (vgl. *Eumeniden*), pergamenischer König, Erbauer des berühmten Pergamonaltars zur Erinnerung an den Sieg über das keltische Volk der Galater → *Erinnyen*

Euphrosyne, »Fröhliche«, von grch. *euphrosýne,* »Frohsinn, Freude, Vergnügen«, zu *euphroneîn,* »vernünftig sein«, Name einer der drei griechischen Grazien → *Aglaia, Thalia*

Euripides (480–406 v. Chr.), von grch. *eúripos,* »Meerenge, Durchfahrt« (er wurde an der Meerenge zwischen Euböa und Böotien geboren), einer der größten Tragödiendichter Athens

Europa, vielleicht zu semit. *ereb,* »Abend, Westen«, Tochter des Phönizierkönigs *Agenor,* von Zeus heiß begehrt und in Gestalt eines Stiers von Sidon nach Kreta entführt, wo sie ihm den späteren kretischen König Minos gebar

Eurydike, aus grch. *eurýs,* »weit«, und *díke,* »Gesetz, Gerechtigkeit«, griechische Dryade und Gattin des Orpheus, der sich nach ihrem Tod vergeblich bemühte, sie aus dem Hades zurückzuholen → *Orpheus*

Eurystheus, aus grch. *eurýs,* »breit«, und *sthénos,* »Stärke«, mykenischer König, in dessen Dienst und Auftrag Herakles die zwölf Arbeiten verrichten musste, die Zeus als Vorbedingung für seine erhoffte Unsterblichkeit festgesetzt hatte

Euterpe, »die Freude Spendende« (aus grch. *eû,* »gut«, und *térpein,* »erfreuen«), griechische Muse der lyrischen Dichtung und Musik, dargestellt mit einer Flöte → *Erato, Kalliope, Klio, Melpomene, Polyhymnia, Terpsichore, Thalia, Urania*

Eva, »Lebensspenderin«, »Mutter aller Lebendigen«, aus hebr. *chawwa*, zu *chajim*, »Leben«, laut Bibel die erste Frau auf Erden, Gattin des Adam und Mutter der Söhne Kain, Abel und Seth → *Lilith*

Fabius, *Laurent* (geb. 1946), zu lat. *faba*, »Bohne«, von 1984 bis 1986 Premier Frankreichs und seit 1988 mehrmals Präsident der Nationalversammlung

Fafnir, anorw. »Schmied«, in der skandinavischen Mythologie Name eines Drachens, der einen Goldhort bewachte und von Sigurd (d. h. Siegfried) getötet wurde, der auf diese Weise den Schatz an sich bringen konnte

Fahd, *ibn Abdul Asis al Faisal al Sa'ud* (1923–2005), von arab. *fahd*, »Panther«, saudischer König (arab. *ibn Abdul Asis*, »Sohn des Abdul Asis«), dessen Vater 1932 den Staat *Saudi-Arabien* gegründet hatte

Fahrenheit, *Daniel Gabriel* (1686–1736), nach *Fahrenhaupt* in Mecklenburg-Vorpommern (mit mhd. *var*, »Übersetzstelle«, vgl. *Fähre*), Danziger Erfinder eines Quecksilberthermometers (Gefrierpunkt bei 32°C, Siedepunkt bei 212°C)

Faisal, von arab. *faizel*, »Richter«, arabischer Herrschername, z. B. *Faisal ibn Abdul Asis al Faisal al Sa'ud* (1905–1975), ab 1964 König Saudi-Arabiens, von seinem Neffen Prinz *Faisal ibn Musad Abdul Asis* ermordet

Fallada, *Hans* (1893–1947), Künstlername (nach dem Schimmel *Falada* in Grimms Märchen) des deutschen Schriftstellers *Rudolf Ditzen* (Patronym aus der Koseform von Rufnamen wie *Dietrich*, *Dieter* etc., zu ahd. *diot*, »Volk«)

Faraday, *Michael* (1791–1867), »Fairs Diener«, zu aengl. *fæġer*, »angenehm, blond«, und *dæġ(weorc)*, »Tag, Tagewerk« (auch »Tagelöhner«), englischer Physiker und Chemiker, Erforscher elektromagnetischer Felder

Faruk I. (1920–1965), von arab. *farraqa*, »unterscheiden, urteilen«, nach der Kündigung des britisch-ägyptischen Vertrags 1951 letzter ägyptischer König, wegen Korruption ein Jahr später (u. a. von Nasser) zur Abdankung gezwungen

Fatima (ca. 606–632), arab. »Entwöhnerin«, Lieblingstochter Mohammeds und Gattin des Kalifen Ali (vgl. den in der Maurenzeit nach ihr benannten portugiesischen Wallfahrtsort)

Faure, *Edgar* (1908–1988), zu lat. *faber*, »Zimmermann, Schmied«, französischer Jurist und radikalsozialistischer Politiker, 1952 und erneut 1955 bis 1956 Ministerpräsident, von 1973 bis 1978 Präsident der Nationalversammlung

Felix, »Glücklicher«, zu lat. *felicitas*, »das Glück«, Wahlname einiger Päpste und Gegenpäpste der katholischen Kirche

Fellini, *Federico* (1920–1993), Verkleinerungsform aus ital. *fello*, »Grausamer«, »Verruchter«, italienischer Filmregisseur (»La Strada«, »La Dolce Vita«)

Ferdinand, aus germ. *frithu*, »Friede, Schutz«, und *nantha*, »mutig, kühn«, Name dreier Habsburgerkaiser (span. *Fernando* und *Hernando*) sowie sieben spanischer Könige und anderer europäischer Herrscher

Fernandel (1903–1971), aus *Fernand d'elle*, »deren Ferdinand« (Bezeichnung der Großmutter für den Sohn ihrer Tochter), französischer Schauspieler, geboren als *Fernand-Joseph Désiré Contandin* (venet. »Bauer«)

Ferrari, *Enzo* (1898–1988), von ital. *ferraro* und *ferraio*, »Schmied«, zu lat. *ferrum*, »Eisen«, italienischer Autohersteller, der 1929 die nach ihm benannte Firma gründete (*Enzo*, italienische Koseform von *Enrico*, »Heinz«)

Feuerbach, Herkunftsname des bayerischen Juristen und Hochschullehrers *Paul Johann Anselm Ritter von Feuerbach* (1775–1833) sowie seiner ebenfalls gelehrten Söhne *Ludwig* (1804–1872) und *Anselm* (1798–1851)

Fichte, *Johann Gottlieb* (1762–1814), Wohnstättenname von mhd. *viehte*, »Fichte«, deutscher Philosoph, Begründer einer Deutschtumsphilosophie und Verfechter einer Volksbewaffnung zum Zweck der Erhebung gegen Napoleon

Fielding, *Henry* (1707–1754), von aengl. *felding*, »Siedler auf offenem Land« (vgl. engl. *field*, »Feld«), englischer Dramatiker und Erzähler, der als Londoner Richter gegen die sozialen Missstände seiner Zeit kämpfte

Fillmore, *Millard* (1800–1874), eine Variante des altenglischen Personennamens *Filmore*, »der sehr Bekannte« (*Millard* von aengl. *myle(n)weard*, »Mühlenpächter«), amerikanischer Politiker, 13. Präsident der USA (1850–1853)

Fischer, *Joseph*, genannt *Joschka* (geb. 1948), vom althergebrachten Beruf des Fischers, deutscher Grünen-Politiker, von 1998 bis 2005 Außenminister und Vizekanzler der rot-grünen Koalition

Fitzgerald, *Ella* (1917–1996), aus afrz. *fiz*, »Sohn« (zu lat. *filius*), und dem Rufnamen *Gerald* (zu ahd. *gēr*, »Speer«, und *waltan*, »herrschen«), stimmgewaltige und virtuose amerikanische Jazzsängerin

Flaubert, *Gustave* (1821–1880), über die Variante *Flobert* aus dem germanischen Rufnamen *Robert* (von ahd. *Hrodeberth*, zu germ. *hroth*, »Ruhm«, und ahd. *beraht*, »glänzend«), französischer Schriftsteller mit recht sachlichem Stil

Flavius, zu lat. *flavus*, »goldgelb, blond«, römischer Geschlechtername; z. B. Kaiser *Titus Flavius Vespasianus* (69–79 n. Chr.), kurz *Vespasian*, und sein gleichnamiger Sohn, bekannt als *Titus*, der 70 n. Chr. Jerusalem zerstörte

Fleming, *Sir Alexander* (1881–1955), von englisch *Fleming*, »Flame«, britischer Mikrobiologe, der 1928 das Penicillin entdeckte und 1945 dafür mit dem Medizinnobelpreis belohnt wurde

Flora, von lat. *flora*, »Blume«, römische Göttin der Blüten und Blumen, die an ihrem Hauptfest im Frühling, den *Floralia*, mit allerlei Brauchtum und Volksbelustigungen gefeiert wurde

Flynn, *Errol* (1909–1959), vom irischen Namen *Floinn*, »Roter«, amerikanischer Schauspieler, Darsteller abenteuerlicher Helden in zahlreichen Hollywoodfilmen

Fokker, *Anthony* (1890–1939), zu ndl. *fokken*, »züchten, aufziehen«, niederländischer Flugzeugkonstrukteur, seit dem Ersten Weltkrieg Produzent wendiger Jagdflugzeuge, zunächst in Deutschland, später in Holland

Fontane, *Theodor* (1819–1898), von frz. *fontaine*, »Springbrunnen« (zu lat. *fons, fontis*, »Quelle«), deutscher Schriftsteller und Balladendichter, dessen Großväter Hugenotten waren und in Brandenburg Zuflucht gefunden hatten

Ford, *Gerald* (geb. 1913), engl. »Furt«, 38. Präsident der USA (1974–1977), eigentlich *Leslie Lynch King Jr.*, zu engl. *king*, »König« (*Leslie* zu lat. *laeticia*, »Freude«, *Lynch* zu aengl. *hlinc*, »Hügel«, oder ir. *loingseach*, »Seemann«)

Forster, *E. M. (Edward Morgan)*, 1879–1970, von afrz. *forcetier*, »Scheren-, Messerhersteller«, bedeutender englischer Erzähler und Kritiker

Foucault, *Jean Bernard Léon* (1819–1868), zu *Volkwald*, aus ahd. *folc*, »Volk«, und *waltan*, »herrschen«, französischer Physiker, der 1850 mit seinem berühmten Pendelversuch die Drehung der Erde um die eigene Achse nachwies

Fragonard, *Jean Honoré* (1732–1806), von sfrz. *fragon* (auch *fourgon*), »Stechpalme«, französischer Maler und Radierer, der neben Historienbildern und galanten Szenerien wundervolle Landschaften und Porträts schuf

France, *Anatole* (1844–1924), frz. »Frankreich«, Künstlername des französischen Schriftstellers *Jacques François Anatole Thibault* (von *Thibauld*, dt. *Theobald* oder *Dietbald*, aus ahd. *diot*, »Volk«, und *bald*, »kühn«)

Franco, *Francisco* (1892–1975), »der Franke«, Abkürzung seines Vornamens, eigentlich *Francisco Bahamonde* (zu *Badamund*, aus ahd. *batu*, »Kampf«, und *munt*, »Schutz«), spanischer General und Diktator (auch *Caudillo*, »Führer«)

François-Poncet, *André* (1887–1978), aus frz. *François*, »Franz« (zu lat. *Franciscus*, »Franke«), und Verkleinerungsform des mittelalterlichen Taufnamens *Pons* (lat. »Brücke«), französischer Politiker und Diplomat

Frank, *Anne* (1929–1945), von mhd. *franc*, »frei«, junge deutsche Jüdin (während des Krieges in Amsterdam untergetaucht), Autorin eines erschütternden Tagebuchs, die kurz vor Kriegsende im KZ Bergen-Belsen starb

Franklin, *Benjamin* (1706–1790), von mengl. *frankeleyn*, »frei geborener Landbesitzer«, nordamerikanischer Staatsmann, 1776 Mitunterzeichner der Unabhängigkeitserklärung der USA sowie der Verfassung von 1787

Franz von Assisi (ca. 1181–1226), aus lat. *Franciscus*, »Franke« (wegen der guten Handelsbeziehungen seines Vaters zu Frankreich), und dem Herkunftsnamen *Assisi* (röm. *Asisium*), italienischer Ordensstifter und Heiliger

Freisler, *Roland* (1893–1945), zu mhd. *vreislich*, »grausam, schrecklich«, als nationalsozialistischer Präsident des »Volksgerichtshofs« Inbegriff des Justizterrors, besonders nach dem missglückten Hitler-Attentat am 20. Juli 1944

Freyja, von isl. *freyja*, »Herrin, Herrscherin«, Schwester des *Freyr*, in der nordischen Mythologie Göttin der Liebe, Fruchtbarkeit und Schönheit

Freyr, von anord. *frawa*, »froh, heiter«, altnordischer Vegetations- und Erntegott, mit dem man die Sehnsucht nach der alten Friedenszeit, nach dem glücklichen Zeitalter verknüpfte

Friedrich, »Friedensreicher«, aus ahd. *fridu*, »Friede«, und *rīhhi*, »Herrschaft«, beliebter Herrschername deutscher Könige und Kaiser (z.B. *Friedrich I.*, genannt »Barbarossa«, ca. 1125–1190)

Frija (anord. *Frigg*), von ahd. *frijo*, »geliebt« (vgl. *Freier*), Gemahlin Odins, germanische Liebesgöttin, gleichgesetzt mit der römischen *Venus* (daher röm. *dies Veneris*, »Tag der Venus«, und germ. *friatac*, »Frijas Tag«, für *Freitag*)

Fröbe, *Gert* (1913–1988), eigentlich *Karl-Gerhart Fröber* (von einem Ortsnamen wie *Fröbel* und *Fröbeln* oder von poln. *wróbel*, »Sperling«), deutscher Schauspieler und gefeierter Charakterdarsteller in zahlreichen Filmen

Froboes, *Cornelia* (geb. 1943), wörtlich übersetzt »früh verdorbener Mensch«, aus mnd. *vor*, »früh«, und *bos*, »schlecht, böse«, deutsche Schlagersängerin und Schauspielerin

Fugger, *Jakob* (1459–1525), Nachfahre schwäbischer Weber namens *Fukker*, zu spätmhd. *fuker*, »Schafschere« (oder zu wallon. *fuker*, »Wohlhabender«), durch Bergbau und Gewürzhandel reich gewordener Augsburger Kaufmann

Funès, *Louis de* (1914–1983), genauer *Louis de Funes de Galarza*, Herkunftsnamen zu *Funes* in Navarra (wohl von span. *funesto*, »unheilvoll«) und zum baskischen Ort *Galarza* (»Galicier«), französischer Filmschauspieler

Furtwängler, *Wilhelm* (1886–1954), Herkunftsname zu *Furtwangen* im südöstlichen Schwarzwald (aus ahd. *furt*, »Flussübergang«, und *wang*, »Wiese«), berühmter deutscher Dirigent und Komponist

Gäa (auch *Ge*), von grch. *gê*, »Erde, Erdreich, Acker«, als griechische Göttin die Nährmutter aller Lebewesen → *Demeter*

Gaarder, *Jostein* (geb. 1952), Wohnstättenname zu norw.

gård, »Bauernhof, Gehöft«, norwegischer Schriftsteller (z. B. »Sofies Welt«)

Gabin, *Jean* (1904–1976), entweder zu prov. *gabi,* »Möwe«, oder zu *Gabinius,* dem alten Taufnamen eines römischen Heiligen (3. Jh.), Pseudonym des französischen Schauspielers *Jean Alexis Moncorgé* (Namensherkunft ungewiss)

Gable, *Clark* (1901–1960), vermutlich von afrz. *gablier,* »Steuereintreiber« (oder *gableor,* »Wucherer«, oder afrz. *gable,* »Hausgiebel«), amerikanischer Filmschauspieler, vornehmlich in der Rolle eines Draufgängers

Gábor, *Zsazsa (Sári),* geb. 1917, ungarische Kurzform des Rufnamens *Gabriel* (zu hebr. *gabri'el,* »meine Stärke ist Gott«), amerikanische Schauspielerin ungarischer Herkunft (*Zsazsa,* Koseform von *Sarah,* zu hebr. *sara,* »Fürstin)

Gabriel, von hebr. *gabri'el,* »meine Stärke ist Gott«, »Held Gottes«, Verkündigungsengel in Christentum und Islam, im Judentum Straf- und Todesengel, aber auch Engel des Paradieses

Gad, hebr. »Glück«, »überströmende Freude«, im Alten Testament jener Sohn Jakobs, den dieser mit Zustimmung seiner vermeintlich unfruchtbaren Gattin Lea mit deren Leibmagd Silpa zeugte

Gaddafi, *Muhamar Al* (geb. 1942), von arab. *qadhafa,* »werfen, steinigen«, libyscher Offizier und Revolutionsführer, der 1969 König Idris stürzte (arab. *muhamar,* »Patriarch«, »mit vielen Nachkommen Gesegneter«)

Gagarin, *Juri Alexejewitsch* (1934–1968), zu russ. *gaga,* »Eiderente, Tauchente«, sowjetischer Flieger und Kosmonaut, 1961 an Bord der Raumkapsel Wostok I (russ. »Osten«) erster Mensch im Weltall

Gainsborough, *Thomas* (1727–1788), »Gegns Burg«, Herkunftsname mit Verweis auf eine englische Stadt bei Lincoln (aus dem Namen *Gænbeald,* zu aengl. *gaine,* »List«, und *burh,* »Festung«), englischer Porträt- und Landschaftsmaler

Galahad, von wal. *gwalch,* »Habicht«, Name eines Gralsritters der berühmten Tafelrunde, Sohn Lancelots und der Elaine → *Gawain*

Galatea, »die Milchweiße«, zu grch. *gála,* »Milch« (vgl. *Galaxie,* »Milchstraße«), Name des von Pygmalion aus Elfenbein gefertigten Abbilds der für ihn unerreichbaren Göttin Aphrodite, das diese aus Mitgefühl zum Leben erweckte

Gạlen, *Clemens August Graf von* (1878–1946), von agerm. *gal* und *gel,* »feuchte Niederung«, deutscher Kardinal und Bischof von Münster, im Dritten Reich furchtloser Kritiker der nationalsozialistischen Kirchen- und Rassenpolitik

Galẹn (ca. 131–201 n. Chr.), von grch. *galéne,* »Meeresglätte«, »Ruhe«, griechischer Modearzt des römischen Adels sowie Leibarzt des Kaisers Marc Aurel, nach Hippokrates die bedeutendste medizinische Autorität des Altertums

Galileo (1564–1642), nach der Region *Galiläa* am See Genezareth in Israel, zu hebr. *galil,* »Bezirk«, mit vollem Namen *Galileo Galilei,* also »Galileo, Sohn des Galileo«, Verfechter der These, dass die Planeten sich um die Sonne bewegen

Galsworthy, *John* (1867–1933), Herkunftshinweis auf den gleichnamigen Ort in Devon (von *Galeshora,* zu aengl. *gagel,* »Sumpfmyrte«, *ora,* »Abhang«, und *worþ,* »erhöhte, umfriedete Wohnstätte«), englischer Erzähler und Dramatiker

Galvani, *Luigi* (1737–1798), über ital. *Gavino,* von *Gawain,* dem Namen eines Ritters der Tafelrunde in der Artussage (wohl zu wal. *gwalch,* »Habicht«), italienischer Arzt und Naturforscher, Entdecker der *galvanischen Elektrizität*

Gama, *Vasco da* (1469–1524), »Damhirschkuh«, nach einem Ort an der *Biscaya* (zu span. *vizcaya,* »Baskenland«, *Vasco* bedeutet »Baske«), portugiesischer Seefahrer, 1498 Entdecker des Seewegs um Afrika herum nach Indien

Gandhi, *Mohandás Karamchand* (1869–1948), Hindi »Lebensmittelhändler«, Sohn eines Kaufmanns, besser bekannt als *Mahatma,* »große Seele«, indischer Menschenrechtler und sanftmütiger Kämpfer für die Unabhängigkeit Indiens

Ganescha, aus *ganeśvara,* »Fürst der Heerscharen«, und *īśá,* »Gebieter« (auch Beiname des Schiva), bei den Hindus häufig angerufener Gott der Weissagung, der alle Hindernisse beseitigen kann, dargestellt als weißer Elefant

Ganymed, wohl aus grch. *ganeín,* »glänzen« (oder *gánysthai,* »genießen«), sowie *mêdos,* »Plan«, auch »männliche Scham«, schöner Sohn des mythischen Königs Tros von Troja, vom verliebten Zeus zum Mundschenk der Götter bestimmt

Garbo, *Greta* (1905–1990), von ital. *garbo,* »Artigkeit, Schliff«, Künstlername der schwedischen Filmschauspielerin *Greta Ovisa Gustafsson* (»Sohn des Gustaf«, aus aschw. *göt,* »Gott«, und *staf,* »Stab, Stütze«), genannt »die Göttliche«

García, aus *Harcia,* zu bask. *hartz,* »Bär«, Name so bekannter spanischer Schriftsteller wie *Ventura García Calderón* (1886–1959) und *Federico García Lorca* (1899–1936), zu lat. *laurica,* »junges Kaninchen« → *Calderón*

Gardner, *Ava* (1922–1990), zu engl. *garden,* »Garten«, Pseudonym der amerikanischen Filmschauspielerin *Lucy Johnson* (»Johns Sohn«)

Garfield, *James Abram* (1831–1881), aus aengl. *gār,* »Lanze, Lanzenspitze« (vgl. ahd. *gēr,* »Speer«), und *feld,* »Feld« (vgl. engl. *field*), 20. Präsident der Vereinigten Staaten, noch im gleichen Jahr Opfer eines Attentats

Garibaldi, *Giuseppe* (1807–1882), vom Rufnamen *Garibaldo,* zu ahd. *gēr,* »Speer«, und *bald,* »kühn«, oder von parm. *garibold,* »Nachschlüssel«, einer der Haupthelden im Kampf um einen italienischen Nationalstaat → *Grimaldi*

Garland, *Judy* (1922–1969), von engl. *garland,* »Kranz, Girlande«, Künstlername der amerikanischen Filmschauspielerin *Frances Ethel Gumm* (entweder zu aengl. *guma,* »Mann«, oder zu engl. *gum,* »Gummi« oder »Gaumen«)

Gates, *William (Bill),* geb. 1955, von aengl. *ġeat* und *yate,* »Tor, Stadttor« (vgl. *Gatter*), amerikanischer Informatiker, der 1975 zusammen mit Paul Allen die Firma Microsoft gründete → *Yeats*

Gaudí, *Antoní* (1852–1926), von okzit. *gaudi,* »fröhlich, heiter« (oder vom katalanischen Kosenamen *Gaudin,* »kleiner Gote«), eigenwilliger, zu Experimenten neigender spanischer Architekt

Gauguin, *Paul* (1848–1903), »Färber«, von afrz. *galge,* »Gallapfel«, später *gauge,* heute *(noix de) galle;* französischer

Maler, zunächst Impressionist, später mit seinen leuchtenden und suggestiven Farben Wegbereiter des Expressionismus

Gauß, *Carl Friedrich* (1777–1855), wohl von mnd. *gos*, »Gans« (vgl. engl. *goose*), deutscher Mathematiker, Physiker und Astronom, Erforscher des Erdmagnetismus und Miterfinder des elektromagnetischen Telegraphen (1833)

Gawain (auch *Gauvain* und *Gavin*), von wal. *gwalchgwyn*, »weißer Habicht«, sogenannter Ritter der Tafelrunde um König Artus → *Galahad*

Geb, »Erde«, mythischer ägyptischer Erdgott, Sohn des Luftgottes Schu und Zwillingsbruder und Gemahl der Himmelsgöttin Nut, mit der er die Kinder Isis und Osiris zeugte → *Nut*

Geiger, *Johannes (Hans) Wilhelm* (1882–1945), von mhd. *gīgære* und *gīger*, »Violinspieler«, deutscher Physiker, mit W. Müller Erfinder des *Geigerzählers* (besser: des *Geiger-Müllerschen Zählrohrs*) zur Messung von Alphastrahlen

Gellert, *Christian Fürchtegott* (1715–1769), wohl von mhd. *gellen*, »(gellend) schreien«, deutscher Schriftsteller, Vertreter des Tugendideals der Aufklärung

Genet, *Jean* (1910–1986), Wohnstättenname zu frz. *genêt*, »Ginster«, unkonventioneller französischer Schriftsteller, der in seinen Werken die moralische und konventionelle Ordnung in ihr Gegenteil verkehrte

Genoveva (ca. 422–502), aus lat. *genus*, »Abstammung, Volk«, und ahd. *wif*, »Frau« (vgl. *Weib*), französische Nonne und Heilige, Stadtpatronin von Paris und Stifterin der Kirche St. Denis

Genscher, *Hans-Dietrich* (geb. 1927), zu mdl. *Gensch*, »Gänserich«, deutscher FDP-Politiker, als Außenminister im Kabinett Kohl (1974–1992) aktiv beteiligt an der Entspannungspolitik sowie der deutschen und europäischen Einigung

George, *Götz* (geb. 1938), von grch. *georgós*, »Landmann«, wie sein Vater *Heinrich* (1893–1946), eigentlich *Heinrich Georg August Friedrich Schulz* (»Schultheiß, Dorfvorsteher«), deutscher Schauspieler

Gershwin, *George* (1898–1937), amerikanischer Komponist und Pianist, als Sohn russisch-jüdischer Immigranten geboren als *Jacob Gershovitz*, vom biblischen Namen *Gershom* (zu hebr. *ger*, »Fremder«, und hebr. *sham*, »dort«)

Gersonides (1288–1345), Gräzisierung des hebräischen Namens *Levi Ben Gerschon* (auch *Gershom*, aus hebr. *ger*, »Fremdling«, und *sham*, »dort«), jüdischer Philosoph und Rabbi, Verfasser rationalistischer Bibelkommentare

Ghirlandaio, *Domenico* (1449–1494), Künstlername des italienischen Malers *Domenico di Tommaso Bigordi* (parm. »Strang, Gewinde«), nach dem Beinamen seines Vaters, der ein *ghirlandaio* war, also ein »Girlandenhersteller«

Giap → *Vo Nguyên*

Gide, *André* (1869–1951), vielleicht zur germanischen Wurzel *gid*, »Gesang, Lied«, oder vom Rufnamen *Gideon* (zu hebr. *gid'on*, »Krieger«), französischer Schriftsteller, der in seinem Werk traditionelle Werte infrage stellte

Giehse, *Therese* (1898–1975), von ahd. *gisal*, »Geisel«, Künstlername der Schauspielerin *Therese Gift*, die 1933 aus Nazideutschland emigrierte und erst 1945 in ihre Heimat zurückkehrte

Gierek, *Edward* (1913–2001), aus poln. *gieroj*, »Held«, und dem Verniedlichungssuffix *-ek*, polnischer Politiker, von 1970 bis 1980 Führer der Vereinigten Polnischen Arbeiterpartei

Gilgamesch, aus sumer. *Bil-ga-mes*, »Ahnenheld« (wörtlich: »der Alte ist noch ein kräftiger junger Mann«), Name eines legendären sumerischen Königs (ca. 2600 v. Chr.), der angeblich ein Alter von 126 Jahren erreichte

Ginsberg, *Allen* (1926–1997), vom Ortsnamen *Günzburg* (nach dem Fluss *Günz*, zu idg. *gheu-*, »gießen«), amerikanischer Lyriker deutsch-jüdischer Abstammung, scharfer Kritiker einer von der Technik beherrschten Massengesellschaft

Giorgione (ca. 1477–1510), ital. »großer Giorgo«, Künstlername des italienischen Malers *Giorgio da Castelfranco* (etwa »Georg von Frankenburg«), der in der Hochrenaissance als Erster auch weltliche Motive malte

Giotto (1266–1337), verkürzt aus *Franciotto* oder *Giolotto* (Koseform von *Francesco* bzw. *Angiolotto*), italienischer

Freskenmaler und in seinen letzten Lebensjahren Dombaumeister in Florenz

Giraudoux, *Jean* (1882–1944), Verkleinerungsform des Rufnamens *Giraud* (aus *Gerwald*, zu ahd. *gēr*, »Speer«, und *waltan*, »herrschen«; vgl. *Gerold*), französischer Schriftsteller und Diplomat

Giscard d'Estaing, *Valéry* (geb. 1926), aus dem alten Rufnamen *Gischard*, zu ahd. *gisal*, »Geisel«, und *harti*, »hart«, und dem altfranzösischen Zusatz *d'Estaing*, »vom Küstensee« (vgl. frz. *étang*), französischer Präsident von 1974 bis 1981

Gladstone, *William Ewart* (1809–1898), aus aengl. *glæd*, »glatt, glänzend«, und *stān*, »Stein« (vgl. engl. *glad*, »froh«, bzw. *stone*, »Stein«), konservativer, später liberaler britischer Politiker, ab 1868 vier Mal Premierminister

Glauber, *Johann Rudolph* (1604–1670), von mhd. *klūben*, »auflesen« (vgl. *aufklauben*), oder von mhd. *glau*, »umsichtig«, deutscher Alchemist, Chemiker und Apotheker (vgl. *Glaubersalz*)

Glauke, von grch. *glaûx, glaukós*, »Eule«, in der griechischen Mythologie die schöne und großäugige Tochter des Königs Kreon von Korinth, mit der Jason seine Gattin Medea betrog, die tödliche Rache für diese Niedertracht nahm

Glenn, *John* (geb. 1921), von kelt. *glen*, »enges, finsteres Tal«, amerikanischer Astronaut, der 1962 in einer Mercury-Kapsel den ersten bemannten Raumflug unternahm und 1998 mit der Raumfähre Discovery erneut in den Weltraum flog

Glowna, *Vadim* (geb. 1941), von russ. *golownja*, »Köpfchen« (zu *golowa*, »Kopf, Verstand«), deutscher Filmschauspieler und Regisseur (*Vadim* zu russ. *vodit'*, »führen«)

Gluck, *Christoph Willibald Ritter von* (1714–1787), von mhd. *geluck(e)* und *gluck(e)*, »Segen, Erfolg, Schicksal«, deutscher Opernkomponist, der sich 1750 in Wien niederließ und schließlich Kapellmeister am Burgtheater wurde

Gmelin, deutsche Forscherfamilie, von mhd. *gemechlīch(e)*, »bedachtsam«, bekanntester Namensträger der Chemiker *Leopold Gmelin* (1788–1853), Entdecker des Cholesterins und des Taurins in der Galle

Gneisenau, *August Wilhelm Anton Graf Neidhard von* (1760–1831), nach dem späteren österreichischen Adelssitz des preußischen Heerführers mit dem schlichten Geburtsnamen *Neidhart*, zu ahd. *nid*, »Missgunst«, und *harti*, »hart«

Godard, *Jean-Luc* (geb. 1930), von *Godehart*, aus ahd. *got*, »Gott«, und *harti*, »hart«, französischer Filmregisseur

Goebbels, *Paul Joseph* (1897–1945), »Göbels Sohn«, aus der Kurzform eines Rufnamens wie *Godebert* (aus ahd. *got*, »Gott«, und *beraht*, »glänzend«), nationalsozialistischer Propagandaminister und engster Berater Hitlers

Goerdeler, *Carl-Friedrich* (1884–1945), von *Gürtler*, zu mhd. *gürtelære*, »Gürtelmacher«, deutscher Jurist und bis 1937 Oberbürgermeister von Leipzig, als Kopf der Widerstandsbewegung gegen Hitler in Plötzensee gehängt

Goethe, *Johann Wolfgang von* (1749–1832), von einem Rufnamen mit ahd. *got*, »Gott«, als Hauptbestandteil (z. B. in *Gottfried*, *Gottlieb* oder *Godehard*), begnadeter deutscher Dichter und Dramatiker

Gogol, *Nikolaj Wassiljewitsch* (1809–1852), von ukr. *hoghol'*, »Ente«, oder von russ. *gogol'*, »einherstolzieren«, russischer Dichter und Erzähler von Dorfgeschichten über die groteske Lebensart des russischen Bürgertums

Golding, *William* (1911–1993), englischer Kosename, etwa »goldiges Kerlchen« (vgl. *Goldjunge*), englischer Schriftsteller, der in seinen Romanen die Vernunftgläubigkeit der Technokraten kritisiert → *Meïr, Golda*

Goldsmith, *Oliver* (1728–1774), »Goldschmied« (aus engl. *gold*, »Gold«, und *smith*, »Schmied«), englischer Theologe, Mediziner und Dichter

Gomułka, *Władysław* (1905–1982), wohl aus einem Scherznamen für einen Käsehändler (oder einen wohlgerundeten Menschen), zu poln. *gomółka*, »Quarkkäse«, Generalsekretär der Polnischen Arbeiterpartei (1943–48, 1956–70)

Goodman, *Benjamin (Benny) David* (1909–1986), aus engl. *good*, »gut«, und *man*, »Mann«, amerikanischer Klarinettist und Leiter eines Jazzorchesters, Vater des Swing

Goodyear, *Charles* (1800–1860), aus engl. *good*, »gut«, und *year*, »Jahr«, amerikanischer Erfinder der Vulkanisation von Kautschuk (1839)

Gorbatschow, *Michail Sergejewitsch* (geb. 1931), zu russ. *gorbatij*, »höckerig, bucklig«, letzter Präsident der Sowjetunion, 1991 von Boris Jelzin entmachtet und zum Rücktritt gezwungen

Gordios (um 800 v. Chr.), vielleicht aus der idg. Wurzel *gord-*, »Bergfeste«, mythischer König von Phrygien, dessen berühmten *Gordischen Knoten* Alexander d. Gr. als Vorbedingung für die Herrschaft über Asien lösen konnte

Gordon, *Noah* (geb. 1926), amerikanischer Schriftsteller, wohl nach der russischen Stadt *Grodno* (zu russ. *gorod*, »Stadt«), aus der seine jüdischen Eltern stammten (*Gordon* als Rufname dagegen von kelt. *gor*, »geräumig«, und *din*, »Festung«)

Gorgonen, von grch. *gorgós*, »furchtbar«, drei geflügelte Ungeheuer der griechischen Sage mit schlangendurchsetzten Haaren und überlangen Zähnen, deren Anblick jeden Menschen zu Stein erstarren ließ → *Medusa*

Göring, *Hermann* (1893–1946), aus ahd. *gēr*, »Speer«, und *-ing*, »Gefolgsmann«, NS-Politiker, nach Hitlers »Machtergreifung« preußischer Ministerpräsident und Reichsinnenminister, ab 1935 Oberbefehlshaber der Luftwaffe

Gorkij, *Maxim* (1868–1936), zu russ. *gorkij*, »bitter, verbittert«, berühmter russischer Schriftsteller, eigentlich *Alexei Maximowitsch Peschkow*, wohl zu russ. *peschka*, »Bauer (im Schachspiel)«

Gotthelf, *Jeremias* (1797–1854), nach dem Helden seines ersten Romans »Lebensgeschichte des Jeremias Gotthelf«, Wahlname des schweizerischen Schriftstellers *Albert Bitzius* (von *Sulpiz*, Verkürzung aus röm. *Sulpicius*)

Gottschalk, *Thomas* (geb. 1950), aus ahd. *got*, »Gott«, und *scalk*, »Knecht«, bekannter deutscher Fernsehmoderator (arabische Entsprechung des Namens: *Abdullah*)

Gounod, *Charles* (1818–1893), vielleicht eine Verkleinerungsform des französischen Namens *Hugon* (zu ahd. *hugu*, »Gedanke, Geist«, dt. *Hugo*) oder von mdl. frz. *golnod*, »Sänger«, französischer Komponist

Goya, *Francisco de* (1746–1828), aus bask. *goi*, »erhöhter Ort«, und dem nachgestellten Artikel *-a*, »der«, spanischer Maler, der zunächst das heitere Landleben, später eher den Schrecken und die Folgen des Krieges darstellte

Graham, *Thomas* (1805–1869), verkürzte Form von *Grantham*, zu aengl. *grand*, »Kies«, und *hām*, »Dorf«, schottischer Chemiker, Vater des *Grahamschen Gesetzes* über die Diffusionsgeschwindigkeiten von Gasen und Flüssigkeiten

Granger, *Stewart* (1913–1993), von engl. *granger*, »Gutsbesitzer«, eigentlich *James Lablanche Stewart*, englischer Schauspieler, zu engl. *steward*, »Gutsverwalter« (frz. *Lablanche*, matronymisch für »die Weiße«) → *Stewart*

Grant, gängiger englischer Familienname, von engl. *to grant*, »gewähren«, z.B. *Ulysses Simpson Grant* (1822–1885), 18. Präsident der USA, und *Cary Grant* (1904–1986), berühmter amerikanischer Schauspieler, der in England als *Alexander Archibald Leach* geboren wurde (wohl von aengl. *læće*, »Arzt«)

Grass, *Günter* (geb. 1927), wohl von mhd. *graz*, »zornig«, zu *grāzen*, »toben, wüten«, Grafiker, Bildhauer und Schriftsteller deutsch-polnischer Herkunft

Gratian (359–383), »der Liebenswürdige«, zu lat. *gratia*, »Freundschaft« (auch »Charme« und »Dank«), ab 375 n. Chr. römischer Kaiser über das Westreich und Förderer des christlichen Glaubens

Graves, *Robert* (1895–1985), wohl von anorw. *greifi*, »Verwalter«, oder adän. *grefe*, »Graf«, englischer Schriftsteller irisch-deutscher Abstammung (eigentlich *von Ranke-Graves*, Urenkel des Geschichtsforschers Leopold von Ranke)

Grazien → *Chariten*

Green, *Julien* (1900–1998), von engl. *green*, »grün«, amerikanischer Autor von Romanen und Theaterstücken in französischer Sprache, vor allem über den Kampf gegen das Böse und das Streben des Menschen nach einer besseren Welt

Gregor, »der Wachsame«, zu grch. *egregorénai*, »wachen«, beliebter Papstname, z.B. des ersten deutschen Pontifex, *Gregor V.* (996–999), der schon mit 24 Jahren auf dem Stuhl Petri saß und nach nur dreijährigem Pontifikat starb

Grieg, *Edvard* (1843–1907), aus schott. *Greg*, Kurzform von *Gregory*, zu grch. *egregorénai*, »wachen«, norwegischer Komponist, weltbekannt durch seine von der Volksmusik beeinflussten lyrischen Klavierstücke und Lieder

Grillparzer, *Franz* (1791–1872), nach *Grillparz*, dem österreichischen Herkunftsort seiner Familie (aus *Grille* und mdl. *Parze*, »Heidelbeerhügel«), Wiener Dichter, dessen Werk erst gegen Ende seines Lebens Anerkennung fand

Grimaldi, von ital. *grimaldello*, »Einbrecherschlüssel«, Name eines genuesischen Adelshauses (ursprünglich einer Piratenfamilie), die seit Mitte des 15. Jahrhunderts über das Fürstentum Monaco herrscht → *Garibaldi*

Grimm, *Jacob* (1785–1863) und *Wilhelm* (1786–1859), von mhd. *grim(me)*, »unfreundlich, wütend« (vgl. *grimmig*), deutsche Sprachwissenschaftler, Herausgeber eines deutschen Wörterbuchs sowie volkstümlicher Märchen

Grimmelshausen, *Hans Jakob Christoffel von* (ca. 1620–1676), von mhd. *grim*, »wütend«, phantasiereicher deutscher Erzähler, Schöpfer des »Simplicissimus« (genauer Titel: »Der Abentheuerliche Simplicissimus Teutsch«, 1669)

Gris, *Juan* (1887–1927), zu span. und frz. *gris*, »grau«, Pseudonym des in Spanien geborenen französischen Malers *José Victoriano González*, von *Gonzalo* (aus germ. *Gundisalvus*, zu ahd. *gund*, »Kampf«, und lat. *salvus*, »heil, gesund«)

Gropius, *Walter* (1883–1969), latinisiert aus mnd. *groper*, »Töpfer«, bedeutender deutscher Architekt, Gründer und erster Direktor des Staatlichen Bauhauses in Weimar, 1935 Emigration in die Vereinigten Staaten

Grotewohl, *Otto* (1894–1964), vielleicht aus der Wunschformel »Es gerate wohl!« oder aus mnd. *grot*, »groß«, und *wol*, »Wall, Erddamm«, 1946 »Vater« der SED (Zwangsvereinigung von SPD und KPD), erster Ministerpräsident der DDR

Grünewald, *Matthias* (ca. 1470–1528), falsch überlieferter Name des berühmten deutschen Malers *Mathis Gothardt* (aus ahd. *got*, »Gott«, und *harti*, »hart«), mit dem Beinamen *Nithart* (mhd. »Neidhammel«), daher seine Signatur *MGN*

Gryphius, *Andreas* (1616–1664), latinisiert aus *Andreas Greif*, von mhd. *grīfe*, »Greif, fabelhafter Vogel«, wortgewaltiger deutscher Barock-Schriftsteller, Verfasser pathetischer Sonette, düsterer Trauerspiele, aber auch derber Schwänke

Grzimek, *Bernhard* (1909–1987), aus poln. *Pielgrzym* (zu mlat. *peregrinus*, »Pilger«) und dem Verkleinerungssuffix *-ek*, Zoo-Direktor in Frankfurt a. M., Erforscher besonders der afrikanischen Tierwelt, Dokumentarfilmer und Buchautor

Guillotin, *Joseph Ignace* (1738–1814), von *Guillaume* (aus ahd. *willo*, »Wille«, und *helm*, »Schutz«), französischer Arzt, der in königlichem Auftrag jene Hinrichtungsmaschine perfektionierte, die auch den Monarchen den Kopf kostete

Guinness, *Sir Alec* (1914–2000), von ir. *Mag Aonghuis*, »Sohn des Angus« (aus *aon*, »ein«, und *ghus*, »Auswahl«), brillanter englischer Bühnen- und Filmschauspieler

Guise, Herkunftsname mit Bezug auf einen gleichnamigen Ort an der Oise, verwandt mit *Guido* (zu ahd. *witu*, »Wald«), Name einer französischen Herzogsfamilie, einer 1675 erloschenen Seitenlinie des Hauses Lothringen

Guitry, *Sacha* (1885–1957), zum germanischen Rufnamen *Widric* (aus ahd. *witu*, »Wald«, und *rīhhi*, »reich, mächtig«), in St. Petersburg geborener französischer Schriftsteller, Filmschauspieler und Regisseur

Gutenberg, *Johannes* (ca. 1390–1468), nach dem Haus seiner Frankfurter Familie »Zum Gutenberg«, geboren als *Johannes (Henne) Gensfleisch*, »Gänsefleisch«, deutscher Erfinder der Buchdruckkunst mit beweglichen Metalllettern

Guzmán, *Domingo de* (1170–1221), wohl germanischen Ursprungs (»guter Mann«), spanischer Prediger und Gründer des nach ihm benannten *Dominikanerordens* (span. *domingo*, lat. *dominicus*, »dem Herrn gehörig«)

Gyges, »Erdgeborener«, aus grch. *gê*, »Erde«, und *génesis*, »Entstehung«, ein hundertarmiger Riese, Sohn der griechischen Erdgöttin *Ge* und ihres eigenen Sohns Uranos, nach der Sage Besitzer eines unsichtbar machenden Ringes

Habe, *Hans* (1911–1977), eigentlich *János Békessy*, sozusagen »Hans der Friedfertige«, aus ung. *békés*, »friedlich«, und *béke*, »Friede«, deutsch-amerikanischer Schriftsteller, Essayist und Publizist ungarischer Herkunft

Hades (auch *Aïdes*), aus grch. *a*, »ohne«, und *ideîn*, »erblicken, wahrnehmen« (vgl. *Idee*), in der griechischen Mythologie Bruder des Zeus und Gott der finsteren Unterwelt, auch Bezeichnung der Hölle und der Unterwelt selbst → *Pluton*

Hagar, hebr. »die Verlassene«, ägyptische Sklavin Saras, der Frau Abrahams, Mutter seines erstgeborenen Sohns Ismael, die Abraham beide in die Wüste schickte, als Sara wider Erwarten doch noch einen Sohn gebar → *Isaak*

Hahn, *Otto* (1879–1968), von mhd. *han*, »Hahn«, deutscher Chemiker, 1938 Entdecker der Kernspaltung des Urans, 1944 mit dem Nobelpreis für Chemie ausgezeichnet

Håkon (1872–1957), aus anord. *ha*, »hoch«, und *konr*, »Sohn«, dänischer Prinz, ab 1905 als *Håkon VII.* norwegischer König, im 2. Weltkrieg bis zur Niederlage seines Landes Anführer des bewaffneten Widerstands, danach Exil in England

Halley, *Edmond* (1656–1742), aus aengl. *hall*, »Herrenhaus«, und *lēah*, »Waldlichtung«, englischer Astronom und seit 1721 Leiter der Sternwarte von Greenwich, Berechner der Umlaufzeit des *Halleyschen Kometen* (76 Jahre)

Hals, *Frans* (1580–1666), von ndl. *hals*, »Hals«, niederländischer Maler, Schöpfer heiterer und lebhafter Porträts und Gruppenbildnisse

Ham (in der Septuaginta *Cham*), von hebr. *cham*, »der Heiße«, oder von einem ägyptischen Wort für »Schwarzer«, zweiter Sohn Noahs, Bruder von Sem und Japhet, jüdischer Stammvater der *Hamiten*, d. h. aller dunkelhäutigen Nachfahren

Hamilkar Barkas (gest. 228 v. Chr.), von pun. *Ha-melk-art*, »großer König« (*Barkas* wohl urverwandt mit arab. *barq*, »Blitz«), karthagischer Feldherr im 3. Jahrhundert v. Chr., Vater Hannibals

Hamilton, *Emma*, genannt *Lady Hamilton* (ca. 1765–1815), aus aengl. *hamel*, »zerbrochen«, und *tūn*, »Anwesen«, Gemahlin des britischen Altertumsforschers und Diplomaten *Sir William Hamilton*, ab 1798 die Geliebte Lord Nelsons

Hammarskjöld, *Dag* (1905–1961), aus schwed. *hammer*, »Hammer«, und *skjöld* (heute *sköld*), »Schild«, schwedischer Generalsekretär der Vereinten Nationen von 1953 bis 1961

Hammurabi (1728–1686 v. Chr.), zu babyl. *Ammuru*, »Westland« (Bezeichnung für die Heimat der aus Kanaan eingedrungenen semitischen Nomaden), babylonischer König und Gesetzgeber aus der Dynastie der *Amoriter*

Hampton, *Lionel* (1908–2002), Herkunftsname mit Verweis auf ein altes Dorf bei London, aus aengl. *hamm*, »Flussweide«, und *tūn*, »Siedlung«, amerikanischer Jazzmusiker und Orchesterleiter

Hamsun, *Knut* (1859–1952), Künstlername des vom Hof *Hamsund* auf der Halbinsel *Hamaröy* stammenden norwegischen Schriftstellers *Knud Pedersen* (»Peters Sohn«)

Händel, *Georg Friedrich* (1685–1759), entweder eine Verkleinerungsform von »Hand« oder eine Ableitung von »Handel«, deutscher Komponist, zunächst Hofkapellmeister in Hannover, ab 1714 Hofkomponist in London

Handke, *Peter* (geb. 1942), aus einer tschechischen Koseform von *Johannes* (z. B. *Hanek*, »Hans«), österreichischer Autor sprachexperimenteller, handlungsarmer und zunehmend zeitkritischer Literatur

Hanija, Ismael (geb. 1962), von arab. *haniya*, »Ruheplatz« (zu *hani*, »zufrieden«), Führungsmitglied der radikal-islamischen Hamas, nach deren Wahlsieg Anfang 2006 zum palästinensischen Ministerpräsidenten ernannt → *Ismael*

Hannibal (247–183 v. Chr.), aus pun. *hann*, »Gewogenheit«, und dem Namen des phönizischen Gottes *Baal*, karthagischer Feldherr, der im Zweiten Punischen Krieg für seine Alpenüberquerung mit Elefanten berühmt wurde

Hanuman, zu skr. *hánumat*, »mit starken Kinnbacken«, indischer Affengott, der nach seiner Geburt vom Donnergott Indra mit einem an die Kinnlade geschleuderten Donnerkeil daran gehindert wurde, die Sonne zu verschlingen

Haraldsson (995–1030), »Sohn des Harald« (aus anord. *Haraldr*, »Heerwalter«) Beiname des norwegischen Königs Olav II., genannt »der Heilige«, da er die Bekehrung seines Landes zum Christentum vollendete

Hardenberg, *Karl August Freiherr von* (1750–1822), nach dem Sitz des alten Adelsgeschlechts im niedersächsischen *Nör-*

ten-Hardenberg, ab 1810 preußischer Staatskanzler und als »diktatorischer Premierminister« Vertreter des Königs

Harding, *Warren Gamaliel* (1865–1923), »der Harte«, von aengl. *heard*, »hart«, amerikanischer republikanischer Politiker, 1921 zum 29. Präsidenten der Vereinigten Staaten gewählt

Hardouin-Mansart, *Jules* (1598–1666), aus ahd. *harti*, »hart«, und *wini*, »Freund«, und afrz. *manse*, »landwirtschaftliche Nutzung«, französischer Baumeister im Dienste König Ludwigs XIV., der in Paris die ersten *Mansarden* entwarf

Hardy, *Thomas* (1840–1928), von mengl. *hardi*, »mutig, kühn«, englischer Dichter und Autor von Romanen, die von tiefem Pessimismus zeugen, sowie eines epischen Dramas über die Rolle Englands in den Napoleonischen Kriegen

Harold, von aengl. *here*, »Heer, Armee«, und *weald*, »Herrscher«, z.B. Name des angelsächsischen Königs, dessen Niederlage und Tod in der berühmten Schlacht bei Hastings den Normannen 1066 die Einnahme Englands ermöglichte

Harrison, *William Henry* (1773–1841), »Harrys Sohn« (zu engl. *Henry*, »Heinrich«), 9. Präsident der USA (einen Monat nach Amtsantritt verstorben) sowie sein Enkel *Benjamin* (1833–1901), 23. US-Präsident von 1889 bis 1893

Härtling, *Peter* (geb. 1933), aus ahd. *harti*, »hart«, und der patronymischen Endung *-ling*, deutscher Lyriker und Erzähler (wohl zu einem Rufnamen wie *Hartmut* oder *Hartmann*)

Hartung, *Hans* (1904–1989), zu ahd. *harti*, »hart«, französischer Künstler deutscher Herkunft, der als Vertreter der gegenstandslosen (»entarteten«) Malerei vor den Nazis floh und als Fremdenlegionär gegen deutsche Truppen kämpfte

Harun ar-Raschid → *Raschid*

Hasdrubal (gest. 221 v. Chr.), aus phön. *azru*, »Hilfe«, und dem Namen des Gottes *Baal*, karthagischer Oberbefehlshaber in Spanien und Gründer Neu-Karthagos (heute *Cartagena*); auch Name von Hannibals Bruder (gest. 207 v. Chr.)

Hashimoto, *Ryutaro* (1937–2006), aus jap. *hashi,* »Brücke«, und *moto,* »Fuß, Basis«, japanischer Politiker, nach verschiedenen Ministerposten 1995 Wahl zum Ministerpräsidenten (*Ryutaro* aus jap. *ryu,* »Schule«, und *taro,* »erster Sohn«)

Hassan (625–670), arab. »der Schöne«, ein Enkel Mohammeds, ältester Sohn Alis und Fatimas, nach der Ermordung seines Vaters 661 im Irak zum Kalifen ausgerufen, zweiter schiitischer Imam → *Hussein*

Hassan ibn al-Sabbah (gest. 1124), »Hassan, Sohn des Gottverehrers« (zu arab. *sabbaha,* »Gott preisen«), Führer des islamischen Geheimbundes der *Assassinen* (»Haschischesser«), die unter Drogen Selbstmordattentate auf muslimische Fürsten und christliche Kreuzfahrer verübten (engl. *assassin,* »Meuchelmörder«)

Hathor, »Haus des Horus«, in der ägyptischen Mythologie Göttin der Schöpfung sowie Muttergöttin, Beschützerin der Liebenden und der Gebärenden, wie Isis als Mutter des Horus und aller Könige verehrt

Hatschepsut (1498–1468 v. Chr.), »Erste der Damen«, nach dem Tod ihres Gemahls und Halbbruders Thutmosis II. ab 1479 v. Chr. selbst gekrönte Herrscherin Ägyptens

Hauptmann, *Gerhart* (1862–1946), von mhd. *houbetman,* »Oberhaupt, Anführer« (auch »Truppenführer« und »Vorbild«), deutscher Schriftsteller, Verfasser naturalistischer Dramen

Havel, *Václav* (geb. 1936), entstellt aus lat. *gallus,* »Hahn« und »Fremder« (vgl. *Gallier*), tschechischer Schriftsteller und Regisseur, ab 1989 Präsident der Tschechoslowakei, von 1993 bis 2003 Präsident der Tschechischen Republik

Havilland, *Sir Geoffrey de* (1882–1965), »aus dem Havelland«, britischer Flugzeugkonstrukteur, 1948 Erbauer der ersten Maschine mit Strahlantrieb; *Olivia de Havilland* (geb. 1916), amerikanische Schauspielerin

Hawthorne, *Nathaniel* (1804–1864), von aengl. *haguþorn,* wörtlich »Heckendorn« (vgl. dt. *Hagedorn*), amerikanischer Schriftsteller, dessen Werk von der Angst vor dem Bösen beherrscht ist

Haydn, *Joseph* (1732–1809), von mhd. *heiden,* »Heide«, österreichischer Komponist und Kapellmeister, Freund Mozarts und Lehrer Beethovens, Schöpfer des Kaiserquartetts (heute vertraut als Melodie des Deutschlandsliedes)

Hayworth, *Rita* (1918–1987), aus engl. *hay*, »Heu«, und *worth*, »Wert«, eigentlich *Margarita Carmen Cansino* (zu span. *canción*, »Lied«, vgl. *Chanson*), amerikanische Sängerin und Schauspielerin

Heath, *Sir Edward* (1916–2005), engl. »Heideland«, britischer Politiker, konservativer Premierminister von 1970 bis 1974, unter seiner Regierung Beitritt Großbritanniens zur Europäischen Wirtschaftsgemeinschaft (1972)

Hebbel, *Friedrich* (1813–1863), entweder aus einer Koseform von Namen wie *Hadubald, Hadubert* etc. (zu ahd. *hadu*, »Kampf«), oder von mhd. *hebe(l)*, »Hefe, Hefeteig«, deutscher Lyriker und Tragödiendichter

Heck, *Dieter Thomas* (geb. 1937), eigentlich *Carl Dieter Heckscher*, entweder eine Verkürzung des Ortsnamens *Höxter* oder aus mhd. *heck*, »Hecke«, und *schern*, »schneiden«, deutscher Schlagermoderator und TV-Showmaster

Heckel, *Erich* (1883–1970), von mhd. *heckel*, »(Wein-)Hacker« oder »Fleischhauer«, deutscher expressionistischer Maler und Grafiker, Mitbegründer der Künstlergruppe »Die Brücke« in Dresden

Hedin, *Sven Anders* (1865–1952), über die ältere latinisierte Form *Hedinus* aus dem Namen seines Geburtsortes *Hidingsta*, schwedischer Asienforscher, ein Schüler des Geografen und Chinaforschers Ferdinand Freiherr von Richthofen

Heidegger, *Martin* (1889–1976), aus mhd. *heide*, »freies Land, Heide«, und *egge*, »Rand, Ecke«, deutscher Philosoph

Heifetz, *Jascha* (1901–1987), hebr. »Kostbarkeit«, eigentlich »das Gewünschte« (zu *chefez*, »Wunsch«), großer amerikanischer Violinvirtuose russischer Herkunft (*Jascha*, russisch-jüdische Kurzform von *Jakob*)

Heine, *Heinrich* (ursprünglich *Harry*), 1797–1856, aus einer Kurzform des Rufnamens *Heinrich*, deutscher lyrischer Dichter und Satiriker, Begründer des modernen Feuilletonismus

Heinkel, *Ernst* (1888–1958), wohl aus *Heinke* (mit der Verkleinerungsendung *-l*), einer Kurzform von *Heinrich*, deutscher Ingenieur und Flugzeugbauer, 1922 Gründer der *Ernst-Heinkel-Flugzeugwerke* in Warnemünde

Heinrich (engl. *Henry*), alter Ruf- und Königsname, entweder von ahd. *Haganrich* (aus ahd. *hag*, »Einfriedung«, und *rīhhi*, »reich, mächtig«) oder von *Heimerich* (aus ahd. *heima*, »Heim, Wohnsitz«, und *rīhhi*, »reich, mächtig«), z.B. Thronname des englischen Königs *Heinrich VIII.* (1491–1547)

Heisenberg, *Werner* (1901–1976), nach einem Ortsteil von Aalen in Württemberg, deutscher Physiker, während des Zweiten Weltkriegs Erforschung der Einsatzmöglichkeiten der Kernspaltung, nach dem Krieg Atomwaffengegner

Hekabe (lat. *Hecuba*), wohl von grch. *hekás*, »fern, von weit her«, zweite Gattin des trojanischen Königs Priamos, dem sie 19 seiner 50 Söhne gebar, u. a. Hektor und Paris, sowie die Tochter Kassandra

Hekate, zu grch. *hékatos*, »aus der Ferne treffend«, eine geheimnisvolle griechische Göttin mit einem Hunde-, einem Löwen- und einem Pferdekopf, auch Mond- und Jagdgöttin sowie Göttin der Zauberei und des nächtlichen Spuks

Hektor, »Stütze, Anker«, wohl zu grch. *échein*, »halten, bewahren«, Sohn des Königs Priamos von Troja und Gatte der Andromache, Tapferster unter den Helden im Kampf gegen die Griechen, von Achill getötet → *Andromache*

Hel (auch *Walhall*), von anord. *hel*, ahd. *hella*, »Untererde, Totenwelt«, nordische Unterwelts- und Totengöttin, deren Name auch zur Bezeichnung der *Hölle* diente (vgl. Frau *Holle*)

Helena, wohl von grch. *hélios*, »Sonne«, schöne Tochter der Leda und des Zeus, Gattin des Königs Menelaos von Sparta, mit deren Entführung der trojanische Prinz Paris den Trojanischen Krieg entfesselte

Helios (lat. *Sol*), von grch. *hélios*, »Sonne, Tageslicht, Osten«, altgriechischer, jeden Morgen von seiner Schwester Eos angekündigter Sonnengott, der tags auf seinem glänzenden Wagen über den Himmel fuhr, nachts jedoch den Okeanos überquerte, um am nächsten Morgen im Osten wieder zu erscheinen → *Eos*

Hemingway, *Ernest Miller* (1899–1961), »Siedler an Hemings Weg«, zu anord. *Hemingr* (vgl. dän., norw. *hjem*, »Heim«) und engl. *way*, »Weg«, amerikanischer Romanschriftsteller und Erzähler der sogenannten verlorenen Generation

Hengist und **Horsa**, von aengl. *hengest*, »Hengst«, bzw. *hors*, »Ross« (vgl. engl. *horse*), Namen zweier jütischer Anführer, angeblich der Gründer des Königreichs Kent

Hepburn, *Audrey* (1929–1993), aus engl. *hep*, »Spitze, Klasse«, und aengl. *burna*, »Bach«, Künstlername der amerikanischen Schauspielerin niederländisch-englischer Herkunft *Audrey Kathleen van Heemstra-Ruston*

Hephaistos, vielleicht von grch. *heméras-phaístos*, »am Tage Scheinender«, in der griechischen Sage Sohn der Hera und des Zeus sowie Gatte der Aphrodite, vor allem aber Gott des Feuers und der Schmiedekunst (lat. *Vulcanus*)

Hera, wohl eine weibliche Form von grch. *héros*, »Held«, mythische Schwester und Frau des griechischen Göttervaters Zeus, argwöhnische und neidische Schutzgöttin der Ehe und der Mutterschaft

Herakles (lat. *Hercules*), aus dem Namen *Hera* und grch. *kléos*, »Ruhm«, Sohn der Alkmene und des Zeus, dessen Gattin *Hera* den Bankert mit einer zwölfteiligen Aufgabe schikanierte, nach deren Erledigung sie ihn allerdings vergöttlichte

Heraklit (um 500 v. Chr.), aus *Hera* und grch. *kleitós*, »berühmt, bekannt«, griechischer Philosoph aus Ephesos, dem der Ausspruch *pánta rheî*, »alles fließt«, zugeschrieben wird

Hercules, im alten Rom Gott des Handels und des Verkehrs, Schutzgott der Münzen, Gewichte und Kaufleute sowie angeblicher Erbauer von *Herculaneum* (wie Pompeji 79 n. Chr. durch den Ausbruch des Vesuv zerstört) → *Herakles*

Herder, *Johann Gottfried* (1744–1803), entweder von mhd. *herter*, »Hirte«, »Ausharrender«, oder vom alten Namen *Herder*, aus ahd. *harti*, »hart«, und *heri*, »Heer«, deutscher Theologe und Schriftsteller, Theoretiker des Sturm und Drang

Hermaphroditos, nach seinen Eltern *Hermes* und *Aphrodite*, schöne altgriechische Zwittergottheit, mit der Quellnymphe Salmakis zu einem männlichem Leib mit weiblichen Brüsten und wallendem Haar verwachsen → *Aphrodite, Hermes*

Hermes, von grch. *hérma*, »Stütze, Säule«, Sohn des Zeus, im alten Griechenland Götterbote und Seelengeleiter sowie Schutzgott der Reisenden, Kaufleute und Diebe → *Merkur*

Herodes der Große (ca. 72–4 v. Chr.), »Göttergleicher«, von grch. *héros*, »Held, Halbgott« (vgl. *heroisch*), judäischer König und angeblicher Kindermörder zur Zeit der Geburt Jesu → *Antipas*

Herodot (ca. 484–424 v. Chr.), von grch. *héros*, »Held«, und *dósis*, »Gabe« (oder *dotér*, »Spender«), weit gereister griechischer Geschichtsschreiber aus der kleinasiatischen Stadt Halikarnassos (heute Bodrum in der Türkei)

Herostratos (4. Jh. v. Chr.), aus grch. *héros*, »Held«, und *stratós*, »Lager, Heer«, berüchtigter Grieche, der 356 v. Chr. aus Geltungsdrang den Artemistempel zu Ephesus in Brand steckte (vgl. *Herostrat* für einen Verbrecher aus Ruhmsucht)

Hertz, *Heinrich Rudolf* (1857–1894), von mhd. *hirz*, »Hirsch«, deutscher Physiker, dessen Versuche mit elektromagnetischen Wellen die Grundlage für die spätere Entwicklung des drahtlosen Telegraphen und des Radios bildeten

Herzl, *Theodor* (1860–1904), jiddische Verkleinerungsform von mhd. *hirz*, »Hirsch«, österreichischer jüdischer Schriftsteller, Gründer der zionistischen Massenbewegung und Verfechter eines eigenen jüdischen Staates in Palästina

Herzog, *Roman* (geb. 1934), von ahd. *herizogo*, »Heerführer« (aus *heri*, »Heer«, und *ziohan*, »ziehen«), deutscher Jurist und Hochschullehrer, ab 1987 Präsident des Bundesverfassungsgerichts, von 1994 bis 1999 Bundespräsident

Heß, *Rudolf* (1894–1987), Verweis auf eine Abkunft vom Stamm der *Hessen*, NS-Politiker, ab 1933 Hitlers Stellvertreter als Parteiführer; 1941 eigenmächtiger Flug nach England, um Churchill zu Friedensverhandlungen zu bewegen

Hesse, *Hermann* (1877–1962), nach dem Stamm der *Hessen*, deutscher Dichter, der für sein literarisches Werk 1946 den Nobelpreis und 1955 den Friedenspreis des Deutschen Buchhandels erhielt

Hestia, von grch. *hestía*, »Herd, Haus, Familie«, Tochter des Kronos und der Rhea, griechische Göttin des Herdfeuers, also des Mittelpunkts der Familie, Entsprechung der römischen Göttin *Vesta*

Heston, *Charlton* (geb. 1924), nach einem gleichnamigen südenglischen Ort (aus aengl. *hećg*, »Zaun, Hecke«, und *tūn*, »Farm, Siedlung«, vgl. *town*), berühmter amerikanischer Filmschauspieler

Heuss, *Theodor* (1884–1963), von mhd. *hiuze*, »munter, frech, hetzerisch«, deutscher Politiker, nach dem Krieg Mitbegründer der Freien Demokratischen Partei und deren Vorsitzender, von 1949 bis 1959 erster Bundespräsident

Heydrich, *Reinhard Tristan Eugen* (1904–1942), aus ahd. *heidan*, »Nichtchrist, Heide«, und *rīhhi*, »mächtig«, im Dritten Reich Chef der Sicherheitspolizei, einer der Hauptverantwortlichen für die Massenvernichtung der Juden

Heym, *Stefan* (1913–2001), von ahd. *heima*, »Heim, Wohnsitz«, eigentlich *Helmut Flieg*, deutsch-jüdischer Schriftsteller und Publizist, während der NS-Zeit im amerikanischen Exil, ab 1952 Bürger der DDR

Hieronymus (ca. 347–420), von grch. *hierós*, »heilig«, und *ónoma*, »Name, Titel«, Zeitgenosse des Augustinus, Kirchenlehrer und Übersetzer der Bibel (Vulgata), Verfasser der ersten christlichen Literaturgeschichte (»De viris illustribus«)

Highsmith, *Patricia* (1921–1995), engl. »Hochschmied« (Name ihres Stiefvaters), eigentlich *Patricia Pangman* (Name ihres leiblichen deutschen Vaters, vielleicht anglisiert aus *Bangemann*), amerikanische Kriminalschriftstellerin

Hill, *Terence* (geb. 1941), von engl. *hill*, »Hügel«, Künstlername des italienischen Western-Schauspielers *Mario Girotti*, von ital. *giro*, »Kreis, Umdrehung«, vielfach Partner *Bud Spencers → Spencer*

Hillary, *Sir Edmund* (geb. 1919), von lat. *Hilarius*, »der Heitere« (zu lat. *hilaris*, »fröhlich, gelassen«), neuseeländischer Bergsteiger, dem 1953 die Erstbesteigung des Mount Everest gelang

Himmler, *Heinrich* (1900–1945), Wohnstättenname mit Hinweis auf eine hoch gelegene Siedlungsstelle, Landwirt und nationalsozialistischer Politiker, »Reichsführer SS« und Polizeichef, Organisator der Judenvernichtung

Hindemith, *Paul* (1895–1963), gedeutet als »hinten Mitlaufender«, Name eines führenden modernen deutschen Komponisten, während des Zweiten Weltkriegs im amerikanischen Exil, danach in der Schweiz

Hindenburg, *Paul von* (1847–1934), Verweis auf den gleichlautenden Ortsnamen in der Altmark (zu mhd. *hinde,* »Hirschkuh«), volkstümlichster Heerführer des Ersten Weltkriegs und nach Ebert ab 1925 deutscher Reichspräsident

Hippokrates (ca. 460–377 v. Chr.), aus grch. *híppos,* »Pferd«, und *krátos,* »Kraft, Stärke«, Name des wohl bedeutendsten Arztes der Antike, dessen Lehre die Heilkunst bis in die Neuzeit bestimmt hat (vgl. den *Eid des Hippokrates*)

Hirohito (1901–1989), aus jap. *hiro,* »groß, weit«, und *hito,* »Mensch«, Vater und Vorgänger Akihitos, bis zur Kapitulation Japans nach den Atombombenabwürfen auf Hiroschima und Nagasaki im August 1945 letzter Gottkaiser seines Landes → Akihito

Hitchcock, *Alfred* (1899–1980), aus *Hitch,* einer Koseform von *Richard,* und der mittelalterlichen Verkleinerungsendung *-cock,* britisch-amerikanischer Regisseur spannender und unheimlicher Kriminalfilme

Hitler, *Adolf* (1889–1945), ursprünglich *Hiedler* (von bair. *Hidl,* »zeitweilig versiegenden Wasserlauf«, oder von *Hüttler,* »in einer Hütte Lebender«), deutscher NS-Politiker, als Reichskanzler und »Führer« verantwortlich für den Rassenwahn seiner Zeit und die gnadenlose Verfolgung aller »Nichtarier« sowie den Ausbruch und die Gräuel des Zweiten Weltkriegs

Hobbes, *Thomas* (1588–1679), »Sohn des Hobb« (eine Koseform von *Robert*), englischer Mathematiker, Staatstheoretiker und Philosoph

Hochhuth, *Rolf* (geb. 1931), »Hut-, Zylindermacher«, deutscher Schriftsteller und Dramatiker, der in seinen Werken die moralische Haltung der katholischen Kirche, der Justiz und der Alliierten in der Zeit des Nationalsozialismus kritisiert

Hô Chi Minh (1890–1969), vietn. »Bringer des Lichts«, Gründer und erster Präsident der Demokratischen Republik Vietnam, geboren als *Nguyên Sinh Cung* (aus vietn. *nguyên,* »Ursprung«, *sinh,* »Leben«, und *cu'ong,* »blühend«)

Hoffman, *Dustin* (geb. 1937), von mhd. *hoveman,* auch *hofman,* »Hofbauer« und »Diener bei Hofe«, amerikanischer Filmschauspieler, der diesen deutschen Familiennamen seiner siebenbürgisch-jüdischen Abstammung verdankt

Hoffmann, *E. T. A.* (1776–1822), von mhd. *hoveman* und *hofman,* »Hofbauer« oder »Diener bei Hofe«, eigentlich *Ernst Theodor Wilhelm Hoffmann,* deutscher Schriftsteller, der sich gern *Amadé* nannte (daher statt *W.* ein *A.* hinter *E. T.*)

Hoffmann von Fallersleben, nach der Herkunft seiner Familie aus dem gleichnamigen Ort bei Braunschweig, geboren als *August Heinrich Hoffmann,* Verfasser des Textes der deutschen Nationalhymne → *Hoffmann*

Hofmannsthal, *Hugo von* (1874–1929), zu mhd. *hoveman,* »Hofbauer«, »Höfling«, österreichischer Lyriker und Dramatiker, anfänglich mit dem Decknamen *Theophil Morren* (eine Variante des englischen Namens *Moore,* »Mohr, Maure«)

Holbein, *Hans der Ältere* (um 1465–1524), und *Hans der Jüngere* (1497–1543), aus mhd. *hol,* »hohl«, und *bein,* »Bein« (wohl eine Bezeichnung für o-beinige Menschen), meisterhafte Maler und Zeichner der deutschen Spätgotik

Hölderlin, *Friedrich* (1770–1843), aus mhd. *holder,* »Holunder«, und dem Verkleinerungssuffix *-lin,* deutscher Dichter, Zeitgenosse Schillers und von diesem stark gefördert

Homer (etwa zwischen 750 und 650 v. Chr.), wohl von grch. *hómeros,* »Geisel«, berühmter griechischer Dichter (vermutlich aus dem kleinasiatischen Smyrna, heute Izmir), erblindeter Bettelsänger an verschiedenen Fürstenhöfen

Honecker, *Erich* (1912–1994), alte Wohnstättenbezeichnung aus mhd. *hōh,* »hochgelegen«, und *egge, ecke,* »Ecke, Spitze«, deutscher Politiker, von 1976 bis zu seinem erzwungenen Rücktritt 1989 Staatsratsvorsitzender der DDR

Honorius (384–423), von lat. *honorus,* »ehrenvoll«, eigentlich *Flavius Honorius,* ein Sohn des Kaisers Theodosius I., nach der Teilung des Römischen Reichs (395) Herrscher über das Weströmische Reich

Hoogstraten, *Samuel van* (1627–1678), aus ndl. *hoog,* »hoch gelegen«, und *straat,* »Straße«, niederländischer Maler in der Manier Rembrandts sowie Radierer und Kunstschriftsteller (Anleitungen für die hohe Schule der Malerei)

Hoover, *Herbert Clark* (1874–1964), wie dt. *Huber* von mhd. *huober,* »Inhaber einer Hufe« (schmaler Streifen Gemeindeland zur Deckung des Eigenbedarfs), während der Weltwirtschaftkrise 31. Präsident der USA (1929–1933)

Horaz (65–8 v. Chr.), vielleicht zu lat. *hora,* »Stunde, Zeit« (er selbst nannte sich *amicus omnium horarium,* »Freund zu allen Stunden«), eigentlich *Quintus Horatius Flaccus,* römischer Dichter, Vertreter der augusteischen Klassik

Horowitz, *Wladimir* (1903–1989), ursprünglich *Horowitzer,* Herkunftsname nach dem tschechischen Ort *Hořovice* (wohl zu tsch. *hory,* »Gebirge«), amerikanisch-jüdischer Pianist ukrainischer Herkunft

Horsa → *Hengist und Horsa*

Horus, wohl von ägypt. *har,* »hoch, weit entfernt«, in der altägyptischen Mythologie ein falkenköpfiger Lichtgott, dessen Augen Sonne und Mond darstellten und dessen Flügel den Himmel und den jeweiligen Pharao schützten

Horváth, *Ödön* (dt. *Edmund*) *von* (1901–1938), ung. »Kroate«, österreichisch-ungarischer Schriftsteller aus Fiume (heute kroat. Rijeka), der in seinen Werken die unterschwellige Bösartigkeit der kleinbürgerlichen Gesellschaft enthüllte

Hoxha, *Enver* (1908–1985), von arab. *hadji,* »Mekkapilger« (*Enver* zu arab. *anwar,* »Lichtstrahl«), albanischer Politiker, Gründer und Generalssekretär der kommunistischen Partei sowie ab 1944 Regierungschef seines Landes

Hubble, *Edwin Powell* (1889–1953), Variante des alten Rufnamens *Hugbald* oder *Hubald* (aus *hugu,* »Geist«, und *bald,* »kühn«), amerikanischer Astronom, Erforscher der Fluchtgeschwindigkeiten der Galaxien → *Humboldt*

Hudson, »Sohn des Hudd«, vom englischen Namen *Hugh* (zu ahd. *hugu*, »Geist, Verstand«, vgl. *Hugo* und *Hubert*, aus *Hugubert*); berühmte Träger: *Henry Hudson* (ca. 1550–1611), englischer Seefahrer, und *Rock Hudson* (1925–1985), amerikanischer Schauspieler, eigentlich *Roy Harold Scherer* (»Barbier«)

Huitzilopochtli (entstellt zu *Witzliputzli*), aztek. »Kolibri zur Linken« (d. h. »im Süden«), aztekischer Stammes-, Kriegs- und Sonnengott, unter dessen Führung die Azteken nach Süden aufbrachen und sich in Zentralmexiko niederließen

Humboldt, *Alexander Freiherr von* (1769–1859), von einem alten Rufnamen wie *Hugbald* oder *Hubald* (zu ahd. *hugu*, »Geist«, und *bald*, »kühn«), deutscher Naturforscher, berühmter Erkunder Amerikas und Asiens → *Hubble*

Hume, *David* (1711–1776), auch in der Form *Home*, zu adän. *hulm*, »Flussinsel«, schottischer Philosoph und Historiker, befreundet mit Geistesgrößen wie Adam Smith, Montesquieu, Voltaire und Rousseau

Humperdinck, *Engelbert* (1854–1921), aus dem Rufnamen *Humbert* und der patronymischen Endung *-ing*, »Sprössling des«, deutscher Komponist von Orchesterwerken und Opern

Hundertwasser, *Friedensreich* (1928–2000), eigentlich *Friedrich Stowasser* (mit slaw. *sto*, »einhundert«), österreichisch-jüdischer Künstler, bekannt durch seine traumhaften Bildkompositionen und eigenwilligen Fassadengestaltungen

Huracán, »Einbein«, mythischer Mayagott der ungezügelten Naturkräfte, insbesondere des Donners und des Blitzes (davon abgeleitet unsere Begriffe *Hurrikan* und *Orkan*)

Hus, *Jan* (ca. 1370–1415), ursprünglich *Johannes von Husinetz*, nach seinem südböhmischen Heimatdorf *Husinec* (»Gänsegatter«, zu tsch. *husa*, »Gans«), böhmischer Gelehrter, Priester und Kirchenreformer

Husák, *Gustáv* (1913–1991), von ukr. *husák*, »Gänserich«, tschechoslowakischer kommunistischer Politiker slowakisch-ukrainischer Herkunft, von 1975 bis 1989 Staatspräsident der Tschechoslowakei

Hussein (um 620–680), arab. »Wunderschöner«, zweiter

Sohns Alis und Fatimas, jüngerer Bruder des Hassan; dritter Imam der Schiiten, in der Schlacht bei Kerbela gefallen und seitdem als Märtyrer verehrt → *Hassan*

Huxley, *Aldous* (1894–1963), aus dem Personennamen *Hugh* (vgl. dt. *Hugo*, zu ahd. *hugu*, »Geist, Sinn«), und aengl. *lēah*, »Waldlichtung«, englischer Schriftsteller, dessen Werk von zynischem Pessimismus zeugt

Hydra, von grch. *hýdra*, »Wasserschlange« (zu *hýdor*, »Wasser«, vgl. *Hydrant*), in der griechischen Mythologie eine Riesenschlange mit zahlreichen Armen, auf denen Köpfe saßen, die immer wieder nachwuchsen, wenn man sie abschlug

Hygieia, »Gesundheit« (vgl. *Hygiene*), von grch. *hygiaínein*, »gesund, nützlich sein«, Tochter des Heilgottes *Äskulap*, auch Beiname der Athene → *Äskulap*

Hymir, »der Dämmrige«, zu isl. *hum*, »Dämmerung«, in der nordischen Sage ein hässlicher Frost- und Eisriese des nebelverhangenen fahlgrauen Eismeeres, dem der Bart zu Eiszapfen erstarrt war → *Mimir*

Hyperion, »oben Wandelnder«, aus grch. *hypér*, »über«, und *ión*, »gehend« (zu *iénai*, »wandern, fahren«), ein Titan der griechischen Mythologie, Vater des Sonnengottes Helios (auch mit diesem gleichgesetzt), der Selene und der Eos

Hypnos, von grch. *hýpnos*, »Schlaf, Schläfrigkeit« (vgl. *Hypnose*), griechischer Gott des Schlafes, Sohn der Nyx (»Nacht«), Bruder des Thanatos (»Tod«) und Vater des Morpheus (»Traumbild«)

Ibn Rushd → *Averroës*

Ibn Saud (auch *Sa'ud*, 1880–1953), zu arab. *sa'ida*, »glücklich«, 1902 Begründer des Königreichs Saudi-Arabien, dessen Infrastruktur, Schulwesen und Bewässerungsanlagen er mit den Gewinnen aus der Ölförderung ständig ausbaute

Ibn Sina → *Avicenna*

Ibsen, *Henrik* (1828–1906), »Jakobs Sohn« (aus *Ib*, einer skandin. Kurzform von *Jakob*, und der patronymischen Endung *-sen*), berühmter norwegischer Dichter, Verfasser national-historischer Werke und etlicher Gesellschaftsdramen

Ibykos, vielleicht zu grch. *íbis,* »Sumpfvogel«, oder zu *íbyx,* »Kranich«, griechischer Lyriker am Hof des Polykrates von Samos, bekannt durch Friedrich Schillers Ballade »Die Kraniche des Ibykus«

Idris, arab. »Gelehrter«, »Eiferer«, ein Enkel Adams und Sohn Seths, nach muslimischer Tradition der erste Mensch, der mit einer Feder schrieb; im Islam als Prophet verehrt (in der Bibel *Enos,* zu hebr. *'enosh,* »Mensch«)

Idun, aus anorw. *ið,* »wieder«, und *unna,* »Liebe«, nordgermanische Fruchtbarkeitsgöttin, Besitzerin der goldenen Äpfel, denen die Asen ihre ewige Jugend verdankten

Ignatius von Loyola (1491–1556), zu lat. *ignis,* »Feuer«, eigentlich *Iñigo López de Loyola,* aus *Enneco* (wgot. *enco,* »Ochsenhirt«), *López* (lat. *lupus,* »Wolf«) und dem Namen seines baskischen Adelssitzes; Gründer des Jesuitenordens (1539)

Ikarus, angeblich »Sohn des Mondes« (oder »Folgsamer«), Sohn des griechischen Kunsthandwerkers Dädalus am kretischen Königshof, von dem die beiden mit Hilfe künstlicher Flügel flohen; Ikarus kam jedoch der Sonne so nahe, dass das Wachs zwischen den Federn schmolz und er ins Meer stürzte → *Dädalus*

Iliescu, *Ion* (geb. 1930), aus *Ilie,* rumänisch für *Elias* (zu hebr. *Elija,* »Gott ist Jahwe«), und der patronymischen Endung *-escu* (»Sohn des«), nach dem Sturz Ceauşescus von 1990 bis 1996 Staatspräsident Rumäniens (rum. *Ion,* »John«)

Imhotep, ägypt. »der in Frieden kommt«, großer ägyptischer Architekt und Arzt, Erbauer der ersten Stufenpyramide und Vater der Mumifizierungskunst, für seine überragenden Leistungen zum Obersten Priester erhoben, später gar vergöttlicht

Inanna, von sum. *(n)in-an-na,* »Herrin des Himmels«, sumerische Göttin der Liebe und der Fruchtbarkeit sowie des Geschlechtslebens, Entsprechung der babylonischen Ischtar und der phönizischen Astarte

Indra, entweder von skr. *índra,* »Höchster«, »König«, oder aus skr. *índu,* »Regentropfen«, und *ra,* »besitzend«, arischer Kriegs- und Wettergott, dem in Indien bis heute große Verehrung entgegengebracht wird

Inka, ketsch. »Sohn der Sonne«, südamerikanische Herrscherdynastie, die in Cuzco residierte und 1533 unterging, als der letzte *Inka* Atahualpa vom spanischen Eroberer Pizarro hingerichtet wurde

Innozenz, von lat. *innocens*, »harmlos, unbescholten«, Wahlname zahlreicher, oft recht sittenloser Päpste, z. B. *Innozenz' VIII.* (1484–1492), der immerhin stolzer Vater von sechzehn leiblichen Kindern war

Io, von grch. *ió*, »o weh!, ach!«, oder zur Wurzel *ió-*, zu *iénai*, »gehen«, mythische Geliebte des Zeus, der sie vor den Bosheiten seiner Gattin Hera schützte und nach Ägypten entkommen ließ, wo sie fortan als *Isis* verehrt wurde

Ionesco, *Eugène* (1912–1994), aus *Ion* (rum. *Johannes*) und der patronymischen Endung *-escu*, »Sohn des«, französischer Dramatiker rumänischer Herkunft, ein Vertreter des absurden Theaters

Iphigenie, aus grch. *íphios*, »stark«, und *génos*, »Geschlecht«, in der griechischen Sage Tochter Klytaimnestras und Agamemnons und Schwester des Orest

Iris, von grch. *îris*, »Regenbogen«, im alten Griechenland Göttin des Regenbogens und Götterbotin

Irving, *Washington* (1783–1859), kelt. *ir*, »grün, frisch«, und *abhainn*, »Fluss, Wasser« (Ausspr. etwa *owin*), amerikanischer Verfasser romantischer Erzählungen und Kurzgeschichten sowie etlicher Biografien

Isa, arabische Form des Namens *Jesus* (zu hebr. *Jehoshua*, »Jahwe ist Hilfe«), im Islam nach Mohammed zweitgrößter Prophet, der (ohne Kreuzestod) in den Himmel aufgefahren ist und am Ende der Tage zurückerwartet wird

Isaak, von hebr. *jizchak*, »er wird lachen«, in den Augen der Juden Abrahams erster legitimer Sohn von seiner Frau Sara, im Gegensatz zur Sicht der Araber, für die Ismael, der Sohn Abrahams von der Dienerin Hagar, als Erstgeborener gilt

Isabella I. (1451–1504), entweder von phön. *Isebel*, »Frau des Baal«, oder von *Elisabeth* (zu hebr. *'elisheba*, »Gottgeweihte«), kastilische Königin, die 1492 Granada eroberte und damit ganz Spanien endgültig von den Mauren befreite

Ischtar, von akk. *astar*, »Gottheit« (oder »Herrin des

Kampfes«), babylonische und assyrische Göttin der Liebe und des Krieges, die nach ihrem Tod jedes Jahr für mehrere Monate aus der Unterwelt zurückkehren durfte → *Adonis, Ester*

Isis, wohl vom ägyptischen Namen *Iset,* »Thron, Platz«, altägyptische Göttin der Fruchtbarkeit, die mit ihren Tränen einst den Nil geschaffen haben soll; Schwester und Gattin des Osiris, Mutter des falkenköpfigen Horus → *Io*

Ismael, von hebr. *jishma'el,* »Gott erhört« (arab. *Ismail*), Abrahams lang ersehnter erster Sohn (gezeugt mit der Sklavin Hagar), der samt seiner Mutter nach der Geburt eines legitimen Sohnes in die Wüste verbannt wurde → *Isaak*

Iwan, russische Form von *Johannes* (zu hebr. *jochanan,* »der Herr ist gütig«), typischer russischer Herrschername, z.B. des ersten gekrönten Zaren *Iwan IV.* (1530–1584), besser bekannt als »Iwan der Schreckliche«

Izetbegović, *Alija* (1925–2003), aus osman. *izet,* »Geehrter«, atürk. *beg,* »Herr«, und sslaw. *-vić,* »Sohn des«, 1996 bis 2000 Vertreter der Muslime im kollektiven Staatspräsidium von Bosnien-Herzegowina (arab. *Alija,* »Erhabener«)

Jackson, *Andrew* (1767–1845), aus *Jack,* einer englischen Koseform von *Johannes,* und engl. *son,* »Sohn«, demokratischer amerikanischer Politiker, von 1828 bis 1837 siebter Präsident der USA

Jagger, *Sir Michael (Mick) Philip* (geb. 1943), entweder zu mdl. engl. *jagger,* »Träger, Fuhrmann« (auch »Hausierer«), oder aus *Jackard,* zu *Jack,* »Hans«, englischer Rock-Musiker, Gründer und Frontmann der »Rolling Stones«

Jagiełło → *Władysław*

Jahwe, »ich bin, der ich bin«, in der hebräischen Schriftsprache wiedergegeben mit den Zeichen JHWH, um die Aussprache dieses Gottesnamens zu vermeiden, in der Regel jedoch gelesen als *Adonai,* »mein Herr« → *Adonis*

Jakob, von hebr. *ja'akub'el,* »Gott möge beschützen« (volksetymologisch als *ja'akov,* »Fersenhalter« oder »Überlister«, interpretiert), Sohn Isaaks, jüngerer Zwillingsbruder des Esau und Stammvater der zwölf Stämme Israels → *Esau*

Jamamoto, *Isoroku* (1884–1943), zu jap. *jama,* »Berg«, und *moto,* »Fuß«, japanischer Admiral, der 1941 den Angriff auf Pearl Harbor leitete (jap. *isoroku*, »Nr. 56«, offenbar für den 56. männlichen Nachkommen in der Großfamilie)

James I. (1566–1625), englische Version von hebr. *Jakob* (über lat. *Jacobus* und *Jacomus*), Sohn Maria Stuarts und als *James VI.* zunächst König Schottlands, nach dem Tod Elizabeths I. als *James I.* König von England und Schottland

Jannings, *Emil* (1884–1950), aus *Jan* für *Johannes* (mit patronymischer Endung *-ings*), eingedeutschte Form des gleichbedeutenden ursprünglich slawischen Namens *Emil Janenz*, bekannter deutscher Theater- und Filmschauspieler

Jansenius, *Cornelius* (1585–1638), »Sohn des Johannes« (aus *Jan* und *-sen*, »Sohn des«), latinisierter Name des holländischen Theologen *Corneille Jansen*, Begründer der streng augustinistischen Lehre des *Jansenismus*

Janukowytsch, *Wiktor* (geb. 1950), »Sohn des Janko« (zu *Johannes*), von 2002 bis 2004 Premier der Ukraine, von seinem Bezwinger im Präsidentschaftwahlkampf, *Juschtschenko*, im Jahr 2006 überraschend erneut zum Regierungschef ernannt

Janus (lat. *Ianus*), lat. »bedeckter Durchgang«, »Torbogen« (vgl. *Januar*), römischer Gott der Eingänge und Torwege, in der Kunst meist mit zwei in entgegengesetzte Richtungen schauenden Gesichtern dargestellt

Jaruzelski, *Wojciech* (geb. 1923), aus *Jaroslav* (zu urslaw. *jarъ*, »kühn«, und *slava*, »Ruhm«) und dem Suffix *-ski* (»Sohn des«), polnischer General und ab 1985 Staatspräsident Polens, 1989 unter dem Druck der Bevölkerung zurückgetreten

Jason, von grch. *iâsthai*, »heilen«, begeisterter Schüler des heilkundigen Kentauren Cheiron (vgl. Chirurgie), später Führer der Argonauten auf der Suche nach dem Goldenen Vlies und Gatte der Medea → *Medea*

Jaspers, *Karl* (1883–1969), fries. »Sohn des Kaspar« (zu apers. *gazbar*, »Schatzmeister«), deutscher Philosoph, wegen des ethischen Rigorismus seiner Existenzphilosophie von den Nationalsozialisten 1937 mit Lehrverbot belegt

Jeanne d'Arc → *Johanna von Orléans*

Jefferson, *Thomas* (1743–1826), aus mengl. *Geffreysone*, »Sohn des Geoffrey« (dt. *Gottfried*), einer der Gründerväter der Vereinigten Staaten und Mitverfasser der Unabhängigkeitserklärung, dritter Präsident der USA (1801–1809)

Jelzin, *Boris Nikolajewitsch* (geb. 1931), von russ. *jelec*, »Weißfisch«, oder einem Heiligennamen wie *Jelissei* (zu hebr. *'elisha*, »Gott hat geholfen«) oder *Jelizar* (zu hebr. *'eli'eser*, »Gott ist Hilfe«), von 1991 bis 1999 russischer Staatspräsident

Jesus (arab. *Isa*), griechische und lateinische Variante von *Joschua* (Verkürzung von hebr. *Jehoschua*, »Jahwe hilft«), um das Jahr 30 gekreuzigter Begründer der christlichen Lehre, im Islam bedeutendster Prophet nach Mohammed → *Christus*

Jewtuschenko, *Jewgenij Alexandrowitsch* (geb. 1933), vom russischen Heiligennamen *Jewtichij* (grch. *Eutychios*, aus *eû*, »gut«, und *týche*, »Geschick, Glück«), russischer Lyriker und Erzähler der nachstalinistischen Generation

Jiang, *Zemin* (geb. 1926), chin. »Fluss« (*Zemin* aus chin. *ze*, »Nutzen«, und *min*, »Volk«), chinesischer Politiker, von 1993 bis 2003 als Nachfolger Deng Xiaopings dritter Präsident der Volksrepublik China

Jiménez, *Juan Ramón* (1881–1958), kastil. »Sohn des Jimeno« (Variante von *Simon*, zu hebr. *shim'ōn*, »Erhörung«), spanischer Lyriker und bedeutender Vertreter des Modernismus

Johanna von Orléans, auch *Jeanne d'Arc* und *Jungfrau von Orléans* (ca. 1410–1431), französische Nationalheldin und -heilige, Befreierin der Stadt Orléans von englischer Belagerung, später als Ketzerin auf dem Scheiterhaufen verbrannt

Johannes, von hebr. *jochanan*, »Gott ist gnädig«, z. B. *Johannes der Täufer* und der Evangelist *Johannes*, daneben beliebter Herrschername (mit den Varianten *John*, *Jean*, *Juan* und *Iwan*) sowie Wahlname zahlreicher Päpste → *Wojtyła*

Johannes Chrysostomus → *Chrysostomus*

John, *Sir Elton* (geb. 1947), engl. Kurzform von *Johannes* (*Elton* wohl aus dem altenglischen Personennamen *Elta*), Künstlername des englischen Sängers und Pianisten *Reginald Kenneth Dwight*, von anord. *þveit*, »Weideland«

Johnson, *Andrew* (1808–1875), engl. »Johns Sohn«, nach der Ermordung Abraham Lincolns Aufstieg vom Vizepräsidenten zum 17. Präsidenten der Vereinigten Staaten (1865–1869)

Jonas, griechische Form des hebräischen Namens *Jonah* (zu hebr. *jona,* »Taube«), alttestamentlicher Prophet, angeblich von einem Wal geschluckt und später von diesem wieder an Land gespien

Jones, *Tom* (geb. 1940), engl. »Sohn des Johannes« (wohl nach dem Titelhelden in Henry Fieldings gleichnamigem Roman), walisischer Sänger, eigentlich *Thomas Jones Woodward* (von aengl. *wuduweard,* »Förster, Waldaufseher«)

Jord (auch *Fjörgyn*), zu anord. *jörd,* »Erde« (heute norw. *jord,* isl. *jörð*), in der nordischen Mythologie eine Erdgöttin und Riesin, Mutter des Thor und Geliebte des Odin

Jordaens, *Jakob* (1593–1678), aus dem alten Rufnamen *Jornandes,* zu anord. *jörd,* »Erde«, und germ. *nantha,* »wagemutig«, flämischer Maler, der stark von Rubens beeinflusst war

Joseph, hebr. »Jahwe wird vermehren«, Lieblingssohn Rachels und Jakobs, der von seinen Brüdern an Händler verkauft wurde und am Hof des ägyptischen Pharaos zu Ansehen und Einfluss gelangte, einer der zwölf Patriarchen Israels

Jospin, *Lionel* (geb. 1937), Verkleinerungsform des pikardischen Rufnamens *Josse* (von *Jodokus,* »Kämpfer«, zu bret. *jud,* »Kampf«), von 1997 bis 2002 französischer Ministerpräsident (*Lionel* zu lat. *leo, leonis,* »Löwe«) → *Joyce*

Josua, hebräische Form von *Jesus,* aus hebr. *Jehoshua,* »Jahwe ist Hilfe«, Nachfolger des Moses, siegreicher Anführer der israelitischen Stämme bei der Landnahme in Palästina

Joyce, *James* (1882–1941), von *Jodokus,* »Kämpfer« (zu kelt. *jud,* »Kampf«), irischer Schriftsteller, Verfasser des Romans »Ulysses«, mit dem er großen Einfluss auf die moderne Schriftstellerei ausübte → *Jospin*

Juan, spanische Form von *Johannes,* zu hebr. *jochanan,* »Jahwe ist gnädig«, z.B. Spaniens König *Juan Carlos* (geb. 1938) sowie der verführerische *Don Juan,* seit Jahrhunderten eine legendäre Gestalt der europäischen Volksdichtung

Juárez, *Benito* (1806–1872), vielleicht über *Juánez*, »kleiner Johannes«, aus dem Rufnamen *Juan* oder über *Suarez* vom alten spanischen Taufnamen *Suero*, mexikanischer Staatsmann und großer Reformer seines Landes

Judas, griechische Form von *Juda*, zu hebr. *jehuda*, »Gelobter«, »Bekenner«; berüchtigter Namensträger: *Judas Ischariot*, der Jesus für dreißig Silberlinge verriet (wohl von hebr. *ish Kerijot*, »Mann aus Kerijot« in Moab)

Jugurtha (ca. 160–104 v. Chr.), berber. »der Größte« (wörtlich »größer als sie alle«), numidischer König, der heroisch gegen die Römer kämpfte, aber an diese ausgeliefert und in Rom hingerichtet wurde

Julius (lat. *Iulius*), altrömischer Name mit der Bedeutung »aus dem Geschlecht der Julier«, nach dessem Stammvater, dem Äneas-Sohn Ascanius, der bei den Römern *Iulus* genannt wurde (vermutlich zu *Ilium*, dem antiken Namen Trojas)

Jünger, *Ernst* (1895–1998), gedeutet als »Schüler, Lehrling«, wegen seiner frühen Schlachtenerzählungen aus dem Ersten Weltkrieg umstrittener deutscher Schriftsteller, der nach 1945 jedoch eindeutig für Frieden und Freiheit eintrat

Junkers, *Hugo* (1859–1935), »Sohn des Edelknaben«, von mhd. *juncherre*, »junger (noch nicht zum Ritter geschlagener) Herr«, deutscher Industrieller, Produzent von Gasbadeöfen und ab 1915 von Ganzmetallflugzeugen

Juno (lat. *Iuno*), von lat. *iuvenis*, »jung«, römische Göttin der Ehe, Geburt und Fruchtbarkeit, die zusammen mit ihrem Bruder und Gemahl Jupiter sowie der Göttin Minerva in einem Tempel auf dem Kapitol verehrt wurde

Jupiter, vielleicht zu lat. *iuvenis*, »jugendlich, jung«, und *pater*, »Vater«, wahrscheinlich jedoch aus seinem älteren Namen *Dies-piter* (von *Dios-pater*, »Göttervater«), höchste altrömische Gottheit des himmlischen Lichts

Juppé, *Alain* (geb. 1945), »Kittelhersteller«, zu okzit. *jupa*, »Wams, Hemd«, französischer Politiker, von 1993 bis 1995 Außenminister und von 1995 bis 1997 Premierminister Frankreichs

Juschtschenko, *Wiktor Andrijowytsch* (geb. 1954), aus ukrain.

juschíti, »mit Blut beflecken«, oder *juschka*, »Suppe, Brühe«, von 1999 bis 2001 Premierminister der Ukraine, im Präsidentschaftswahlkampf 2004 Sieger über Janukowytsch

Justin (auch *Iustinus* und *Justinos*), zu lat. *iustus*, »der Gerechte«, u. a. Name zweier oströmischer Kaiser im 5. und 6. Jahrhundert sowie eines 106 hingerichteten christlichen Märtyrers

Kádár, *János* (1912–1989), »der Böttcher« (zu ung. *kád*, »Bottich, Wanne«), Kampfname des ungarischen Kommunisten *János Csermanek* (»aus der Stadt Cser«), der nach dem Aufstand von 1956 die Macht in Ungarn übernahm

Kafka, *Franz* (1883–1924), von tschech. *kavka*, »Dohle«, tschechischer Schriftsteller deutsch-jüdischer Herkunft, der in seinen Romanen eine von Willkür beherrschte Welt ohne Menschlichkeit und Würde beschrieb

Kain, laut Bibel »ich habe bekommen« (Genesis 4.1), eher jedoch zu hebr. *kajin*, »Schmidt«, erster Sohn Adams und Evas, wegen der Ermordung seines Bruders Abel zu rastlosem Umherwandern verurteilt

Kali, »die Schwarze«, zu skr. *kála*, »schwarz, dunkel«, schreckliche indische Göttin des Todes und Verderbens, der man früher Menschenopfer zur Besänftigung darbrachte (heute nur noch Tieropfer)

Kalixtus (lat. *Calixtus*), ursprünglich *Kallistus*, zu grch. *kállistos*, »Schönster«, Name dreier regulär gewählter Päpste und eines Gegenpapstes, z. B. *Kalixtus I.* (217–222), der erstmalig das Ausmalen von Gotteshäusern gestattete

Kallinikos (265–225 v. Chr.), »vortrefflicher Sieger«, aus *kállos*, »Auszeichnung«, und *nîkos*, »Sieg«, Beiname Seleukos' II., der seinen Herrschaftsanspruch gegen den ägyptischen König Ptolemäus III. durchsetzen konnte

Kalliope, »Schönstimmige«, aus grch. *kállos*, »Schönheit«, und *óps*, »Stimme«, griechische Muse der epischen Dichtkunst, Chorführerin aller neun Musen → *Erato, Euterpe, Klio, Melpomene, Polyhymnia, Terpsichore, Thalia, Urania*

Kálmán, *Imre* (ung. für *Emmerich*), 1882–1953, »Überlebender«, zu türk. *kalmak*, »bleiben«, ungarischer Komponist bekannter Operetten wie »Die Czárdásfürstin«, »Gräfin Mariza« und »Die Zirkusprinzessin«

Kalypso, von grch. *kalýptein*, »verstecken«, in der griechische Mythologie eine auf der Sageninsel Ogygia lebende Nymphe, bei der Odysseus sieben Jahre seines Lebens verbrachte und mit der er einige Kinder zeugte

Kamehameha, haw. »sehr Einsamer« (wörtlich »der an die Seite Gesetzte«), Thronname einer Reihe berühmter Könige Hawaiis im 18. und 19. Jahrhundert, die das Inselreich einten und ihm zu wirtschaftlichem Aufschwung verhalfen

Kandinsky, *Wassilij Wassiljewitsch* (1866–1944), zu ostjak. *kondinskii*, »stark, mächtig«, russischer Grafiker und Maler gegenstandloser Kompositionen, 1911 Mitbegründer des »Blauen Reiters« in München

Kant, *Immanuel* (1724–1804), wohl zu mnd. *kant*, »Ecke, Rand« (nach *Kants* eigener Auffassung zu afrz. *chant*, »Gesang, Lied«), bedeutender deutscher Philosoph, Verfasser der »Kritik der reinen Vernunft«

Karadžić, *Radovan* (geb. 1945), von türk. *kara*, »schwarz« (mit patronymischem Suffix *-ić*), oder von türk. *karacı*, »Offizier des Heeres«, ehemaliger Präsident der bosnischen Serben, dem ethnische Säuberungen zur Last gelegt werden

Karajan, *Herbert Ritter von* (1908–1989), aus älterem *Karajannis*, zu türk. *kara*, »schwarz«, und grch. *Jannis (Johannes)*, berühmter österreichischer Dirigent, dessen Familie ursprünglich in Nordgriechenland beheimatet war

Karamanlis, *Konstantinos* (1907–1998), wohl zum Ortsnamen *Karaman* (mit türk. *kara*, »schwarz«), griechischer Politiker aus dem ehemals osmanischen Makedonien, zweimaliger Staatspräsident Griechenlands (1980–85, 1990–95)

Karamsin, *Nikolaj Michailowitsch* (1766–1826), von tatar. *kara*, »schwarz« (vgl. türk. ebenfalls *kara*) und *mirza*, »Wohlhabender«, russischer Schriftsteller und Historiker, Verfasser einer »Geschichte des Russischen Reiches«

Kara Mustafa (1634–1683), »schwarzer Mustafa«, türkischer Pascha, dessen Belagerung Wiens 1683 mit der schmählichen Niederlage des türkischen Heeres und seiner eigenen Hinrichtung endete → *Mustafa*

Karl, aus ahd. *kar(a)l*, »Mann, Ehemann«, auch »freier Mann« sowie »grober Kerl«, im Mittelalter beliebter Fürstenname; berühmtester Namensträger: *Karl der Große*, der im Jahr 800 zum römischen Kaiser gekrönt wurde

Karloff, *Boris* (1887–1969), angelehnt an russ. *karlik*, »Zwerg«, Künstlername des englischen Schauspielers *William Henry Pratt* (von aengl. *prætt*, »gerissen, scharfsinnig«)

Karzai, *Hamid* (geb. 1957), Herkunftsname mit Bezug auf sein Heimatdorf *Karz* bei Kandahar (zu arab. *karz*, »Anleihe«), afghanischer Politiker, 2002 und erneut 2004 zum Präsidenten seines Landes gewählt (arab. *Hamid*, »Ehrenwerter«)

Kaspar, aus pers. *kansbar*, »Schatzmeister«, Name des Mohrs unter den sogenannten Heiligen Drei Königen im Neuen Testament, der im Mittelalter zur lustigen Figur im Kasperletheater degradiert wurde

Kassandra, interpretiert als »Verwirrerin der Männer«, zu grch. *kassýein*, »sich etwas ausdenken«, und *anér*, *andrós*, »Mann«, mythische trojanische Prinzessin und Seherin, deren Weissagung vom Untergang Trojas lange auf Unglauben stieß

Kästner, *Erich* (1899–1974), »Aufseher über den Geldkasten«, zu ahd. *kasto*, »Gefäß, Kasten«, deutscher Journalist und Schriftsteller, Verfasser humoristischer Gedichte und unterhaltsamer Romane

Kastor (lat. *Castor*), wohl zu grch. *kékasthai*, »sich auszeichnen«, bekannter mythischer Rossebändiger und Wagenlenker, Zwillingsbruder des Polydeukes → *Dioskuren, Pollux*

Katharina, »die Reine«, zu grch. *katharós*, »rein, sauber«, berühmte Namensträgerinnen: *Katharina von Siena* (ca. 1347–1380), die Schutzheilige Italiens, und die russische Kaiserin *Katharina die Große* (1762–1796)

Katzav, *Mosche* (geb. 1945), hebr. »Metzger«, im Iran geborener israelischer Politiker, der in der Regierung Netanjahu bereits Vizepremier und Tourismusminister war und 2000 zum Staatspräsidenten Israels gewählt wurde

Kazan, *Elia* (1909–2003), ursprünglich *Kazançoğlu* (zu türk. *kazanmak*, »verdienen, Gewinn machen«, und *çoğalmak*, »sich vermehren«), aus Armenien stammender amerikanischer Filmregisseur und Schriftsteller

Kazantzakis, *Nikos* (1883–1957), von türk. *kazancı*, »Kesselschmied« (mit dem kretischen Abstammungssuffix *-akis*), berühmter griechischer Schriftsteller aus Kreta, Autor von »Alexis Sorbas« und »Die letzte Versuchung Christi«

Keaton, *Joseph Francis*, genannt *Buster* (1895–1966), Heimstättenname aus mengl. *ke*, »Dohle«, und *tūn*, »Farm, Siedlung«, amerikanischer Schauspieler und Komiker der Stummfilmzeit

Keats, *John* (1795–1821), entweder zu mengl. *kete* und *kyte*, »Gabelweihe«, oder zu aengl. *cyte*, »Hütte, Viehunterstand«, englischer Dichter der Romantik, nach Shakespeare und Milton bedeutendster englischsprachiger Lyriker

Keitel, *Wilhelm* (1882–1946), zu mhd. *kīdel* und *kīl*, »Keil«, »grober Klotz« (auch »Rüpel«), deutscher Generalfeldmarschall, von 1938 bis 1945 Oberbefehlshaber der Wehrmacht und bei Kriegsende Unterzeichner der Kapitulationsurkunde

Kelvin, seit 1892 *Lord* (1824–1907), zu gäl. *caol abhuinn*, »enges Gewässer«, geboren als *William Thomson* (»Sohn des Thomas«), britischer Mathematiker und Physiker, Vater der nach ihm benannten Temperaturmessung

Kemal, *Yaşar* (geb. 1922), etwa »die Würde lebt« (aus türk. *kemal*, »Reife, Würde«, und *yaşamak*, »existieren«), Künstlername des türkischen Schriftstellers *Kemal Sadık Gökçeli* (zu türk. *sadık*, »Getreuer«, und *gök*, »Himmel«)

Kemal Pascha → *Atatürk*

Kennedy, *John F. (Fitzgerald)*, 1917–1963, aus ir. *Ó Cinnéidigh*, »Abkömmling des Cinnéidigh« (»Panzerkopf«), 1961 zum amerikanischen Präsidenten gewählt, 1963 in Dallas ermordet

Kenyatta, *Jomo* (1893–1978), Umkehrung des Suaheli-Ausdrucks *Taa ya Kenya*, »Licht Kenias«, Ehrenname des ersten Präsidenten Kenias (1963) *Jomo Kamau wa Ngengi* (kik. »brennender Speer, lautloser Kämpfer, Sohn des Ngengi«)

Kepler, *Johannes* (1571–1630), wohl von mhd. *keppelīn*, »Käppchen«, Verkleinerungsform von *kappe*, »Kopfbedeckung« (zu lat. *caput,* »Haupt«), deutscher Astronom, der die elliptischen Bahnen der Planeten beschrieb

Kerberos (lat. *Cerberus,* dt. *Zerberus*), vielleicht zu grch. *kér,* »Todesdämon«, und *bérethron,* »Schlucht, Abgrund«, in der griechischen Mythologie ein vielköpfiger Höllenhund, der unerbittliche Wächter am Eingang zur Unterwelt

Kertész, *Imre* (geb. 1929), ung. »Gärtner« (*Imre* entspricht unserem *Emmerich*), ungarisch-jüdischer Romanschriftsteller, der die Lagerhaft in Auschwitz und Buchenwald überlebte und für seine Erzählungen 2002 den Nobelpreis erhielt

Kierkegaard, *Søren Aabye* (1813–1855), aus adän. *kierke,* »Kirche«, und *gaard,* »Friedhof«, auch »Farm« (*Søren,* dän. Form von *Severinus,* zu lat. *severus,* »ernst«), dänischer Theologe und Philosoph, Vater der Existenzphilosophie

Kilian, zu air. *killena,* »Kirchenmann«, irischer Wanderbischof, in der Merowingerzeit Missionar in Franken, Bischof von Würzburg und dort um 689 hingerichtet

King, *Martin Luther* (1929–1968), von engl. *king,* »König«, schwarzer amerikanischer Theologe und Bürgerrechtler, 1968 während eines öffentlichen Auftritts ermordet → *Luther*

Kingsley, *Sir Ben* (geb. 1943), aus engl. *king,* »König«, und aengl. *lēah,* »Waldlichtung«, Künstlername des englischen Schauspielers *Krischna Bhanji* (aind. *bhanji,* »Brecher, Welle«; aind. *krischna,* »Dunkler«)

Kinski, *Klaus* (1926–1991), Künstlername des deutschen Filmschauspielers *Nikolaus Günther Nakszynski,* wohl zu poln. *naczynie,* »Gefäß, Behälter«

Kipling, *Rudyard* (1865–1936), entweder von mengl. *kypre,* »Lachs, Hering«, oder von der aengl. Wurzel *cyp-,* »runder Hügel« (vgl. dt. *Kuppe*), in Indien geborener englischer Schriftsteller, der durch seine Dschungelbücher weltbekannt wurde

Kirke (lat. *Circe*), von grch. *kírkos,* »Falke« (auch »Kreis«, vgl. *Zirkus*), mythische Zauberin, die den heldenhaften Odysseus mit ihren Hexenkünsten *bezirzte* und samt seinen Gefährten ein Jahr lang auf ihrer Insel gefangen hielt → *Telegonos*

Kishon, *Ephraim* (1924–2005), aus *Kishont* (ung. *kis*, »klein«, und *hont*, »Heimat«), Künstlername des ungarisch-israelischen Schriftstellers und Satirikers *Franz (Ferenc) Hoffmann*

Kissinger, *Henry* (geb. 1923), vom Ortsnamen *Kissingen* (wohl zu osorb. *kisać*, »säuern«) oder Wohnstättenname mit mhd. *kislinc*, »Kies«, amerikanischer Politiker deutsch-jüdischer Herkunft, der 1938 vor den Nazis nach Amerika floh und von 1973 bis 1977 das Amt des US-Außenministers innehatte

Klabund (1890–1928), Pseudonym (aus *Klabautermann* und *Vagabund*) des deutschen Schriftstellers *Alfred Henschke* (wohl von *Hansch*, einer eingedeutschten sorbischen Koseform von *Hans*)

Kleisthenes, aus grch. *kleís*, »Schlüssel«, »Häkchen«, und *sthénein*, »stark sein«, Athener Politiker, der um 510 v. Chr. die Verfassung Solons reformierte und die Bürgerschaft auf alle Bewohner Attikas erweiterte

Klemens, von lat. *clemens*, »mild, sanft«, Name zahlreicher Päpste, z. B. *Klemens' V.* (1305–1314), der 1308 Avignon zu seiner Residenz wählte und damit das sogenannte Babylonische Exil der Päpste bewirkte (bis 1377)

Kleopatra (69–30 v. Chr.), von grch. *kléos*, »Ruhm«, und *patér*, »Vater«, Geliebte Caesars, später Gemahlin des Mark Anton, letzte ägyptische Herrscherin, die von Oktavian in der Schlacht bei Actium 31 v. Chr. besiegt wurde

Klerk → *De Klerk*

Klestil, *Thomas* (1932–2004), entweder zu tsch. *klestí*, »Reisig«, oder zu *kleště*, »Zange«, österreichischer ÖVP-Politiker und von 1992 bis zu seinem Tod Bundespräsident seines Landes

Klio (lat. *Clio*), »Verkünderin, Rühmerin«, von grch. *kleío*, »ich rühme, preise«, griechische Muse der Geschichte, dargestellt mit einer Schriftrolle → *Erato, Euterpe, Kalliope, Melpomene, Polyhymnia, Terpsichore, Thalia, Urania*

Klotho, »Spinnerin« (von grch. *klótein*, »spinnen«), im alten Griechenland jene Schicksalsgöttin, auf deren Spindel der Lebensfaden jedes Menschen aufgewickelt war → *Atropos, Lachesis, Moiren*

Klytaimnestra, aus grch. *klytós*, »berühmt«, und *mnâsthai*, »freien«, spartanische Prinzessin und Schwester der Helena, von Agamemnon zur Ehe gezwungen und Mutter von Iphigenie, Elektra und Orest

Knaus, *Hermann* (1892–1970), zu mhd. *knūz*, »keck, vermessen«, österreichischer Frauenarzt, zusammen mit dem Japaner Ogino Entdecker der natürlichen Geburtenkontrolle durch Bestimmung der Zeit des Eisprungs → *Ogino*

Koch, *Robert* (1843–1910), Berufsname von mhd. *koch*, »Koch« (zu lat. *coquere*, »kochen, backen«), berühmter deutscher Bakteriologe, Entdecker des Tuberkulosebakteriums und Choleraerregers

Kohl, *Helmut* (geb. 1930), zu lat. *caulis*, »Kohlstrunk« (aus grch. *kaulós*, »Stängel, Stiel«), von 1982 bis 1998 deutscher Bundeskanzler, in dessen Regierungszeit die Öffnung der Berliner Mauer (1989) und die Deutsche Einheit (1990) fielen

Köhler, *Horst* (geb. 1943), alte Berufsbezeichnung zu mhd. *kōler*, »Köhler, Kohlenbrenner«, deutscher Hochschullehrer und Politiker, 2004 zum neunten Bundespräsidenten der Bundesrepublik Deutschland gewählt

Kohout, *Pavel* (geb. 1928), tsch. »Hahn«, tschechischer Schriftsteller und Dramatiker, einer der Wortführer des Prager Frühlings und Mitautor der Charta 77, nach seiner Ausbürgerung 1969 österreichischer Staatsbürger

Kokoschka, *Oskar* (1886–1980), zu sorb. und tsch. *kokoška*, poln. *kokoszka*, »Hühnchen«, österreichischer Maler und Grafiker des Expressionismus, der 1937 nach England emigrierte, da seine Werke bei den Nazis als »entartet« galten

Kolář, *Jiři* (1914–2002), tsch. »Radmacher, Wagner« (tsch. *Jiři* für dt. *Georg*), tschechischer Schriftsteller, der in seinen Gedichten den Alltag in der Großstadt und die Beziehung der Geschlechter zueinander schilderte

Kollo, *René* (1937), Künstlername des deutschen Schlager- und Opernsängers *René Kollodzieszski*, aus poln. *kołodziej*, »Wagner, Stellmacher«, und der patronymischen Endung *-ski*, »Sohn des«

Kolumbus, *Christoph* (ca. 1450–1506), ital. *Cristoforo Colom-*

bo, von ital. *colombo*, »Taube« (zu gleichbedeutend lat. *columba*), genuesischer Seefahrer, der in spanischen Diensten 1492 Amerika (wieder)entdeckte

Konfuzius (551–479 v. Chr.), chin. *K'ung-fu-tse*, aus dem Familiennamen *Kung* (»Öffnung, Höhle«) und *fu-tse*, »Meister«, chinesischer Weiser, dessen Lehre der gegenseitigen Achtung und Güte im 3. Jh. n. Chr. zur Staatsreligion erhoben wurde

Konsalik, *Heinz Günther* (geb. 1921), aus bulg. *kon*, »Pferd«, und *salek*, »Biss«, aus dem Mädchennamen seiner Mutter abgeleitetes Pseudonym des deutschen Schriftstellers *Heinz Günther*, der zahlreiche populäre Romane veröffentlichte

Konstantin der Große (280–337), zu lat. *constans*, »beständig«, 312 römischer Kaiser des Westreichs, ab 324 des Gesamtreichs, Gründer der Stadt *Roma nova* (»Neues Rom«), die man schon bald nach ihm *Konstantinopel*, »Konstantinstadt«, nannte

Kopelew, *Lew Sinowjewitsch* (1912–1997), aus einer jiddischen Koseform von *Jakob*, russisch-jüdischer, 1980 ausgebürgerter Schriftsteller und Germanist, der sich im Kölner Exil unermüdlich für die russisch-deutsche Aussöhnung einsetzte

Kopernikus, *Nikolaus* (1473–1543), latinisiert aus poln. *Mikołaj Kopernik*, zu apoln. *kopr*, »Kupfer«, oder *koper*, »Dill« (mit der Berufsendung *-nik*), deutsch-polnischer Gelehrter, Vater des »heliozentrischen Weltbilds«

Korczak, *Janusz* (1878–1942), zu poln. *korceń*, »Wurzel«, Pseudonym des polnischen Arztes und Pädagogen *Henryk Goldszmit*, der den Kindern seines jüdischen Waisenhauses 1942 freiwillig ins KZ und in die Gaskammer folgte

Kortner, *Fritz* (1892–1970), Pseudonym des österreichischen Schauspielers und Regisseurs *Fritz Kohn* (zu hebr. *kohen*, »Priester«), während der Nazizeit im englischen und amerikanischen Exil, 1949 jedoch Rückkehr nach Deutschland

Kossygin, *Alexej Nikolajewitsch* (1904–1980), zu russ. *kosoj*, »schief, schielend«, oder *kosít'*, »niedermähen«, Nachfolger Chruschtschows als sowjetischer Ministerpräsident (1964–1980), Verfechter einer Politik der Entspannung

Koštunica, *Vojislav* (geb. 1944), zu sslaw. *koštun*, »harte Walnuss« (mit der Wohnstättenendung *-ica*), serbischer Politiker, nach einem Volksaufstand gegen Slobodan Milošević Präsident Jugoslawiens von 2000 bis 2003

Kowa, *Viktor de* (1904–1973), eigentlich *Viktor Paul Karl Kowalczyk*, zu poln. *kowalczyk*, »Schmiedegeselle« (vgl. *Kowalski*, »Sohn des Schmieds«), deutscher Filmschauspieler (z. B. in »Des Teufels General«)

Krenz, *Egon* (geb. 1937), von mhd. *grenize*, »Grenze« (zu gleichbedeutend poln. *granica* und russ. *granίza*), 1989 bis zur Öffnung der Berliner Mauer für nur sieben Wochen Nachfolger Erich Honeckers als Staatsratsvorsitzender der DDR

Kreon, zu grch. *kreίon*, »Herrscher, Gebieter«, mythischer König von Theben, der die Macht an Ödipus übergab, als dieser die Sphinx getötet hatte, nach dessen Selbstblendung die Herrschaft jedoch wiederaufnahm

Kretschmer, *Ernst* (1888–1964), von mhd. *kretschmar*, »Schankwirt« (zu osorb. *korčmar*, poln. *karczmarz*, »Kneipenwirt«), deutscher Psychiater, Erforscher der menschlichen Konstitution und Schöpfer einer Typengliederung

Krëusa, »Herrin«, zu grch. *kreίon*, »gebietend«, erste Frau des Äneas und Mutter des Ascanius, auf der Flucht vom brennenden Troja und der Suche nach dem verheißenen Latium in einem Sturm vor Nordafrika untergegangen → *Äneas*

Kriemhild, aus ahd. und anord. *grima*, »Maske, Gespenst« (vgl. *Grimasse*), sowie ahd. *hiltja*, »Kampf«, weibliche Hauptgestalt der Nibelungendichtung, Gattin des jungen Siegfried, für dessen Ermordung sie sich blutig am Verräter Hagen rächte

Krischna, zu aind. *krischna*, »der Schwarze«, mythischer indischer Heldenkönig und achte Erscheinung des Gottes Vischnu, dargestellt mit dunklem Körper und verglichen mit einer schwarzen, den ersehnten Regen versprechenden Wolke

Kronos, zunächst von grch. *koróne*, »Krähe«, hergeleitet, später als »Vater Zeit« gedeutet (zu grch. *chrónos,* »Zeit, Dauer, Alter«, vgl. *Chronologie* und *chronisch*), in der griechischen Mythologie Sohn des Uranos und Vater des Zeus

Krösus (ca. 560–546 v. Chr.), von grch. *kreísson,* »stärker, tapferer«, letzter, sagenhaft reicher und maßloser König von Lydien, dem geweissagt worden war, er werde ein großes Reich zerstören (gemeint war indes sein eigenes Reich)

Krupp, *Alfred* (1812–1887), von mnd. *krūp,* »Vieh« (vgl. mundartlich *Kroppzeug* für »wertloses Zeug, Gesindel«, zu mnd. *krūpen,* »kriechen«), deutscher Großindustrieller, Produzent von Waffen und Eisenbahnwaggons

Kubilai Khan (1215–1294), mong. »Haupt-Khan« (zu *khaqan,* »Gebieter«), mongolischer Herrscher und Unterwerfer ganz Chinas, dessen wirtschaftliches Erblühen sogar Kaufleute aus der westlichen Welt anlockte → *Marco Polo*

Kundera, *Milan* (geb. 1929), aus dem Rufnamen *Konrád,* zu ahd. *kuoni,* »kühn«, und *rāt,* »Ratgeber« (*Milan,* Verkürzung des slawischen Rufnamens *Miloslaw,* zu *mil-,* »gnädig«, und *slava,* »Ruhm«), bekannter tschechischer Schriftsteller

Küng, *Hans* (geb. 1928), von mhd. *künic,* verkürzt zu *künc,* »König«, schweizerischer katholischer Theologe, wegen seiner Kritik an der katholischen Lehrmeinung seit 1980 ohne kirchliche Lehrerlaubnis

Kurei, *Ahmad* (geb. 1937), wohl von arab. *qarah,* »Wasser« (auch »rein, klar«), pragmatischer palästinensischer Politiker, von 2003 bis zu seinem Rücktritt Anfang 2006 Ministerpräsident der Palästinensischen Autonomiegebiete

Kurosawa, *Akira* (1910–1998), aus jap. *kuroi,* »schwarz«, und *sawa,* »Sumpf«, populärer japanischer Regisseur zahlreicher Samurai-Filme (jap. *Akira,* »der Intelligente«)

Kutschma, *Leonid* (geb. 1938), zu ukr. *kutschma,* »Pelzmütze«, von 1992 bis 1993 ukrainischer Premierminister, von 1994 bis 2004 Präsident seines Landes

Kybele, von grch. *kybeía,* »Würfelspiel« (auch »Betrug«), phrygische, mit einem orgiastischem Kult gefeierte Fruchtbarkeitsgöttin, die die Natur jedes Jahr zu neuem

Leben erwachen ließ (bei den Griechen gleichgesetzt mit Rhea)

Kyrillos (826–869), »dem Herrn geweiht«, zu grch. *kýrios,* »Herr«, Missionar der Slawen, Erfinder der *kyrillischen* Schrift auf der Basis des Griechischen (mit zusätzlichen Zeichen für typisch slawische Laute) → *Methodios*

Kyros (auch *Cyrus*), von apers. *kurosh,* »König«, angelehnt an grch. *kýrios,* »Herr«, persischer Herrschername, z.B. *Kyros II. d. Gr.* (550–530 v. Chr.), Eroberer Babylons und Befreier der Juden aus der Babylonischen Gefangenschaft

Lachesis, »die Maßnehmende« (von grch. *láchos,* »Anteil, Los«), im alten Griechenland jene Moire, die den Menschen ihren Schicksalsfaden zumaß → *Atropos, Klotho, Moiren*

Laclos, *Pierre Choderlos de* (1741–1774), wohl aus frz. *l'enclos,* »eingezäuntes Land«, französischer Schriftsteller, der vor allem die korrupte aristokratische Gesellschaft seiner Zeit anprangerte

Laërtes, etwa »Volksbedränger«, aus grch. *laós,* »Volk«, und *ergázesthai,* »bearbeiten« (vgl. *Energie und Organ*), in der griechischen Sage König von Ithaka und Vater des Odysseus

La Fayette, von afrz. *faiet,* »Buche« (zu lat. *fagus*), Adelsname des Jeanne d'Arc-Begleiters *Gilbert Motier de La Fayette* (ca. 1380–1462) sowie des *Marquis de La Fayette* (1757–1834), des Schöpfers der Revolutionsfahne (»Trikolore«)

Lafontaine, *Jean de* (1621–1695), von frz. *la fontaine,* »die Quelle«, berühmter französischer Fabeldichter (in Deutschland auch als Name eingewanderter Hugenotten anzutreffen, z.B. *Oskar Lafontaine,* geb. 1943, deutscher Politiker)

Lagerkvist, *Pär Fabian* (1891–1974), aus schwed. *lager,* »Lorbeer«, und *kvist,* »Zweig«, vom Bösen faszinierter schwedischer Schriftsteller und Dichter

Lagerlöf, *Selma* (1858–1940), aus schwed. *lager,* »Lorbeer«, und *löv,* »Blatt, Laub«, schwedische Schriftstellerin, Verfasserin zahlreicher märchenhafter Erzählungen (z.B. »Wunderbare Reise des kleinen Nils Holgersson«)

Lakschmi, von skr. *lakshmí,* »Pracht«, brahmanisch-hinduistische Göttin der Schönheit und Liebe, aber auch des Glücks und des Reichtums, mit dem Beinamen *Indirā*, »die Schönheit«, wie Aphrodite aus Schaum geboren

Lamb, *Charles* (1775–1834), von engl. *lamb*, »Lamm«, oder vom Rufnamen *Lambert* (zu ahd. *lant*, »Land«, und *beraht*, »glänzend«), englischer Essayist und Dramatiker (z. B. Nacherzählung der Shakespeare-Dramen für Kinder)

Lancelot, aus frz. *Lance-el-ot*, Verkleinerungsform des alten Rufnamens *Lanzo*, aus *l'ancelle* (zu lat. *ancillus*, »Diener«), oder aus lat. *lancea*, »Lanze«, berühmter Ritter der Tafelrunde, Liebhaber von König Arthurs Frau Guinevere

Laokoon, aus grch. *laós*, »Volk«, und *koinós*, »allgemein, öffentlich«, Apollo-Priester in Troja, der die Verteidiger der Stadt vor dem hölzernen Pferd der Griechen warnte, dessen böse Vorahnung man jedoch nicht ernst nahm

Lao-tse (604–517 v. Chr.), aus chin. *lao*, »Greis«, und *tse*, »Lehrer, Weiser«, angeblich ein Zeitgenosse des Konfuzius und Begründer der Lehre des Taoismus, in dem die Frage nach dem Welturgrund, dem Tao, im Vordergrund steht

La Rochefoucauld, *François Duc de* (1613–1680), zu frz. *la roche*, »der Felsen«, auf dem die Burg des Adligen *Fulcaud* stand (von *Volkwald*, aus ahd. *folc*, »Volk«, und *waltan*, »herrschen«), französischer Schriftsteller → *Foucault*

La Salle, *René Robert Cavalier Sieur de* (1643–1687), vom Namen eines Herrenhauses (vgl. *Saal*), französischer Seefahrer, 1666 Entdecker der Großen Seen in Nordamerika, 1682 Besitzergreifer Louisianas für König Ludwig XIV.

Lasker-Schüler, *Else* (1869–1945), nach ihrem ersten Mann (zum Namen polnischer Ortschaften wie *Łask* oder *Laski*, zu *lasek*, »Wäldchen«), deutsch-jüdische Dichterin, 1933 zunächst in die Schweiz, später nach Israel emigriert

Latimer, *Hugh* (ca. 1490–1555), über lat. *latinarius* und afrz. *latimier*, »Übersetzer, Dolmetscher« (wörtlich »Sprecher des Lateinischen«), englischer Reformator und Ratgeber Heinrichs VIII., unter dessen Tochter Mary als Ketzer verbrannt

Lauder, *Estée* (1906–2004), Wahlname der amerikanisch-jüdischen Kosmetik-Unternehmerin *Josephine Eszter Ment-*

zer, d. h. »Mainzer« oder »Minsker« (aus *Lauter*, dem Namen ihres Mannes, und hebr. *Esther*, »junge Frau«, »Stern«)

Laughton, *Charles* (1899–1962), Verweis auf den gleichnamigen südenglischen Ort, zu aengl. *lēac*, »Lauch, Porree« (engl. *leek*), und *tūn*, »Farm, Ansiedlung« (vgl. *town*), amerikanischer Schauspieler und Regisseur britischer Herkunft

Laurel, *Stan* (1890–1965), engl. »Lorbeer«, Künstlername des englisch-amerikanischen Komikers *Arthur Stanley Jefferson* (»Sohn des Geoffrey«), der mit Oliver Hardy in Hunderten von »Dick und Doof«-Filmen auftrat

La Valette, *Jean Parisot de* (1494–1568), Verkleinerungsform von frz. *vallée*, »Tal«, Großmeister des Malteserordens und Verteidiger Maltas gegen die Türken, Namensgeber für die Inselhauptstadt *Valletta*

Lavi, *Daliah* (geb. 1942), zu hebr. *lavi*, »Löwe«, Künstlername der israelischen Schlagersängerin *Dalia Levenbuch (Lewinbuk)*, entweder aus »Löwe« oder dem jüdischen Namen *Levi* (nach dem Jakob-Sohn *Levi*) und »Buch« oder »Buche«

Lawrence, *Thomas Edward* (1888–1935), zu aröm. *Laurentum* (Stadt in Latium) und lat. *laurea*, »Lorbeerkranz«, im Ersten Weltkrieg britischer Organisator des Araberaufstands gegen die Türken (»Lawrence of Arabia«) → *Lorenz*

Lazarus, von hebr. *'eleasar*, »Gott hat geholfen«, als Bruder Maria Magdalenas und Marthas ein Freund Jesu, von dem er nach seinem Tod wiedererweckt wurde; im Mittelalter Schutzpatron der Bettler und Aussätzigen (vgl. *Lazarett*) → *Loren*

Lea, hebr. »Wildkuh«, eine der Frauen Jakobs, dem sie sechs Söhne schenkte (Ruben, Simeon, Levi, Juda, Issachar, Sebulon), während ihre schönere Schwester Rachel diesem nur zwei Söhne gebar → *Rachel*

Leakey, *Louis Seymour Bazett* (1903–1972), aus anorw. *lækr*, »Bach, Fluss« (oder aengl. *lēac*, »Lauch«), und anorw. *-ey*, »Insel«, englischer Paläontologe, der 1930 in Kenia Reste einer Übergangsstufe zwischen Affe und Mensch entdeckte

Leandros, *Vicky* (geb. 1952), aus grch. *laós,* »Volk«, und *andreîos,* »männlich«, Künstlername (Vorname ihres Vaters) der griechischen Sängerin *Vassiliki Papathanassiou* (zu *Athanasios,* »Unsterblicher«; *Vassiliki,* »königliche Hoheit«)

Leber, *Julius* (1891–1945), alte Bezeichnung für einen »Metzger«, deutscher SPD-Politiker, von 1933 bis 1937 in KZ-Haft, an den Vorbereitungen zum Attentat auf Hitler beteiligt und vom Volksgerichtshof zum Tode verurteilt

Le Carré, *John* (geb. 1931), von frz. *le carré,* »das Quadrat«, Pseudonym des englischen Schriftstellers *David John Moore Cornwell* (zu frz. *corneille,* »Krähe«, »Plaudertasche«), Autor zahlreicher Spionageromane

Le Corbusier (1887–1965), von awall. *corbesier,* »Schuster«, eigentlich *Charles-Edouard Jeanneret-Gris* (frz. *Jeanneret-Gris,* »Hansi, der Graue«), französisch-schweizerischer Architekt, Schöpfer fast skulpturell geformter Bauwerke

Leda, Metathese von lyk. *lade,* »Frau«, mythische Königin Spartas, von Zeus in Form eines Schwans entführt und geschwängert, Mutter der Klytaimnestra und der Zwillingspaare Helena und Hermione sowie Kastor und Pollux

Lee, *Bruce Junfan* (1940–1973), zu kanton. *li,* »Pflaume« oder »Kraft«, chinesisch-amerikanischer Kampfsportstar vieler Hollywoodfilme (*Jun Fan,* eigentlich *Zhènfán,* chinesische Wiedergabe des Städtenamens *San Francisco*)

Léger, *Fernand* (1881–1955), von frz. *léger,* »leicht, leichtsinnig«, französischer kubistischer Maler, Grafiker und Keramiker, der stark von Picasso und George Braque beeinflusst war

Lehár, *(Ferenc) Franz* (1870–1948), wohl zu tsch. *lehat,* »liegen«, österreichischer Komponist ungarisch-mährischer Herkunft, mit Emmerich Kálmán Begründer der »silbernen« Wiener Operettenära zwischen Erstem und Zweitem Weltkrieg

Leibniz, *Gottfried Wilhelm* (1646–1716), vom Ortsnamen *Leubnitz* in Sachsen (früher *Lubenice,* wohl zu slaw. *luby,* »teuer, lieb«), deutscher Philosoph und Mathematiker, Vater der Differential- und Integralrechnung

Leigh, *Vivien* (1913–1967), von aengl. *lēah*, »Waldlichtung«, eigentlich *Vivian Mary Hartley* (aus aengl. *heort*, »Hirsch«, und *lēah*, »Lichtung«), im indischen Darjeeling geborene britische Schauspielerin

Lemmon, *Jack* (1925–2001), nicht zu engl. *lemon*, »Zitrone«, sondern über mengl. *leman* oder *lemman*, »Liebhaber«, aus aengl. *lēofmann*, »geliebter Mann«, amerikanischer Schauspieler und Filmkomiker

Lenin (1870–1924), wohl vom Namen seines Kindermädchens *Lena*, Tarnname des russischen Revolutionärs *Wladimir Iljitsch Uljanow*, des Begründers der Kommunistischen Partei und der Kommunistischen Internationale

Lennon, *John Winston* (1940–1980), wohl von ir. *leannán*, »Liebling« (auch »Bedrängnis« und »Leid«), englischer Musiker und Komponist, Mitbegründer der Beatles, von einem geistig Verwirrten in New York erschossen

Lenz, *Siegfried* (geb. 1926), entweder von mhd. *lenz*, »Frühling«, oder eine Verkürzung des Rufnamens *Lorenz* (zu lat. *laurea*, »Lorbeerkranz«), bekannter deutscher Schriftsteller

Leonardo da Vinci (1452–1519), zu lat. *leo*, »Löwe«, und ahd. *harti*, »hart«, sowie dem Ortsnamen *Vinci* (bei Florenz), italienischer Maler, Zeichner, Bildhauer, Architekt, Naturforscher, Techniker, Schriftsteller, Kosmologe und Philosoph

Leonidas, Abstammungsname zu grch. *léon*, »Löwe«, spartanischer König, nach heldenhafter Verteidigung der Thermopylen 480 v. Chr. vom persischen Heer des Xerxes überwältigt und mit seinen Getreuen gefallen

Leopold, aus *Liutbald* (zu ahd. *liut*, »Leute«, und *bald*, »kühn«), z.B. *Léopold I.*, 1830 erster König Belgiens, und sein Sohn *Léopold II.* (1835–1909), der den Kongo als afrikanische Kolonie gewann (Hauptstadt bis 1966 *Léopoldville*)

Le Pen, *Jean-Marie* (geb. 1928), Wohnstättenname zu bret. *penn*, »Kopf« (auch »Extremität, äußerstes Ende«), aus der Bretagne stammender rechtspopulistischer französischer Politiker, Parteigründer der extrem rechten Nationalen Front

Lermontow, *Michail Jurewitsch* (1814–1841), vom schottischen Namen *Lermont* (aus gäl. *ler*, »Schutzgeist«, oder anord. *leirr*, »Morast«, und engl. *mount*, »Berg«), romantischer russischer Schriftsteller schottischer Abstammung

Leskow, *Nikolaj Semjonowitsch* (1831–1895), vom russischen Rufnamen *Lesja* (mit ukrainischer Endung *-kow*, »Sohn des«) oder Wohnstättenname von ukr. *les*, »Löss«, bedeutender russischer Schriftsteller

Lesseps, *Ferdinand Marie Vicomte de* (1805–1894), wohl von wfrz. *lespès*, »mit Buschwerk bestandener Ort«, französischer Diplomat und Verwaltungsbeamter in Ägypten, der von 1859 bis 1869 den Bau des Suezkanals leitete

Lessing, *Gotthold Ephraim* (1729–1781), entweder eingedeutscht aus sorb. *leschnik*, »Waldbewohner«, oder zu mhd. *lezzic*, »müde, bequem«, deutscher Dichter und Philosoph; *Lessing, Doris* (geb. 1919), aus mengl. *lesse*, »kleiner«, und *-ing*, »gehörig zu«, englische feministische Schriftstellerin

Lethe, von grch. *léthe*, »das Vergessen« (vgl. *Lethargie*), in der griechischen Sage Göttin des Vergessens im Hades sowie der Fluss, aus dem die Toten beim Eintritt in die Unterwelt tranken, sodass sie alles Geschehene vergaßen

Levi, zu hebr. *levi*, »verbunden«, im Alten Testament einer der Söhne Jakobs, Begründer des *Leviten*-Stamms; *Levi Strauss* (1830–1902), deutsch-jüdischer Emigrant, ab 1850 amerikanischer Produzent derber Arbeitshosen aus Zeltleinwand (Jeans)

Leviathan, »gewundenes Tier«, in der phönizischen Mythologie ein grausames Ungeheuer, im Alten Testament eine das Chaos darstellende Schlange, die von Jahwe unterworfen wurde und die man später mit dem Teufel gleichsetzte

Levi Ben Gerschon → *Gersonides*

Lewis, *Jerry* (geb. 1926), eigentlich *Joseph Levitch*, aus russ. *lew*, »Löwe«, und russ. *-vitch*, »Sohn des«, oder zu *Levi* (vgl. *Leviten*), amerikanisch-jüdischer Filmkomiker; *Lewis, Sinclair* (1885–1951), amerikanischer Romanschriftsteller

Liebermann, *Max* (1847–1935), »angenehmer Mensch«, »lieber Mann«, impressionistischer deutscher Maler und

Grafiker, Sohn einer wohlhabenden jüdischen Kaufmannsfamilie

Liebig, *Justus Freiherr von* (1803–1873), von urslaw. *l'jubъ*, »lieb, angenehm«, deutscher Chemiker, sorgte als Begründer der Agrikulturchemie und Befürworter der Mineraldüngung für eine ungeahnte Ausweitung der Ernährungsbasis

Liebknecht, *Wilhelm* (1826–1900), »lieber Knecht«, Freund Karl Marx' und 1862 einer der ersten SPD-Abgeordneten im Reichstag; *Liebknecht, Karl* (1871–1919), sein Sohn, ebenfalls Sozialdemokrat, 1918 mit Rosa Luxemburg exekutiert

Lieffen, *Karl* (1926–1999), eingedeutschter Künstlername des aus Böhmen stammenden Bühnen-, Film- und Fernsehschauspielers *Karel František Lifka*, wohl zu ukr. *livka*, »Fang«

Ligeti, *György (Georg)*, geb. 1923, Wohnstättenname zu ung. *liget*, »Hain, Gehölz, Park«, österreichischer Komponist ungarisch-jüdischer Abkunft, der während des Ungarnaufstands von 1956 nach Deutschland emigrierte

Liliencron, *Detlef von* (1844–1909), eigentlich *Friedrich Freiherr von*, nach dem Wappen der verarmten Adelsfamilie (eine »Lilie mit Krone«), deutscher Dichter mit den Hauptthemen Naturerleben, Träume, Krieg, Mythologie

Lilienthal, *Otto* (1848–1896), Herkunftsname zu dem gleichlautenden deutschen Ortsnamen, deutscher Ingenieur und Flugpionier, dem 1891 ein erster Gleitflug über 25 Meter gelang und der bei einem weiteren Testflug tödlich verunglückte

Lilith, assyr. »Winddämon« (auch »Nachtwesen«), sumerische Göttin des Sturms und der Nacht, dargestellt als geflügeltes Wesen (halb Schlange, halb Mensch); in hebräischer Tradition erste Frau Adams, später zu einer Dämonin verwandelt

Lin Piao (1907–1971), zu chin. *lin*, »Wald«, und *piao* (auch *biao*), »Beispiel«, chinesischer Marschall, ab 1959 Verteidigungsminister und Herausgeber der sogenannten »Mao-Bibel«, Befürworter der Kulturrevolution

Lincoln, *Abraham* (1809–1865), nach der gleichnamigen

englischen Stadt (röm. *Lindum colonia,* zu kelt. *lindo,* »Sumpf«), 16. US-Präsident (1860), Gegner der Sklaverei, nach dem Bürgerkrieg von einem fanatischen Südstaatler erschossen

Lindbergh, *Charles* (1902–1974), »Linden-Berg«, zu schwed. *lind,* »Linde«, amerikanischer Flieger schwedischer Herkunft, weltberühmt durch seine Atlantiküberquerung (1927) in dem Eindecker »Spirit of Saint Louis«

Linde, *Carl Paul Gottfried von* (1842–1934), Wohnstättenname zu »Dorflinde«, deutscher Ingenieur und Unternehmer, Hersteller der ersten Ammoniak-Kältemaschine, 1879 Gründer der nach ihm benannten Eismaschinen-AG

Lindgren, *Astrid* (1907–2002), aus schwed. *lind,* »Linde«, und *gren,* »Zweig«, berühmte schwedische Kinderbuchautorin (z. B. »Pippi Langstrumpf«)

Lindh, *Anna* (1957–2003), von schwed. *lind,* »Linde«, schwedische Außenministerin, die in einem Stockholmer Warenhaus von einem Attentäter erstochen wurde

Lingen, *Theo* (1903–1978), auf die Geburtsstadt seines Vaters an der Ems (zu mndl. *linge,* »Kanal«) verweisender Künstlername des deutschen Schauspielers und Regisseurs *Franz Theodor Schmitz* (»Sohn des Schmieds«)

Linné, *Carl von* (1707–1778), von schwed. *linne,* »Leinen« (aufgepeppt mit französisierendem Akzent), oder von *lind,* »Linde«, schwedischer Naturforscher und Schöpfer der noch heute gültigen botanischen Fachsprache

Li Peng (geb. 1928), zu chin. *li,* »Pflaume« (auch »Stärke« und »schwarz«), und kanton. *peng,* »billig« (oder zu chin. *ping,* »Friede«), von 1987 bis 1998 Premierminister Chinas → *Lee*

Lippe, *Jürgen von der* (geb. 1948), Künstlername des aus dem *Lipperland* stammenden deutschen Entertainers *Hans-Jürgen Dohrenkamp* (»Feld am Stadttor«, aus mnd. *dor,* »Tor, Tür«, und *kamp,* »Feld«)

Lippi, *Fra Filippo* (1406–1469), Kurzform des italienischen Namens *Filippo (Philipp),* italienischer Maler-Mönch, Schöpfer anmutiger Madonnen und realistischer Szenen aus dem Leben der Heiligen

Liszt, *Franz (Ferenc),* 1811–1886, nach der Berufsbezeichnung eines Müllers, zu ung. *liszt,* »Mehl«, oder (die Familie hieß zunächst *List*), zu mhd. *list,* »Weisheit«, »Zauberkunst«, ungarischer Komponist und virtuoser Pianist

Livingstone, *David* (1813–1873), nach einem schottischen Ort, aus aengl. *lēofing,* »Liebling« (vgl. engl. *love*) und *tūn,* »Anwesen«, schottischer Missionar und Afrikaforscher, Entdecker des Sambesi und der Victoriafälle

Livius, zu lat. *livor,* »bläulich (bei der Geburt)«, z. B. *L. Livius Andronicus,* »Männlicher« (gest. 207 v. Chr.), ältester lateinischer Dichter, und *T. Livius Patavinus,* »aus Padua« (59 v. Chr. bis 17 n. Chr.), größter römischer Historiker

Lloyd-Webber, *Andrew* (geb. 1948), aus der englischen Form von walis. *llwyd,* »grau«, sowie einer Ableitung von engl. *weaver,* »Weber«, und *web(b),* »Gewebe«, englischer Komponist weltbekannter Musicals

Locke, *John* (1632–1704), zu aengl. *loc(c),* »Haarlocke«, oder Wohnstättenname zu aengl. *loc(a),* »Gehege« (vielleicht auch zu mengl. *loke,* »Flusswehr«, »bewegliche Brücke«), englischer Philosoph, ein Vertreter des Empirismus

Lodge, *David* (geb. 1935), wohl von mengl. *logge,* »kleiner Kotten« (auch »Bauhütte«, vgl. engl. *lodge,* »Freimaurerloge«), englischer Schriftsteller und Kritiker, Verfasser satirischer Romane über das Universitätsleben

Loki, zu anorw. *lok,* »Ende« (wohl angelehnt an anord. *logi,* »Feuer«), in der norwegischen Mythologie heimtückischer Gott des Unglücks und der Zerstörung, u. a. Vater der Hel und der Trolle, von den Christen mit Luzifer gleichgesetzt

Lollobrigida, *Gina,* eigentlich *Luigina* (geb. 1927), aus ital. *lolla,* »Spreu«, und aital. *brigiare,* »brechen« (also »Korn dreschen«), oder zum Namen der heiligen *Brigida,* kelt. »Hohe, Erhabene«, weltbekannte italienische Filmschauspielerin

Lomonossow, *Michail Wassiljewitsch* (1711–1765), aus russ. *lomit,* »brechen, knicken«, und *nos,* »Nase«, russischer Universalgelehrter und Dichter, Mitbegründer der Moskauer Universität, die bis heute seinen Namen trägt

London, *Jack* (1876–1916), Pseudonym des amerikanischen Schriftstellers *John Griffith Chaney* (aus afrz. *chesnai,* »Eichenhain«), bekannt durch spannende Jugendbücher (*Griffith* aus awalis. *Gruff* und *iud*, »Häuptling Gruff«)

Longfellow, *Henry Wadsworth* (1807–1882), aus engl. *long*, »lang«, und *fellow*, »Kerl«, amerikanischer Dichter und Romanschriftsteller sowie einfühlsamer Übersetzer abendländischer Poesie ins Englische

Loren, *Sophia* (geb. 1934), von *Lorena* (zu lat. *laurea*, »Lorbeer«) oder *Eleonore* (zu grch. *eleeîn*, »Mitleid haben«), Künstlername der italienischen Schauspielerin *Sofia Scicolone-Lazzaro*, zu ital. *sciccoso*, »schick« → *Lazarus*

Lorenz, *Konrad* (1903–1989), von *Laurentius* (»aus Larentum«, einer altrömischen Stadt in Latium, angelehnt an lat. *laurea*, »Lorbeerkranz«), österreichischer Biologe, Begründer der modernen Tierverhaltensforschung → *Lawrence*

Loriot (geb. 1923), von frz. *loriot*, »Pirol« (Wappentier der Familie), Künstlername des deutschen Cartoonisten, Schauspielers und Regisseurs *Bernhard Victor (Vicco) Christoph Carl von Bülow* (zum gleichnamigen Ort in Mecklenburg)

Lothar, aus ahd. *hlūt*, »laut, berühmt«, und *heri*, »Heer«, gängiger deutscher Fürstenname; berühmter Namensträger: *Lothar II.* (ca. 825–869), dessen Erbbesitz nach ihm *Lotharingen*, d. h. *Lothringen* genannt wurde

Lovecraft, *Howard Philipps* (1890–1937), engl. »Liebeskunst«, amerikanischer Schriftsteller, Verfasser von Horrorgeschichten und fantastischen Erzählungen

Loyola → *Ignatius von Loyola*

Lubitsch, *Ernst* (1892–1947), von einem Ortsnamen wie *Lubitz, Lubice* oder *Lubicz* (zu apolab. *l'uby*, »lieb«), amerikanischer Schauspieler und Regisseur deutscher Herkunft, ein Meister des Filmlustspiels und der Filmoperette

Lübke, *Heinrich* (1894–1972), wohl aus einer Weiterbildung des alten Rufnamens *Liutbert* (zu ahd. *liut*, »Volk«, und *beraht*, »glänzend«), deutscher CDU-Politiker, von 1959 bis 1969 zweiter Präsident der Bundesrepublik Deutschland

Lucullus, genauer *Lucius Licinius Lucullus* (ca. 117–57 v. Chr.), Verniedlichung von lat. *lucus*, »Wald«, oder *lux*, »Licht«, im Krieg gegen Mithridates reich gewordener römischer Feldherr, berüchtigt wegen seines genussfreudigen Lebens

Ludendorff, *Erich* (1865–1937), Herkunftsname mit Verweis auf *Ludendorf* in NRW oder auf *Lüdendorf* in Brandenburg (zu *Lude*, einer Kurzform von *Ludwig*, aus ahd. *hlūt*, »laut«, und *wīg*, »Kampf«), preußischer General → *Luther*

Ludwig (frz. *Louis*), von fränkisch *Chlodwig* (zu ahd. *hlūt*, »laut, berühmt«, und *wīg*, »Kampf«), Name deutscher und französischer Könige, z. B. des »Sonnenkönigs« *Ludwig XIV.* (1638–1715)

Lug, ir. »Leuchtender«, zu gall. *louco*, »scheinend«, keltischer Lichtgott (gall. *Lugus*), auch Gott der Künste, des Krieges, der Dichter und der Handwerker (nach ihm benannt *Lugdunum*, »Festung des Lug«, heute *Lyon*)

Lukas (lat. *Lucas*), nach der antiken unteritalienischen Landschaft *Lucania* (heute Basilicata), einer der vier Evangelisten und Verfasser der Apostelgeschichte, Arzt und Gefährte des Apostels Paulus

Lumière, frz. »Licht« (zu gleichbedeutend lat. *lumen*), Name der französischen Gebrüder *Auguste Marie Louis Nicolas* (1862–1954) und *Louis Jean* (1864–1948), Fotopioniere und Erfinder des Kinematografen (1894)

Lumumba, *Patrice* (1925–1961), kongol. »Begabter«, 1960 erster Premierminister des unabhängigen Staates Kongo-Kinshasa, im gleichen Jahr von Staatspräsident Kasawubu abgesetzt, nach Katanga ausgeliefert und dort ermordet

Lundkvist, *Artur* (1906–1991), zu schwed. *lund*, »Hain, Gehölz«, und *kvist*, »Zweig, Ast«, schwedischer Lyriker und Erzähler, stark von Walt Whitman und D. H. Lawrence sowie den französischen surrealistischen Dichtern beeinflusst

Luther, *Martin* (1483–1546), vom alten Rufnamen *Liuther* (aus ahd. *liut*, »Volk«, und *heri*, »Heer«) oder *Lothar* (mit ahd. *hlūt*, »laut«), deutscher Reformator, bis 1517 *Luder* (»hinterhältiger Mensch« oder »Köder«) → *Ludendorff*

Luthuli, *Albert John* (1898–1967), afrik. »Staub«, südafrikanischer Zuluhäuptling und Politiker, für seinen entschiedenen, jedoch nicht militanten Kampf gegen die Apartheid 1960 mit dem Friedensnobelpreis ausgezeichnet

Luxemburg, *Rosa* (1871–1919, ermordet), eigentlich *Rozalia Luksenburg* (aus *Lützelburg,* »kleine Burg«, vgl. mdl. *lütt*), deutsche Sozialistin polnisch-jüdischer Herkunft, mit Karl Liebknecht Gründerin des Spartakusbundes

Lykurgos, aus grch. *lýkos,* »Wolf«, und *érgon,* »Werk«, mythischer Gesetzgeber Spartas, der um 820 v. Chr. seinem Volk eine Verfassung gegeben haben soll

Lynch, *John (Jack),* 1917–1999, zu ir. *loingsigh,* »Seemann« (oder zu aengl. *hlinc,* »Hügel«), irischer Premierminister (1966–1973 und 1977–1979), Verfechter des Beitritts seines Landes zur damaligen Europäischen Wirtschaftsgemeinschaft

Lysander (gest. 395 v. Chr.), »Befreier der Männer«, aus *lýsis,* »Lösung, Rettung«, und *anér, andrós,* »Mann«, spartanischer Politiker und Feldherr, der 404 v. Chr. mit der Einnahme Athens den Peloponnesischen Krieg beendete

Lysimachos (361–281 v. Chr.), aus grch. *lýsis,* »Lösung, Befreiung«, und *máchesthai,* »kämpfen« (zu *máche,* »Schlacht«), hervorragender Feldherr Alexanders d. Gr.; nach dessen Tod König von Thrakien und Makedonien

Lysistrata, zu grch. *lýsis,* »Befreiung«, und *stratós,* »Heer«, Titelheldin einer Komödie des Aristophanes, in der sie die Frauen Athens zum Liebesboykott aufruft und so ihre Männer zur Beendigung des Peloponnesischen Kriegs zwingt

Maât, ägypt. »Basis«, altägyptische Göttin der Wahrheit, Harmonie und Gerechtigkeit, dargestellt mit einer einzigen Straußenfeder auf dem Kopf, mit der am Eingang zur Unterwelt die Seele eines Verstorbenen gewogen wurde

MacArthur, *Douglas* (1880–1964), aus gäl. *MacArtair,* »Sohn des Arthur« (vielleicht zu kelt. *art* und *artos,* »Bär«), amerikanischer General, von 1941 bis 1945 alliierter Oberbefehlshaber im Pazifikkrieg sowie 1950 im Koreakrieg

Macbeth, von gäl. *Mac Beatha,* »Sohn des Lebens«, Titelheld eines Shakespeare-Dramas, der durch Königsmord 1040 in den Besitz des schottischen Throns gelangte, 1057 jedoch selbst Opfer eines Mordanschlags wurde

Macdonald, *James Ramsey* (1866–1937), englische Form von gäl. *Mac Dómhnuill,* »Sohn des Donald« (aus vorkelt. *dubno,* »Welt«, und *val,* »Herrschaft«), britischer Labour-Politiker, von 1924 bis 1935 Premierminister Großbritanniens

Mach, *Ernst* (1838–1916), zu mhd. *māc* und *māge,* »Verwandter, Freund« (oder zur urslawischen Wurzel *malъ,* »klein«), österreichischer Physiker, Erforscher der Bewegung von Geschossen mit Überschallgeschwindigkeit (vgl. *Machzahl*)

Machiavelli, *Niccolò* (1469–1527), von kors. *makkyavellu,* »verschlagen« (oder zu tosk. *machia,* »Spitzbube«), florentinischer Staatsmann und Philosoph, Anwalt einer bedenkenlosen Machtpolitik (vgl. *machiavellistisch,* »skrupellos«)

Macke, *August* (1887–1914, gefallen), wohl verkürzt aus *Markward* (zu ahd. *marka,* »Grenze«, und *wart,* »Hüter«) oder zu mhd. *māc,* »Verwandter«, deutscher expressionistischer Maler, Mitglied des Blauen Reiters

Mackenzie, *Sir Alexander* (1764–1820), aus gäl. *mac,* »Sohn des«, und dem Personennamen *Coinneach,* »Stattlicher«, schottischer Seefahrer, 1789 Entdecker des nach ihm benannten Flusses im Nordwesten Kanadas

Mackintosh, *Charles* (1766–1843), aus gäl. *mac,* »Sohn des«, und *toiseach,* »Erster«, »Häuptling«, schottischer Erfinder eines wasserdichten Gewebes (daher engl. *mackintosh,* »Regenmantel«)

MacLaine, *Shirley* (geb. 1934), von gäl. *Mac Gille Eáin,* »Sohn des Dieners des heiligen John«, amerikanische Schauspielerin, eigentlich *Shirley MacLean Beaty* (von *Bate,* »Bartholomew«; *Shirley* zu aengl. *scīr,* »hell«, und *lēah,* »Lichtung«)

MacLeod, *John James Richard* (1876–1935), aus gäl. *mac,* »Sohn des«, und *Leòd,* der gälischen Form des altnorwegischen Namens *Ljótr* (»Hässlicher«), britischer Physiologe, der zusammen mit Banting das Insulin entdeckte

Mac-Mahon, *Marie-Edmonde-Patrice-Maurice de* (1808–1893), aus air. *mac,* »Sohn«, und *mathghamhain,* »Bär«, irisch-französischer Marschall, der 1870 vor den Deutschen bei Sedan kapitulieren musste

Macmillan, *Harold* (1894–1986), aus gäl. *mac,* »Sohn«, und *maol,* »Kahler«, britischer Premierminister von 1957 bis 1963, dessen Bemühungen um den Beitritt seines Landes zur EWG am Veto Frankreichs scheiterten

Madariaga, *Salvador de* (1886–1978), bask. »Birnbaumgarten«, zu *madari,* »Birne«, spanischer Historiker, Schriftsteller und Diplomat (ab 1921 im Völkerbund-Sekretariat, von 1931 bis 1934 Botschafter in Washington und Paris)

Madison, *James* (1751–1836), Nebenform von *Mathieson,* »Sohn des Matthias«, amerikanischer Politiker, zusammen mit Thomas Jefferson Gründer der Republikanischen Partei, vierter Präsident der USA (1809–1817)

Maecenas (gest. 8 v. Chr.), genauer *Caius Cilnius Maecenas* (wohl ein etruskischer Herkunftsname), enger Vertrauter des Agrippa und des Augustus, Förderer der größten Dichter seiner Zeit, unter ihnen Horaz und Vergil (vgl. *Mäzen*)

Maffay, *Peter* (geb. 1949), Künstlername des in Rumänien als Sohn eines Ungarn geborenen deutscher Sängers, der eigentlich *Peter Alexander Makkay* hieß (zu ung. *makk,* »Eichel«)

Magalhâes (auch *Magellan*), *Fernâo de* (ca. 1480–1521), nach einem Ort in der Provinz Barca (zu *Allah* oder zu arab. *ma'halla,* »Stadtviertel«), portugiesischer Weltumsegler in spanischen Diensten, der auf den Philippinen im Kampf fiel

Magdalena → *Maria*

Maginot, *André* (1877–1932), Koseform von *Magin* und *Mangin* (aus *Demange,* zu lat. *dominicus,* »dem Herrn gehörig«), französischer Kriegsminister von 1929 bis 1932, Erbauer der nach ihm benannten Grenzbefestigungen gegen Deutschland

Mahfus, *Nagib* (1911–2006), von arab. *mah'fuz,* »geschützt, konserviert« (*Nagib* zu arab. *na'djib,* »von vornehmer Abstammung«, »klug«), ägyptischer Schriftsteller, der 1988 als erster arabischer Autor den Literaturnobelpreis erhielt

Mahler, *Gustav* (1860–1911), Berufsname zu mhd. *mālære,* »Maler«, österreichischer Komponist und Dirigent, einer der bedeutendsten Symphoniker seiner Zeit

Mailer, *Norman* (geb. 1923), wohl nicht von engl. *mail,* »Post«, sondern von afrz. *esmailleur,* »Emaillierer«, amerikanischer Schriftsteller, berühmt durch seinen antimilitaristischen Roman »Die Nackten und die Toten«

Maillol, *Aristide* (1861–1944), französische Form des katalanischen Namens *Mallol,* »junge Weintraube«, zu lat. *malleolus,* »Setzling«, französischer Bildhauer und Maler (*Aristide* aus grch. *áristos,* »Bester«, und *eîdos,* »Urbild«)

Maimonides, *Moses* (1135–1204), eigentlich *Rabbi Mose ben Maimon,* »Wassermann« (zu hebr. *majim,* »Wasser«), jüdischer Arzt und Philosoph aus dem maurischen Córdoba, später Vorsteher der jüdischen Gemeinden in Ägypten

Majakowsky, *Wladimir Wladimirowitsch* (1893–1930), vom Ortsnamen *Majak* (russ. »Leuchtturm, Leuchtfeuer«), russischer Dichter, der in seinen Satiren und Komödien die spießerhafte Sowjetbürokratie geißelte

Makarios (1913–1977), ngrch. »Glückseliger, Gesegneter«, orthodoxer Erzbischof von Zypern (vor seiner Priesterweihe *Michael Christodoulos Mouskos*), nach der Unabhängigkeit der Insel 1959 zum Staatspräsidenten gewählt

Malamud, *Bernard* (1914–1986), von hebr. *melammed,* »Schullehrer«, amerikanischer Romanschriftsteller, dem es in seinem Werk um die menschliche Entfremdung und Isolierung in unserer Zeit geht

Malcolm, Name schottischer Könige, von gäl. *Mael Coluim,* »Jünger des Columba(n)«, z. B. der Mörder des Macbeth, *Malcolm III.*, der diesem als König folgte und sich Wilhelm dem Eroberer erfolgreich widersetzte → *Columban*

Malenkow, *Georgij Maximilianowitsch* (1902–1988), wohl von russ. *malenkij,* »Kleiner«, seit 1938 im Zentralkomitee der KPdSU und ab 1947 deren Sekretär, nach Stalins Tod von 1953 bis 1955 Ministerpräsident der Sowjetunion

Malik, zu arab. *malik,* »Herr, König«, Name des Höllenwächters im Islam, aber auch des islamischen Rechtsgelehrten *Malik ibn Anas* (gest. 795), der die nach ihm benannte traditionalistische Rechtsschule begründete

Mallarmé, *Stéphane* (1842–1898), zu frz. *mal,* »schlecht, übel«, und *armé,* »bewaffnet, gerüstet«, französischer

Dichter, Verfasser vieldeutiger, symbolhaltiger Gedichte und dichtungstheoretischer Aufsätze

Malraux, *André* (1901–1976), von afrz. *malleron,* »Apfelplantage« (zu lat. *malus,* »Apfel«), oder zu bask. *mairu,* »Moor«, französischer Schriftsteller und Politiker, von 1959 bis 1969 Minister für kulturelle Angelegenheiten

Mandela, *Nelson* (geb. 1918), vielleicht aus xhos. *mandi,* »nett«, und *dala,* »alt«, südafrikanischer schwarzer Politiker, als Apartheid-Gegner zu lebenslanger Haft verurteilt, nach seiner Freilassung 1990 Staatspräsident (1999 Rücktritt)

Manet, *Édouard* (1832–1883), Koseform von *Manno* (aus ahd. *man,* »Mann«) oder zu frz. *manoir,* »Landsitz«, französischer Maler, dessen Bilder mit ihrem Spiel von Licht und Atmosphäre die französischen Impressionisten stark beeinflussten

Mankell, *Henning* (geb. 1948), Verkleinerungsform von *Mahnke* (aus *Mangold,* zu ahd. *manag,* »manch«, »zahlreich«, und *waltan,* »herrschen«), schwedischer Schriftsteller deutscher Herkunft, Verfasser bekannter Kriminalromane

Mann, *Thomas* (1875–1955) und sein Bruder *Heinrich* (1871–1950), von mhd. *man,* »tapferer Krieger«, »Lehnsmann«, berühmte deutsche Schriftsteller, die nach 1933 emigrierten und die Kriegsjahre in den USA verbrachten

Mansfield, *Katherine* (1888–1923), aus *Mamesfelde* (zu kelt. *mamma,* »Brust, Hügel«, und aengl. *feld,* »offenes Land«), Künstlername der neuseeländischen Erzählerin *Kathleen Beauchamp* (zu frz. *beau,* »schön«, und *champ,* »Feld«)

Mansur, eigentlich *Al-Mansur,* arabischer Ehrenname, »der Siegreiche«, z.B. *Muhammed ibn Abi Amir* (gest. 1002), mächtiger Reichsverweser im maurischen Spanien, Kunstförderer und Wohltäter, von den Christen *Almansor* genannt

Mantegna, *Andrea* (1431–1506), verkürzt aus *Dio ti mantegna,* »Gott beschütze dich« (zu ital. *mantenere,* »bewahren)«, italienischer Maler und Kupferstecher, dessen Perspektivlehre stark die italienische und deutsche Kunst beeinflusste

Manuel, von *Emanuel*, zu hebr. *'immanu'el*, »Gott mit uns«, Name byzantinischer Kaiser und portugiesischer Könige: z.B. *Manuel I., der Große* (1469–1521), Förderer der Seefahrer Vasco da Gama und Pedro Cabral sowie bedeutender Baumeister

Mao Tse-tung (1893–1976), aus chin. *mao*, »Haar«, »Feder«, und *tse*, »scheinen auf«, und *tung*, »Osten«, chinesischer marxistischer Politiker, ab 1935 Führer der kommunistischen Partei, 1954 bis 1959 Präsident der Volksrepublik China

Marais, *Jean* (1913–1998), eigentlich *Jean Alfred Villain-Marais*, von frz. *marais*, »Sumpf, Moor«, *Villain* wohl zu lat. *villanus*, »Bewohner eines Landguts«, bekannter französischer Filmschauspieler (z.B. »Die Schöne und das Biest«)

Marat, *Jean Paul* (1743–1793, ermordet), sard. *mara*, »Tümpel, Morast« (vgl. frz. *marais*), französischer Arzt, Schriftsteller und Revolutionär, Mitglied des Konvents und beteiligt an der blutigen Terrorherrschaft

Marc, *Franz* (1880–1916), französische Variante des altrömischen Vornamens *Marcus*, »Sohn des Mars«, deutscher Maler, mit Kandinsky 1911 Gründer des Blauen Reiters, von den Nazis als »entarteter Künstler« gebrandmarkt

Marceau, *Marcel* (geb. 1923), Variante von *Marcel*, Tarnname des jüdisch-französischen Pantomimen *Marcel Mangel* (»Clown Bip«) nach seiner Flucht vor den Nazis und seinem Eintritt in die Résistance (*Mangel* zu *Magnus*, »Großer«)

Marco Polo (1254–1324), venezianisch für *Markus* und *Paulus*, bedeutendster italienischer Reisender des Mittelalters, der Ende des 13. Jahrhunderts zwei Jahrzehnte am Hof des Kubilai Khan in Kambaluk (heute Peking) verbrachte → *Kubilai Khan*

Marcuse, *Herbert* (1898–1979), jüdische Form von *Marcus*, amerikanischer Philosoph und Soziologe deutsch-jüdischer Herkunft, 1933 Emigration in die USA, in den 1960er Jahren geistiger Führer der studentischen Linken → *Marc*

Marduk, von sum. *Amar Utu*, »Kalb des (Sonnengottes)

Utu«, oder von *Mar-Duku,* »Sohn von Duku« (Ort des Marduktempels), babylonischer Gott des Krieges, aber auch der Fruchtbarkeit und des Ackerbaus, Schöpfer des ersten Menschen

Margarete, beliebter Fürstinnenname, zu grch. *margarítes,* »Perle«, z.B. *Margarete von Navarra* (1492–1549), Schwester Franz' I. von Frankreich und Gattin des Königs von Navarra; als *Grete* auch volkstümlicher Mädchenname

Maria, »die Betrübte«, »die Widerstrebende«, zu hebr. *mirjam,* »Bitterkeit«, bzw. »Aufsässigkeit«, z.B. *Maria,* die Mutter Jesu, *Maria Magdalena* (d. h. »die aus Magdala«, einer Stadt am See Genezareth) und *Maria,* die Schwester des Lazarus

Mariamne (ca. 60–29 v. Chr.), Variante von hebr. *Mirjam,* »Widerspenstige, Bittere«, Gattin Herodes' I., der sie zu Unrecht der Untreue verdächtigte und samt ihren beiden Söhnen hinrichten ließ → *Maria*

Marius, Caius (156–86 v. Chr.), vielleicht zu lat. *mas, maris,* »männlich, stark«, siebenmaliger römischer Konsul, ruhmreicher Sieger über die Teutonen (102) und die Kimbern (101), Konkurrent und erbitterter Gegner Sullas

Markus (lat. *Marcus*), »Sohn des Mars«, Mitglied der Jerusalemer Urgemeinde, Begleiter des Paulus auf einigen seiner Missionsreisen, Verfasser des ältesten Evangeliums (um 70 n. Chr.), das Matthäus und Lukas offenbar als Quelle diente

Marlowe, *Christopher* (1564–1593), nach einer gleichnamigen Stadt an der Themse (zu aengl. *mere,* »Teich«, und *lāf,* »links liegend«, vgl. engl. *left*), wohl bedeutendster englischer Dramatiker vor Shakespeare (z.B. »Dr. Faustus«)

Márquez, *Gabriel García* (geb. 1928), aus einer kastilischen Variante von *Marco* und der patronymischen Endung *-ez,* »Sohn des«, kolumbianischer Journalist und Schriftsteller (1982 Nobelpreis für Literatur) → *García, Marx*

Mars (Gen. *Martis*), zu lat. *mas, maris,* »männlich, kräftig« (vgl. *maskulin* und frz. *mari,* »Ehemann«), römischer Kriegsgott sowie Vater des Romulus und damit Stammvater des gesamten römischen Volkes → *Ares*

Marshall, *Tony* (geb. 1938), zu mhd. *marschalc,* »Pferdeknecht«, Künstlername des deutschen Schlagersängers *Herbert Anton Hilger* (vom Vornamen *Hiltger*, aus ahd. *hiltja,* »Kampf«, und *gēr,* »Speer«)

Martin, *Dean* (1917–1995), zu lat. *Mars, Martis,* »Kriegsgott, Kriegsglück« (*Dean* zu lat. *decanus,* »Vorsteher von zehn Mann«), Künstlername des amerikanischen Sängers und Schauspielers *Dino Paul Crocetti* (zu ital. *crocetta,* »Kreuzchen«)

Marx, *Karl* (1818–1883), »Sohn des Markus« oder Ersatzname für *Mordechai* (pers. »Diener des Marduk«), deutscher Philosoph und Nationalökonom jüdischer Herkunft, Freund Friedrich Engels' und Begründer des *Marxismus*

Masaryk, *Tomáš Garrigue* (1850–1937), wohl zu slowak. *mazať*, »schmieren, einschmieren« (*Garrigue*: Name seiner Frau, zu frz. *garrigue,* »immergrüne Strauchheide«), erster Präsident der unabhängigen Tschechoslowakei (1918–35)

Mastroianni, *Marcello* (1924–1996), aus einer älteren süditalienischen Form von *maestro,* »Meister«, und dem Rufnamen *Ianni* für *Johannes,* italienischer Filmschauspieler (*Marcello,* Verkleinerungsform von *Marco*) → *Marc*

Mata Hari (1876–1917), malai. »Auge der Morgenröte«, Pseudonym der niederländischen Tänzerin und Doppelspionin (für Deutschland und Frankreich) *Margaretha Geertruida Zelle,* in Frankreich zum Tode verurteilt und erschossen

Matisse, *Henri* (1869–1954), Variante von *Matthieu* und *Matthias,* zu hebr. *Mattanja* oder *Mattitja,* »Geschenk Jahwes«, französischer Maler der Gruppe *Les Fauves,* »Die Wilden«, deren Mitglieder flächig und in reinen Farben malten

Matthau, *Walter* (1920–2000), Verkürzung des eigentlichen Namens *Walter Matuschanskayasky,* wohl zu russ. *matuschka,* »Mütterchen«, amerikanischer Filmschauspieler russisch-jüdischer Herkunft

Maugham, *William Somerset* (1874–1965), nach dem schottischen Ortsnamen *Machan* (zu gäl. *machair,* »Ebene«), englischer Erzähler und Dramatiker, vor allem Schilderer englischer Lebensart in den südasiatischen Kolonialgebieten

Maupassant, *Guy de* (1850–1893), aus frz. *mauvais*, »schlecht«, und afrz. *passant*, »Durchgang, Weg«, französischer Schriftsteller, der in zahlreichen Novellen seinem Pessimismus und seinem Abscheu vor dem Leben Ausdruck verlieh

Mauriac, *François* (1885–1970), von gallo-röm. *Mauriacum* (Ortsname zum Rufnamen *Maurius*, aus lat. *maurus*, »der Dunkle«), französischer Schriftsteller, unbarmherziger Kritiker des reichen Bürgertums im provinziellen Südfrankreich

Mausolus, um 360 v. Chr. Tyrann von Halikarnassos (heute Bodrum in der Türkei), dessen Name bekannt wurde durch das prächtige Grabmal (eines der sieben Weltwunder), das ihm seine Schwester und Gattin Artemisia errichten ließ

Maximilian, von *Maximilianus* (zu lat. *Maximus*, »der Größte«, vgl. *Max* und *maximal*), Name etlicher deutscher Fürsten, z. B. Kaiser *Maximilians I.* (1459–1519), in dessen Regierungszeit die Loslösung der Schweiz vom Reich fiel

Mazarin, *Jules* (1602–1661), zu bologn. *masarin*, »Kindchen«, französischer Kardinal und Staatsmann italienischer Herkunft (Geburtsname *Giulio Mazarini*), Günstling Richelieus, als Leiter des Ministerrats unbestrittener Herr Frankreichs

McAdam, *John Loudon* (1756–1836), »Sohn des Adam«, mit gäl. *Mc* (auch *Mac*), »Nachkomme«, schottischer Ingenieur, Erfinder des Straßenbelags aus Schotter, der nach ihm in England und Frankreich als *macadam* bezeichnet wird

McCarthy, *Joseph* (1908–1957), aus ir. *MacCarthaigh*, zu *carthanach*, »liebenswert«, amerikanischer Senator, von 1950 bis 1954 Leiter eines Untersuchungsausschusses zur »Enttarnung« mutmaßlicher Kommunisten

McCartney, *Sir James Paul* (geb. 1942), von ir.-schott. *Mac Cartaine*, aus *Mac Artáin*, »Sohn des Art« (zu kelt. *art*, »Bär«, vgl. *Arthur*), britischer Musiker und Komponist, bekannt geworden als Sänger und Bassist der Beatles

McKinley, *William* (1843–1901, ermordet), aus *MacCinfaolaidh*, »Sohn des Cinfaoladh« (zu gäl. *ceann*, »Kopf«, und *faol*, »Wolf«), zweimaliger Präsident der Vereinigten Staaten (1897 und 1900)

Medea, »Planerin«, von grch. *médein*, »aushecken«, mythische Zauberin, die Jason beim Diebstahl des Goldenen Vlieses half und ihn zum Mann nahm, für dessen Untreue sie jedoch tödliche Rache an seiner Geliebten und seinen Kindern nahm

Medici, zu lat. *medicus*, »Arzt« (vgl. *Medizin*), mächtiges Adelsgeschlecht, das vom 15. bis zum 18. Jahrhundert das wirtschaftliche und politische Leben seiner Heimatstadt Florenz bestimmte und mehrere Päpste hervorbrachte

Medusa, wohl zu grch. *médon*, »Gebieter(in)«, Schrecklichste der drei Gorgonen, jener legendären griechischen Ungeheuer mit versteinerndem Blick, die jedoch vom listigen Perseus bezwungen und enthauptet wurde → *Gorgonen*

Megaira, »die Feindselige«, von grch. *megaírein*, »verweigern, verargen«, eine der drei Erinnyen der griechischen Mythologie (vgl. *Megäre* für ein »böses Weib«) → *Alekto, Erinnyen, Tisiphone*

Mehmed II. (1432–1481), türkische Form von *Mohammed*, »Gepriesener«, zu arab. *hamida*, »preisen«, osmanischer Sultan, der 1453 Konstantinopel einnahm und seitdem *Fatih*, »Eroberer«, genannt wird

Meïr, *Golda* (1898–1978), zu hebr. *me'ir*, »hell leuchtend« (wohl angelehnt an den Namen ihres Mannes *Morris Myerson*), von 1956 bis 1965 Außenministerin Israels, von 1969 bis zu ihrem Rücktritt 1974 Ministerpräsidentin ihres Landes

Melanchthon, *Philipp* (1497–1560), ins Griechische übertragener Name des deutschen Humanisten und reformatorischen Theologen *Philipp Schwarzert*, zu grch. *mélas*, »schwarz«, und *chthón*, »Erde« (vgl. *Melanie*, »die Schwarze«)

Melchior, aus hebr. *'elimelech*, »Gott ist König«, und *'or*, »Licht«, oder aus pers. *malek*, »König«, und wsem. *kart*, »Stadt«, einer der drei Weisen aus dem Morgenland, die nach der Geburt Jesu dem Stern nach Bethlehem folgten

Melchisedech, aus hebr. *melech*, »König«, und *zedek*, »Gerechtigkeit« (eigentlich der Name einer semitischen Gottheit), alttestamentlicher heidnischer Priester-König von Salem (wohl für Jerusalem)

Melkart, von phön. *mlqrt*, »König der Stadt«, phönizischer Schutzgott von Tyrus, der auch in Karthago verehrt wurde und zudem als Schutzgott der Seefahrer galt → *Melchior, Moloch*

Melpomene, »die Sängerin«, von grch. *mélpein*, »singen, besingen«, griechische Muse der Tragödie, dargestellt mit einer Theatermaske → *Erato, Euterpe, Kalliope, Klio, Polyhymnia, Terpsichore, Thalia, Urania*

Melville, *Herman* (1819–1891), nach der gleichnamigen schottischen Stadt (aus normann. *Mallaville*, zu frz. *mal*, »schlecht, übel«, und *ville*, »Stadt«), amerikanischer Schriftsteller, weltberühmt durch seinen Roman »Moby Dick«

Memnon, etwa »der Entschlossene«, zu grch. *ménos*, »Vorsatz, Eifer, Stärke, Lebenskraft«, ein König der Aithioper, der aufseiten der Trojaner gegen die Griechen kämpfte → *Agamemnon*

Mendel, *Johann* (1822–1884), entweder von mhd. *mändel*, »Männlein«, oder Kurzform eines Rufnamens wie *Hermann*, österreichischer Augustinermönch und Pflanzenforscher, Entdecker der grundlegenden Vererbungsgesetze

Mendele, *Mojcher Sforim* (1835–1917), jidd. für *Immanuel*, »Gott mit uns« (*mojcher sforim*, »Wanderbuchhändler«), ukrainischer Schriftsteller, Klassiker der jiddischen Literatur; eigentlich *Schalom Jakob Abramowitz* (»Abrahamsson«)

Mendelssohn-Bartholdy, *Jakob Ludwig Felix* (1809–1847), aus jidd. *Mendel* (von *Immanuel*, »Gott mit uns«), und *Barthold* (von *Berthold*, »glanzvoller Herrscher«), deutscher Komponist, Begründer des romantischen Klassizismus

Mendès-France, *Pierre* (1907–1982), zu port. *Menendo* (wgot. *Ermenegild*, zu *ermen*, »groß«, und *gild*, »Tribut«), und *France* (Wohnsitz der weitverbreiteten jüdischen Familie aus Portugal), Ministerpräsident Frankreichs (1954–55)

Menelaos, aus grch. *ménein*, »bleiben, ausharren«, und *laós*,

»Volk«, König von Sparta, jüngerer Bruder des Agamemnon und Gatte der Helena, mit der er sich nach dem Trojanischen Krieg aussöhnte und nach Hause zurückkehrte

Mentor, grch. »erfahrener Berater«, »Erzieher«, ein verlässlicher Jugendfreund des Odysseus aus Ithaka, dem der griechische Held seine Familie anvertraute, als er in den Trojanischen Krieg zog

Mentuhotep, »Month ist gnädig«, nach dem falkenköpfigen ägyptischen Kriegsgott *Month* (oder *Montschu*), Name von vier Pharaonen der ersten Zwischenzeit (ca. 2134–2040 v. Chr.)

Menuhin, *Sir Yehudi* (1916–1999), ursprünglich *Mnuchin,* von hebr. *menucha,* »Ruhe«, oder vom biblischen Namen *Menachem,* »Tröster«, amerikanisch-britischer Geigenvirtuose ukrainisch-jüdischer Herkunft (hebr. *Yehudi,* »Jude«)

Menzel, *Adolph von* (1815–1905), Kurz- und Koseform von *Hermann,* zu ahd. *heri,* »Heer«, und *man,* »Mann«, deutscher Maler und Grafiker, dessen Hauptwerk etwa 400 Federzeichnungen zur Geschichte Friedrichs des Großen umfasst

Mercator, *Gerhardus* (1512–1594), zu lat. *mercator,* »Händler, Krämer«, latinisierter Name des niederländischen Mathematikers, Kartografen und Geografen *Gerhard Kremer*, auf den der Ausdruck »Atlas« zurückgeht

Mercedes, zu lat. *merces, mercedis,* »Lohn, Preis« (Plural *mercedes,* »Einkünfte, Zinsen«), spanischer Frauenname, verkürzt aus *Maria de Mercede redemptionis captivorum,* »Maria von der Gnade der Gefangenenerlösung« → *Daimler*

Meredith, *George* (1828–1909), walis. *Meredydd,* »lebhaftes Meer«, englischer Dichter und Erzähler, dessen Lyrik sich mit der Natur und Liebe befasst, während sein episches Werk in die Gattung des psychologischen Romans gehört

Mérimée, *Prosper* (1803–1870), entstellt aus engl. *merry maid,* »fröhliches Mädchen«, französischer Schriftsteller, dessen berühmtestes Werk, »Carmen«, 1875 von Bizet als Oper vertont wurde (*Prosper* zu lat. *prosperus,* »glücklich«)

Merkel, *Angela Dorothea* (geb. 1954), Koseform eines Rufnamens mit ahd. *marka,* »Grenze« (z.B. *Markhart* oder *Markert*), deutsche Politikerin, 2002 zur Bundesvorsitzenden der CDU und 2005 zur Bundeskanzlerin gewählt

Merkur, zu lat. *mercari,* »handeln«, und *mercatus,* »Warenaustausch, Jahrmarkt«, römische Entsprechung des griechischen Götterboten und Handelsgottes Hermes, meist dargestellt mit Flügelhelm, Flügelschuhen und Heroldstab → *Mercedes*

Mertseger, ägypt. »die die Stille liebt«, kobraköpfige ägyptische Göttin, der das Tal der Könige, ein tiefer Einschnitt in den Kalksteinfelsen bei Theben, zur Bewachung der dortigen Pharaonengräber anvertraut war

Mesmer, *Franz Anton* (1734–1815), aus mhd. *messener,* »Kirchendiener« (zu mlat. *mansionarius,* »Haushalter«), deutscher Mediziner und Hypnotiseur, auf den die Lehre vom *Mesmerismus,* dem »animalen Magnetismus« zurückgeht → *Messner*

Messalina, *Valeria* (ca. 25–48 n. Chr.), vom römischen Beinamen *Messalla* (nach *Marcus Valerius Maximus Messalla,* der 263 v. Chr. die sizilianische Stadt *Messana,* heute *Messina,* eroberte), zügellose dritte Frau des Kaisers Claudius

Messiaen, *Oliver* (1908–1992), von *Marcianus* (nach dem römischen Kriegsgott *Mars*) oder aus einer Kurzform des Rufnamens *Domitien* (zu lat. *domitare,* »bändigen«, vgl. *Dompteur*), französischer Organist und Komponist

Messias, von hebr. *mashiah,* »gesalbt«, zu *mashah,* »salben«, alter jüdischer Hoheitstitel und im Christentum Beiname Jesu, das hebräische Gegenstück zu grch. *Christós,* »Gesalbter« → *Christus*

Messner, *Reinhold* (geb. 1944), mhd. *messener,* »Küster« (nicht zu *Messe,* sondern zu lat. *mansio,* »fester Wohnsitz, Haus«), italienischer Bergsteiger, Bezwinger des Mount Everest und anderer Achttausender im Himalaja → *Mesmer*

Methodios (ca. 820–885), zu grch. *methodía,* »List«, wie sein Bruder Kyrillos erfolgreicher Glaubensbote bei den Slawen, nicht zuletzt wegen des von ihnen eigens für ihre Missionsarbeit geschaffenen kyrillischen Alphabets → *Kyrillos*

Methusalem, von hebr. *Methushelach*, »Mann des Shela« (womit wohl *Shelach*, ein Enkel des Noahsohnes *Sem* gemeint war), hebräischer Patriarch, der für seine Gottgefälligkeit mit einer Lebenszeit von 969 Jahren belohnt wurde

Metternich, *Klemens Wenzel Nepomuk Lothar Fürst von* (1773–1859), deutscher Herkunftsname (aus *Maturiniacum*, »Haus des Maturinius«), österreichischer Außenminister und diplomatischer Führer des Endkampfs gegen Napoleon

Michael, zu hebr. *mika'el*, »Wer ist wie Gott?«, Erzengel und Repräsentant der Allmacht Gottes, daher mit einem Schwert und der Waage des Jüngsten Gerichts dargestellt; auch Krönungsname etlicher byzantinischer Kaiser

Michelangelo (1475–1564), »Michael, der Engel«, Künstlername des berühmten florentinischen Malers und Bildhauers, der laut Geburtsurkunde eigentlich *Michelagniolo* hieß (zu *Michele*, »Michael«, und *agno*, »Lamm«) → *Buonarroti*

Michelin, *André* (1853–1931) und sein Bruder *Édouard* (1859–1940), zu hebr. *mika'el*, »Wer ist wie Gott?«, französische Industrielle, nach denen die 1931 gegründete Firma zur Produktion von Autoreifen benannt wurde → *Michael*

Midas, vielleicht zu pont. *mita*, »Samen« und »Saatkorn«, verweichlichter mythischer König Phrygiens, dem Dionysos den »Segen« gewährt hatte, dass alles, was er berührte – leider auch das Essen und Trinken –, zu Gold wurde

Mies van der Rohe, *Ludwig* (1886–1969), aus einer Kurzform von *Bartholomäus* (oder zu bair. *Mies*, »Moos«) und dem holländischen Mädchennamen seiner Mutter (zu ndl. *rooien*, »roden«), amerikanischer Architekt deutscher Herkunft

Mikiewicz, *Adam Bernard* (1798–1855), aus poln. *Mikołaj*, »Nikolaus«, und der Endung *-wicz*, »Sohn des«, polnischer Dichter, der nach dem gescheiterten Novemberaufstand von 1830 nach Paris, später nach Italien emigrierte

Miller, *Arthur* (1915–2005), von engl. *miller*, »Müller« (aus *Milner*, zu aengl. *mylnere*), amerikanischer Dramatiker, und *Miller, Henry* (1891–1980), ebenfalls amerikanischer Schriftsteller, wegen seiner freizügigen Romane heftig kritisiert

Millet, *Jean-Fançois* (1814–1875), aus einer Berufsbezeichnung zu frz. *millet*, »Hirse«, oder einer Koseform von *Émile*, zu lat. *aemilius*, »der Nacheifernde«, französischer Maler, der in seinen Bildern das bäuerliche Leben schilderte

Milošević, *Slobodan* (1941–2006), zu serbokr. *miloš*, »Beliebter«, und *-vić*, »Sohn des«, ab 1989 ultra-nationalistischer Präsident Serbiens (ab 1997 Jugoslawiens), 2000 gestürzt und als Kriegsverbrecher an das Tribunal in Den Haag ausgeliefert

Miltiades, von grch. *míltos*, »Mennige, Rötel«, berühmter Athener Staatsmann und Feldherr, dessen Name durch den Sieg über die Perser in der Schlacht von Marathon (490 v. Chr.) unsterblich wurde

Milton, *John* (1608–1674), Wohnstättenname (zu aengl. *middle*, »Mitte«, und *tūn*, »Siedlung«), puritanischer englischer Dichter und Günstling Oliver Cromwells, dessen Kampf gegen das Königtum er mit seinen Schriften unterstützte

Milva (geb. 1939), Künstlername (Kombination aus beiden Vornamen) der italienischen Sängerin *Maria Ilva Biolcati*, wohl zu mdl. *biolchino*, »Landmann« (*Ilva*, »Eisenstein«, alter Name Elbas; wohl Anspielung auf die rote Haarfarbe)

Mimir, germ. »der Sinnende« (vgl. engl. *memory*, »Erinnerung«), weiser germanischer Wasserriese, Herr jenes Brunnens der Weisheit am Fuß der Weltenesche, aus dem Odin trank und Rat bezog → *Hymir*

Mindszenty, *József* (1892–1975), nach seinem westungarischen Geburtsort *Csehimindszent* (zu *csehi-*, »tschechisch«, und *mindenszentek*, »Allerheiligen«), Wahlname des streitbaren ungarischen Kardinals *József Pehm* (d. h. »Böhme«)

Minelli, *Liza* (geb. 1946), aus ital. *Dominelli*, einer Koseform von *Domenico* (zu lat. *dominicus*, »dem Herrn gehörig«), amerikanische Sängerin und Filmschauspielerin (*Liza*, Kurzform von *Elizabeth*, »Gott ist Fülle«)

Minerva, »die Kluge«, Ableitung von lat. *mens, mentis*, »Geist, Verstand«, Tochter Jupiters, römische Göttin der Weisheit, der Kunstfertigkeit und des Handwerks, später mit der griechischen Göttin Athene gleichgesetzt

Minos, von grch. *mênis*, »Zorn, Groll«, oder von *mén*, »Monat, Mondsichel«, mythischer König von Kreta und Gemahl der untreuen Pasiphaë; nach seinem Tod Richter in der Unterwelt → *Pasiphaë*

Minotaurus, »Stier des Minos« (grch. *taûros*, »Stier«, vgl. *Torero*), mythisches kretisches Ungeheuer, halb Bulle, halb Mensch, Ergebnis einer widernatürlichen Paarung seiner Mutter Pasiphaë mit einem heiligen Stier → *Pasiphaë*

Mira, *Brigitte* (1910–2005), zu russ. *mir*, »Welt« und »Friede«, deutsche Schauspielerin, Tochter eines russischen Pianisten, die ihre Karriere 1941 in Berlin als Sängerin in Operetten und im Kabarett begann

Mirabeau, *Honoré Gabriel de Riqueti Graf von* (1749–1791), zu okzit. *mirar*, »sehen, blicken«, und *bel*, »schön« (*Riqueti* zu prov. *ric*, »reich«), 1789 Mitglied der französischen Nationalversammlung, 1790 Präsident des Jakobinerklubs

Mirjam (auch *Miriam*) → *Maria*

Miró, *Joan* (1893–1983), zu katal. *miro*, »Berühmter« (vgl. ahd. *māri*, »ansehnlich, herrlich«), surrealistischer spanischer Maler und Grafiker, seit dem Spanischen Bürgerkrieg Schöpfer zunehmend albtraumhafter Bilder

Mitchell, *Margaret* (1900–1949), wohl nicht von *Michael*, sondern von aengl. *myćel* und mengl. *miche* (auch *muche*, vgl. *much*), »groß«, amerikanische Schriftstellerin, weltberühmt durch ihren Roman »Vom Winde verweht«

Mitchum, *Robert* (1917–1997), nach dem englischen Ort *Mitcham* (heute zu Großlondon), aus aengl. *myćel*, »groß«, und *hām*, »Siedlung, Dorf«, bekannter amerikanischer Schauspieler in zahllosen Western- und Kriegsfilmen

Mithras (im Vedischen *Mitra*), zu skr. *mitrá*, »Freund«, »Abkommen«, altpersischer Licht- und Sonnengott sowie sieghafter Kriegsgott, dessen Kult durch die römischen Legionäre bis nach Germanien und Britannien gelangte

Mithridates (132–63 v. Chr.), aus *Mithras* und lat. *dare, datum*, »geben, schenken«, Name eines Königs von Pontos am Schwarzen Meer, der drei Kriege gegen Rom führte, jedoch schließlich von Lucullus und Pompejus besiegt wurde

Mitterrand, *François Maurice Adrien Marie* (1916–1996), von afrz. *mitier,* »Getreidemaß«, oder aus frz. *mitanier,* »Pächter«, und *terre,* »Boden«, französischer Politiker, von 1981 bis 1995 Präsident der Republik

Mladić, *Ratko* (geb. 1942), zu sslaw. *mlad,* »jung«, und der patronymischen Endung *-ić,* bosnisch-serbischer General, als Verantwortlicher für das Massaker bei Srebrenica im Jahr 1995 vom Kriegsgerichts-Tribunal in Den Haag gesucht

Mnemosyne, von grch. *mnemosýne,* »Gedächtnis«, von Zeus gezeugte Mutter der Musen und Göttin des Erinnerungsvermögens (das vor der Kenntnis der Schrift die besondere Gabe der Poeten war)

Mobutu, *Sese Seko,* eigentlich *Joseph-Désiré* (1930–1997), von kong. *mobutu,* »Unbezwingbarer«, General und ab 1965 Diktator des Kongo, mit dem Kriegernamen *Sese Seko,* »Streithahn«

Modigliani, *Amedeo* (1884–1920), nach der toskanischen Stadt *Modigliana* (von röm. *Mutilum,* aus lat. *medio amnium,* »zwischen den Wildbächen«), italienischer Maler sephardisch-jüdischer Abstammung mit Wohnsitz in Paris

Mohammed (ca. 570–632), »Gepriesener«, zu arab. *hamida,* »preisen«, geboren als *Abu'l-Kasim Muhammad ibn Abd Allah,* Stifter des Islam und Prophet, dem der Engel Gabriel die Suren des Korans offenbarte

Moiren, von grch. *moîra,* »Zugeteiltes, Ordnung«, in der griechischen Mythologie Bezeichnung der drei Schicksalsgöttinnen, die nach der Entscheidung des Zeus jedem Menschen sein Los zuteilten → *Atropos, Klotho, Lachesis*

Molière (1622–1673), zu prov. *molí,* »Mühle« (frz. *moulin*), Pseudonym des berühmten französischen Komödiendichters *Jean Baptiste Poquelin,* nfrz. »Sämann«, zu pik. *poquer,* »Saatloch«

Molnár, *Ferenc* (1878–1952), von ung. *molnár,* »Müller«, Wahlname des ungarischen Schriftstellers *Ferenc (Franz) Neumann,* der viele Jahre in Wien lebte und 1940 in die USA emigrierte

Moloch, mit der semitischen Wurzel *mlk,* »König«, phönizische Gottheit, die in Jerusalem im 7. Jahrhundert v. Chr. angebetet wurde und der ihre Anhänger Kinder opferten → *Melchior, Melkart*

Molotow (1890–1986), »Hammer«, zu russ. *molotit'*, »hämmern, dreschen«, Revolutionsname des russischen Bolschewiken und engen Vertrauten Stalins *Wjatscheslaw Michajlowitsch Skrjabin* (zu russ. *skrjaga*, »Geizhals«)

Moltke, *Helmuth Graf von* (1800–1891), von ndt. *Molter*, »Bierbrauer«, zu mhd. *malz* und *melz*, »Malz«, preußischer General-Feldmarschall, sowie *Helmut James Graf von Moltke* (1907–1945), als Gegner des Nationalsozialismus hingerichtet

Mommsen, *Theodor* (1817–1903), aus einer Koseform des alten Rufnamens *Mombert* (zu germ. *muni*, »Geist, Gedanke«, und *beraht*, »glänzend«) und *-sen*, »Sohn des«, deutscher Geschichtsforscher und Politiker

Mondrian, *Pieter (Piet) Cornelis* (1872–1944), nach dem niederländischen Ort *Mondriaen*, holländischer Maler (vor allem rechteckiger Farbflächen) und einer der Gründer der abstrakten Kunst

Monet, *Claude* (1840–1926), eine Kurzform von *Simon* (hebr. »Erhörung«) oder *Raimund* (zu ahd. *rāt*, »Ratschlag«, und *munt*, »Schutz«), französischer Impressionist, der das flüchtige Spiel der Farben im Sonnenlicht festhielt

Moneta, »Mahnerin« (zu lat. *monere*, »ermahnen, warnen«), im alten Rom Beiname der Göttin Juno, in deren Tempel auf dem Kapitol sich die staatliche Münze befand (daher *Moneten* und engl. *money* für »Geld«)

Monnet, *Jean* (1888–1979), wahrscheinlich eine Verkleinerungs- und Koseform des Rufnamens *Simon*, hebr. »Erhörung«, französischer Wirtschaftspolitiker, nach dem Krieg eifriger Befürworter einer politischen Einigung Europas

Monroe, *James* (1758–1831), Herkunftsname nach dem irischen Ort *bun Rotha*, »Unterlauf des Roe«, fünfter US-Präsident; *Monroe, Marilyn* (1926–1962), eigentlich *Norma Jean Mortensen Baker*, amerikanische Filmschauspielerin

Montaigne, *Michel Eyquem Seigneur de* (1533–1592), nach dem Familiensitz in der Dordogne (zu frz. *montagne*, »Bergland«), französischer Philosoph und Schriftsteller (*Eyquem* von *Aighelm*, zu ahd. *hag*, »Besitz«, und *helm*, »Schutz«)

Montand, *Yves* (1921–1991), aus ital. *Ivo, monta!*, »Ivo, komm rauf (zum Essen)!«, Künstlername des französischen Schauspielers und Chansonniers italienisch-jüdischer Herkunft *Ivo Livi* (wohl nach dem biblischen Stamm *Levi*)

Montesquieu, *Charles Baron de* (1689–1755), aus frz. *mont,* »Berg«, und okzit. *esquiu,* »feindlich, unwirtlich« (zu fränk. *skiuan,* »ängstigen, abschrecken«), berühmter französischer Schriftsteller und Staatsphilosoph

Montessori, *Maria* (1870–1952), aus ital. *monte,* »Berg«, und *tesoro,* »Schatz« (vgl. *Thesaurus* und *Tresor*), italienische Ärztin und Pädagogin, die sich vor allem mit der Erziehung zurückgebliebener Kinder beschäftigte

Monteverdi, *Claudio* (1567–1643), aus ital. *monte,* »Berg«, und *verde,* »grün«, Hofmusiker in Mantua, später Markuskapellmeister in Venedig; bedeutendster italienischer Komponist des 17. Jahrhunderts → *Verdi*

Montezuma II. (1466–1520), aus aztek. *Motecuzoma,* »zürnender Fürst«, letzter Aztekenherrscher, der 1519 den Eroberer Cortés willkommen hieß und seine Arglosigkeit mit dem Verlust seines Landes und des eigenen Lebens bezahlte → *Cortés*

Montgolfier, *Joseph de* (1740–1810), und Bruder *Étienne* (1745–1799), nach dem *Mont Gaulfier* (einem Berg in der Provence), französisches Brüderpaar, das als Erfinder des Heißluftballons, der sogenannten *Montgolfiere,* gilt

Moore, *Henry* (1898–1982), über *Morus* aus lat. *Maurus,* »Maure, Mohr«, von der Kunst der Naturvölker und der archaischen Kunst beeinflusster englischer Bildhauer, und *Thomas Moore* (1779–1852), bekannter irischer Dichter

Moravia, *Alberto* (1907–1990), zu mlat. *Moravia,* »Mähren«, Deckname des italienischen Schriftstellers *Alberto Pincherle* (wohl verwandt mit mdl. *pinken,* »mit hellem Klang schlagen«), Sohn eines jüdischen Einwanderers aus Mähren

More, *Thomas* (1478–1535), latinisiert auch *Thomas Morus,* zu lat. *maurus,* »Maure, Mohr«, englischer Humanist, Lordkanzler unter Heinrich VIII., als entschiedener Anhänger der katholischen Kirche inhaftiert und hingerichtet

Moreau, *Jeanne* (geb. 1928), von afrz. *moreau,* »dunkel, schwärzlich«, eigentlich »mit dem Aussehen eines Mauren« (vgl. frz. *moreau*, »Rappe«, und dt. *Mohr*), französische Filmschauspielerin

Morgan, *Charles Langbridge* (1894–1958), aus wal. *mor*, »See, Meer«, und *gan*, »geboren«, also etwa »Küstenbewohner«, englischer Erzähler und Dramatiker (*Langbridge* aus aengl. *lang*, »lang«, und *bryćg*, »Brücke«)

Mörike, *Eduard* (1804–1875), von *Moritz*, zu lat. *Maurus*, »Maure, Mauretanier« (vgl. *Mohr*), deutscher Dichter, der in seiner Lyrik antikes Formgefühl mit Goethescher Klarheit sowie volksliedhafter Schlichtheit und Romantik verband

Moro, *Aldo* (1916–1978), ital. »Schwarzer«, »Dunkelhäutiger«, italienischer Politiker, ab 1959 Generalsekretär der Christdemokraten, ab 1976 Parlamentspräsident, 1978 von den Roten Brigaden entführt und ermordet

Morpheus, von grch. *morphé*, »Gestalt«, in der griechischen Mythologie bekannt als Sohn des Schlafes und Gott der Träume, der diesen ihre Form gab → *Hypnos*

Morse, *Samuel Finley Breese* (1791–1872), aus lat. *Mauritius*, »Mauretanier« (zu *maurus*, »schwarz, dunkel«), amerikanischer Erfinder des ersten brauchbaren Schreibtelegrafen und der aus Punkten und Strichen bestehenden *Morseschrift*

Moser, *Hans* (1880–1964), entweder an *Moses* angelehnt oder zu mhd. *mos*, »Moos«, Künstlername des österreichischen Schauspielers *Johann Julier* (von *Julius*, aus lat. *Iovilius*, »dem Jupiter geweiht«)

Moses (hebr. *Moshe*), aus ägypt. *mes*, »Sohn«, oder hebr. *mashah*, »(heraus)ziehen« (Pharaos Tochter hatte den kleinen *Moses* aus einem im Schilf treibenden Körbchen gerettet), Befreier des Volkes Israel aus ägyptischer Fron

Mountbatten, *Philipp* (geb. 1921), englische Form des deutschen Adelsnamens *von Battenberg*, seit 1947 Prinzgemahl der britischen Königin, dessen Vorfahren mütterlicherseits aus dem hessischen Städtchen *Battenberg* stammten

Mozart, *Wolfgang Amadeus* (1756–1791), aus alem. *motzen*, »im Schlamm rühren« (bair. »träge arbeiten«), und der spöttischen Endung *-hart* (vgl. *Neidhart*, »neidischer

Mensch«), berühmter österreichischer Komponist (*Amadeus*, lat. »Gottlieb«)

Mubarak, *Hosni* (geb. 1928), arab. »Gesegneter«, ägyptischer Politiker, seit der Ermordung Anwar el-Sadats im Jahre 1981 Staatspräsident Ägyptens (arab. *Hosni*, »Tugendhafter«)

Mugabe, *Robert Gabriel* (geb. 1924), afrik. »der auf die Wahrheit Vertrauende«, afrikanischer Führer des Kampfes gegen das weiße rhodesische Regime, 1980 erster Ministerpräsident des freien Simbabwe, seit 1987 Staatspräsident

Munch, *Edvard* (1863–1944), zu mlat. *monicus* (aus grch. *monachós*), »allein lebend« (vgl. unsere Vorsilbe *mono-*, »einzeln«, und *Mönch*), norwegischer Maler und Grafiker mit der Hauptthematik Angst, Triebhaftigkeit und Tod

Müntefering, *Franz* (geb. 1940), zu mnd. *münte*, »Münze« (lat. *moneta*), und mhd. *vieren*, »vierteln« (auch »vervierfachen«), deutscher SPD-Politiker, ab 2005 Vizekanzler und Minister für Arbeit und Soziales in der Regierung Merkel

Münzer, *Thomas* (1488 oder 1489–1525), zu mhd. *münzære*, »Geldpräger«, deutscher Reformator, der als Anführer eines Bauernheeres ein urchristlich-kommunistisches Reich errichten wollte, jedoch besiegt und enthauptet wurde

Murdoch, *Jean Iris* (1919–1999), zu air. *muireadhach*, »Seemann« (heute *mairnéalach*, zu *muir*, »Meer«), englische Romanschriftstellerin irischer Herkunft, Autorin geistreich-witziger Gesellschaftssatiren

Murillo, *Bartholomé Esteban* (1618–1682), Verkleinerungsform von span. *muro*, »Mauer« (zu lat. *murus*, »Mauer«, und *murellus*, »kleine Mauer«), spanischer Maler vor allem religiöser Themen

Musen → *Erato, Euterpe, Kalliope, Klio, Melpomene, Polyhymnia, Terpsichore, Thalia, Urania*

Musil, *Robert von* (1880–1942), wörtlich »er hat gemusst«, zu tsch. *muset* oder *musit*, »müssen«, österreichischer Schriftsteller, der den moralischen Zustand der Welt in den letzten Jahren der Donaumonarchie zu seinem Hauptthema machte

Mussolini, *Benito* (1883–1945), von ital. *mussolina*, »Musselin« (Tuch aus der irakischen Stadt *Mossul*), oder zu ital. *mus(s)o*, »Maul, Schnauze«, von 1925 bis 1943 faschistischer Diktator Italiens und Verbündeter Hitlers

Mussorgsky, *Modest Petrowitsch* (1839–1881), aus kslaw. *musorga*, »Musiker« (wohl nicht zu russ. *musor*, »Müll, Abfall«), und *-ski* (»Sohn des«), berühmter russischer Komponist (*Modest* von lat. *modestus*, »bescheiden, ehrbar«)

Mustafa, von arab. *mustafa*, »erwählt«, häufiger Name osmanischer Sultane und türkischer Großwesire; als *Al-Mustafa*, »der Erwählte«, auch einer der Beinamen des Propheten Mohammed → *Atatürk, Kara Mustafa*

Mut, ägypt. »Mutter« und »Geier«, altägyptische Magna Mater und Gattin Amuns, die dessen Sohn Chons zur Welt brachte, sowie mythische Mutter der Pharaonen, die daher oft eine Geierhaube trugen

Nabokov, *Wladimir Wladimirowitsch* (1899–1977), »Sohn des Nabokoj«, aus russ. *nabok*, »krumm, schief«, und der patronymischen Endung *-ow*, amerikanischer Romanschriftsteller russischer Herkunft

Nabu (auch *Nebu*), akk. »Berufener« und »Sprecher, Verkünder«, akkadischer Gott der Gelehrsamkeit und der Schreibkunst, ein Sohn des babylonischen Schöpfer- und Kriegsgottes Marduk

Nabupolassar (bab. *Nabu-apla-usur*), »Nabu schütze den Erbsohn«, erster babylonischer König aus dem Hause der Chaldäer (626–605 v. Chr.), Vater des berühmt-berüchtigten Nebukadnezar II. → *Nabu, Nebukadnezer II.*

Nadir, »Prächtiger«, arabischer Name, den bedeutende Herrscher trugen, z.B. der persische König *Nadir Schah* (1736–1747), Herrscher über ein Riesenreich vom Indus bis zum Euphrat, und der afghanische König *Nadir Khan* (1880–1933)

Naevius, *Cnaeus* (ca. 270–201 v. Chr.), von lat. *naevus*, »Leberfleck«, römischer Dramatiker und Epiker, Verfasser des römischen Nationalepos »Bellum Poenicum«, eine Darstellung des Ersten Punischen Krieges

Nagano, *Osami* (1880–1947), nach der Stadt *Nagano* (nw. von Tokio), zu jap. *nagai*, »lang«, und *no*, »Feldflur«, japanischer Admiral und Oberbefehlshaber der Marine, 1945 als Urheber des Angriffs auf Pearl Harbor inhaftiert

Nagy, *Imre* (1896–1958), von ung. *nagy*, »groß«, Premier Ungarns von 1953 bis 1955 und erneut während der Aufstands von 1956; wegen »konterrevolutionären Verhaltens« zum Tode verurteilt und gehängt (ung. *Imre*, »Emmerich«)

Nakasone, *Yasuhiro* (geb. 1918), aus jap. *naka*, »Reisfeld«, und *sono*, »dieses« oder »deren«, japanischer Politiker, von 1982 bis 1987 Premierminister seines Landes (*Yasuhiro* aus jap. *yasuho*, »Ruhe, Stille«, und *hiro*, »groß«)

Nansen, *Fridtjof* (1861–1930), »Sohn des Nanne« (dänischer Vorname, zu german. *nantha*, »wagemutig«), norwegischer Polarforscher, der 1888 als Erster auf Hundeschlitten die Eisdecke Grönlands von Ost nach West überquerte

Napoleon, *Buonaparte* (1769–1821), angeblich aus dem Ortsnamen *Napoli* und ital. *leon*, »Löwe« (in Wirklichkeit aber wohl germ. Herkunft, verwandt mit *Nebel* und *Niebelungen*), sowie aus ital. *buona*, »gute«, und *parte*, »Partie, Schicksal«, Name des aus Korsika stammenden, selbst ernannten Kaisers der Franzosen

Narses (ca. 480–574), im Persischen *Narseh*, wohl zu pers. *narazi*, »unzufrieden«, byzantinischer Eunuch und Befehlshaber der Leibwache Justinians I., später General und Sieger über die Westgotenkönige Totila und Teja (552)

Narziss, zu grch. *nárke*, »Erstarrung« (vgl. *Narkose*), mythischer griechischer Schönling, der alle um ihn werbenden Frauen zurückwies und sich in Eigenliebe verzehrte, indem er unermüdlich sein Spiegelbild im Wasser betrachtete → *Echo*

Naso, »Langnase«, »Zinken«, zu lat. *nasus*, »Nase«, spöttischer Beiname des berühmten römischen Dichters *Publius Ovidius*, neben Horaz und Vergil der größte römische Dichter zur Zeit des Augustus → *Ovid*

Nasrallah, *Hassan* (geb. 1960), arab. »Sieg Allahs« (arab. *Hassan*, »der Schöne«), schiitischer libanesischer Geistlicher und seit 1992 Generalsekretär der radikal-islamischen Organisation Hisbollah (arab. »Partei Allahs«)

Nasser, *Gamal Abdel* (1918–1970), von arab. *nasr*, »Adler«

(oder »Sieg«), ab 1954 ägyptischer Minister- und Staatspräsident, Erbauer des Assuan-Hochdamms zur Förderung der Industrialisierung seines Landes (arab. *gamal,* »Kamel«) → *Abd*

Nattier, *Jean-Marc* (1685–1766), »Mattenhersteller«, zu frz. *natte,* »Fußmatte«, französischer Rokokomaler, der vor allem Hofdamen in mythologischer Verkleidung malte

Nausikaa, zu grch. *naûs,* »Schiff« (vgl. *Nautik*), phäakische Prinzessin, die den schiffbrüchigen Odysseus am Strand fand und in Liebe zu ihm entbrannte, ihn jedoch nicht von seiner Heimreise nach Ithaka abbringen konnte

Navratilova, *Martina* (geb. 1956), wörtlich »sie hat zurückgegeben«, aus tsch. *navrátiti,* »erstatten« (vgl. *návrat,* »Rückkehr«), und der weiblichen Endung *-ova,* amerikanisches Tennisass tschechischer Herkunft

Nebukadnezar II. (605–562 v. Chr.), aus akk. *Nabu-kudurri-usur,* »Nabu schütze den Grenzstein«, babylonischer König, der Jerusalem zerstörte und einen Großteil des jüdischen Volkes in die Gefangenschaft führte → *Nabu*

Nefertari → *Nofretiri*

Nefertiti → *Nofretete*

Negri, *Pola* (1894–1987), zu lat. *niger,* »schwarz«, Künstlername der polnischen Schauspielerin *Barbara Apolonia Chalupiec* (Verweis auf die Herkunft aus einer Stadt wie *Chalupy* oder *Chalupki,* zu poln. *chałupka,* »Hütte«, »Bauernkate«)

Nehru, *Dschawaharlal* (1889–1964), kaschm. »Abwasserrohr«, indischer Staatsmann, genannt *Pandit,* »Gelehrter«, nach der Unabhängigkeit seines Landes von 1946 bis zu seinem Tod Ministerpräsident Indiens

Nelson, *Horatio* (1758–1805), »Sohn des Neil«, zu ir. *Niáll,* »Gefährte« (oder zu *Cornelius*), britischer Admiral und Seeheld, der 1798 die Flotte Napoleons vor Abukir und 1805 die französisch-spanische Flotte bei Trafalgar besiegte

Nemesis, von grch. *némesis,* »Zorn, Rache, Strafe« (zu grch. *némein,* »zuteilen«), griechische Göttin der Rache, die für eine gerechte Verteilung von Strafe und Belohnung unter den Menschen sorgte

Németh, *László* (1901–1975), von ung. *németh,* »deutsch« und »Deutscher« (wörtlich »Stimmloser«, zu *néma,* »stumm«), ungarischer Romanschriftsteller sowie Autor historischer und gesellschaftlicher Dramen

Nenni, *Pietro* (1891–1980), wohl eine Koseform von *Denis* (zu *Dionysius,* »dem Dionysos Geweihter«) oder *Giovanni* (zu *Johannes,* »der Herr ist gnädig«), langjähriger Präsident der Sozialistischen Partei Italiens und mehrmals Minister

Nepomuk, *Johannes* (ca. 1350–1393), eigentlich *Johannes ne Pomuk* (»aus Pomuk«, einer Stadt in Tschechien, wohl zu tsch. *pomůcka,* »Hilfe, Hilfsmittel«), Kanonikus am Prager Dom, Märtyrer und Heiliger, Landespatron Böhmens

Neptun, vielleicht zu lat. *natare,* »schwimmen«, »wogen« (vgl. grch. *naútes,* »Seemann«), oder aus der assyrischen Wurzel *naptu,* »Erdöl« (vgl. pers. *naft*), römischer Gott der fließenden Gewässer, später auch des Meeres → *Poseidon*

Nereus, wohl »Nichtströmender«, zu grch. *ne rheîn,* »nicht fließen«, laut griechischer Sage in den ruhigen Tiefen des Meeres wohnender milder Meergreis, Vater der *Nereïden* genannten Meernymphen → *Amphitrite*

Nero (37–68 n. Chr.), sabin. »Aufgeweckter«, »Mutiger«, Beiname des berüchtigten römischen Kaisers *Claudius Caesar,* der etliche Mitglieder seiner Familie ermordete und vermutlich auch für den Brand Roms verantwortlich war

Neruda, *Pablo* (1904–1973), nach dem tschechischen Dichter *Jan Neruda* (atsch. *neruda,* »Flegel«), Pseudonym des chilenischen Lyrikers *Eliecer Neftalí Ricardo do Reyes Basoalto* (zu span. *reyes,* »Könige«, *base,* »Grund«, und *alto,* »hoch«)

Nestlé, *Henri* (1814–1890), Französisierung des Namens *Nestler* (zu mhd. *nestel,* »Schuhsenkel, Band«), schweizerischer Chemiker deutscher Herkunft, der 1867 die nach ihm benannte Firma gründete

Nestor, vielleicht von grch. *nóstos,* »Rückkehr, Ankunft«, »Reise«, König von Pylos (auf dem Peloponnes), ältester und klügster Berater der Griechen im Trojanischen Krieg und Teilnehmer am Argonautenzug des Jason

Netanjahu, *Benjamin (Bibi),* geb. 1949, »Geschenk Gottes«, aus hebr. *netan,* »er hat gegeben«, und der Endung *-jahu,*

»Jahwe«, israelischer Regierungschef (1996–1998), Außenminister (1998, 2002–2003), danach bis 2005 Finanzminister

Neto, *António Agostinho* (1922–1979), port. »Enkel«, angolanischer Dichter, der in seiner Lyrik sowohl der Not und Unterdrückung als auch dem Freiheitswillen seines Volkes Ausdruck gab und 1975 erster Präsident seines Landes wurde

Neumann, *Johann Balthasar* (1687–1753), »Hinzugezogener«, »Neubürger«, großer deutscher Barock-Baumeister, Schöpfer der Würzburger Residenz und der Wallfahrtskirche Vierzehnheiligen

Newton, *Sir Isaac* (1642–1727), »neue Farm«, zu engl. *new*, »neu«, und aengl. *tūn*, »Gehöft«, englischer Mathematiker und Physiker, der die Erkenntnisse Keplers und Galileis zu einem System der theoretischen Mechanik zusammenfasste → *Galilei, Kepler*

Nicot, *Jean* (1530–1600), Koseform von *Nicolas* (zu grch. *níke*, »Sieg«, und *laós*, »Volk«), französischer Gesandter in Lissabon, der dort in den Besitz von Tabaksamen gelangte und diese nach Frankreich brachte (vgl. *Nikotin*)

Niemcewicz, *Julian Ursyn* (1757–1841), aus poln. *Niemiec*, »Deutscher« (oder *niemieć*, »stumm«) und der patronymischen Endung *-wicz*, polnischer Politiker und Schriftsteller, der von der vergangenen Größe seines Vaterlandes erzählte

Niemöller, *Martin* (1892–1984), »Neumüller«, zu mnd. *nie*, »neu«, und nd. *Möller*, »Müller«, führendes Mitglied der Bekennenden Kirche, als Gegner des Nationalsozialismus 1937 zu KZ-Haft verurteilt, nach 1945 überzeugter Pazifist

Nietzsche, *Friedrich* (1844–1900), aus einer slawischen Koseform von *Nikolaus* (zu grch. *nîkos*, »Sieg«, und *laós*, »Volk«), deutscher Philosoph mit Schriften zur Kulturkritik, zur historischen Wissenschaft und zur Analyse des Nihilismus

Nightingale, *Florence* (1820–1910), engl. »Nachtigall«, berühmte englische Krankenpflegerin, die nach ihrer Rückkehr aus dem Krimkrieg eine rigorose Neuordnung der zivilen und militärischen Krankenfürsorge in England plante

Nikator (358–281 v. Chr.), »Sieger«, zu grch. *nikân*, »siegen«, Beiname des Diadochen Seleukos I., der 312 zunächst Babylonien gewann und in seinem letzten Lebensjahr ganz Kleinasien eroberte

Nike, zu grch. *nîkos* und *níke*, »Sieg«, Tochter des Titanen Pallas und der Styx, griechische Siegesgöttin, die nach einem erfolgreichen Krieg den Siegespreis in Form eines Lorbeerkranzes oder Palmzweigs verlieh

Nikodemus (1. Jh.), zu grch. *nîkos* oder *níke*, »Sieg«, und *dêmos*, »Volk«, jüdischer Pharisäer und Mitglied des Hohen Rates, ein Jünger Jesu, der ihn zwar gegenüber den jüdischen Autoritäten verteidigte, aber nicht als Gottessohn anerkannte

Nikolaus (gest. 350), »Volkssieger«, zu *níke*, »Sieg«, und *laós*, »Volk«, Bischof von Myra, Schutzheiliger Russlands sowie Schutzpatron der Seefahrer, Schiffer und Fischer, der Gefangenen und Juristen, vor allem aber der Kinder und Schüler

Nikomedes IV. (gest. 74 v. Chr.), zu grch. *nîkos* oder *níke*, »Sieg«, und *mêdos*, »Plan«, bithynischer König, der wegen seiner Kinderlosigkeit und steter Bedrohung durch Mithridates sein Reich den Römern vermachte → *Philopator*

Nimitz, *Chester William* (1885–1966), zu nsorb. *nimc*, »Deutscher«, amerikanischer Admiral deutscher Herkunft, von 1941 bis 1945 Befehlshaber der US-Flotte im Pazifik → *Niemcewicz*

Niobe, »die Schneebedeckte«, zu grch. *niphás*, »Schnee«, Tochter des Tantalus, die wegen ihrer Überheblichkeit von Leto in einen Felsen verwandelt wurde, der im Frühjahr zu weinen schien, wenn seine Schneehaube schmolz

Nixon, *Richard* (1913–1994), »Nicks Sohn« (von *Nikolaus*), zu grch. *níke*, »Sieg«, und *laós*, »Volk«, 37. US-Präsident, der 1973 den Vietnamkrieg beendete und 1974 wegen der sogenannten Watergate-Affäre zurücktreten musste

Nkrumah, *Kwame* (1909–1972), ghan. »neuntes Kind«, ab 1960 erster Präsident der inzwischen unabhängigen Republik Ghana, 1966 jedoch von einer Militärjunta gestürzt (ghan. *Kwame*, »an einem Samstag Geborener«) → *Annan*

Noah, hebr. »Trost« (Genesis 5,29: »Dieser wird uns trösten bei der mühevollen Bearbeitung des Ackerbodens, den der Herr verflucht hat.«), Sohn des Lamech und Enkel des Methusalem, bekannt als Erbauer der biblischen Arche

Nobel, *Alfred* (1833–1896), über die latinisierte Form *Nobelius* zum Namen der schwedischen Stadt *Nöbbelöv*, schwedischer Chemiker, der 1886 das Dynamit erfand und 1895 den erstmals 1901 verliehenen *Nobelpreis* stiftete

Nobile, *Umberto* (1885–1978), ital. »vornehm, edel, adlig«, italienischer General, Luftschiffkonstrukteur und Forschungsreisender, der 1926 zusammen mit Amundsen und Ellsworth in seinem Luftschiff »Norge« den Nordpol überflog

Nofretete, auch *Nefertiti* (14. Jh. v. Chr.), ägypt. »die Schöne ist erschienen«, hübsche mesopotamische Prinzessin und spätere Gemahlin des Pharaos Echnaton, Stiefmutter des Tutanchamun → *Amenophis*

Nofretiri, auch *Nefertari* (13. Jh. v. Chr.), ägypt. »die Schönste«, Haupt- und Lieblingsfrau Ramses' II., die als winzige Figur bei den Kolossalstatuen ihres Gemahls an den Tempeln von Luxor und Abu Simbel dargestellt ist

Nolde, *Emil* (1867–1956), nach seinem nordschleswigschen Geburtsort *Nolde*, Künstlername des deutschen Expressionisten *Emil Hansen* (»Sohn des Hans«), dessen Bilder die Nationalsozialisten zur »entarteten Kunst« zählten

Nordenskjöld, *Adolf Erik Freiherr von* (1832–1901), aus schwed. *nord*, »Norden«, und aschw. *skjöld*, »Schild, Buckel«, schwedischer Polarforscher, der 1878/79 die Nordwestdurchfahrt vom Atlantik zum Pazifik fand

Nostradamus (1503–1566), latinisierter Name des *Michel de Nostre-Dame*, den man als größten Astrologen oder als größten Scharlatan des 16. Jahrhunderts bezeichnen kann und dessen Prophezeiungen noch heute große Beachtung finden

Novalis (1772–1801), lat. »Brachfeld, Neubruch« (allgemein auch »Acker«), Wahlname des deutschen frühromantischen Dichters *Georg Philipp Friedrich Freiherr von Hardenberg* (z. B. »Die blaue Blume«) → *Hardenberg*

Nurmi, *Paavo* (1897–1973), von finn. *nurmi*, »Rasenplatz«, berühmter finnischer Mittel- und Langstreckenläufer, vielfacher Olympiasieger (finn. *Paavo*, Variante von *Paul*, zu lat. *paulus*, »der Kleine«)

Nus, zu grch. *noûs*, »Sinn, Verstand, Geist«, mythisches griechisches Geistwesen, das durch seine Paarung mit Aletheia (grch. »Wahrheit«) zum Vater des Logos (grch. »Wort«) und der Zoe (grch. »Leben«) wurde

Nut, ägypt. »Herrin des Himmels«, ägyptische Himmelsgöttin, Zwillingsschwester und Frau des Erdgottes Geb, die eng umarmt geboren wurden und von ihrem Vater Schu an den Himmel gewölbt bzw. auf die Erde gedrückt wurden → *Schu*

Nyerere, *Julius Kambarage* (1922–1999), suah. »kupferner Armreif«, 1961 erster Premier des unabhängigen Tanganjika, nach der Vereinigung mit Sansibar von 1964 bis 1985 Staatspräsident Tansanias (suah. *kambarage*, »Regengeist«)

Nyx, grch. *nýx*, »Nacht, Dunkelheit« (vgl. lat. *nox*), griechische Göttin der Nacht, Tochter des Chaos sowie Schwester und Gattin des Erebos, mit dem sie den Himmel und den Tag sowie den Schlaf und den Tod zeugte → *Hypnos, Thanatos*

Oberth, *Hermann* (1894–1989), wohl von hug.-frz. *Aubert* (dt. *Albert*, zu ahd. *adal*, »edel«, und *beraht*, »glänzend«), deutscher Raumfahrtpionier, ab 1941 an der Heeresversuchsanstalt in Peenemünde, später in der US-Weltraumforschung tätig

O'Brien, *William Smith* (1803–1864), »Abkömmling des Brian«, nach *Brian Boru*, der Irland von 1002 bis 1014 regierte (zu air. *bri*, »Hügel« und »Stärke«), irischer Nationalist, 1848 Anführer eines Aufstands gegen die Engländer

O'Casey, *Sean* (1880–1964), ir. *Ó'Cathasaigh* (zu ir. *cathasach*, »wachsam«), irischer Dramatiker, der das Leben in den Armenvierteln Dublins und den Kampf um die Unabhängigkeit seines Landes schilderte (*Sean*, frz. *Jean*, engl. *John*)

O'Connell, *Daniel* (1775–1847), ir. *Ó Connail*, »Abkömmling des Conall« (zu kelt. *cunovalos*, »Mächtiger«), irischer Politiker, Kämpfer für die Emanzipation der Katholiken und die Aufhebung der parlamentarischen Union mit Großbritannien

O'Connor, *Frank* (1903–1966), ir. »Abkömmling des Conchobhair« (zu ir. *conchobhair*, »Held«), Künstlername des irischen Schriftstellers *Michael O'Donovan* (zu ir. *donn*, »braun«, und *dubhann*, »schwarz«)

Octavianus (63 v. Chr.–14 n. Chr.), zu lat. *octavus*, »der Achte«, Adoptivsohn (daher die Endung *-ianus*) und Haupterbe Caesars, erster römischer Kaiser, der 27 v. Chr. den Titel *Augustus*, »Erhabener«, erhielt

Odin, von aisl. *óðr*, »Wut« (isl. *æði*), in der nordischen Mythologie alter und heldenhafter, aber auch tückischer und listiger Kriegsgott der *jarls* (»Adligen«, vgl. engl. *earl*, »Graf«), in Skandinavien und Island oft mit Wodan gleichgesetzt

Ödipus, aus grch. *oideîn*, »schwellen«, und *poús*, »Fuß«, sagenhafter Thebaner, der nach langer Abwesenheit unwissentlich seinen königlichen Vater erschlug und seine Mutter heiratete, die ihm bei der Geburt beide Füße durchbohrt hatte

Odoaker (433–493 n. Chr.), eigentlich *Odowakar*, zu ahd. *ōt*, »Besitz«, und *wakar*, »munter«, germanischer Heerführer, der von seinen Söldnern zum König ausgerufen wurde und dem letzten weströmischen Kaiser die Herrschaft nahm

Odysseus, »Zorniger«, zu *odýssomai*, »ich zürne, ich hasse«, berühmter König von Ithaka, Held vor Troja, den der Meergott Poseidon erst nach langer und abenteuerlicher Irrfahrt in seine Heimat zurückkehren ließ → *Ulysses*

Offenbach, *Jacques*, eigentlich *Jacob* (1819–1880), nach der Stadt *Offenbach* (zum Personennamen *Offo* und *Bach*), deutschstämmiger französischer Opern- und Operettenkomponist, Sohn eines Kölner Synagogenkantors

Ogino, *Kyusaku* (1882–1975), aus jap. *ō*, »groß«, und *ginō*, »Können«, japanischer Gynäkologe, Mitentdecker der natürlichen Geburtenkontrolle durch Bestimmung der Zeit des Eisprungs (*Kyusaku*, »Ruhestörer«) → *Knaus*

Ohm, *Georg Simon* (1789–1854), von mnd. *ōm*, »Oheim, Onkel«, deutscher Physiker, der 1826 die Gesetzmäßigkeiten zwischen Stromspannung, Stromstärke und Widerstand aufdeckte (vgl. die Maßeinheit *Ohm*, abgekürzt *Ω*)

Oistrach, *David Fjodorowitsch* (1908–1974), zu ukr. *oj*, »ach!«, »oh weh!«, und *strach*, »Schreck, Gespenst«, berühmter russischer Geiger ukrainischer Herkunft, der nach dem Zweiten Weltkrieg im Westen sensationelle Erfolge feierte

Okeanos, wohl aus grch. *okýs*, »schnell«, und aind. *áyanam*, »Gang, Lauf«, ein Titan der griechischen Mythologie, nach Homer Ursprung aller Götter und Repräsentant des gewaltigen, das Erdrund umfließenden Weltenstroms

Olaf (auch *Olav*), von anord. *ano*, »Ahne«, und *leifr*, »Nachkomme«, nordischer Herrschername, z. B. des Wikingerhäuptlings *Olav I. Tryggvason* (ca. 969–1000), der 995 die Macht über Norwegen erlangte → *Tryggvason*

Oleg (Ausspr. etwa *Aljék*; gest. 912), zu schw. *helig*, »gesund, heil«, Nachfolger des Normannen Rurik, Einiger des Kiewer und des Nowgoroder Herrschaftsgebiets zur sogenannten Kiewer Rus (vgl. *Russland*)

Olivier, *Sir Laurence* (1907–1989), frz. »Ölbaum« (engl. Ausspr. etwa *Olívje*), englischer Schauspieler, der auf der Bühne vor allem durch Shakespearerollen hervortrat; 1947 zum Ritter geschlagen, seit 1970 *Baron Olivier of Brighton*

Olmert, *Ehud* (geb. 1945), zu hebr. *'ichud*, »Vereinigung, Union« (der Nachname ist unerklärt), israelischer Politiker russischer Herkunft, nach dem Ausscheiden Ariel Scharons 2006 zum Ministerpräsidenten Israels gewählt

Ondra, *Anny* (1903–1987), Künstlername der tschechisch-deutschen Schauspielerin *Anna Sophie Ondráková*, aus einer tschechischen Form von *Andreas* und der Feminin-Endung *-ková* (zu grch. *andreîos*, »männlich«)

O'Neill, *Eugene Gladstone* (1888–1953), aus ir. *O'*, »Sohn des«, und air. *niáll*, »Meister«, amerikanischer Dramatiker, Autor pessimistischer Stücke über die intellektuelle Krise im Amerika der Zwanzigerjahre des vorigen Jahrhunderts

Oppenheimer, *Julius Robert* (1904–1967), Herkunftsname

der deutschstämmigen jüdischen Familie aus *Oppenheim* in Rheinland-Pfalz (zum Rufnamen *Oppo* und mhd. *heim,* »Haus, Wohnort«), amerikanischer Physiker, Vater der Atombombe

Orest, aus grch. *oresterós,* »Bergbewohner«, zu *óros,* »Berg«, Sohn des mykenischen Königs Agamemnon und Mörder seiner Mutter Klytaimnestra, die ihren Gatten nach dessen Rückkehr aus Troja aus dem Weg geräumt hatte

Orff, *Carl* (1895–1982), vielleicht von mhd. *orfe,* »Nörfling« (eine Karpfenart), deutscher Komponist, der durch eine neue Musikpädagogik und seine Experimente mit einem neuen Instrumentarium bekannt wurde

Orion, von grch. *oûron,* »Harn«, oder *óros,* »Berg«, riesiger Jäger der griechischen Mythologie, der auf einer Stierhaut geboren wurde, auf die sein Vater, wie von Zeus empfohlen, zuvor uriniert hatte, um die Geburt eines Sohnes zu sichern

Orpheus, von grch. *orphnaîos,* »dunkel«, mythischer thrakischer Heros, dessen Gesang Felsen und Bäume versetzen, wilde Tiere zähmen und sogar die Königin des Totenreichs zur bedingten Freigabe seiner Gattin Eurydike bewegen konnte

Orsini, von ital. *orso,* »Bär«, Name einer alten römischen Adelsfamilie, die neben Senatoren und Kardinälen sogar zwei Päpste hervorbrachte: Nikolaus III. (1277–1280) und Benedikt XIII. (1724–1730) → *Colonna*

Ortega y Gasset, *José* (1883–1955), von katal. *ortiga,* »Brennnessel« (zu lat. *urtica*), oder lat. *hortus,* »Garten«, *Gasset* wohl von katal. *gas,* »hellblau« (auf die Augenfarbe bezogen), spanischer Essayist und Kulturphilosoph

Orwell, *George* (1903–1950), zu aengl. *ōra,* »Küste«, und *wella,* »Fließgewässer« (vgl. *Welle*), eigentlich *Eric Blair* (gäl. »vom Feld«), englischer Schriftsteller, Schöpfer der totalitären Figur »Big Brother« im Roman »1984« → *Blair*

Osborne, *John* (1929–1994), aus anord. *Asbjorn,* zu *as,* »Gott« (vgl. *Ase*), und *björn,* »Bär«, englischer Dramatiker, der als sogenannter »zorniger junger Mann« die geistige und seelische Leere der jungen Generation beklagte

Osiris (ägypt. *Usir*), vielleicht zu ägypt. *woser,* »der Mächtige«, gütiger ägyptischer Unterweltsgott, Bruder und Gemahl der Isis, die ihn nach seiner Ermordung und Zerstückelung durch seinen Bruder Seth wieder zum Leben erwecken konnte

Osman I. (1259–1326), türkische Version des arabischen Namens *Othman*, »junge Trappe«, sagenumwobener Gründer (ab 1300 mit dem Titel Sultan) des gewaltigen Osmanischen Reichs, das bis 1918 Bestand haben sollte

Ossietzky, *Carl von* (1889–1938), vielleicht zu slaw. *osjet*, »Stacheldistel«, deutscher Journalist und Pazifist, der nach dem Reichstagsbrand 1933 von den Nationalsozialisten in einem Konzentrationslager inhaftiert wurde

Ostara (auch *Eostre*), von ahd. *ōstarūn*, »Morgenröte«, und *ōstar*, »östlich«, altgermanische Göttin der Morgenröte, des Frühlings und der Fruchtbarkeit, deren Name zu unserem Begriff *Ostern* (ahd. *ōstara*) führte

Otto I., *der Große* (912–973), zu ahd. *uodal*, »Erbbesitz«, der 936 in Aachen zum König und 962 in Rom zum Kaiser gekrönt wurde und damit eine dauerhafte Verbindung zwischen deutschem Königtum und römischem Kaisertum schuf

Ovid, mit vollem Namen *Publius Ovidius Naso* (43 v. Chr.–17 n. Chr.), »Schäfer«, zu lat. *ovis*, »Schaf«, einer der größten römischen Dichter der augusteischen Zeit, von Augustus 8 n. Chr. ans Schwarze Meer verbannt → *Naso*

Owens, *James (Jesse) Cleveland* (1913–1980), von ir. *Eoghan*, verwandt mit grch. *eugenés*, »edel, wohlgeboren«, amerikanischer Leichtathlet (neun Weltrekorde), der bei den Olympischen Spielen in Berlin 1936 vier Goldmedaillen gewann

Oxenstierna, *Axel Gustavsson* (1583–1654), aus schwed. *oxe*, »Ochse«, und *stjärna*, »Stern«, schwedischer Reichskanzler, im Dreißigjährigen Krieg Gouverneur eines Teils von Preußen und königlicher Bevollmächtigter am Rhein

Oz, *Amos* (geb. 1939), hebr. »Kraft«, Pseudonym des bekannten israelischen Schriftstellers *Amos Klausner* (zu mhd. *klūsenære*, »Einsiedler«; hebr. *Amos*, »[von Gott] Getragener«), dessen Familie 1933 von Wilna nach Israel emigrierte

Özal, *Turgut* (1927–1993), türk. *öz*, »echt, rein, wesentlich«, und *al*, »rot« (türk. *turgut*, »Wohnsitz«), liberaler türkischer Politiker, ab 1983 Premierminister, von 1989 bis zu seinem Tod Staatspräsident der Türkei

Pacelli, *Eugenio* (1876–1958), zu ital. *pace*, »Friede«, Geburtsname Papst *Pius' XII.* (ab 1939), der aus der vornehmen Familie eines päpstlichen Konsistorial-Advokaten stammte (*Eugenio* zu grch. *eugenés*, »von edler Geburt«) → *Pius XII.*

Paganini, *Niccolò* (1782–1840), von ital. *pagano*, »Heide«, zu lat. *paganus*, »Landbewohner«, »Zivilist« (also kein Kämpfer für die Sache Gottes), begnadeter italienischer Violinvirtuose und Komponist

Pagnol, *Marcel* (1895–1974), Herkunftsname aus frz. *Espagnol*, »Spanier«, französischer Dramatiker, der neben Lustspielen zahlreiche Romane schrieb und auch bei der Verfilmung eigener Theaterstücke Regie führte

Paisley, *Ian* (geb. 1926), aus air. *baslec*, »Kirche«, zu grch. *basilikós*, »königlich« (vgl. *Basilika*), nordirischer Pfarrer und Politiker, wortgewaltiger Gegner der Gleichberechtigung von Katholiken im mehrheitlich protestantischen Nordirland

Palestrina, *Giovanni Pierluigi* (ca. 1525–1594), nach seiner Geburtsstadt in der Nähe Roms (röm. *Praeneste*, zu lat. *praenitere*, »überstrahlen«), italienischer Kirchenmusik-Komponist (*Giovanni*, »Johannes«, *Pierluigi*, »Peter-Ludwig«)

Pallas, von grch. *pállein*, »schleudern«, Beiname der Kriegs- und Friedensgöttin Athene, die in voller Rüstung dem Kopf des Zeus entsprang und später im sportlichen Wettkampf versehentlich eine Spielgefährtin namens *Pallas* tötete

Palme, *Olof* (1927–1986, ermordet), aus schwed. *palm*, »Palme«, schwedischer sozialdemokratischer Politiker und zweimaliger Ministerpräsident, UNO-Vermittler im Iran-Irak-Krieg und Verfechter einer internationalen Abrüstung

Palmer, *Lilli* (1914–1986), Pseudonym der deutsch-jüdischen Schauspielerin *Lilli Peiser* (zu poln. *pejs*, jidd. *péje*,

»Schläfenlocke«), die die Nazizeit in Frankreich, England und den USA verbrachte und erst 1953 nach Deutschland zurückkehrte

Palmerston, *Henry* (1784–1865), zu aengl. *palmer*, »Pilger ins Heilige Land« (der als Beleg einen Palmwedel heimbrachte), seit 1803 Adelsname des mehrmaligen britischen Außen- und Premierministers *Henry Temple* (»Tempel«)

Pamuk, *Orhan* (geb. 1952), von türk. *pamuk*, »Baumwolle« oder »weiß«, einer der großen türkischen Autoren der Gegenwart, der unerschrocken für die Menschen- und Minderheitenrechte in seinem Land eintritt (*Orhan*, »Besitzer der Stadt«)

Pan, von grch. *páein*, »weiden«, bockähnlicher arkadischer Gott der Herden und des Waldes, der sich mit einem markerschütternden Schrei für jede Störung seiner Mittagsruhe zu rächen pflegte (daher *Panik*)

Pandora, zu grch. *pánta*, »alle«, und *dôra*, »Geschenke«, in der griechischen Mythologie jene erste Frau auf Erden, der die Götter eine Dose voller Übel mitgegeben hatten, die sie öffnete und damit über die ganze Erde verbreitete

Papandreou, *Andreas Georgios* (1919–1996), aus grch. *papâs*, »Priester«, und *Andréou*, »des Andreas«, griechischer Politiker, Gründer der sozialistischen Partei PASOK und ab 1981 dreimaliger Premierminister Griechenlands

Paracelsus (1493–1541), aus grch. *pará*, »neben«, »nahe«, und *Celsus* (Name eines altrömischen Physikers), deutsch-schweizerischer Arzt und Philosoph, eigentlich *Theophrastus Bombastus von Hohenheim* (»Gottesverkünder« und »Tönender«)

Paris, wohl von grch. *péra*, »Rucksack«, Sohn des trojanischen Königs *Priamos*, der als Kind in einem Ranzen auf dem Berg Ida ausgesetzt worden war und später durch den Raub der Spartanerin Helena den Trojanischen Krieg entfachte

Parkinson, *James* (1755–1824), »Sohn des Perkin« (aus engl. *Per*, Kurzform von *Peter*, und der Verkleinerungsendung *-kin*), englischer Arzt, der als Erster die nach ihm benannte, mit Schüttellähmung einhergehende Erkrankung beschrieb

Pascal, *Blaise* (1623–1662), zu frz. *Pâques,* »Ostern« (vgl. das jüdische *Pessachfest*), französischer Mathematiker, Physiker und Religionsphilosoph (frz. *Blaise* vom römischen Beinamen *Blaesus,* »Stammelnder«, vgl. *Blasius*)

Pascha → *Schah*

Pasiphaë, »die allen Leuchtende«, zu grch. *pâs,* »ganz«, und *phaínein,* »scheinen, glänzen«, Tochter des griechischen Sonnengottes Helios, die ihren Gatten, den kretischen König Minos, mit einem Stier betrog und den Minotaurus gebar → *Minos, Minotaurus*

Pasolini, *Pier Paolo* (1922–1975), eine Koseform von Rufnamen wie *Iacopassi* (zu ital. *Iacopo,* »Jakob«) oder *Paso* (zu ital. *pace,* »Friede«), gesellschaftskritischer italienischer Schriftsteller, Regisseur und Filmschauspieler

Pasternak, *Boris Leonidowitsch* (1890–1960), russ. »Pastinake« (eine krautige Gemüse- und Futterpflanze, wohl entlehnt aus arab. *bastinaka*), russischer Schriftsteller, im Westen bekannt durch seinen Roman »Doktor Schiwago«

Pasteur, *Louis* (1822–1895), afrz. »Schäfer« (heute »Pfarrer«), zu lat. *pastor,* »Hirte«, französischer Chemiker und Physiker, Erfinder der *Pasteurisation,* d. h. der Abtötung von Keimen in Nahrungsmitteln durch behutsames Erhitzen

Patrick (ca. 385–461), aus lat. *patricius,* »adelig« (auch *patritius,* »vom Vater ererbt«, zu *pater,* »Vater«), aus dem römischen Britannien stammender Missionar und Nationalheiliger Irlands

Patroklos, von *patér, patrós,* »Vater«, und *kléos,* »Ruhm«, Vetter und Freund des Helden Achill, in dessen Rüstung er im Kampf um Troja von Hektor, dem Sohn des Priamos, getötet wurde → *Kleopatra*

Patton, *George Smith* (1885–1945), Verkleinerungsform von *Patrick* (zu lat. *patricius,* »edel, adelig«), amerikanischer General, im Zweiten Weltkrieg Befehlshaber bei den Invasionen in Sizilien und der Bretagne

Paul, *Jean* (1764–1825), zu lat. *paul(l)us,* »Kleiner«, französisierender Tarnname des deutschen Schriftstellers *Johann Paul Friedrich Richter* (zu mhd. *rihtære,* »Richter«), der auf diese Weise seinen Gläubigern zu entkommen hoffte

Paulus (ca. 10–64 n. Chr.), von lat. *paul(l)us,* »der Geringe, der Kleine«, römischer Wahlname jenes Apostels, der vor seiner Bekehrung zum Christentum den hebräischen Namen Saul (lat. Saulus) getragen hatte → *Saul*

Pavarotti, *Luciano* (geb. 1935), vielleicht von ital. *paperotto,* »kleiner Ganter« (zu *papero,* »Gänserich«), oder von sital. *pavare,* »rächen«, stimmgewaltiger italienischer Tenor

Pavese, *Cesare* (1908–1950, Selbstmord), nach der Stadt *Pavia,* italienischer Romancier, der die sozialen Probleme des Landmenschen bei der Begegnung mit der industriellen Zivilisation in den Vororten der Großstadt schilderte

Pax, lat. »Friede«, römische Göttin des Friedens, dargestellt mit einem Ölzweig oder einem Füllhorn und vor allem verehrt als *Pax Augusta,* d. h. als Göttin des von Kaiser Augustus gestifteten Friedenszustands → *Eirene.*

Peary, *Robert Edwin* (1856–1920), von afrz. *per* und *peer,* »Ebenbürtiger« (vgl. frz. *pair,* dt. *Paar*), amerikanischer Forscher, der 1909 als Erster den Nordpol erreichte (obwohl Frederick Cook behauptete, schon 1908 da gewesen zu sein)

Peck, *Gregory* (1916–2003), entweder Wohnstättenname zu aengl. *pēac,* »Hügel, Gipfel«, oder Berufsname zu mengl. *pekke,* »Getreidemaß«, bekannter amerikanischer Filmschauspieler

Pegasos, wohl zu grch. *pegé,* »Quelle, Ursprung« und »Wasser«, in der griechischen Mythologie das aus dem Blut der Gorgo Medusa entsprungene Flügelross des Perseus → *Gorgonen, Medusa*

Pelé (geb. 1940), vielleicht zu port. *pé,* »Fuß«, und *péla,* »Ball«, Spitzname des berühmten brasilianischen Fußballidols *Edson Arantes do Nascimento* (port. »von der Geburt«; *Edson* wohl aus *Edison, Arantes* zu port. *arar,* »pflügen«)

Penderecki, *Krzysztof* (geb. 1933), offenbar aus poln. *pędrak,* »Engerling, Wurm«, in übertragenem Sinn auch »Knirps«, polnischer Komponist leicht verständlicher Werke in modernstem Stil

Penelope, zu grch. *penion,* »Faden«, »Webschiffchen«, Gattin des Helden Odysseus, die während seiner langen Abwesenheit alle Freier mit der Auskunft hinhielt, sie müsse erst ein Leichentuch für ihren Schwiegervater vollenden

Penn, *William* (1644–1718), Wohnstättenname zu aengl. *penn*, »Hügel«, reicher und einflussreicher englischer Quäker, der 1681 jenes nordamerikanische Gebiet erwarb, das schon bald als Kolonie namens *Pennsylvania* bekannt wurde

Penthesileia, wohl von grch. *pentheîn*, »trauern, klagen«, Tochter des Ares und mythische Königin der Amazonen, die mit ihrem Frauenheer die Trojaner gegen die Griechen unterstützte und von Achill im Zweikampf getötet wurde

Peres, *Simon* (geb. 1923), von hebr. *perez*, »Bartgeier« (wohl auch angelehnt an hebr. *peras*, »Belohnung«), als *Szymon Persky* in Polen geborener israelischer Politiker, zwischen 1984 und 1995 mehrmals Außen- und Premierminister

Perikles (ca. 495–429 v. Chr.), aus grch. *perí*, »ringsum«, und *klytós*, »ruhmvoll«, großer athenischer Staatsmann und Feldherr, der mit Sparta und Persien Frieden schloss und Athen zu kultureller Blüte verhalf (z. B. Bau der Akropolis)

Perón, *Juan Domingo* (1895–1974), entweder zu argent.-span. *pero*, »Birnbaum«, oder zu *Pero*, einer Kurzform von *Pedro*, »Peter«, argentinischer Diktator (1946–1955), der nach einem Militärputsch ins Exil nach Spanien ging

Persephone, »Todesbringerin« (oder »Todesbezwingerin«), aus grch. *phérein*, »tragen« (bzw. *pérthein*, »vernichten«), und *phónos*, »Mord, Leiche«, in halbjährlichem Wechsel griechische Unterwelts- bzw. Vegetationsgöttin

Perseus, »Zerstörer«, von grch. *pérthein*, »vernichten«, mythischer Sohn des Zeus, Bezwinger der Furcht erregenden Medusa und Befreier seiner späteren Gemahlin Andromeda aus den Klauen eines Seeungeheuers → *Andromeda, Medusa*

Pestalozzi, *Johann Heinrich* (1746–1827), eigentlich *Pestalossi*, zu ital. *pestare*, »zerschlagen«, und *osso*, »Knochen«, idealistischer schweizerischer Pädagoge italienischer Herkunft, der die Volksschulbildung in ganz Europa beeinflusste

Pétain, *Philippe* (1856–1951), wohl französisiert aus fläm. *peter* und *peeten*, »Pate, Fürsprecher«, französischer Marschall und Held von Verdun (1916), nach der Einnahme von Paris Präsident der Vichy-Regierung im unbesetzten Frankreich

Petőfi, *Sándor* (1823–1849), von ung. *Pető*, einer Koseform von *Peter*, romantischer ungarischer Dichter, dessen Gedichte zu beliebten Volksliedern wurden (ung. *Sándor* verkürzt aus *Alexander*)

Petrarca, *Francesco* (1304–1374), latinisierte Form von ital. *Petracco* (aus einer Koseform von *Pietro*, »Peter«), italienischer Humanist, einer der größten Lyriker aller Zeiten, der einen Großteil seines Lebens in Avignon verbrachte

Petrus (gest. um 64 n. Chr.), grch. *Petros*, »Fels«, Übersetzung von aram. *Kepha* (gräzisiert zu *Kephas*), Beiname des Apostels Simon, eines Fischers am See Genezareth, der als Bischof von Rom das erste Oberhaupt der Christenheit wurde

Peugeot, *Eugène* (1844–1907) und sein Bruder *Armand* (1848–1915), von sfrz. *pougeaud*, »Hügel« (mit Anklang an *peu*, »wenig«), französische Industrielle, die zunächst eine Fahrradwerkstatt unterhielten und ab 1890 Automobile bauten

Pflimlin, *Pierre Eugène Jean* (1907–2000), elsäss. *Pflimlin*, »Pfläumchen«, französischer Verfechter der europäischen Einigung und Bürgermeister von Straßburg (1959–1983), das er zu einem Zentrum europäischer Politik machte

Phaethon, von grch. *phaéthon*, »leuchtend« (zu *phaínein*, »zeigen, sichtbar machen«), in der griechischen Mythologie Sohn des Helios, mit dessen Sonnenwagen er eines Tages auf einer Spritztour tödlich verunglückte

Phidias, vielleicht zu grch. *pheídesthai*, »schonen, ersparen«, »ablassen«, Athener Bildhauer der perikleischen Zeit (5. Jahrhundert v. Chr.), der mit seinen kolossalen Götterstatuen schon im Altertum großes Ansehen erwarb

Philadelphos, aus grch. *philía*, »Liebe«, und *adelphós*, »geschwisterlich«, Beiname des ägyptischen Herrschers *Ptolemäus II.* (308–246 v. Chr.), der in seiner Dynastie die Geschwisterehe einführte

Philemon, von grch. *phílema*, »Kuss« (zu *phileîn*, »lieben«), und Baukis, mythisches phrygisches Greisenpaar, das

Zeus und Hermes, verkleidet als Wanderer, großzügig bewirtete und dafür von einer Sintflut verschont blieb

Philipp II. (356–336 v. Chr.), aus grch. *philós,* »Freund«, und *híppos,* »Pferd«, makedonischer König, Begründer eines großen Balkanreiches, das auch Griechenland einschloss, Vater Alexanders des Großen

Philopator (gest. 74 v. Chr.), zu grch. *phileîn,* »lieben«, und *patér,* »Vater«, Beiname des bithynischen Königs Nikomedes IV., der aus Liebe zu seinem Erzeuger bereit war, dessen romfreundliche Politik fortzusetzen → *Nikomedes*

Phöbe, zu grch. *phoîbos,* »leuchtend, rein«, Beiname der Artemis als Mondgöttin, deren Bruder, der griechische Heilsgott Apollon, entsprechend *Phöbos* (grch. *Phoibos*) genannt wurde → *Apollon*

Phobos, von grch. *phóbos,* »Entsetzen, Angst«, Sohn und Begleiter des griechischen Kriegsgottes Ares, göttliche Personifizierung von Furcht und Schrecken sowie der daraus folgenden Flucht (vgl. *Phobie*)

Phöbos, zu grch. *phoîbos,* »Leuchtender, Reiner«, Beiname des griechischen Gottes Apollon, dem man trotz seines Namens (»Zerstörer«) eigentlich gar keine Untaten zutraute, da er als Gott des Heils und der Ordnung galt → *Apollon*

Phönix, von grch. *phoînix,* »purpurrot«, und *phoínios,* »blutig«, König des »Purpurlands« *Phönizien* (Libanon), Sohn des Agenor und Vater der Europa, die er nach ihrer Entführung durch Zeus von seinen Söhnen fieberhaft suchen ließ

Piaf, *Edith* (1916–1963), von frz. *piaf,* »Spatz, Sperling«, Beiname der gefeierten französischen Chansonette *Edith Giovanna Gassion,* aus afrz. *gas,* »Geschwätz« (vgl. frz. *jaser,* »schwatzen«), oder vom alten baskischen Namen *Gassie,* »Bär«

Picasso, *Pablo* (1881–1973), von span. *picazo,* »Pikenstich« (auch »junge Elster« und »geschecktes Pferd«), berühmter spanischer Maler, der allerdings die längste Zeit seines Lebens in Frankreich verbrachte (span. *Pablo,* »Paul«)

Piccard, *Auguste* (1884–1962), Herkunftsname nach der nordfranzösischen Region *Picardie,* schweizerischer Physiker, der 1931 mit einem Ballon den ersten Stratosphärenflug unternahm und sich ab 1947 der Tiefseetaucherei verschrieb

Pieck, *Wilhelm* (1876–1960), von mnd. *pēk*, »Spieß«, deutscher Politiker, 1918/19 Mitbegründer der KPD, 1933 Emigration in die Sowjetunion, 1945 Rückkehr nach Deutschland, bis 1954 einer der SED-Führer, ab 1949 Staatschef der DDR

Pilatus, zu lat. *pilum*, »Wurfspieß«, oder zu *pilare, pilatum*, »enthaaren«, Beiname des Pontius, des römischen Prokurators in Judäa (26–36 n. Chr.), der Jesus auf Verlangen der Juden zum Kreuzestod verurteilte

Pilcher, *Rosamunde* (geb. 1924), wohl aus mengl. *pilche*, »Pelzmantel« (zu aengl. *pylće*, »Pelz«), britische Schriftstellerin, die als eine der erfolgreichsten Autorinnen der Gegenwart (und als »Queen of Kitsch«) gilt

Piłsudski, *Józef* (1867–1935), nach dem litauischen Ort *Pilsūdai* (früher poln. *Piłsudy*, zu *piła*, »Säge«), polnischer Patriot, der nach einem Militärputsch von 1926 bis 1928 und erneut 1930 Ministerpräsident eines autoritären Systems war

Pindar (ca. 518–438 v. Chr.), vielleicht zu grch. *pínax*, »Schreibtafel, Zeichnung« (oder aus *pínos*, »Schmutz«, und *darós*, »lange«), griechischer Lyriker aus Theben, der wegen seiner Kunst bereits im Altertum hoch verehrt wurde

Pinochet Ugarte, *Agusto* (1915–2006), zu span. *pino*, »Kiefer, Pinie«, und bask. *ugarte*, »Insel«, chilenischer General, nach dem Sturz Allendes Präsident einer Militärjunta (1973–1989), dem Völkermord und Folter vorgeworfen werden

Pinter, *Harold* (geb. 1930), wohl von port. *pinto*, »gefärbt, angemalt« (zu *pintar*, »malen, färben, ausschmücken«), erfolgreicher englischer Dramatiker und Fernsehautor, dessen sephardisch-jüdische Vorfahren aus Portugal einwanderten

Pippin, von frz. *pépin*, »Kern«, fränkischer Herrschername des Mittelalters; z. B. *Pippin III.* (714–768), auch *Pépin le Bref*, »der Kurze« (d. h. »der Jüngere«), der das Frankenreich teilte und seinen Söhnen Karlmann und Karl dem Großen vermachte

Pirandello, *Luigi* (1867–1936), wohl eine sizilianische Koseform des germanischen Rufnamens *Prando* (zu ahd. *brand*, »Feuerschwert«), italienischer Dramatiker und Romanschriftsteller, der 1934 den Literaturnobelpreis erhielt

Pitt, *William,* »der Ältere« (1708–1778), und sein Sohn *William,* »der Jüngere« (1759–1806), zu aengl. *pytt,* »Grube« (vgl. *Pütt*), britische Premierminister von 1756 bis 1761 bzw. von 1783 bis 1801 und erneut von 1804 bis 1806

Pius XII. (1939–1958), von lat. *pius,* »der Fromme«, römischer Papst, der wegen seiner Haltung während der nationalsozialistischen Judenverfolgung und seiner strikten Neutralität im Zweiten Weltkrieg bis heute umstritten ist → *Pacelli*

Pizarro, *Francisco* (1478–1541), »Grauer« (zu span. *pizarra,* »Schiefer«), brutaler spanischer Eroberer, der 1529 Statthalter und Generalkapitän von Peru wurde und 1535 die Inkametropole Cuzco durch das neu gegründete Lima ersetzte

Platon (427–347 v. Chr.), von grch. *platýs,* »weit«, »breitschultrig«, berühmter griechischer Philosoph aus einem der vornehmsten Athener Geschlechter, in dessen dialogförmigen Schriften meist sein Lehrer Sokrates das Wort führt → *Sokrates*

Plautus (250–184 v. Chr.), von lat. *plautus,* »Plattfuß«, drastischer Beiname des römischen Lustspieldichters *Terentius Maccius,* von dessen zahlreichen Komödien zwanzig erhalten sind

Plinius, »der Ältere« (ca. 23–79 n. Chr.), eigentlich *Caius Plinius Secundus* (»der Zweite«), und sein Neffe *Caius Plinius Caecilius Secundus* (ca. 61–113), vielleicht zu grch. *plínthos,* »Ziegelstein«, berühmte römische Schriftsteller

Plutarch (ca. 50–125 n. Chr.), aus grch. *ploûtos,* »Reichtum«, und *árchein,* »herrschen«, griechischer Philosoph und Historiker, der außer gelehrten Studien Lebensbeschreibungen vieler berühmter Griechen und Römer verfasste

Pluton (lat. *Pluto*), von grch. *plouteîn,* »reich sein«, freundliche Bezeichnung des griechischen Unterweltgottes als

Besitzer und Spender des Reichtums unter der Erde, vor allem der edlen Metalle → *Hades*

Pocahontas (ca. 1595–1617), »kleiner Wildfang«, Kosename der amerikanischen Indianerprinzessin *Matoaka,* »kleine Schneefeder«, deren romantische Liebe zu John Smith, dem englischen Gründer Virginias, weltberühmt geworden ist

Podgorny, *Nikolaj Viktorowitsch* (1903–1983), aus ukr. *pod,* »nahe bei«, und *górno,* »Schmelzofen«, ab 1965 sowjetisches Staatsoberhaupt ukrainischer Herkunft, 1977 von seinem Widersacher und Nachfolger Breschnew gestürzt

Poe, *Edgar Allen* (1809–1849), zu aengl. *pō,* »Pfau«, amerikanischer romantischer Schriftsteller, dem es als Verfasser fantastischer, unheimlicher und makabrer Erzählungen gelang, die Kurzgeschichte zur Kunstform zu erheben

Pohl, *Witta* (geb. 1937), eigentlich *Britta Breipohl,* aus nd. *brede,* »Sumpf« (vgl. den Städtenamen *Breda*), sowie mnd. *pūl* und *pōl,* »Teich« (vgl. *Pfuhl*), deutsche Filmschauspielerin (*Witta* von wfries. *wiete,* »Gehölz«, zu ahd. *witu,* »Wald«)

Poincaré, *Raymond* (1860–1934), zu frz. *poing,* »Faust«, und *carré,* »quadratisch«, französischer antideutscher Politiker, von 1913 bis 1920 Staatspräsident, zwischen 1912 und 1929 viermal Premier, mehrfach gleichzeitig Außenminister

Polanski, *Raymond (Roman),* Wohnstättenname zu poln. *polana,* »Lichtung, Wiese« (vgl. *Pole,* »Feldbewohner«), französischer Filmschauspieler und Regisseur polnisch-jüdischer Abstammung, 1933 als *Rajmund Liebling* in Paris geboren

Pollux, wohl angelehnt an lat. *pollucere,* »bewirten«, »als Opfer darbringen«, lateinischer Name des mythischen griechischen Faustkämpfers *Polydeukes* (aus grch. *polýs,* »viel«, und *deûkos,* »junger süßer Wein«), Zwillingsbruder Kastors

Polydeukes → *Dioskuren, Pollux*

Polyhymnia, »die Gesangreiche«, aus grch. *polýs,* »viel, groß«, und *hýmnos,* »Gesang, Loblied« (vgl. *Hymne*), griechische Muse des Tanzes → *Erato, Euterpe, Kalliope, Klio, Melpomene, Terpsichore, Thalia, Urania*

Polykrates (geb. um 580 v. Chr.), aus grch. *polýs*, »viel«, und *krátos*, »Macht«, habsüchtiger und unbeliebter Tyrann von Samos, der sich durch eine List nach Magnesia am Mäander locken ließ, wo er 522 ergriffen und gekreuzigt wurde

Polyphem, »Berüchtigter«, von grch. *polýphemos*, »viel besprochen«, mythischer Sohn des Poseidon, ein einäugiger, Menschen fressender Kyklop, den Odysseus blendete, um mit seinen Gefährten aus dessen Höhle zu entkommen

Pompadour, *Madame de* (1721–1764), aus okzit. *pompador*, »Hügelplateau«, Adelsname der als *Jeanne Antoinette Poisson* (frz. »Fisch«) geborenen Mätresse Ludwigs XV., der sie für ihre Verdienste zur Marquise erhob → *Pompidou*

Pompejus (106–48 v. Chr.), von osk. *pompe*, »fünf«, Geschlechtername des römischen Heerführers *Gnaeus Pompeius Magnus* (»der Große«), Triumvir mit Crassus und Caesar (60), von diesem im Bürgerkrieg bei Pharsalos besiegt (48)

Pompidou, *Georges* (1911–1974), Variante von *Pompadour*, zu okz. *pompador*, »Hügelplateau«, französischer Politiker, von 1962 bis 1968 Premierminister sowie von 1969 bis zu seinem Tod Staatspräsident → *Pompadour*

Poseidon, Variante von *Poteidan*, »Herr der Gewässer«, aus dor. *poeti*, »Herr«, und *daon*, »wässrig« (vgl. *Don* und *Donau*), Sohn des Kronos und der Rhea, Bruder des Zeus und oft grollender Herrscher des Meeres → *Neptun*

Potemkin, *Grigorij Alexandrowitsch* (1739–1791), von russ. *potemki*, »Finsternis«, russischer Staatsmann und Günstling Katharinas II., der dieser mit nur scheinbar fertiggestellten Häusern eine blühende Kolonisation Südrusslands vorgaukelte

Pound, *Ezra* (1885–1972), entweder von *Pounder*, »Hersteller von Gewichten«, zu aengl. *pund*, »Gewicht« (vgl. *Pfund*), oder von mengl. *pound*, »umzäuntes Gebiet«, amerikanischer Dichter und Essayist

Powell, *Colin Luther* (geb. 1937), entweder aus einer Variante von *Paul* oder von aengl. *pōl*, »Teich« (vgl. engl. *pool*), amerikanischer Generalstabschef und Politiker, von 2001 bis 2004 Außenminister in der Regierung George W. Bush

Praetorius, *Michael* (1571–1621), zu lat. *praetor*, »Gemeindevorsteher«, lateinische Namensform des deutschen Komponisten *Michael Schultheiß* (»Bürgermeister«), des Schöpfers zahlreicher Kirchenlieder und Orgelstücke

Praunheim, *Rosa von* (geb. 1942), nach seinem heimatlichen Frankfurter Stadtteil, Wahlname des in Riga geborenen Regisseurs und Filmemachers *Holger Bernhard Bruno Mischwitzky* (wohl zu urslaw. *milъ*, »lieb«, und *slava*, »Ruhm«)

Preminger, *Otto* (1906–1986), zu mhd. *breme, prem*, »Stechfliege« (vgl. *Bremse*), oder ahd. *brema*, »Dornstrauch« (vgl. *Brombeere*), Regisseur und Filmproduzent österreichisch-jüdischer Herkunft, der 1934 in die USA emigrierte

Presley, *Elvis* (1935–1977), Ableitung vom Namen *Priestley*, zu aengl. *prēost*, »Priester«, und *lēah*, »Lichtung«, berühmter amerikanischer Sänger, der seit 1955 als Gründer und König des »Rock and Roll« verehrt wurde

Priamos, von grch. *príasthai*, »kaufen, bestechen«, in der griechischen Mythologie letzter König Trojas, den bei einer früheren Einnahme der Stadt seine Schwester Hesione mit ihrem Schleier von den Siegern loskaufen konnte

Priapos, vielleicht von grch. *príein*, »sägen, abtrennen«, mit einem übergroßen Phallus dargestellter griechischer Fruchtbarkeitsgott, zu dessen Frucht bringenden Tätigkeiten das Beschneiden der Bäume gehörte

Priestley, *John* (1894–1984), Wohnstättenname zu aengl. *prēost*, »Priester« (vgl. engl. *priest*), und *lēah*, »gerodete Stelle im Wald«, englischer Erzähler und Dramatiker, Essayist und Kritiker

Prodi, *Romano* (geb. 1939), »Held«, zu ital. *prode*, »tapfer, kühn«, italienischer Wirtschaftswissenschaftler und Politiker, zweimaliger Ministerpräsident (1996–1998, erneut seit 2006) und von 1999 bis 2004 Präsident der EU-Kommission

Prokofjew, *Sergej Sergejewitsch* (1891–1953), vom ukrainischen Personennamen *Prokopij*, »Schlagfertiger« (zu grch. *pró*, »eher«, und *kópe*, »Schwertgriff«), russischer Komponist und Pianist mit einer Vorliebe für Dissonanzen

Prometheus, »vorher Denkender«, zu grch. *prométheia,* »Klugheit«, mythischer Titanensohn, der für die Menschen zur Entfaltung ihrer Kultur das Feuer aus dem Olymp entwendete, wofür er von Zeus grausam bestraft wurde → *Epimetheus*

Proserpina, von lat. *proserpere,* »hervorkriechen« (vgl. lat. *serpens,* »Schlange, Drache«), Tochter der Ceres und Schwester des Liber, als Gemahlin des Pluto Herrin der Unterwelt → *Persephone*

Protagoras (ca. 485–410 v. Chr.), zu grch. *prôtos,* »Erster«, und *agorá,* »Beratung«, »Marktplatz«, griechischer Sophist, wegen seines gottlosen Mottos »Der Mensch ist das Maß aller Dinge« in Athen vor Gericht gestellt

Proust, *Marcel* (1871–1922), aus maltl. *Provost* oder *Prévost,* »Justizbeamter« oder »kirchlicher Würdenträger«, zu lat. *praepositus,* »Vorgesetzter« (vgl. *Probst*), französischer Schriftsteller (z.B. »Auf der Suche nach der verlorenen Zeit«)

Prschewalskij, *Nikolaj Michailowitsch* (1839–1888), »Sohn des Umstürzlers«, zu poln. *przewalać,* »umwälzen«, russischer General und Erforscher Zentralasiens, Entdecker des Wildkamels und des nach ihm benannten Wildpferdes

Psyche, von grch. *psyché,* »Atem, Seele« (vgl. *Psychologie*), in der griechischen Mythologie ein schönes Mädchen, in das sich Eros (lat. Cupido) verliebt hatte und das in späterer Zeit als Personifikation der Seele betrachtet wurde

Ptah, ägypt. »Urheber«, »Bildhauer«, im alten Ägypten Schöpfungsgott sowie Schutzherr der Handwerker und Künstler, der zusammen mit seiner Gattin Sachmet und ihrer beider Sohn Nefertem in Memphis verehrt wurde

Ptolemäus, »Kämpfer« (zu grch. *ptolemeîn* und *polemeîn,* »Krieg führen«), nach Alexander d. Gr. Name etlicher makedonischer Herrscher Ägyptens (323–30 v. Chr.), deren Dynastie mit dem Tod Kleopatras erlosch → *Philadelphos*

Puccini, *Giacomo* (1858–1924), wahrscheinlich aus einer Koseform des Rufnamens *Iacopuzzo* (über *Iacopo* aus *Giacomo,* »Jakob«) entstanden, weltbekannter Komponist, nach Verdi Hauptvertreter der italienischen Oper

Pückler, *Hermann Fürst von Pückler-Muskau* (1785–1841), von mhd. *buckelære,* »Schildträger«, zu *buckel,* »Schildbeschlag«, Adjutant des Herzogs von Sachsen-Weimar, Lebemann und Reiseschriftsteller

Pulitzer, *Joseph* (1847–1911), wahrscheinlich nach dem tschechischen Ort *Pulice* (früher dt. *Pulitz*), amerikanischer Journalist und Verleger ungarisch-jüdischer Herkunft, der den 1917 erstmals verliehenen *Pulitzerpreis* stiftete

Pullman, *George Mortimer* (1831–1897), Wohnstättenname zu aengl. *pūl,* »Teich« (vgl. engl. *pool*), und *man,* »Mann«, amerikanischer Industrieller, Hersteller bequemer Schlafwagen (1863) sowie luxuriöser Durchgangswagen (1865)

Puschkin, *Alexander Sergejewitsch* (1799–1837), von russ. *púschka,* »Kanone«, bedeutender russischer Dichter und Begründer der modernen russischen Literatur mit einem erzählerischen Stil, der Drama, Romantik und Satire mischte

Putin, *Wladimir* (geb. 1952), von russ. *putat,* »irreführen, fehlleiten«, zu *put,* »Weg, Reise«, zunächst KGB-Offizier, seit 2000 Nachfolger Boris Jelzins als russischer Staats- und Regierungschef → *Rasputin*

Puzo, *Mario* (1920–1999), entweder aus einer Variante von ital. *puzzo,* »Gestank, Geruch«, oder aus einer Verkürzung der Koseform *Iacopuzzo* (zu ital. *Iacopo,* »Jakob«), amerikanischer Schriftsteller italienischer Herkunft

Pygmalion, »harte Faust«, zu grch. *pygmé,* »Faust«, und *malerós,* »stark«, »furchtbar«, leidenschaftlicher Verehrer Aphrodites, der sich ein elfenbeinernes Abbild seiner Geliebten schuf, dem die gerührte Göttin Leben einhauchte

Pyrrhus (319–272 v. Chr.), von grch. *pyrrhós,* »feuerfarben«, König von Epiros, der als vermeintlicher Nachfahre des Achill gegen die Römer als angebliche Enkel der Trojaner kämpfte und 279 v. Chr. gar einen teuer erkauften Sieg errang

Pythagoras (570–496 v. Chr.), zu grch. *peíthein,* »überzeugen« (oder zu *Pythios,* dem Beinamen des Apollon, der einst den Drachen *Python* getötet hatte) und *agorá,* »Versammlung«, »Marktplatz«, Philosoph und Mathematiker aus Samos

Quetzalcóatl, aus azt. *quetzalli*, »leuchtend grüne Schwanzfeder«, und *cóatl*, »Schlange«, aztekische Gottheit in Gestalt einer gefiederten Schlange, für deren Reinkarnation die arglosen Azteken den spanischen Eroberer Cortés hielten → *Cortés*

Quinn, *Antony* (1915–2001), englische Version des irischen Namens *Ó Cuinn*, »Abkömmling des Conn« (»Führer«, »Berater«), amerikanischer Schauspieler irisch-mexikanischer Abstammung

Quisling, *Vidkun* (1887–1945), »Gefolgsmann des Quis«, norwegischer Politiker, der Hitler zu Beginn des Zweiten Weltkriegs die Besetzung Norwegens empfahl und bei Kriegsende hingerichtet wurde (anorw. *Vidkun*, »weit Kundiger«)

Raabe, *Wilhelm* (1831–1910), »Schwarzer«, »Schwarzhaariger«, zu ahd. *hraban*, mhd. *raben*, »Rabe«, deutscher Erzähler des »poetischen Realismus«, der sich selbst gern *Jakob Corvinus* nannte, zu lat. *corvinus*, »Rabe«

Rabelais, *François* (ca. 1490–1553), nach einem gleichnamigen Ort, französischer Schriftsteller, Arzt und Priester, dessen fantastische Romane wegen seiner Kritik an Papst und König unter dem Anagramm *Alcofibras Nasier* erschienen

Rabin, *Jitzhak* (1922–1995), von ukr. *rabin*, »Rabbiner«, Ministerpräsident Israels (1974–1977, erneut ab 1992), Verfechter eines friedlichen Zusammenlebens mit den Arabern, von einem israelischen Extremisten ermordet → *Isaak*

Rachel, hebr. »Mutterschaf«, im Alten Testament eine Frau Jakobs, dem sie nur zwei Söhne gebar (Joseph und Benjamin), während dessen andere Frau, ihre unansehnliche Schwester Lea, diesem sechs Söhne schenkte → *Lea*

Rachmaninow, *Sergej Wassiljewitsch* (1873–1943), zu ukr. *rachmánin*, »Friedfertiger« (ironisch auch »Bettler«), von Tschaikowski beeinflusster russischer Musiker, ein weltbekannter Komponist, Pianist und Dirigent

Racine, *Jean* (1639–1699), zu frz. *racine*, »Wurzel«, großer französischer Dramatiker, Schöpfer meisterhafter Tragödien nach griechischem Vorbild, die als Höhepunkt der klassischen Bühnendichtung betrachtet werden

Radetzky, *Joseph* (1766–1858), nach der Stadt *Hradec* (zu tsch. *hrad,* »Burg«) oder von *Radomil* (zu slaw. *rad,* »froh«, und *mily,* »lieb«), österreichischer Feldmarschall, bekannt durch den nach ihm benannten Militärmarsch von Strauss

Raffael (1483–1520), eigentlich *Raffaello Santi* (zu hebr. *rafa'el,* »Gott hat geheilt«, und ital. *santo,* »Heiliger«), italienischer Maler und Architekt, Meister der italienischen Renaissance, der am Bau des Petersdoms beteiligt war

Rafsandschani, *Ali Akbar Haschemi* (geb. 1934), nach seinem Wohnort *Rafsanschan,* eigentlich *Akbar Haschemi Bahramani* (nach seinem Geburtsort), iranischer Geistlicher und von 1989 bis 1997 Staats- und Ministerpräsident

Raglan, *Lord Fitzroy James Henry Somerset* (1788–1855), aus wal. *rhag,* »vor«, und *glan,* »Böschung, Wall«, englischer Heerführer im Krimkrieg, nach dem ein von ihm bevorzugter weiter Ärmelschnitt an Sportmänteln benannt ist

Rahner, *Karl* (1904–1984), vielleicht zu mhd. *ran,* »schlank, schmächtig«, oder zu südd. *Rahne,* »rote Rübe«, deutscher katholischer Theologe, Professor für Dogmatik, der im Zweiten Vatikanischen Konzil eine wichtige Rolle spielte

Rainier, *Fürst von Monaco* (1923–2005), französische Variante von *Rainer,* zu ahd. *rāt,* »Rat, Beschluss«, und *heri,* »Heer«, Abkömmling der Familie Grimaldi, Vater des jetzigen Fürsten Albert → *Grimaldi*

Rákóczi, *Ferenc II.* (1676–1735), vielleicht zu ung. *rá,* »hinauf«, und *kocsi,* »Kutsche«, Anführer eines ungarischen Bauernaufstandes, der 1707 jedoch mit einem Sieg der kaiserlichen Truppen und der Flucht Rákóczis endete

Raleigh, *Sir Walter* (1522–1618), zu aengl. *ræge,* »Reh«, und *lēah,* »Lichtung«, englischer Seefahrer und Favorit Elizabeths I., dessen Fahrten ihn auf der Suche nach dem sagenhaften El Dorado zwei Mal bis nach Guayana führten

Rama, zu skr. *ramá,* »der Dunkle«, aber auch »Freude, Lust«, Name einer Inkarnation des indischen Gottes Vischnu, der als Bewahrer des Universums vor seiner Rückkehr in den Himmel den bösen König der Insel Lanka besiegte

Ramses II. (ca. 1290–1224 v. Chr.), aus ägypt. *Ra-messu,* »Râ hat ihn geboren«, bedeutendster der elf ägyptischen Könige dieses Namens, 1285 v. Chr. bei Kadesch Sieger über die Hethiter, größter Bauherr der ägyptischen Geschichte

Ran, von anord. *ran*, »Raub«, in der nordischen Sage mit dem Meerriesen Aegir vermählte Todesgöttin, die über ein Reich am Grunde des Meeres herrschte und vor allem den Seeleuten auflauerte → *Aegir*

Raschid (763–809), auch *Harun ar-Raschid*, arab. »Aaron der Rechtgeleitete«, siebter Abbasiden-Kalif, unter dem Bagdad zu einem Zentrum der Kunst, Literatur und Wissenschaft wurde

Rasmussen, *Knud* (1879–1933), patronymische Ableitung von *Erasmus*, zu grch. *erásmios*, »willkommen, lieblich« (vgl. *Eros*), dänischer Polarforscher, der ab 1912 mehrere Expeditionen in die Arktis leitete (*Knud* zu ahd. *knūz*, »keck«)

Rasputin, *Grigorij Jefimowitsch* (1864–1916), von russ. *raspútat'*, »aufklären«, und *raspútje*, »Scheideweg« (wohl nicht zu *raspútnij*, »unzüchtig«), russischer Mönch, Wunderheiler und einflussreicher Berater am Zarenhof → *Putin*

Rathenau, *Walther* (1867–1922), nach *Rathenow* in Brandenburg, deutscher Industrieller jüdischer Herkunft, im Ersten Weltkrieg Rohstoffbeschaffer, danach Wiederaufbau- und Außenminister, von rechtsradikalen Offizieren ermordet

Rau, *Johannes* (1931–2006), zu mhd. *rūch*, »struppig, zottig« (auch »unwirsch«), von 1978 bis 1998 Ministerpräsident des Landes Nordrhein-Westfalen, von 1999 bis 2004 achter Bundespräsident (liebevoll auch »Bruder Johannes« genannt)

Ravel, *Maurice* (1875–1937), über frz. *revelin*, »Außenwall« (zu lat. *rivus*, »Wassergraben vor einer Befestigungsmauer«), oder zu frz. *rebelle*, »aufsässig« (vielleicht auch zu frz. *rave*, »Rübe«), berühmter französischer Komponist

Rê (grch. *Râ*), »Sonne«, Göttervater und Sonnengott der alten Ägypter, Schöpfer der Erde und der Menschheit sowie Vater aller Pharaonen (daher der Titel *Ramses* oder *Ramose*, aus ägypt. *Ra-messu*, »Sohn des Rê«) → *Moses, Ramses*

Reagan, *Ronald Wilson* (1911–2004), anglisierte Form des irischen Namens *Ó Riagáin*, »Sohn des Riagán« (»kleiner König«), amerikanischer Schauspieler und konservativer Politiker, von 1981 bis 1989 der 40. Präsident der USA

Réaumur, *René Antoine Ferchault Seigneur de* (1683–1757), nach *Réaumur* bei Le Havre (*Ferchault* zu germ. *ferc-*, »Welt«, und ahd. *waltan*, »herrschen«), französischer Erfinder eines Alkoholthermometers mit neuer Skaleneinteilung

Rebroff, *Ivan* (geb. 1931), zu russ. *rebró*, »Rippe«, und *rebróm*, »hoch«, Künstlername des deutschen Sängers *Hans-Rolf Rippert* (zu ahd. *rīhhi*, »mächtig«, und *beraht*, »glänzend«), vor allem Interpret russischer Lieder

Redon, *Odilon* (1840–1916), Herkunftsname zu *Redon* in NW-Frankreich (nach dem keltischen Volksstamm der *Redones*) oder zu lat. *rotundus*, »kugelrund«, französischer Maler, Schöpfer von Bildern aus einer fantastischen Traumwelt

Reed, *Walter* (1851–1902), kaum von engl. *reed*, »Schilf« (vgl. *Ried*), sondern von aengl. *rēad*, »rot(haarig)«, amerikanischer Militärarzt und Bakteriologe, der den Erreger des Gelbfiebers entdeckte und Therapiemöglichkeiten erforschte

Reger, *Max* (1873–1916), von mhd. *regen*, »in Bewegung setzen«, deutscher Komponist, der mit seinen Werken sowohl der Kammer- als auch der Orgelmusik zu neuem Ansehen verholfen und die Kirchenmusik bereichert hat

Reinhardt, *Max* (1873–1943), zu ahd. *rāt*, »Rat, Beschluss«, und *harti*, »hart«, österreichisch-deutscher Schauspieler und Theaterproduzent, der 1904 wegen des zunehmenden Antisemitismus seinen jüdischen Namen *Max Goldmann* ablegte

Remarque, *Erich Maria* (1898–1970), frz. »Bemerkung«, deutsch-amerikanischer Schriftsteller, der nach dem Verbot seiner Bücher durch die Nazis seinen Geburtsnamen *Erich Paul Remark* französisierte und 1939 in die USA emigrierte

Rembrandt, *Harmenszoon van Rijn* (1606–1669), aus dem Rufnamen *Reinbrand* (zu ahd. *rāt*, »Rat«, und *brand*, »Flammenschwert«), holländischer Maler und Zeichner, dessen Kunst so begehrt war, dass sein Vorname als Signatur genügte

Renault, *Louis* (1877–1944), aus dem alten germanischen Rufnamen *Raginald*, dt. *Reinhold* (zu ahd. *rāt*, »Ratschluss«, und *waltan*, »herrschen«), französischer Konstrukteur und Industrieller, ab 1898 Produzent von Automobilen

Renoir, *Auguste* (1841–1919), aus germ. *Raginward* (zu ahd. *rāt*, »Ratschluss«, und *ward*, »Hüter«), französischer impressionistischer Maler, und Sohn *Jean* (1894–1979), weltbekannter Filmautor und Filmregisseur

Rhodes, *Cecil* (1853–1902), zu aengl. *rod(u)*, »Rodungsfläche«, englischer Kolonialpolitiker, 1889 Gründer der British South Africa Company, die das Land zwischen Tanganjika und Transvaal erwarb und nach ihm *Rhodesien* benannte

Ribbentrop, *Joachim von* (1893–1946), nach *Ribbensdorf* bei Wolfsburg, aus ahd. *rīhhi*, »mächtig«, *beraht*, »glänzend«, und mnd. *dorp*, »Dorf«, deutscher Politiker, ab 1938 Außenminister unter Hitler, 1945 zum Tod verurteilt

Ribera, *José de* (1588–1652), span. »Fluss-, Meeresufer« (zu lat. *ripa*, »Ufer, Rand«), spanischer Maler und Radierer, dessen realistische Bildnisse von spanischer Leidenschaft und tiefer Religiosität zeugen

Rice, *Condoleezza* (geb. 1954), von engl. *rice*, »Reis«, oder Variante des irischen Namens *Rhys*, zu kelt. *rhys*, »Glut«, schwarz-amerikanische Politikerin, seit 1999 US-Außenministerin (*Condoleezza* aus ital. *con dolcezza*, »mit Süße«)

Richard I., genannt »Löwenherz« (1157–1199), zu ahd. *rīhhi*, »mächtig«, und *harti*, »hart«, berühmter englischer König, von 1190 bis 1192 Teilnehmer am dritten Kreuzzug, Eroberer von Zypern und Akko, Sieger über Sultan Saladin

Richelieu, *Armand Jean du Plessis, Duc de* (1585–1642), aus frz. *riche*, »reich«, und *lieu*, »Ort«, französischer Kardinal und Staatsmann, Verteidiger des Absolutismus, beteiligt an den Vorverhandlungen für den Westfälischen Frieden

Riemenschneider, *Tilman* (ca. 1460–1531), »Hersteller von Lederriemen« (*Tilman*, von *Detlef* und *Thialf*, zu ahd. *diot*, »Volk«, und *leiba*, »Erbe«, oder von afries. *til*, »gut, tüchtig«), deutscher spätgotischer Bildhauer und Bildschnitzer

Rilke, *Rainer Maria* (1875–1926), wohl aus einer Koseform von *Rudolf* oder *Rüdiger* (zu ahd. *hruom*, »Ruhm«, und *wolf*, »Wolf«, bzw. *gēr*, »Speer«), österreichischer romantischer Dichter mit einem unsteten Wanderleben

Rimski-Korsakow, *Nikolaj Andrejewitsch* (1844–1908), Adelsname mit Verweis auf den lettischen Stamm der *Kuren* (russ. *Kors*) und dem Zusatz *Rimski*, zu russ. *rímskij*, »römisch(-katholisch)«, russischer Komponist und Musikpädagoge

Ringelnatz, *Joachim* (1883–1934), mdl. »Seepferdchen«, Pseudonym des deutschen Schriftstellers *Hans Bötticher* (zu mhd. *büte*, »Bottich«), der seine aus Unsinn und Tiefsinn gemischten Gedichte in diversen Kabaretts vortrug

Rinser, *Luise* (1911–2002), wohl von *Rünser*, zu mhd. *runs* und *runst*, »Wasserlauf«, deutsche Schriftstellerin, anlässlich ihres ersten Romans von den Nazis inhaftiert, nach dem Krieg Journalistin und Romanautorin

Robbins, *Harold* (1916–1997), Koseform von *Rob* (für *Robert*) mit patronymischem End-*s*, Künstlername des amerikanischen Schriftstellers *Harold Rubin*, ein Sohn jüdischer Einwanderer aus Polen und Russland

Roberts, *Chris* (geb. 1944), »Sohn des Robert« (von ahd. *Hrodeberht*, aus *hruom*, »Ruhm«, und *beraht*, »glänzend«), englisches Pseudonym des deutschen Schlagersängers *Christian Klusáček* (»kleiner Traber«, zu tsch. *klus*, »Trab«)

Robespierre, *Maximilien François Marie Isidore de* (1763–1794), aus *Robert* und *Pierre* (dt. *Peter*), gefürchteter Politiker der Französischen Revolution, der Hunderte kurzerhand köpfen ließ und auf der Hinrichtung Ludwigs XVI. bestand

Robinson, »Sohn des Robin« (zu engl. *robin*, »Rotkehlchen«, vgl. *Robin Hood*) oder »Sohn des Rabbiners« (zu hebr. *rabb*, »Rabbiner«), als *Robinson Crusoe* berühmter Titelheld in Daniel Defoes gleichnamigem Roman

Rochefort, *Victor Henri* (1830–1913), »standhafter Fels« (zu frz. *roche*, »Fels«, und *fort*, »haltbar, fest«), französischer republikanischer Politiker und Verfasser sozialkritischer autobiografischer Romane und Memoiren

Rodin, *Auguste* (1840–1917), vom alten Rufnamen *Hrodo* (zu germ. *hroth,* »Ruhm«), französischer Bildhauer, dessen oft nur teilweise aus dem Steinblock herausgearbeitete Figuren malerisch-impressionistisch anmuten

Roger, *Frère* (1915–2005), von *Rüdiger* (zu germ. *hroth,* »Ruhm«, und *gēr,* »Speer«), geboren als *Roger Louis Schutz-Marsauche,* weltbekannter Gründer und Prior der ökumenischen Bruderschaft von Taizé im französischen Burgund

Röhm, *Ernst* (1887–1934), von mnd. *rōm,* »Ruhm, Prahlerei«, deutscher nationalsozialistischer Politiker, seit 1930 Stabschef der SA, 1934 wegen eines angeblichen Putsches gegen Hitler mit anderen SA-Führern erschossen

Rommel, *Erwin* (1891–1944), aus dem alten Rufnamen *Rumold* (zu ahd. *hruom,* »Ruhm«, und *waltan,* »herrschen«), deutscher Generalfeldmarschall im Zweiten Weltkrieg, dessen ritterliche Kampfführung selbst die Gegner anerkannten, von Hitler zum Selbstmord gezwungen

Romulus, »kleiner Römer«, Sohn der Göttin Rea Silvia und des Mars, der mit seinem Zwillingsbruder Remus laut Sage von einer Wölfin gesäugt wurde und 753 die Stadt *Rom* gründete (*Remus* vielleicht ebenfalls verwandt mit *Rom*)

Roncalli, *Angelo Giuseppe* (1881–1963), »Sichelmännchen«, Verkleinerungsform von ital. *ronca,* »sichelförmiges Messer« (zu *roncare,* »mit der Sichel mähen«), Geburtsname des späteren Papstes Johannes XXIII.

Röntgen, *Konrad Wilhelm* (1845–1923), friesische Kurzform von *Hieronymus* (zu grch. *hierós,* »heilig«, und *ónoma,* »Name«), Entdecker der elektromagnetischen Strahlen, die er bescheiden X-Strahlen, also unbekannte Strahlen nannte

Roosevelt, *Franklin D. (Delano),* 1882–1945, zu ndl. *roos,* »Rose«, und *veld,* »Feld«, ab 1932 viermaliger US-Präsident, Verhandlungspartner Churchills und Stalins auf den für die Neuordnung Europas wichtigen Kriegskonferenzen → *Churchill, Stalin*

Ross, *Sir John* (1777–1856), zu gäl. *ros,* »Sumpf«, britischer Seefahrer auf der Suche nach einer Nord-West-Passage in der Arktis und, zusammen mit seinem Neffen *James Clarke Ross* (1800–1862), Erforscher der Antarktis (1841–1842)

Rossini, *Gioacchino Antonio* (1792–1868), etwa »kleiner Rotschopf«, aus einer Verkleinerungsform von ital. *rosso*, »rot«, berühmter italienischer Komponist zahlreicher Opern, letzter großer Meister der alten Opera buffa

Roth, *Joseph* (1894–1939), zu mhd. *rōt*, »rot« (auch »listig«), oder zu mhd. *rōt, rāt*, »Rat«, österreichischer Schriftsteller, der in seinen Werken dem alten Leben in der Donaumonarchie und seiner galizisch-jüdischen Heimat nachtrauerte

Rothschild, *Meyer Amschel* (1744–1812), Gründer einer internationalen Bank, deren Stammhaus im Frankfurter Judenviertel er mit einem »roten Schild« markiert hatte (*Meyer* zu hebr. *me'ir*, »leuchtend«, *Amschel* zu *asher*, »Glück«)

Rousseau, *Jean-Jacques* (1712–1778), »Rotschopf«, aus afrz. *rousset*, zu lat. *russus*, »hellrot«, französisch-schweizerischer Schriftsteller und Philosoph hugenottischer Herkunft → *Rossini*

Rubens, *Peter Paul* (1577–1640), patronymische Ableitung von *Robert* (zu germ. *hroth*, »Ruhm, Ehre«, und *beraht*, »glänzend«), flämischer Maler, dessen weltbekannte Bilder Leidenschaft und Sinnlichkeit ausstrahlen

Ruisdael, *Jacob Isaakszoon van* (1628–1682), aus ndl. *ruisen*, »rauschen«, und *dal*, »Tal«, berühmtester niederländischer Landschaftsmaler, Schöpfer von stimmungsvollen Waldszenerien und Stadtansichten sowie von Seestücken

Rurik (gest. um 880), Form des Rufnamens *Roderich* (zu germ. *hroth*, »Ruhm«, und ahd. *rīhhi*, »reich«), Warägerführer aus dem schwedischen Stamm der Rus, der mit seinen Brüdern das erste russische Staatswesen gründete

Rushdie, *Salman* (geb. 1947), arab. »der Reife«, »der Weise«, britischer Schriftsteller indischer Herkunft, der mit seinen »Satanischen Versen« weltbekannt wurde, in der islamischen Welt jedoch Entrüstung hervorrief

Ruskin, *John* (1819–1900), Verkleinerungsform des alten Namens *Rosce*, zu germ. *hroth*, »Ruhm, Ehre«, englischer

Schriftsteller, Sozialreformer und Maler, der ein Evangelium äußerer und innerer Schönheit predigte

Russell, *Bertrand* (1872–1970), Anglisierung des Namens *Rosselini* (zu ital. *rosa*, »Rose«) oder aus afrz. *rous-el*, Verkleinerungsform von *rous*, »rot«, britischer Mathematiker und Philosoph sowie bekennender Pazifist

Sacher-Masoch, *Leopold Ritter von* (1836–1895), wohl zu span. *sachar*, »jäten«, bzw. russ. *masók*, »Pinselstrich«, bekannt als Autor von Erzählungen aus seiner jüdisch-galizischen Heimat, berühmt durch die Darstellung sexueller Abartigkeit

Sachmet, »Mächtige«, nach altägyptischem Glauben Gattin des Ptah, zugleich Kriegsgöttin und Heilgöttin, die böse Seuchen bringen, aber auch kurieren konnte, weshalb die ägyptischen Ärzte sie um Beistand anriefen → *Bastet, Ptah*

Sachs, *Hans* (1494–1576), Verweis auf den Volksstamm der *Sachsen*, zu ahd. *sahs*, »kleines zweischneidiges Schwert«, deutscher Dichter, Schöpfer von Fastnachtspielen und Komödien, 1517 Meistersinger in Nürnberg

Sadat, *Anwar el* (1918–1981), »Richtigkeit« (*Anwar*, »Strahlender«, zu arab. *nur*, »Licht«), ägyptischer Politiker, 1970 Nachfolger Nassers als Staatspräsident, Vertreter einer Nahost-Friedenspolitik, bei einer Militärparade in Kairo ermordet → *Nasser*

Saddam Hussein (geb. 1937), aus dem bei der Machtergreifung selbst gewählten Beinamen *Saddam*, »Streit«, und dem Geburtsnamen *Hussein*, »Schöner«, rücksichtsloser ehemaliger Staatschef des Irak, verantwortlich für drei Golfkriege

Sade, *Donatien-Alphonse-Françoise, Marquis de* (1740–1814), zu afrz. und prov. *sade*, »geschmackvoll« (auch »weise«), berühmt-berüchtigter französischer Schriftsteller, dessen in der Haft verfasste Schilderungen von Liebe, Lust und Grausamkeit für Aufsehen sorgten

Sagan, *Françoise* (1935–2004), nach einer Romanfigur (in Prousts »Die verlorene Zeit«) gewähltes Pseudonym der französischen Schriftstellerin *Françoise Quoirez*, zu afrz. *quoi*, »Schweiger«, »zugeknöpfter Mensch«

Saint-Exupéry, *Antoine de* (1900–1944), Verweis auf den Namen des heiligen Märtyrers *Exupère* (zu lat. *exsuperare*, »sich hoch erheben«), französischer Flieger und ein die Technik bejahender Schriftsteller

Saladin (1138–1193), aus arab. *salah ed-din*, »Heil der Religion«, eigentlich *Jussuf ibn Ajjub* (zu arab. *ayub*, »reuiger Büßer«, vgl. *Hiob*), muslimischer Heerführer, Sultan von Ägypten und Syrien, Sieger über die christlichen Kreuzritter

Sallust (86–35 v. Chr.), vielleicht zu lat. *salus*, »Heil«, römischer Historiker mit Beinamen *Crispus*, »Krauskopf«, der im Bürgerkrieg auf Caesars Seite gegen Pompejus kämpfte und 46 v. Chr. Statthalter der Provinz Africa Nova wurde

Salome (gest. ca. 72 n. Chr.), »Friedfertige«, griechische weibliche Form des hebräischen Namens *Salomon*, boshafte Stieftochter des Herodes Antipas, den sie mit einem lasziven Tanz betörte und um den Kopf Johannes' des Täufers bat

Salomon (9. Jh. v. Chr.), zu hebr. *shalom*, »Friede«, oder zu *shalem*, »ersetzen, wiederherstellen«, König von Israel und Juda, im Orient das Idealbild des weisen und mächtigen Herrschers → *Salome*

Samson (auch *Simson*), von hebr. *shim'shon*, »Glänzender«, »stark wie die Sonne«, im Alten Testament Mann Dalilas, die ihm seine Kraft verleihenden Locken abschnitt und damit den Philistern auslieferte → *Dalila*

Sandwich, *John Montague* (1718–1792), nach einer Stadt in Kent (zu aengl. *sand*, »Sand«, und *wīc*, »Hafen«), britischer Earl und Erster Lord der Admiralität, nach dem James Cook 1778 die Hawaii-Inseln zunächst *Sandwich-Islands* nannte

Sara (auch *Sarah*), hebr. »Fürstin«, scheinbar unfruchtbare Frau des Abraham, die dessen mit ihrer Sklavin Hagar gezeugten Sohn Ismael an Kindes statt annahm, nach der Geburt eines eigenen Sohnes, Isaaks, jedoch in die Wüste schickte

Saroyan, *William* (1908–1981), armen. »Hoheit«, amerikanischer Schriftsteller, Verfasser impressionistischer, idyllischer Erzählungen und Romane vom amerikanischen Alltag (z. B. die berühmte »Menschliche Komödie«)

Sartre, *Jean-Paul* (1905–1980), sfrz. »Schneider« (zu lat. *sartor*, »Flickschneider«), französischer Schriftsteller und Existentialist, der in seinen Werken eine gewollt pessimistische Philosophie vertrat

Saturn, wohl zu lat. *serere, satum*, »säen«, altrömischer Gott des Ackerbaus, der einst, von Jupiter aus dem Himmel vertrieben, nach Italien gekommen war und den Menschen ein goldenes Zeitalter beschert hatte

Saud → *Ibn Saud*

Saul (um 1000 v. Chr.), zu hebr. *sha'ul*, »erwünscht«, erster König Israels, von Samuel heimlich zum »Fürsten« über Israel gesalbt, dann per Los zum König gewählt und vom ganzen Volk als Herrscher anerkannt → *Paulus*

Sax, *Antoine-Joseph*, genannt *Adolphe* (1814–1894), nach dem Stamm der *Sachsen* (zu ahd. *sahs*, »kleines zweischneidiges Schwert«), französischer Instrumentenbauer, Erfinder des *Saxofons* (zu grch. *phoné*, »Klang, Ton«)

Schäuble, *Wolfgang* (geb. 1942), zu mhd. *schoup*, »Garbe, Strohbund«, deutscher Politiker und Jurist, von 1991 bis 2000 Vorsitzender der CDU/CSU-Bundestagsfraktion, seit 2005 Innenminister im Kabinett Merkel

Scheel, *Walter* (geb. 1919), zu mnd. *schēl*, »schielend«, deutscher Politiker, ehemaliger Vorsitzender der FDP, Außenminister unter Willy Brandt und von 1974 bis 1979 Bundespräsident → *Schiller*

Scheidemann, *Philipp* (1865–1939), zu mhd. *scheide(man)*, »Schiedsrichter«, deutscher SPD-Politiker, 1919 von Reichspräsident Ebert zum ersten Ministerpräsidenten der Weimarer Republik ernannt

Schelling, *Friedrich Wilhelm Joseph von* (1775–1854), zu mnd. *schellic*, »aufgeregt, lärmend«, deutscher Natur- und Religionsphilosoph, der 1798 von Goethe an die Jenaer Universität berufen wurde

Schiller, *Johann Christoph Friedrich von* (1759–1805), zu mhd. *schilhen*, »schielen« (vgl. auch den Namen *Schily*), deutscher Dichter und Dramatiker, Geschichtsprofessor in Jena, ein Zeitgenosse und Freund Goethes → *Scheel*

Schinkel, *Karl Friedrich* (1781–1841), zu mhd. *schinkel*, »Schenkel, Schinken«, deutscher Maler und Baumeister, dessen Architekturstil Schönheit und Zweckmäßigkeit miteinander verband

Schiva, skr. »Glück Verheißender« und »Gütiger, Gnädiger«, einer der mächtigsten und widersprüchlichsten hinduistischen Götter, Schöpfer der kosmischen Ordnung aus dem Urchaos, aber auch Personifizierung der Zerstörungskraft

Schlegel, *August Wilhelm von* (1767–1845), von mhd. *slegel*, »Schlagwerkzeug« (auch »Flegel«), deutscher romantischer Dichter, Literaturhistoriker und Übersetzer, dessen eigene Poesie jedoch ohne große Wirkung blieb

Schleiermacher, *Friedrich Daniel Ernst* (1768–1834), Berufsname eines Webers von Schleiern und Kopftüchern, deutscher Theologe, Pädagoge und Philosoph, der sich vor allem mit Fragen der Ethik und dem Wesen der Religion befasste

Schlemihl, *Peter* (1867–1926), von jidd. *schlemiel*, »Pechvogel«, Pseudonym des deutschen Schriftstellers *Ludwig Thoma* für seine Veröffentlichungen im »Simplicissimus« (von *Thomas*, zu aram. *te'oma*, »Zwilling«)

Schliemann, *Heinrich* (1822–1890), wohl Berufsname eines Fischers oder Fischverkäufers, zu mnd. *slī*, »Schleie«, deutscher Archäologe, der durch die Wiederentdeckung und Ausgrabung der antiken Stadt Troja bekannt wurde

Schmeling, *Max* (1905–2005), zu mhd. *smal*, »dünn, klein, gering«, Boxidol des 20. Jahrhunderts, dem wegen seiner Fairness und Bescheidenheit im In- und Ausland großer Respekt gezollt wurde

Schmidt, *Helmut* (geb. 1918), von mhd. *smit*, »Schmied«, deutscher SPD-Politiker, 1969 Bundesverteidigungsminister im Kabinett Willy Brandt, 1972 Bundesminister für Wirtschaft und Finanzen, von 1974 bis 1982 Bundeskanzler

Schneider, *Romy* (1938–1982), eigentlich *Rosemarie Magdalene Albach* (wohl aus voridg. *alb*, »Berg«, und ahd. *aha*, »fließendes Wasser«), österreichische Schauspielerin (mit dem Künstlernamen ihrer Mutter *Magda Schneider*)

Scholem Alejchem (1859–1916), »Friede sei mit euch«, zu hebr. *shalom*, »Friede«, jiddischer Künstlername des humoristischen ukrainischen Dichters *Schalom Rabinowitsch* (»Sohn des Rabbiners«, zu ukr. *rabin*, »Rabbi«)

Schönherr, *Dietmar* (geb. 1926), Pseudonym des österreichisch-deutschen Schauspielers *Dietmar Otto Edler von Schönleiten* (alter österreichischer Adelstitel sowie Herkunftsname nach dem österreichischen Ortsnamen *Leiten*)

Schopenhauer, *Arthur* (1788–1860), Berufsname zu mnd. *schōpe*, »Schöpfkelle«, und *houwer*, »Hauer«, berühmter deutscher Philosoph, Hauptvertreter des metaphysischen Voluntarismus (zu lat. *voluntas*, »freier Wille«)

Schostakowitsch, *Dimitrij Dmitrijewitsch* (1906–1975), wohl von poln. *szóstaków* (Scheidemünze im 16. Jh.), zu *szósta*, »Sechstel (eines Groschens)«, russischer Komponist polnischer Herkunft, berühmt für seine Sinfonien und Opern

Schröder, *Gerhard Fritz Kurt* (geb. 1944), von mnd. *schrode* und *schrader*, »Schneider« (auch »Wein- und Bierverlader«), deutscher SPD-Politiker, ab 1994 Ministerpräsident von Niedersachsen, von 1998 bis 2005 Bundeskanzler

Schu, ägypt. »Leere« (nach anderer Quelle »Träger«), ägyptischer Luftgott, Gatte und Bruder der Tefnut, die beide von Rê hervorgebracht wurden, indem dieser sie aus seinem Mund bzw. seiner Nase ausstieß → *Geb*, *Nut*

Schubert, *Franz* (1797–1828), mhd. *schuochwürhte*, *schūworte*, »Schuster«, österreichischer Komponist, der in nur 15 Jahren viele berühmte Sinfonien und Streichquartette, Klaviersonaten und Messen, Chorwerke und Lieder schuf

Schumann, *Robert* (1810–1856), zu mhd. *schuochman*, »Schuhmacher«, deutscher Komponist lyrischer Lieder (insbesondere nach Gedichten von Goethe, Eichendorff und Heine) sowie meisterhafter Klavier- und Orchesterwerke

Schwarz, *Berthold* (14. Jh.), aus lat. *Bartoldus niger* (»schwarz«), Fehlbezeichnung des Konstanzer Mönchs Berthold (eigentlich Konstantin Anklitzen), eines Meisters der »Schwarzen Kunst«, der angeblich das »Schwarzpulver« erfand

Schweitzer, *Albert* (1875–1965), »aus der Schweiz Stammender«, elsässischer Theologe, Musiker und Arzt, der als Missionar 1913 ein mit Vortragsreisen und Orgelkonzerten finanziertes Tropenhospital in Lambarene (Gabun) gründete

Scipio (185–121 v. Chr.), lat. »Stab«, genauer *Publius Cornelius Scipio Aemilianus* (»Nacheiferer«), römischer Feldherr, nach der Einnahme Karthagos mit dem Beinamen *Africanus* geehrt (auch mit dem Zusatz *minor*, »der Jüngere«)

Scott, *Sir Walter* (1771–1832), von aengl. *Scott*, »Schotte« (ursprünglich »Ire«, da die keltischen *Skoten* einst aus Irland zugewandert waren), schottischer Autor historischer Romane, deren bekanntester »Ivanhoe« ist

Seghers, *Anna* (1900–1983), aus *Sigiher* (zu ahd. *sigu*, »Sieg«, und *heri*, »Heer«), Künstlername der deutsch-jüdischen Schriftstellerin *Netty Reiling* (nach *Reiling* in Baden-Württemberg), der Hauptvertreterin des sozialistischen Realismus

Selassie, *Haile* (1892–1975), »Macht der Dreifaltigkeit«, Name des letzten äthiopischen Kaisers (von 1930 bis zu seinem Sturz 1974), zuvor *Ras* (»Prinz«) *Tafari Makonnen* (»Anführer, Herrscher«)

Selene, »Schimmernde«, zu grch. *sélas*, »Glanz«, mythische griechische Mondgöttin (später mit Artemis gleichgesetzt), Tochter des Hyperion sowie Schwester des Helios und der Eos → *Hyperion, Luna*

Seleukos I. (358–281 v. Chr.), »strahlend Leuchtender«, aus grch. *sélas*, »Glanz«, und *leukós*, »hell, weiß«, Herrscher über ein vorderasiatisches Reich bis fast zum Indus, das unter seinen Nachfolgern jedoch zunehmend zerfiel

Sem, von hebr. *shem*, »Name«, ältester der drei Noah-Söhne (vor Cham und Japhet), laut dem Buch Genesis Stammvater der *Semiten* (vgl. die *semitische* Sprache der Juden, Araber, Babylonier, Assyrer und Phönizier)

Semiramis, zu assyr. *sammuramat*, »Tauben-Liebhaberin« (nach ihrem Tod angeblich selbst in eine Bergtaube verwandelt), legendäre Gründerin Babylons, deren hängende Gärten in der Antike zu den sieben Weltwundern zählten

Seneca (ca. 4 v. Chr. bis 65 n. Chr.), von lat. *senectus,* »gealtert«, »weise« (zu *senex,* »Greis«), mit vollem Namen *Lucius Annaeus Seneca,* berühmter römischer Philosoph und Dichter, Lehrer des Kaisers Nero

Seth, »Kraftstrotzender«, ägyptischer Kampfgott und schakalköpfiger Wüstengott, boshafter und impotenter Bruder der Isis und ihres fruchtbaren Gemahls Osiris, den er aus Eifersucht tötete und zerstückelte → *Osiris*

Seurat, *Georges* (1859–1891), aus einer Koseform von *Severin,* zu lat. *severus,* »ernst, streng«, französischer Maler, Entwickler der neoimpressionistischen Methode des Pointillismus (»Punktmalerei«, zu frz. und engl. *point,* »Punkt«)

Seymour, *Jane* (ca. 1509–1537), nach dem alten Familiensitz *Saint Maur* in der Normandie (»Heiliger Maurus«, vgl. *Mohr*), englische Königin, dritte Frau König Heinrichs VIII., die er nach der Hinrichtung Anna Boleyns heiratete → *Boleyn*

Shakespeare, *William* (1564–1616), »Schüttelspeer«, aus engl. *shake,* »schütteln«, und *spear,* »Speer«, englischer Dramatiker, ein unermüdlicher Schöpfer von historischen Tragödien, Komödien und ausgelassenen Possen

Shamir, *Jitzhak* (geb. 1915), von hebr. *shamir,* »Feuerstein«, israelischer Politiker polnischer Herkunft (eigentlich *Jitzhak Jasernitzky,* zu poln. *jasny,* »hell, klar«), 1980 Außenminister, zwischen 1983 und 1992 zweimal Premierminister → *Isaak*

Shapiro, *Karl* (1913–2000), jiddische Form des Städtenamens *Speyer* oder zu hebr. *shepar,* »schön sein«, amerikanischer Lyriker, dessen den Krieg und die Ungerechtigkeit behandelnde Gedichte sein Bekenntnis zum Judentum belegen

Sharif, *Omar* (geb. 1932), zu arab. *sharif,* »Adliger«, und *Omar,* »Fürst«, Künstlername des berühmten ägyptischen Schauspielers *Michael Chalhoub* (vielleicht von arab. *cha'llab,* »faszinierend, packend«)

Sharon, *Ariel* (geb. 1928), nach der israelischen Küstenebene *Sharon,* zu hebr. *sarar,* »breit sein«, Wahlname des in Polen als *Ariel Scheinermann* geborenen israelischen Politikers (zu mhd. *schīn,* »Urkunde«; hebr. *Ariel,* »Löwe Gottes«)

Shaw, *George Bernard* (1856–1950), Wohnstättenname zu aengl. *sceaga*, »Dickicht, Wäldchen« (auch »Waldlichtung«), irischer Dichter und Schöpfer des modernen englischen Dramas

Shelley, *Percy Bysshe* (1792–1822), nach einem Ort *Shelley* in Essex oder Suffolk, aus aengl. *scylf*, »kantiger Stein, Fels«, und *lēah*, »Waldrodung«, romantischer, leidenschaftlicher englischer Dichter (*Bysshe* zu aengl. *byść*, »Gebüsch«)

Siemens, *Werner von* (1816–1892), patronymische Form des Rufnamens *Simon*, zu hebr. *shim'ōn*, »Erhörung«, deutscher Ingenieur und Pionier der Elektrotechnik, der 1847 das nach ihm benannte Unternehmen gründete

Signoret, *Simone* (1921–1985), zu frz. *seigneur*, »hoher Herr«, bis 1945 Tarnname der deutsch-französischen Filmschauspielerin jüdischer Herkunft *Simone Henriette Charlotte Kaminker* (nach dem Ort *Kamink*, zu poln. *kamień*, »Stein«)

Sikorsky, *Igor* (1889–1972), von ukr. *sikórka*, »Meise«, ukrainischer Erfinder, der in Russland das erste viermotorige Flugzeug baute und nach dem Ersten Weltkrieg in Amerika Flugboote und Hubschrauber entwickelte

Silesius, *Angelus* (1624–1677), lat. »Schlesier« (*Angelus*, »Engel«), anlässlich der Konversion vom lutherischen zum katholischen Glauben Wahlname des schlesischen Dichters *Johann Scheffler* (wohl zu mhd. *scheffelære*, »Fassbinder«)

Silhouette, *Etienne de* (1709–1767), zu bask. *zilho*, »Grotte«, spöttisch belächelter Finanzminister König Ludwigs XV., der aus übergroßer Sparsamkeit preiswerte Schattenbilder anstatt aufwendig gemalter Miniaturporträts befürwortete

Sillitoe, *Alan* (geb. 1928), Wohnstättenname zu aengl. *sælig*, »glücklich«, und *at (h)ōe*, »am Hügel«, englischer Schriftsteller, der mit seinen Erzählungen über die Probleme der Arbeitswelt an die Solidarität des Lesers appelliert

Silvester I. (314–335), lat. »Waldbewohner«, zur Zeit Kaiser Konstantins d. Gr. gewählter Papst, der über dem Grab des Petrus die erste Peterskirche erbauen ließ und dessen Todestag am 31. Dezember bis heute als *Silvesterabend* gilt

Simons, *Menno* (1496–1561), »Sohn des Simon«, zu hebr. *shim'ōn,* »Erhörung«, holländischer Führer der freikirchlichen Täuferbewegung der *Mennoniten* (fries. *Menno* von *Meinold,* zu ahd. *megin,* »Macht«, und *waltan,* »wirken«)

Sin, »glänzendes Himmelsboot«, weiser akkadischer Mondgott, dessen Zu- und Abnehmen die Zeit maß und an dessen Fest *Sabattu,* dem Neumondtag, alle Haupttätigkeiten zu ruhen hatten (vgl. *Sabbat,* zu hebr. *shabbāt,* »aufhören«)

Sirikit (geb. 1932), thail. »Schönheit und Ehre«, mit vollem Geburtsnamen *Mom Rajawongse Sirikit Kitiyakara* (»Ruhmreiches Mitglied Sirikit aus der Familie Kitiyakara«), seit 1950 Gemahlin des thailändischen Königs Bhumibol

Sisley, *Alfred* (1839–1899), von *Cécile,* zu lat. *caecus,* »blind, trübäugig« (vgl. *Cäcilia*), französischer impressionistischer Maler lichtdurchfluteter Landschaften, insbesondere der Île-de-France

Sisyphus, zu grch. *sophós,* »Schlaukopf« (mit *si*-Verstärkung), mythischer Schelm, der in der Unterwelt zur Strafe für seine Freveltaten (z. B. zeugte er bei einer Vergewaltigung den Odysseus) unablässig einen Felsblock bergauf rollen musste

Skanderbeg (1405–1468), aus türk. *Iskender-Beg,* »Herr Alexander«, Fürst und Nationalheld der Albaner, der als Generalkapitän mehrere Feldzüge der Türken abwehrte und bis zu seinem Tod die Unabhängigkeit seines Landes verteidigte

Skylla (auch *Szylla*), zu grch. *skýlax,* »Welpe«, mythisches Ungeheuer mit sechs Köpfen und zwölf Beinen, das in einer Höhle an der Straße von Messina wie ein Welpe winselnd Seeleute anlockte, ihnen die Knochen brach und sie verschlang

Smetana, *Bedřich* (1824–1884), von tsch. *smetana,* »Sahne, Rahm« (davon *Schmetterling,* »Molkedieb«), tschechischer Komponist und Pianist, dessen Werke Volkstümlichkeit und Wärme ausstrahlen (tsch. *Bedřich,* »Friedrich«)

Sokrates (469–399 v. Chr.), aus grch. *sotér,* »Retter«, und *krátos,* »Kraft, Macht«, großer Athener Philosoph und Gegner der Sophisten, Lehrer von Platon, Xenophon und Antisthenes, einer der berühmtesten Weisen aller Zeiten

Sol, von lat. *sol,* »Sonne«, seit der Kaiserzeit Beiname des Apollo, der römischen Version des griechischen Gottes Apollon, dessen Verehrung über griechische Siedlungen in Süditalien schon 496 v. Chr. nach Rom gelangte → *Apollon*

Solana, *Javier* (geb. 1942), span. »Platz an der Sonne«, spanischer Außenminister ab 1992, von 1995 bis 1999 NATO-Generalsekretär, danach Generalsekretär der Westeuropäischen Union (*Javier* zu bask. *etaxabier,* »neues Haus«)

Solon (ca. 640–561 v. Chr.), von grch. *sólos,* »Wurfscheibe«, oder von *sóloikos,* »ungebildet«, und *soloikízein,* »fehlerhaft sprechen«, berühmter Athener Politiker, Gesetzgeber und Dichter, im Altertum einer der sieben Weisen

Solschenizyn, *Alexander Issajewitsch* (geb. 1918), wohl von russ. *solotschéniza,* »Bierbrauer«, zu *sólod,* »Malz«, russischer Schriftsteller, der in seinen Romanen vor allem seine Haftjahre in sowjetischen Arbeitslagern beschrieb

Sophokles (496–406 v. Chr.), von *sophós,* »geschickt, kenntnisreich, schlau«, und *kléos,* »Ruhm«, einer der größten griechischen Tragödiendichter, von dessen mehr als einhundert Stücken leider nur sieben erhalten sind

Sorbon, *Robert de* (1201–1274), vielleicht zu frz. *sorbier,* »Eberesche«, französischer Domherr, der 1253 im Pariser Quartier latin ein Seminar für arme Theologiestudenten gründete (heute *Sorbonne,* größte Universität Frankreichs)

Spartakus (gest. ca. 71 v. Chr.), wohl nach der griechischen Stadt *Sparta,* entflohener Gladiator aus Thrakien, der als Anführer eines Sklavenheeres brandschatzend durchs Land zog und wiederholt römische Truppen besiegte

Spencer, *Bud* (geb. 1929), von afrz. *despensier,* »Austeiler«, Künstlername des italienischen Filmraufbolds *Dr. Carlo Pedersoli* (Form von *Pietro* oder aus aital. *pedere,* »furzen«, und *solo,* »nur«, oder von aital. *petrosello,* »Petersilie«) → *Hill*

Spengler, *Oswald* (1880–1936), »Schnallenhersteller«, zu mhd. *spengen,* »verschließen«, deutscher Geschichtsphilosoph mit der Auffassung, dass der Verlauf aller Kulturen dem Dreierschritt von Blüte, Reife und Verfall unterliege

Sphinx, griechisches Ungeheuer mit geflügeltem Löwenrumpf, aber Kopf und Brust einer Jungfrau (zu grch. *sphinxis*, »Würgen«); auch ägypt. Mischwesen mit Menschenkopf und Löwenleib (zu ägypt. *schesep anch*, »lebendes Abbild«)

Spielberg, *Steven* (geb. 1947), nach einem gleichnamigen deutschen Ort (vielleicht mit der idg. Wurzel *spi-*, »Schmutz«, vgl. *speien* und *Speichel*), bekannter amerikanischer Regisseur und Filmproduzent

Spinoza, *Benedictus* (1632–1677), eigentlich *Baruch Bento Despinoza* (zu span. *espinoso*, »dornig«; hebr. *Baruch*, port. *Bento*, lat. *Benedictus*, »Gesegneter«) holländischer Philosoph, Nachfahre einer iberisch-jüdischen Immigrantenfamilie

Spranger, *Eduard* (1882–1963), »Gaukler« oder »Siedler an einer Quelle«, von mhd. *sprangen*, »hüpfen« bzw. »entspringen«, deutscher Philosoph und Pädagoge, der sich dem Humanismus und dem Idealismus verpflichtet fühlte

Stalin, *Joseph Wissarionowitsch* (1879–1953), »der Eiserne«, zu russ. *stal'*, »Stahl«, Kampfname des bolschewistischen Revolutionärs und sowjetischen Diktators, der eigentlich *Iosib Dschugaschwili* hieß (georg. »Sohn eines Juden«)

Stanley, *Sir Henry Morton* (1841–1904), Adelsname (aus aengl. *stān*, »Stein«, und *lēah*, »Lichtung«) des britischen Journalisten und Afrikaforschers *John Rowlands* (aus engl. *row*, »Reihe«, und *lands*, »Ländereien«)

Starr, *Ringo* (geb. 1940), wohl angelehnt an engl. *star*, »Stern«, Künstlername des englischen Sängers, Liedschreibers und Beatles-Schlagzeugers *Richard Starkey* (zu engl. *stark*, »nackt, scharf, krass«; *Ringo*, da er als Kind gern *Ringe* trug)

Stauffenberg, *Claus Graf Schenk von* (1907–1944), zu mhd. *stouf*, »aufragender Felsen«, und zu mhd. *schenke*, »Diener, Mundschenk«, deutscher Offizier und Widerstandskämpfer, nach dem Hitlerattentat noch am gleichen Tag erschossen

Steinway, *Henry Engelhard* (1797–1871), anglisierter Name des deutschen Pianoherstellers *Heinrich Engelhard Stein-*

weg, der 1853 auch in den USA eine Produktionsfirma gründete (*Stainway & Sons*)

Stendhal (1783–1842), Pseudonym des französischen Schriftstellers *Marie Henri Beyle* (afrz. »Vogt«), nach *Stendal* in der Altmark (»Steintal«), dem Geburtsort des von ihm verehrten Archäologen und Kunstgeschichtlers J. J. Winckelmann

Stentor, »laut Tönender«, zu grch. *sténein*, »dröhnen«, »jammern«, Name des homerischen Helden vor Troja, der angeblich mit der Stimmgewalt von 50 Männern schreien konnte (daher die Redewendung von der »Stentorstimme«)

Stephan I. (ung. *István*, ca. 975–1038), von grch. *stéphanos*, »Kranz, Diadem«, ungarischer König, der 997 gekrönt wurde und innerhalb von zwei Jahrzehnten die Bekehrung seines Volkes zum Christentum vollenden konnte

Steuben, *Friedrich Wilhelm von* (1730–1794), anmaßender Name eines gewissen *Steube* (zu mhd. *stöuben*, »stauben«), der zum Organisator der Revolutionsarmee George Washingtons aufstieg und noch heute wie ein Nationalheld gefeiert wird

Stevens, *Cat* (geb. 1948), Künstlername des englischen Sängers zypriotischer Herkunft *Stephen Demetre Georgiou* (zu grch. *stéphanos*, »Kranz«; *Cat* wegen seiner Sehnsucht nach Zärtlichkeit), seit seinem Übertritt zum Islam *Yusuf Islam*

Stewart, *James* (1908–1997), von engl. *steward*, »Gutsverwalter« (aus aengl. *stiġ*, »Haus«, und *weard*, »Hüter«), geboren als *James Stewart Maintland* (vielleicht von engl. *mainland*, »Festland«), amerikanischer Filmschauspieler

Stinnes, *Hugo* (1870–1924), Kurzform von *Augustinus*, zu lat. *augustus*, »ehrwürdig«, deutscher Industrieller, dessen 1893 gegründetes Unternehmen zum Grundstein eines riesigen Montan-, Industrie- und Handelskonzerns wurde

Stoiber, *Edmund* (geb. 1941), »Staubaufwirbeler« (vielleicht für einen Müller), zu mhd. *stöuben*, »stauben«, und *stöuber*, »Jagdhund«, deutscher Politiker, seit 1993 Ministerpräsident Bayerns und ab 1999 zusätzlich Parteivorsitzender der CSU

Stone, *Irving* (1903–1989), engl. »Stein«, amerikanischer Schriftsteller mit dem Geburtsnamen *Irving Tennenbaum* (jidd. »Tannenbaum«), der für seine biografischen Romane über berühmte Gestalten der Geschichte bekannt ist

Störtebeker, *Klaus* (gest. 1402), »Stürz den Becher!«, zu mnd. *storten*, »stürzen«, und *beker*, »Becher«, Seeräuberführer, der wegen seiner wilden Kaperfahrten auf Nord- und Ostsee von Hanseschiffen gestellt und in Hamburg hingerichtet wurde

Strabon (ca. 63 v. Chr. bis ca. 26 n. Chr.), »Schieler«, zu grch. *strabízein*, »schielen«, geografischer Schriftsteller der augusteischen Zeit, dessen Werke einen guten Überblick über die Geografie der Antike geben

Stradivari, *Giacomo Antonio* (1644–1737), etwa »Landstreicher«, aus ital. *strada*, »Straße«, und *vario*, »vielfältig«, italienischer Geigenbauer, dessen Instrumente wegen ihres unvergleichlich edlen Klangs bis heute weltberühmt sind

Stuart, *Maria* (1542–1587), französische Variante des Namens *Stewart* (zu engl. *steward*, »Verwalter«), am französischen Hof aufgewachsene schottische Königin, die 1587 auf Geheiß ihrer Cousine Elizabeth I. hingerichtet wurde

Styx, »die Verhasste«, von grch. *stygnós*, »verhasst«, »schrecklich«, griechische Göttin und Personifikation des Unterweltflusses, der an der Grenze zwischen Ober- und Unterwelt aus dem Okeanos in den Hades floss

Suharto (geb. 1921), aus indon. *su*, »gut, nett«, und *harto*, »Freund«, indonesischer General und Politiker, der 1967 Präsident Sukarno entmachtete, 1968 zum Präsidenten gewählt und bis 1998 regelmäßig wiedergewählt wurde

Sukarno (1901–1970), »guter Bruder«, indonesischer Politiker, der 1949 die Unabhängigkeit seines Landes von den Niederlanden erreichte und erster Präsident Indonesiens wurde, bei einem Putsch 1967 jedoch sein Amt verlor

Süleyman II. (1494–1566), türkisch für *Salomon* (zu hebr. *shalom*, »Friede«), osmanischer Sultan mit dem Beinamen »der Prächtige«, der Belgrad und Ungarn eroberte und seinen Baumeister Sinan großartige Bauten errichten ließ

Sulla (138–78 v. Chr.), wohl zu lat. *sugillare*, »verhöhnen«, römischer Diktator (82–79 v. Chr.), eigentlich *Lucius Cornelius Sulla*, der sich *Felix*, »Glücklicher« nannte, als der Sohn seines Todfeindes Marius im Kampf gegen ihn gefallen war

Surya, von skr. *sūrya*, »Sonne«, hinduistischer Sonnengott mit goldenen Haaren und Armen, der mit seinem von Pferden gezogenen Wagen jeden Tag über den Himmel fährt → *Aruna*

Süssmuth, *Rita* (geb. 1937), aus mhd. *süeze*, »angenehm«, und *muot*, »Gemüt, Geist«, deutsche CDU-Politikerin, von 1985 bis 1988 Bundesministerin für Jugend, Familie und Gesundheit, danach bis 1998 Bundestagspräsidentin

Svoboda, *Ludvik* (1895–1979), zu tsch. *svoboda*, »Freiheit«, tschechoslowakischer General und sowjettreuer Politiker, nach dem Krieg Verteidigungsminister und von 1968 bis 1975 Präsident der Tschechoslowakei

Swift, *Jonathan* (1667–1745), »Flinker«, zu engl. *swift*, »schnell«, irischer Schriftsteller (»Gullivers Reisen«) und anglikanischer Geistlicher, der an seinem Londoner Wohnsitz mit polemischen Schriften für die Sache Irlands stritt

Swinburne, *Algernon Charles* (1837–1909), zu aengl. *swīn*, »Schwein«, und *burna*, »Bach«, englischer Dichter, der mit erotischen Gedichten und Balladen das bürgerliche Moralverständnis seiner Zeit überforderte und Entrüstung auslöste

Tacitus (54–117 n. Chr.), »der Verschwiegene«, zu lat. *tacere*, »schweigen, verstummen«, Beiname des bedeutendsten römischen Geschichtsschreibers und gefeierten Redners *Publius Cornelius* (zu lat. *publius*, »öffentlich Geborener«)

Tagore, *Rabindranath* (1861–1941), in Wirklichkeit *Thakur*, zu aind. *Thakkura*, »Göttlicher«, berühmter indischer Philosoph und Dichter, der für seine Lyrik und Prosa die moderne Literatursprache des Bengali schuf (1913 Literaturnobelpreis)

Talabani, *Dschalal* (geb. 1933), aus arab. *talib*, »Suchender«, »Schüler«, »Jünger« (Mz. *talaba*, vgl. die *Taliban* in Afghanistan), 2005 nach langen Verhandlungen zum irakischen Staatspräsidenten gewählt (arab. *djalal*, »Größe, Majestät«)

Talleyrand, *Charles* (1754–1838), »Erzabbauer«, zu prov. *talhar*, »hacken«, und *aram*, »Kupfererz«, französischer Staatsmann und Diplomat unter wechselnden Regimen während und nach der Französischen Revolution → *Eisenhower*

Tamerlan (1336–1405), aus *Timur-i Läng*, »Timur der Lahme« (turkm. *timur*, »eisern«, heute türk. *demir*; pers. *lang*, »hinkend«), persischer Spottname für den grausamen türkisch-mongolischen Herrscher von Samarkand → *Stalin*

Tammuz, eigentlich *Dumussi*, zu sum. *damu-zit*, »wahrer Sohn« (wörtlich »fleckenloser Abkömmling«), babylonische Ernte- und Vegetationsgottheit, Gatte der Liebes- und Fruchtbarkeitsgöttin Ischtar → *Adonis, Ischtar*

Tanit → *Tinnit*

Tantalus, aus grch. *talántatos*, »viel Leidender«, oder zu *tantalízein*, »schweben«, lydischer König, der für seine Freveltaten im Hades unstillbaren Hunger und Durst leiden musste, bedroht durch einen über seinem Kopf hängenden Felsblock

Tasso, *Torquato* (1544–1595), »Dickerchen« (alter italienischer Spottname), zu ital. *tasso*, »Dachs«, berühmter italienischer Dichter, dessen Vorbilder Homer und Vergil waren (ital. *torquato*, »Ringeltaube«, zu lat. *torquatus*, »gedreht«)

Tati, *Jacques* (1907–1982), eigentlich *Jacques Tatischeff*, vielleicht zu russ. *tjat'ka*, »Papa, Vati«, französischer Schauspieler und Regisseur, der in seinen Filmen nie ein Wort sprach und sich nur der Pantomime und des Slapsticks bediente

Tauber, *Richard* (1891–1948), zu mhd. *töuber*, »blasender Musikant« (oder mhd. *tiuber*, »Täuberich«), Pseudonym des berühmten österreichischen Tenors *Ernst Seifert* (umgebildet aus *Siegfried*, zu ahd. *sigu*, »Sieg«, und *fridu*, »Friede«)

Taylor, *Elizabeth* (geb. 1932), von afrz. *tailleur*, »Schneider« (daraus engl. *tailor* sowie *Taille*), zu splat. *taliare*, »schneiden« (vgl. ital. *tagliatelle*, »Bandnudeln«), weltbekannte amerikanische Schauspielerin englischer Herkunft

Telegonos, aus grch. *têle*, »fern«, und *goneús*, »geboren«, Sohn des Odysseus und der mythischen Zauberin Kirke, die den Helden ein Jahr lang auf einer Adria-Insel gefangen hielt, bevor sie ihn in seine Heimat zurückkehren ließ → *Kirke*

Telemach, zu grch. *têle*, »fern«, und *machetés*, »Krieger«, Sohn des Odysseus und der Penelope, der auf weiten Reisen nach dem Schicksal seines vor Troja verschollenen Vaters forschte und später mit diesem zusammen die Freier tötete

Temple, *Shirley* (geb. 1929), eigentlich *Shirley Temple Black* (»Schwarz«), amerikanische Schauspielerin und Diplomatin, unter den Präsidenten Nixon und Ford US-Delegierte in der UN-Vollversammlung bzw. Botschafterin in Ghana

Temudschin (ca. 1160–1227), mong. »Schmied«, ursprünglicher Name des Mongolenherrschers Dschingis Khan (nach einem verfeindeten Anführer, den sein Vater zur Zeit seiner Geburt besiegt hatte) → *Dschingis Khan*

Tennyson, *Alfred Lord* (1809–1892), »Sohn des Denis«, von grch. *Dionysios*, »(dem Gott) Dionysos Geweihter«, englischer Dichter, der mit seinem Leben und seiner Kunst vollkommener Ausdruck des viktorianischen Zeitalters war

Terenz (185–159 v. Chr.), von lat. *Tarentius*, »Mann aus Tarentum« (*Tarent*), Geschlechtername des römischen Komödiendichters *Publius Terentius* mit dem Beinamen *Afer*, »Punier«, da er im nordafrikanischen Karthago lebte

Terpsichore, »die Tanzfrohe«, aus grch. *térpsis*, »Freude, Genuss«, und *chorós*, »Tanz«, griechische Muse der chorischen Lyrik → *Erato, Euterpe, Kalliope, Klio, Melpomene, Polyhymnia, Thalia, Urania*

Tetzel, *Johannes* (1465–1519), vom slawischen Rufnamen *Těšislav* (zu urslaw. *těšiti*, »erfreuen«, und *slava*, »Ruhm, Ehre«), deutscher Dominikanermönch, dessen Ablasspredigten mitverantwortlich für den Beginn der Reformation waren

Thackeray, *William Makepeace* (1811–1863), »Schilfwinkel«, zu anorw. *þak*, »Ried«, und *(v)rá*, »Ecke«, englischer Erzähler, der voller Ironie die Leere der höheren Gesellschaft aufdeckte (engl. *make peace*, »schließe Frieden«)

Thales (ca. 650–560 v. Chr.), wohl zu grch. *thállein*, »blühen«, und *thálos*, »Sprössling«, Naturphilosoph und einer der sieben Weisen Griechenlands (vermutlich jedoch nicht Urheber des nach ihm benannten geometrischen Satzes)

Thalia, »die Blühende«, von grch. *thálys*, »blühend, reichlich«, griechische Muse der Komödie, eine der drei Chariten → *Musen*

Thälmann, *Ernst* (1886–1944), zu mhd. *tal*, »Tal«, oder mit ahd. *diot*, »Volk«, deutscher kommunistischer Politiker, unter dessen Führung sich die KPD dem sowjetischen Stalinismus unterordnete; nach elfjähriger KZ-Haft erschossen

Thanatos, grch. »Tod, Mord, Hinrichtung« (vgl. *Euthanasie*), griechischer Gott des Todes, in der Antike meist mit seinem Bruder Hypnos, dem Gott des Schlafes, als schlummernde Jugendliche (einer schwarz, der andere weiß) dargestellt → *Hypnos*

Thatcher, *Margaret* (geb. 1925), »Dachdecker«, zu engl. *thatch*, »Schilfdach«, britische Premierministerin (1979–1990), wegen ihrer Privatisierungspolitik und des Falkland-Kriegs (1982) im In- und Ausland umstrittene »Eiserne Lady«

Themistokles, aus *thémis, thémistos*, »heilige Ordnung«, und *kléos*, »Ruhm«, Athener Politiker und genialer Feldherr, der 480 v. Chr. in der Schlacht bei Salamis die persische Seemacht besiegte

Theoderich der Große (456–526), »Volksherrscher«, zu ahd. *diot*, »Volk«, und *rīhhi*, »Herrschaft«, König der Ostgoten, der Italien eine lange Friedenszeit bescherte; in der Sage *Dietrich von Bern* (d. h. *von Verona*) genannt

Theodorakis, *Mikis* (geb. 1925), »Sohn des Theodoros«, aus grch. *theós*, »Gott«, und *dôron*, »Gabe, Geschenk«, sowie der für Kreta typischen patronymischen Endung *-akis*, populärer griechischer Komponist kretischer Herkunft

Theokrit (ca. 300–260 v. Chr.), aus grch. *theós*, »Gott«, und *kritós*, »erwählt, ausgesucht, erlesen«, ein griechischer Dichter aus Syrakus, der insbesondere das idyllische Leben der Hirten schilderte

Theseus, von grch. *thésis*, »Anordnung, Stellung«, zu *tithénai*,

»legen, stellen, setzen« (vgl. *These*), Sohn des mythischen Königs Ägeus von Athen, attischer Nationalheld, der ähnliche Taten wie Herakles vollbrachte → *Thetis*

Thespis (6. Jh. v. Chr.), von grch. *théspis,* »gottbegeistert, herrlich«, angeblich der erste griechische Poet, der bei Theateraufführungen außer den gewohnten Chören auch Schauspieler einsetzte

Thetis, »Aufrichterin«, zu grch. *tithénai,* »stellen«, gütige griechische Nereïde, Mutter des Achill, die dessen angekündigten Tod vor Troja vergeblich durch eine Einreibung mit göttlichem Ambrosia zu verhindern suchte (Achillesferse)

Thoma, *Ludwig* → *Schlemihl*

Thomas, aus aram. *te'oma,* »Zwilling«, bekannt als jener ungläubige Jünger, der erst die Wundmale Christi berühren musste, bevor er glaubte (volksetymologisch daher gern mit grch. *thôma* und *thaûma,* »Staunen«, assoziiert)

Thor (auch *Donar*), von anord. *thorr,* »Donner«, altgermanischer Gewittergott, der mit seinem Regen Fruchtbarkeit brachte und somit vor allem das friedliebende Bauernvolk förderte (vgl. den ihm geweihten *Donnerstag,* engl. *Thursday*)

Thot (ägypt. *Dschuti*), »Abwäger«, Mond- und Kalendergott der alten Ägypter, dessen gebogener Ibisschnabel die Mondsichel symbolisierte, sowie Gott der Weisheit und Schöpfer der Schrift, der beim Totengericht das Urteil aufzeichnete

Thukydides (471–396 v. Chr.), aus grch. *theoû,* Genitiv von *theós,* »Gott«, und *kŷdos,* »Ruhm, Größe«, Athener Geschichtsschreiber des Peloponnesischen Kriegs, der 424 selbst ein athenisches Truppenkontingent befehligte

Thutmosis I. (1505–1493 v. Chr.), ägypt. *Dschhuti-mes,* »Sohn des Thot« (oder »Thot ist geboren«), ägyptischer König der 18. Dynastie, unter dem das Ägyptische Reich seine größte Ausdehnung erlangte → *Moses, Thot*

Tibull, *Albius* (54–19 v. Chr.), zu lat. *tibia,* »Schienbein« (und die daraus gefertigte »Rohrflöte«), römischer Elegiker, der von Ovid bewundert wurde und mit Horaz freundschaftlich verbunden war (*Albius* zu lat. *albus,* »der Weiße«)

Tieck, *Ludwig* (1773–1853), Koseform eines Rufnamens wie *Dietrich* oder *Dieter*, zu germ. *thiod* (ahd. *diot*), »Volk«, frühromantischer deutscher Schriftsteller, der alte Volksmärchen dramatisierte, aber auch zahlreiche Novellen schrieb

Tiepolo, *Giambattista* (1696–1770), wohl aus einer Koseform eines germanischen Rufnamens mit der Wurzel *theudō-*, »Volk-«, meisterhafter venezianischer Maler und Grafiker (ital. *Giambattista* aus *Giovanni Battista,* »Johannes der Täufer«)

Tilly, *Johann Tserclaes* (ndl. »der heilige Nikolaus«), *Reichsgraf von* (1559–1632), nach der Familienburg, die eigentlich *Tilling,* »Sohn des Till«, hieß (zu afries. *til,* »tüchtig«), im Dreißigjährigen Krieg kaiserlicher Feldherr aus Brabant

Tinnit (oft fälschlich *Tanit* genannt), vielleicht aus einer semitischen Wurzel mit der Bedeutung »Schlangenherrin«, Stadtgöttin von Karthago, Himmels- und Fruchtbarkeitsgöttin, der die Karthager offenbar Kinderopfer darbrachten

Tintoretto (1518–1594), »kleiner Färber«, zu ital. *tinta,* »Farbe«, Künstlername des italienischen Malers *Iacopo Robusti* (»Jakob, der Robuste«, zu ital. *robusto,* »stark, strapazierfähig«), der vor allem religiöse Motive gestaltete

Tisiphone, aus grch. *tísis,* »Entschädigung, Strafe«, und *phoné,* »Mord, Leiche«, eine Tochter der Gaia, unter den drei Erinnyen-Schwestern die »Rächerin des Mordes« → *Alekto, Erinnyen, Megaira*

Tito (1892–1980), angeblich von kroat. *tí tó!,* »du (machst) das!«, wahrscheinlich jedoch Kurzform von *Titus,* Beiname des jugoslawischen Partisanenführers und Politikers *Josip Broz* oder *Brozović* (vielleicht zu kroat. *brz,* »schnell«)

Titus (abgek. *T.*), *Flavius Vespasianus* (39–81 n. Chr.), zu lat. *titus,* »Wildtaube«, ab 79 römischer Kaiser, zuvor Mitregent seines Vaters Vespasian, für den er 70 n. Chr. den jüdischen Aufstand niedergeschlagen und Jerusalem zerstörte hatte

Tiuz, ahd. *Ziu,* zu idg. *dieus,* »Gott des strahlenden Himmels«, zunächst Friedens- und Fruchtbarkeitsgott der

Germanen, später, als Kampf ihr Leben bestimmte, ihr Kriegsgott, dem sie den *Dienstag*, »Tiuz' Tag« (engl. *Tuesday*), weihten

Tizian (1477–1576), zu tess. *tizak*, »Kind«, oder engad. *tizin*, »Hirte« (oder zu röm. *Titianus*, »aus der Familie des Titius«), Kurzname des italienischen Malers *Tiziano Vecelli* (wohl aus friaul. *gue*, »Scherenschleifer«, und *-cello*, »-chen«)

Tolstoi, *Leo*, eigentlich *Lew* (1828–1910), »Dickerchen«, zu russ. *tólstij*, »beleibt«, neben Dostojewski wohl der bedeutendste Schriftsteller Russlands, dessen literarisches Werk als Wegbereiter der Revolution von 1917 gilt

Toscanini, *Arturo* (1867–1957), von ital. *toscano*, »Mann aus der Toskana« (vgl. Puccinis Oper *Tosca*, »die Toskanerin«), italienischer Dirigent, der in Mailand und New York sowie in Bayreuth und Salzburg große Erfolge feierte

Toulouse-Lautrec, *Henri de* (1864–1901), nach den Städten *Toulouse* (röm. *Tolosa*, zu gall. *tol*, »Hügel«) und *Lautrec* (von germ. *Leutric*, zu ahd. *liut*, »Leute«, und *rīhhi*, »mächtig«), adliger französischer Maler und Grafiker

Touré, *Sékou* (1922–1984), von seneg. *touré*, »Sippenangehöriger«, »Junge«, guineischer sozialistischer Politiker, der ab 1957, als er die Unabhängigkeit seines Landes von Frankreich ausrief, Staatspräsident der Republik Guinea war

Tracy, *Spencer* (1900–1967), Herkunftsname mit Verweis auf *Tracy-Bocage* oder *Tracy-sur-Mer* am Ärmelkanal, aus röm. *Thracius*, »Mann aus Thrakien«, amerikanischer Filmschauspieler (*Spencer* zu afrz. *despensier*, »Austeiler«)

Trajan (53–117), mit vollständigem Namen *Marcus Ulpius Traianus*, Variante von *Troianus*, »Mann aus Troja«, berühmter römischer Kaiser, unter dessen Herrschaft das Römische Reich für kurze Zeit seine größte Ausdehnung erlangte

Travolta, *John* (geb. 1954), »Deformierter, Krummer«, zu ital. *travolto*, »verdreht« (aber auch »überwältigt, hingerissen«, beides von ital. *voltare*, »drehen«), amerikanischer Schauspieler und Tänzer → *Volta*

Triton, wohl zu grch. *trítos*, »Dritter« (vielleicht Anspielung auf den dreizinkigen Speer des Poseidon), griechischer Meergott, halb Mensch, halb Delfin, der mit seiner Posaunen-Schnecke das Meer aufpeitschen, aber auch beruhigen konnte

Trooger, *Margot* (1923–1994), zu mhd. *troc*, »Trog« (ursprünglich für einen Siedler an einem *Brunnentrog* oder einen *Troghersteller*) oder zum sächsischen Ortsnamen *Trogen*, Pseudonym der deutschen Schauspielerin *Elfriede Schulze*

Trotzki, *Leo* (oder *Lew*) *Dawidowitsch*, 1879–1940, »Trotzkopf« (nach einem Gefängnisaufseher in Odessa), Deckname des hitzköpfigen russischen Revolutionärs ukrainisch-jüdischer Herkunft *Leib Bronstein* (»Braunstein«)

Truffaut, *François* (1932–1984), Übername zu afrz. *trufe*, »Spott« und »Täuschung«, französischer Filmregisseur der Nouvelle Vague, der »Neuen Welle« im französischen Film

Truman, *Harry* (1884–1972), zu engl. *true*, »verlässlich«, 33. US-Präsident (1945–1953), in dessen Amtszeit die Atombombenabwürfe in Japan, die Nürnberger Kriegsverbrecherprozesse, die Berliner Blockade und der Koreakrieg fielen

Tryggvason, anord. »Sohn des Tryggva«, zu norw. *trygg*, »sicher«, Beiname des norwegischen Königs Olav I. (ca. 969–1000), der seinem Reich Norwegen hinzugewann und im Kampf mit den Königen von Dänemark und Schweden fiel

Tschaikowski, *Peter Iljitsch* (1840–1893), aus russ. *tschájka*, »Möwe«, und der patronymischen Endung *-owski*, bedeutender Komponist der westlich orientierten russischen Schule und Begründer der großen russischen Balletttradition

Tschechow, *Anton Pawlowitsch* (1860–1904), zu russ. und ukr. *tschech*, »Tscheche«, russischer Schriftsteller, meisterhafter Verfasser von heiteren oder melancholischen Kurzgeschichten und impressionistischen Dramen

Tschechowa, *Olga Konstantinowna* (1897–1980), zu russ. und ukr. *tschech*, »Tscheche«, 1921 nach Deutschland emigrierte russische Filmschauspielerin, eine Verwandte *Anton Tschechows* und Mutter *Vera Tschechowas* (geb. 1940)

Tschernenko, *Konstantin Ustinowitsch* (1911–1985), »Verleumder«, zu *tschernjet'*, »anschwärzen, schlechtmachen«, russischer Politiker mit einer langen Parteikarriere, der erst mit 72 Jahren Generalsekretär der KPdSU wurde

Tschiang Kai-schek (1887–1975), aus chin. *tschiang*, »stark«, »anführen«, und *Kai-schek*, »Zerschlagen der Felsen«, populärer Name des nationalchinesischen Regierungschefs *Tschiang Tschung-tscheng* (»zentrale Rechtschaffenheit«)

Tschu En-lai (1898–1976), aus dem Namen einer alten Mandarin-Dynastie (zu chin. *tschu*, »Umgebung«) und chin. *en-lai*, »Wertschätzung«, seit Ausrufung der Volksrepublik (1949) chinesischer Ministerpräsident und rechte Hand Maos

Tucholsky, *Kurt* (1890–1935), nach dem polnischen Ort *Tuchola* (dt. *Tuchel*), deutscher Schriftsteller, der wegen seiner satirischen Verse und zeitkritischen Schriften 1933 ausgebürgert wurde und in Schweden Selbstmord beging

Tudjman, kroat. *Tuđman, Franjo* (1922–1999), »Fremdling, Ausländer«, zu kroat. *tuđ*, »fremd«, 1990 erster frei gewählter Präsident Kroatiens, 1992 und 1997 wiedergewählt (kroat. *Franjo*, »Franz«)

Tupolew, *Andrej Nikolajewitsch* (1888–1972), zu russ. *tupoj*, »stumpf(sinnig)«, russischer Flugzeugkonstrukteur, der ab 1923 über 130 Typen entwickelte, u. a. Sporteindecker, Kampfflugzeuge und Überschallverkehrsflugzeuge

Turgenjew, *Iwan Sergejewitsch* (1818–1883), vom tatarischen Rufnamen *Turgen*, zu mong. *türgen*, »hitzig, schnell«, russischer Schriftsteller, Autor recht düsterer Novellen und einfühlsamer Erzählungen von russischen Leibeigenen

Turner, *Joseph Mallord William* (1775–1851), »Drechsler«, zu engl. *turn*, »drehen, drechseln«, englischer Maler und Grafiker, der sich zunehmend vom Gegenständlichen löste und Visionen in hell flimmernden starken Farben schuf

Tutanchamun (ca. 1347–1339 v. Chr.), »lebendes Abbild des Amun« (oder »vollkommen an Leben ist Amun«), Sohn des ägyptischen Ketzerpharaos Echnaton, zunächst *Tutanchaton*, »lebendes Abbild des Aton« → *Amenophis*

Tutu, *Desmond* (geb. 1931), von afr. *tutu*, »Kliffbewohner«, schwarzafrikanischer Erzbischof der Anglikanischen Kirche, dem für sein Engagement im Kampf gegen die Apartheid 1984 der Friedensnobelpreis verliehen wurde

Twain, *Mark* (1835–1910), zu engl. *mark twain*, »Marke zwei« (Ausruf der Mississippi-Lotsen für die Wassertiefe), Künstlername des amerikanischen Schriftstellers *Samuel Langhorne Clemens* (zu lat. *clemens*, »der Milde«)

Uhland, *Ludwig* (1787–1862), zu ahd. *uodal*, »Erbgut«, und *lant*, »Land«, deutscher Lyriker und Germanist, Verfasser von Balladen und romantischen Gedichten, die in einigen Fällen zu Volksliedern wurden

Ulbricht, *Walter* (1893–1973), Variante des alten Vornamens *Ulbrecht*, zu ahd. *uodal*, »Erbbesitz«, und *beraht*, »glänzend«, ostdeutscher Politiker, ab 1960 Staatsratsvorsitzender der DDR, 1961 Erbauer der Berliner Mauer

Ulysses (auch *Ulixes* und *Ulisses*), wohl zu grch. *oulé*, »Narbe«, und *ixýs*, »Hüfte«, bei den Römern üblicher Name des Odysseus, den seine alte Amme bei seiner Rückkehr nach Ithaka angeblich an einer vernarbten Hüftwunde wiedererkannte

Urania, »Himmelserscheinung«, von grch. *ouránios*, »himmlisch«, griechische Muse der Astronomie, in der Regel dargestellt mit einem Himmelsglobus → *Erato, Euterpe, Kalliope, Klio, Melpomene, Polyhymnia, Terpsichore, Thalia*

Uranos, von grch. *uranós*, »Himmel«, oder zu einer alten Wurzel *órso*, »Regen« (vgl. skr. gleichbedeutend *varshá*), griechischer Himmelsgott, Gatte der Gäa und Vater der Titanen, die unter Kronos das erste Göttergeschlecht bildeten

Urban II., aus lat. *urbanus*, »Stadtbewohner« (d. h. »Römer«), erster Papst (1088–1099), der die abendländische Christenheit zu einem Kreuzzug und zur Befreiung des Heiligen Landes aufrief (1095), zuvor Prior des berühmten Klosters Cluny

Urd, nord. *Urdr*, »Bestimmung«, germanische Schicksalsgöttin, die als eine der drei Nornen die Vergangenheit personifizierte und deren Schicksalsbrunnen die Weltesche Yggdrasil speiste sowie als Beratungsplatz der Götter diente

Ustinov, *Sir Peter Alexander* (1921–2004), vom Namen des heiligen *Justinus*, zu lat. *iustus*, »gerecht«, englischer Schauspieler, Dramatiker und Regisseur russischer Herkunft, 1999 für seine Schauspielkunst zum Ritter geschlagen

Utrillo, *Maurice* (1883–1955), nach *Utrilla* oder *Utrillas* in Spanien, französischer Maler, der vor seiner Adoption durch einen spanischen Kunstkritiker den Mädchennamen seiner französischen Mutter *Valadon* trug (okz. *valade*, »Kluft«)

Valdus, *Petrus* (ca. 1140–1217), frz. *Pierre Valdès* (auch *de Vaux*, zu frz. *vaux*, »Täler«), Führer der französischen Reformbewegung der *Waldenser* (auch »Arme von Lyon«), die ab 1184 als Ketzer von der Inquisition verfolgt wurden

Valentin, *Karl* (1882–1948), zu lat. *valens, valentis*, »kräftig, gesund«, Münchner Volkskomiker – eigentlich *Valentin Ludwig Fey* (verkürzt aus *Sophie*) –, der gern die Hilflosigkeit des Menschen in heiklen Alltagssituationen aufzeigte

Valéry, *Paul* (1871–1945), kors. *Valerio*, von lat. *Valerius*, »Starker« (zu lat. *valere*, »stark sein«), französischer Schriftsteller und Dichter korsischer Herkunft, einer der Hauptvertreter der intellektuellen Lyrik

Van Dyck, *Anthonis* (1599–1641), »vom Deich«, zu ndl. *dijk*, »Deich, Damm«, flämischer Maler, der ab 1632 vor allem in England wirkte, wo er berühmte Bildnisse von Angehörigen des Königshauses und des Hochadels schuf

Van Gogh, *Vincent* (1853–1890), wohl vom Personennamen *Gok* (zu ahd. *gouh*, »Kuckuck«, »Dummkopf«), niederländischer Maler, mit seinen flammenden Formen und leidenschaftlichen Farben ein Wegbereiter des Expressionismus

Vancouver, *George* (1757–1798), aus ndl. *van*, »von«, und *coevorden*, »Kuhfurt« (nach der Stadt *Coevorden* nahe der deutschen Grenze), englischer Seefahrer niederländischer Herkunft, nach dem die kanadische Insel *Vancouver* benannt ist

Varus (ca. 50 v. Chr. bis 9 n. Chr.), »Krummer«, zu lat. *varus,* »krumm, gebogen«, Beiname des römischen Stadthalters in Germanien *Publius Quintilius,* der in der berühmten *Varusschlacht* dem Cherusker Arminius unterlag und den Tod fand → *Arminius*

Vasarély, *Victor de* (1908–1997), eigentlich *Vásárhely,* aus ung. *vásár,* »Markt«, und *hely,* »Ort«, französischer Maler ungarischer Herkunft, der mit seiner geometrischen Bildaufteilung zur Entwicklung der Op-Art beitrug

Velázquez, *Diego* (»Jakob«, 1599–1660), vom Rufnamen *Velasco* (zu bask. *bela,* »Rabe«, mit patronymischem *ez*-Suffix), spanischer Porträtmaler am Königshof in Madrid, der seine lebensgroßen Figuren in vollendet vornehmer Pose abbildete

Ventura, *Lino* (1919–1987), ital. »Schicksal«, Künstlername des französischen, aus Italien stammenden Schauspielers *Angelo Borini* (wohl vom Heiligennamen *Liborius,* zu lat. *libare,* »ein Trankopfer darbringen«) → *Bonaventura*

Venus, von lat. *venus, veneris,* »geschlechtliche Liebe, Beischlaf« (auch »strahlende Schönheit«), römische Göttin der Schönheit und Liebe sowie National- und Schutzgöttin Roms, gleichgesetzt mit der griechischen Aphrodite

Vercingetorix (72–46 v. Chr.), aus gall. *ver-rix,* »Überkönig«, und *cingetos,* »Kämpfer«, berühmter Keltenfürst, der im Gallischen Krieg 52 v. Chr. die letzte große Erhebung gegen Rom anführte und nach Caesars Sieg hingerichtet wurde

Verdi, *Giuseppe* (»Joseph«, 1813–1901), von ital. *verde,* »grün«, italienischer Komponist, dessen Name zum Schlachtruf der italienischen Monarchisten wurde: ***V****ittorio* ***E****manuele* ***R****è* ***d'I****talia* (»Viktor Emanuel König Italiens«) → *Monteverdi*

Vergil (70–19 v. Chr.), wohl zu lat. *vergere,* »sich drehen, sich neigen«, berühmter römischer Dichter, mit vollem Namen *Publius Vergilius Maro* (»der Mannhafte«), Verfasser des römischen Nationalepos »Äneis«

Verlaine, *Paul* (1844–1896), nach einem Ort in Belgien (zu lat. *villana,* »kleines Landgut«), französischer Dichter, der in 21 Gedichtsbänden unterschiedlichsten Inhalts – vom

Gebet bis zur obszönen Erotik – alle Stilmöglichkeiten ausschöpfte

Vermeer, *Jan* (1632–1675), aus *van der Meer*, »vom Meer«, nach seinem Geburtsort auch *Vermeer van Delft*, niederländischer Maler, dessen unscharf konturierte, aus Farbpünktchen bestehende Bilder fast impressionistisch wirken

Verne, *Jules* (1828–1905), Wohnstättenname zu gallo-rom. *vernu*, »Erle«, französischer Schriftsteller, Begründer des modernen Zukunftsromans, dessen technische Utopien indes längst Realität geworden sind

Veronese, *Paolo* (1528–1588), »Mann aus Verona«, Künstlername des italienischen Malers *Paolo Caliari* (zu friaul. *kaliar*, »Schuster«, emil. *kalger*, »Gerber«, oder zum sardischen Ortsnamen *Cagliari*, von ital. *caglio*, »Lab«)

Verwoerd, *Hendrik* (1901–1966, ermordet), von ndl. *ver-* (aus *van der*) und *woerd*, »Enterich«, südafrikanischer Premier (ab 1958), der wegen der Kritik an seiner Apartheid-Politik das Commonwealth verließ und die Republik ausrief

Vespasian (9 v. Chr.–79 n. Chr.), mit vollem Namen *Titus Flavius Vespasianus* (von lat. *vespa*, »Wespe«, oder zu grch. *aspastós*, »willkommen, erwünscht«), römischer Kaiser seit 69, Vater der späteren Kaiser Titus und Domitian

Vespucci, *Amerigo* (1454–1512), auch *Americus Vespucius* (zu ital. *vespa*, »Wespe«), italienischer Erforscher südamerikanischer Küsten und Namengeber für ganz *Amerika* (*Amerigo* nach den ostgot. *Amalern*, mit ahd. *rīhhi*, »mächtig«)

Vesta, wohl verwandt mit grch. *hestía*, »Herd, Familie«, altitalische Göttin des häuslichen Herdfeuers, in deren Tempel auf dem Forum ein ewig brennendes heiliges Feuer von sechs jungfräulichen *Vestalinnen* gehütet wurde → *Hestia*

Victoria (1819–1901), nach der römischen Siegesgöttin, zu lat. *vincere, victum*, »siegen«, britische Königin, deren lange Regierungszeit von 1837 bis 1901 noch heute allgemein als *Victorianische Ära* bezeichnet wird

Villon, *François* (ca. 1431–1463), nach seinem Gönner, zu lat. *villa*, »Landgut«, zuvor *F. de Montcorbier* (nach *Corbière* im

Pyrenäenvorland), französischer Dichter frech-zynischer Balladen, die sein eigenes unstetes Leben spiegeln

Virchow, *Rudolf* (1821–1902), Herkunftsname zu polnischen Orten wie *Wierzchów* oder *Wierzchowo* (zu poln. *wierzch*, »Oberteil«, »Gipfel«), deutscher Pathologe, der als Erfinder der Zellularpathologie der Medizin eine neue Basis gab

Vischnu, von skr. *víshnu*, »völlig durchdringen«, Hindugott, der das Prinzip der Welterhaltung verkörpert und in unterschiedlichen Inkarnationen auf die Erde zurückkehrt, damit das Gute über das Böse triumphiert → *Krischna, Rama*

Vita, *Helen* (1928–2001), lat. »Leben«, Künstlername der deutschen Schauspielerin *Helen Elisabeth Reichel* (zu *Reichard* oder *Richard*), die 1936 mit ihren Eltern vor den Nazis in die Schweiz floh, wo sie 1948 von Bert Brecht entdeckt wurde

Vivaldi, *Antonio* (1678–1741), aus dem Vornamen *Vivaldo*, gern assoziiert mit ital. *vivace* und *vivo*, »lebendig, munter, frisch«, italienischer Geigenvirtuose und Komponist, Priester und Kapellmeister an der Markuskirche in Venedig

Vlaminck, *Maurice de* (1876–1958), von ndl. *Flaming*, »Flame«, französischer Maler, Mitglied der Künstlergruppe um Henri Matisse, die sich *Les Fauves*, »Die Wilden«, nannte (frz. *fauves*, »Raubtiere, wilde Tiere«)

Vo Nguyên, *Giap* (geb. 1912), zu vietn. *vo*, »Kraft«, *nguyên*, »Beginn«, und *giap*, »Schild«, vietnamesischer General im Kampf gegen die japanischen Besatzer, die französischen Kolonialherren und die US-Truppen im Vietnamkrieg

Volta, *Alessandro Graf* (1745–1825), aus dem Rufnamen *Bonavolta* oder von ital. *volta*, »Gewölbe« (zu ital. *voltare*, »drehen, wenden«), italienischer Physiker, der die erste galvanische Batterie mit nennenswerter Spannung entwickelte

Voltaire (1694–1778), Tarnname des französischen Philosophen und Schriftstellers *François Marie Arouet* (zu frz. *arrou*, »Bachlauf«), aus den Buchstaben seines Geburtsnamens in der Schreibung *Arovet* (und *l. i.* für *le jeune*, »der Junge«)

Völz, *Wolfgang* (geb. 1930 in Danzig), Koseform von *Volkmar* oder *Volker*, deutscher Theater-, Film- und Fernsehschauspieler, der angeblich mit richtigem Namen *Aaron Treppengeländer* hieß

Vorster, *Balthazar Johannes* (1915–1983), wohl zu ndl. *voorste*, »Vorderster, Erster«, Verfechter der Apartheidpolitik, nach der Ermordung Verwoerds 1966 Premierminister bis 1978, danach bis 1979 Präsident der Republik Südafrika

Vulcanus (auch *Volcanus*), vielleicht aus *Velchanos*, dem Namen des kretischen Göttervaters (zur idg. Wurzel *pel-*, »Fels«), römischer Feuer- und Schmiedegott, dessen Wohnung und Werkstatt man in Feuer speienden Bergen vermutete

Wagner, *Richard* (1813–1883), »Stellmacher, Wagenbauer«, deutscher Komponist, der seit 1872 in der Stadt Bayreuth lebte, deren Festspielhaus 1876 mit Wagners »Ring des Nibelungen« eingeweiht wurde

Waigel, *Theodor* (geb. 1939), alte Namensform von *Wigand*, »Kämpfender«, zu ahd. *wīgan*, »kämpfen«, deutscher Politiker, von 1988 bis 1999 Vorsitzender der CSU, von 1989 bis 1998 Bundesfinanzminister

Wajda, *Andrzej* (geb. 1926), wohl zu poln. *wojewoda*, »Heerführer, Woiwode« (zu poln. *wojda*, »Krieg«, und *wodzić*, »führen«), polnischer Filmregisseur, der während des Zweiten Weltkriegs dem polnischen Widerstand angehörte

Wałęsa, *Leszek*, genannt Lech (geb. 1943), »Herumtreiber«, zu poln. wałęsa się, »faulenzen, herumlungern«, polnischer Politiker, ab 1980 Führer der freien Gewerkschaft Solidarność, von 1990 bis 1995 Staatspräsidenten Polens

Walküren, zu aisl. *val*, »Kampfplatz«, und *kyrja*, »Wählerin«, in der nordischen Sage göttliche Kampfjungfrauen, die über das Schicksal der Germanen in der Schlacht entschieden und alle auf der *Walstatt* Gefallenen nach *Walhal* geleiteten

Wallace, *Edgar* (1875–1932), zu aengl. *walh*, »Fremder, Ausländer« (vgl. *Wales* und *Cornwall*), englischer Erzähler, der in rascher Folge etwa 170 Kriminalromane schrieb, von denen die meisten verfilmt wurden

Wallenberg, *Raoul* (geb. 1912, seit 1945 vermisst), zu schwed. *vall*, »Schutzwall«, und *berg*, »Berg«, schwedischer Diplomat, der im Zweiten Weltkrieg mit Hilfe von Schutzpässen Zehntausende Budapester Juden dem Zugriff der Nazis entzog

Wallenstein, *Albrecht Eusebius Wenzel von* (1583–1634), nach dem alten böhmischen Adelsgeschlecht *Waldenstein*, im Dreißigjährigen Krieg kaiserlicher Feldherr, der 1632 bei Lützen den schwedischen König Gustav II. Adolf schlug

Warhol, *Andy* (1927–1987), anglisierter Künstlername des amerikanischen Pop-Art-Künstlers slowakischer Herkunft, *Andrej Warhola* (zu slowak. *var*, »Sieden«, und *hola*, »Alm«, oder poln. *warchoł*, »Stänkerer«)

Washington, *George* (1732–1799), »Sumpf-Ort« (zu aengl. *wāse*, »Morast«, und *tūn*, »Siedlung«) oder »Ort der Leute des Wassa« (aus aengl *wāth*, »Jagd«, und *sige*, »Sieg«), nach der Amerikanischen Revolution erster Präsident der USA

Watt, *James* (1736–1819), von norm. *Wauter* (dt. *Walter*, zu ahd. *waltan*, »herrschen«, und *heri*, »Heer«), schottischer Erfinder der ersten Niederdruck-Dampfmaschine (1765), die wesentlich zur Industriellen Revolution beitrug

Watteau, *Antoine* (1684–1721), pic. »Kuchen« (vgl. frz. *gâteau*), französischer Maler, der vornehmlich Szenen der höfisch-galanten Gesellschaft, zumeist in Parklandschaften und in duftig schimmernden Farben, malte

Waugh, *Evelyn* (1903–1966), zu aengl. *walh*, »Fremder« (d. h. »Kelte« aus englischer Sicht; vgl. *Waliser*), englischer Schriftsteller, dessen teils ironische, teils bittere Gesellschaftssatiren stark von religiösen Motiven bestimmt sind

Wayne, *John* (1907–1979), wohl von aengl. *wægn*, »Wagen, Planwagen«, Pseudonym des amerikanischen Filmschauspielers *Marion Michael Morrison* (aus *Maurice's son*, »Sohn des Maurice«, zu lat. *Mauritius*, »maurisch, Mohr«)

Weber, *Carl Maria von* (1786–1826), mhd. *webære*, »Weber«, deutscher romantischer Komponist, der mit seiner Oper »Freischütz« bei der Eröffnung des Berliner Schauspielhauses 1821 seinen ersten großen Erfolg erzielte

Wehner, *Herbert* (1906–1990), aus *Wegener*, zu mhd. *wagner*, »Wagenmacher«, deutscher Politiker, als Kommunist von 1935 bis 1946 im Moskauer Exil, danach Eintritt in die SPD, Mitglied des Bundestags (1949), SPD-Fraktionsvorsitzender bis 1983

Weill, *Kurt* (1900–1950), Umstellung des jüdischen Namens *Lewi*, amerikanischer Komponist deutscher Herkunft, der in Zusammenarbeit mit Bert Brecht die berühmte »Dreigroschenoper« schuf und 1933 in die USA emigrierte → *Levi*

Weiser, *Grete* (1903–1970), zu mhd. *wīse*, »klug«, oder *wīsen*, »zeigen, lenken«, nach einer Kurzehe beibehaltener Name der deutschen Schauspielerin *Mathilde Ella Dorothea Margarethe Nowka* (zu poln. *novy* und sorb. *nowy*, »neu«)

Weizsäcker, *Richard Freiherr von* (geb. 1920), zu mhd. *weizze*, »Weizen«, und *acker*, »Feld«, deutscher CDU-Politiker, von 1984 bis 1990 und nach der Wiedervereinigung erneut bis 1994 Präsident der Bundesrepublik Deutschland

Welch, *Raquel* (geb. 1942), aus einer Variante von engl. *welsh*, »walisisch«, Künstlername der amerikanischen Schauspielerin bolivianischer Herkunft *Jo Raquel Tejada*, aus span. *tejado*, »Ziegeldach« (von *teja*, »Ziegel«, zu lat. *tegula*)

Wellington, *Arthur Wellesley Herzog von* (1769–1852), aus aengl. *wēoh*, »Kultplatz«, *-ling*, »Gefolge«, und *tūn*, »Anwesen«, britischer Feldmarschall, 1815 Sieger über Napoleon bei Waterloo (aengl. *Wellesley*, »Quell-Lichtung«)

Wells, *Orson* (1915–1985), von engl. *well*, »Quelle, Brunnen« (vgl. *wallen, aufwallen*), amerikanischer Filmschauspieler, Regisseur und Filmproduzent (*Orson*, englische Form von *Urs*, zu lat. *ursus*, »Bär«)

Werfel, *Franz* (1890–1945), aus *Würfel* (zu *werfen*), österreichisch-jüdischer Schriftsteller, der sich, ohne je zu konvertieren, tief in den Geist katholischer Frömmigkeit versenkte; 1938 Emigration nach Frankreich, 1940 in die USA

Whitman, *Walt* (1819–1892), vom Rufnamen *Hwītmann*, zu aengl. *hwīt*, »hell«, »weiß«, amerikanischer Dichter, dessen Hauptwerk »Grashalme« seine Liebe zum Leben und zu den Mitmenschen, zur Natur und zur Demokratie spiegelt

Wiechert, *Ernst* (1887–1950), über *Wichardt* vom alten Namen *Wieghardt*, zu ahd. *wīg*, »Kampf«, und *harti*, »hart«, deutscher Schriftsteller, der in seinen Werken den Mangel an Menschlichkeit, Liebe und Gerechtigkeit in dieser Welt beklagt

Wieland, *Christoph Martin* (1733–1813), zu aengl. *wela*, »Schatz«, und *walan*, »(Metall, Gold) gießen«, deutscher Dichter, der u. a. 22 Shakespeare-Stücke übersetzte (*Wieland* entspricht dem *Völundr* der nordischen Sage)

Wiesel, *Eli* (geb. 1928), zu mhd. *wisele*, »Wiesel«, »flinker Mensch«, amerikanischer Schriftsteller ungarisch-jüdischer Herkunft, Überlebender des Nazi-Holocaust, Kämpfer gegen Unterdrückung, Gewalt und Rassismus

Wiesenthal, *Simon* (1908–2005), zu hebr. *shim'ōn*, »(Gott) hat erhört«, österreichisch-jüdischer Architekt, Publizist und Schriftsteller, der als Holocaust-Überlebender die Suche nach Nazimördern zu seiner Lebensaufgabe machte

Wilde, *Oscar* (1854–1900), von aengl. *wilde*, »wüst, lasterhaft«, eigentlich *Fingal O'Flaherty Wills* (»Williams Sohn«, *O'Flaherty* zu ir. *flaith*, »Herrscher«, und *bheartaigh*, »kampfbereit«), irisch-englischer Erzähler und Dramatiker

Wilder, *Thornton Niven* (1897–1975), wohl von aengl. *wildēor*, »wildes Tier«, amerikanischer Romanschriftsteller (*Thornton* zu aengl. *þorn*, »Dorn«, und *tūn*, »Siedlung, Farm«; *Niven* zu ir. *naomhin*, »kleiner Heiliger«)

Williams, *Tennessee* (1911–1983), »Sohn des William« (aus ahd. *willo*, »Wille«, und *helm*, »Schutz«), amerikanischer Dramatiker, der oft kleinbürgerlichen, vom Leben enttäuschten Menschen überspannte, brutale Charaktere gegenüberstellte

Wilson, *Thomas Woodrow* (1856–1922), engl. »Sohn des Will«, also des *William*, amerikanischer Politiker, der 1912 und erneut 1916 US-Präsident wurde, 1917 Deutschland den Krieg erklärte und 1920 die Bildung des Völkerbundes erreichte

Winter, *Judy* (geb. 1944), nach den von ihr verehrten Hollywood-Stars *Judy* Garland und Shelley *Winters*, Künstlername der deutschen Schauspielerin *Beate Richard* (zu lat. *beatus*, »glücklich«, bzw. ahd. *rīhhi*, »reich«, und *harti*, »hart«)

Władysław, zu poln. *władać*, »herrschen«, und *sława*, »Ruhm«, Name polnischer Herzöge und Könige, z.B. *Władysław Jagiełło* (zu poln. *jagły*, »Hirse«, »Hirsebrei«), der 1440 Großfürst von Litauen und 1447 König von Polen wurde

Wodan (auch *Wotan*), zu ahd. *wuotan*, »Rasender, Wütender«, Gemahl der Frija, Göttervater und Hochgott der Asen, vor allem Gott der Initiationsriten, der Ekstase, des Totenheeres, des Kriegs sowie der Dichtung → *Odin*

Wojtyła, *Karol* (1920–2005), vielleicht zu poln. *woitel*, »Kämpfer« (oder zu *wójt*, »Vogt«), ehemaliger Erzbischof von Krakau, nach seiner Wahl 1978 als Johannes Paul II. erster polnischer Papst der Geschichte

Wolsey, *Thomas* (1473–1530), vom alten Rufnamen *Wulfsige*, zu aengl. *wulf*, »Wolf«, und *sīge*, »Sieg«, englischer Kardinal und Staatsmann, Ratgeber und Lordkanzler König Heinrichs VIII. von England

Wood, *Natalie* (1938–1981, ertrunken), von engl. *wood*, »Wald«, amerikanische Schauspielerin ukrainisch-jüdischer Herkunft, eigentlich *Natalia Nikolaevna Zacharenko* (aus *Zacharias*, zu hebr. *secharejah*, »erinnert hat sich Jahwe«)

Woolf, *Virginia* (1882–1941), zu engl. *wolf*, »Wolf«, englische Erzählerin, die ihren Romanhelden den Fluss des Lebens bewusst machte, sowohl im Tagesablauf als auch im Wandel der Jahrzehnte und Jahrhunderte

Wright, *Wilbur* (1867–1912) und *Orville* (1871–1948), zu aengl. *wyrhta* und *wryhta*, »Zimmermann, Tischler«, amerikanisches Bruderpaar, denen 1903 mit einem Doppeldecker der erste gesteuerte Motorflug (über 50 Meter) gelang

Wulfila (ca. 311–383), got. »Wölfchen« (vgl. ahd. *wulf*, »Wolf«), Missionar der Westgoten und Begründer des arianischen Christentums, der eine Übersetzung der Bibel ins Gotische hinterließ (größtenteils im *Codex argenteus* erhalten)

Xanthippe, aus grch. *xanthós*, »gelb«, »blond«, und *híppos*, »Pferd«, Gattin des Sokrates, deren zu Unrecht sprichwörtlich gewordener Name indes in der Regel eine zanksüchtige Frau bezeichnet

Xaver, *Franz* (1506–1552), eigentlich *Francisco de Jassu y Javier* (auch *Xavier*), nach dem Familienschloss *Javier* in Navarra, zu bask. *etaxabier*, »neues Haus«, spanischer Jesuit und Missionar in Indien, auf den Molukken und in Japan

Xenophon (ca. 430–355 v. Chr.), aus grch. *xénos*, »fremd, ausländisch«, und *phoneîn*, »sprechen, tönen«, Athener Aristokrat, Schriftsteller und Anführer der griechischen Hilfstruppen im Feldzug gegen Artaxerxes II. Mnemon

Xerxes, von apers. *Chshershe*, »Löwenkönig«, persischer Großkönig, der die Griechen 480 v. Chr. bei den Thermopylen besiegte, in der Schlacht bei Salamis jedoch dem Themistokles unterlag → *Artaxerxes*

Yeats, *William Butler* (1865–1939), vom Namen *Gates* (zu aengl. *ġeat*, »Tor«, »Schranke«, vgl. *Gatter*), irischer, stark von der keltischen Mythologie inspirierter Dichter, Gründer des Irischen Nationaltheaters → *Gates*

Yıldırım, türk. »Blitz«, Beiname des gefürchteten Osmanen-Sultans *Bajesit I.* (1347–1403), der in einem »Blitzkrieg« den Balkan eroberte, 1402 jedoch von Timur Tamerlan besiegt und gefangen gesetzt wurde → *Bajesit, Tamerlan*

Zadek, *Peter* (geb. 1926), zu hebr. *zadok*, »(Gott) ist gerecht«, deutscher Regisseur unorthodox-jüdischer Herkunft, 1933 Emigration nach London, 1958 Rückkehr nach Deutschland, wo er mit zum Teil wilden Inszenierungen für Furore sorgte

Zapatero, *José Luis Rodríguez* (geb. 1960), »Schuhmacher«, zu span. *zapato*, »Schuh«, spanischer sozialistischer Politiker, seit 2004 Nachfolger José María Aznars im Amt des Ministerpräsidenten

Zarathustra, grch. *Zoroaster* (ca. 628–551 v. Chr.), »Besitzer alter Kamele«, aus apers. *zarant*, »alt«, und *ushtra*, »Kamel«, persischer Prophet, Begründer der dualistische Religion des *Zoroastrismus* mit einem Feuerkult als Gottesdienst

Zeppelin, *Ferdinand von* (1838–1917), wohl von der slaw.

Wurzel *zep-*, »Greif-«, »fest« (nach dem nahe gelegenen mecklenburgischen Adelssitz ist das Dorf *Zepelin* benannt), deutscher Konstrukteur von Lenk-Luftschiffen

Zerberus → *Kerberos*

Zeus (Gen. *Diós*), »Gott«, »Licht«, urverwandt mit lat. *dies*, »Tag«, und skr. *dī*, »scheinen«, Sohn des Kronos, Bruder des Poseidon und Gatte der Hera, in der griechischen Mythologie oberster Gott des Himmels und des Wetters → *Jupiter*

Zille, *Heinrich* (1858–1929), »Schiffer«, zu mhd. *zülle* und *zulle*, »Lastkahn, Nachen«, deutscher Zeichner, der durch seine teils humoristischen, teils satirisch-anklagenden Darstellungen des proletischen Milieus bekannt wurde

Zola, *Émile* (1840–1902), zu ital. *Franzola* (aus *Francisco*), oder *Anzola d'Ossola* (Piemont), französischer Schriftsteller italienischer Herkunft, der mit seinen Romanfiguren die wissenschaftlichen Theorien seiner Zeit zu belegen versuchte

Zoroaster → *Zarathustra*

Zwingli, *Ulrich* (1484–1531), »Plagegeist«, zu mhd. *twingen*, »bedrängen, plagen«, Reformator in der deutschen Schweiz, der im Kampf mit den katholischen Kantonen bei Kappel fiel

Zyklop → *Kyklops*

ANHANG

Titel, Ränge, Ämter

Abba, von aram. *'abba*, »Papa«, alte Anrede Gottes beim Gebet, auch von Jesus und den Urchristen gebraucht, später Titel geistlicher Väter und Klostervorsteher

Abd, »Knecht« (auch *Abdul*, »Diener des«), häufiger arabischer Namensbestandteil, z. B. in Verbindungen wie *Abd Allah* und *Abdullah*, »Knecht Gottes«

Abt, »Vater«, über ahd. *abbat* und klat., grch. *abbâs*, aus aram. *'abba*, »Vater«, Vorsteher eines Klosters oder Stiftes (vgl. engl. *abbot*)

Abu, »Vater (des)«, in der arabischen Welt Namenszusatz stolzer Väter nach der Geburt eines Sohnes, z. B. *Abu Hanifa*, »Vater des Hanif« (»des Aufrechten«)

Abuna, »unser Vater«, korrekter arabischer und äthiopischer Titel des Oberhauptes der äthiopischen Kirche

Ädil, von lat. *aedes*, »Gemach, Tempel«, römischer Titel eines Kassenverwalters im Ceres-Tempel und eines Gehilfen der Volkstribunen mit Polizeigewalt

Adjutant, »Helfer«, über span. *ayudante*, »Gehilfe«, aus lat. *adiuvare*, »beistehen, unterstützen«, Rang eines dem Kommandeur beigeordneten Offiziers

Adlatus, »Amtsgehilfe, Beistand«, aus lat. *ad latus*, »zur Seite«, (scherzhafte) Bezeichnung eines untergeordneten Helfers

Admiral, von arab. *amīr ar-rahl*, »der Befehlshaber des Transports« (vgl. *Emir*), Rang eines Seeoffiziers (dem eines Generals vergleichbar)

Adonai, hebr. »mein Herr« (wörtl. »meine Herren«, aus phön. gleichbedeutend *'adoni*), im Judentum Anrede Gottes zur Vermeidung des Namens Jahwe

Adoni, hebr. »Herr«, in Israel höfliche Anrede für einen Mann (für eine Frau: *Gevirti*)

Advokat, »Herbeigerufener, Rechtsbeistand«, aus lat. *ad*, »hinzu«, und *vocare*, »rufen«, veralteter Rechtsanwaltstitel

Aga, von pers. *āgā*, »Herr«, im Iran höfliche Anrede für einen Mann (für eine Frau: *Chānom*)

Aga Khan, mit türk. *aga*, »Herr, Meister«, erblicher Titel des Oberhauptes der ismailitischen, besonders in Indien und Ostafrika verehrten Hodschas

Ajatollah (auch *Ayatollah*), zu pers. *ayatu'llah*, »Zeichen Gottes«, hoher religiöser Titel im schiitischen Islam des Iran (z. B. *Großajatollah Chomeini*)

Akbar, alter muslimischer Fürstentitel mit der Bedeutung »der Große« (vgl. den Muezzinruf *Allahu akbar*, »Allah ist groß«)

Analyst, zu grch. *análysis*, »Auflösung«, Fachmann, der das Geschehen an der Börse genau beobachtet, untersucht und auswertet

An tUasal, ir. »Herr«, in Irland höfliche Anrede für einen Mann (*Máire Bean* für eine Frau; *Bea Uasal*, »meine Dame«)

Apostel, aus grch. *apóstolos*, »Bote, Botschafter«, ursprünglich Bezeichnung für die zwölf Jünger Jesu, dann auch für einen urchristlichen Missionar

Arahat, skr. »Vollendeter«, buddhistischer Ehrentitel eines heiligmäßig lebenden Menschen, der ohne weitere Wiedergeburt aus dem Dasein scheiden kann

Ashab, arab. »Genossen« (Plural von arab. *sāhib*), einstige Titulierung der Gefährten des Propheten Mohammed → *Sahib*

Asket, zu grch. *asketós*, »durch Übung erreichbar«, Bezeichnung für einen extrem enthaltsam lebenden und harte Bußübungen auf sich nehmenden Menschen

Assessor, lat. »Gehilfe«, zu *assidere*, »beisitzen«, veralteter Titel eines Anwärters auf die Beamtenlaufbahn im höheren Staatsdienst (heute noch im Rechtswesen)

Atabeg, türk. »Vater Fürst«, aus türk. *ata*, »Vorfahr, Vater« (vgl. *Atatürk*), und atürk. *beg*, »Herr, Fürst« (heute *bey*), ehemalige türkische Anrede eines Emirs

Ataman, von russ. *atamán*, »Hauptmann, Anführer«, Titel des Stammesoberhaupts und militärischen Führers der Kosaken → *Hetman*

Attaché, frz. »Zugeteilter«, zu *attacher*, »anbinden, befestigen«, Titel eines Anwärters im diplomatischen Dienst oder eines Beraters in einer Botschaft

Augustus, lat. »Ehrwürdiger, Majestät«, zunächst nur Ehrenname des Octavian, in der Folge von allen römischen Kaisern als Titel übernommen

Ayatollah, »Zeichen Gottes«, arabischer Titel hoher schiitischer Geistlicher und anerkannter Experten auf dem Gebiet islamischer Wissenschaften

Baas, ndl. »Herr, Meister, Aufseher« (davon engl. *boss*, »Chef«), niederländische Anrede für einen Vorgesetzten, vor allem in der Seemannssprache

Bakkalaureus (auch *Baccalaureus*), zu mlat. *baccalarius*, »Ritter einer niederen Stufe«, »Knappe«, in England, Frankreich und USA unterster akademischer Grad

Ballerina, ital. »Balltänzerin«, zu *ballo*, »Tanzfest, Ball«, Bezeichnung einer Solotänzerin im Ballett (männliche Form: *Ballerino*)

Baron, »Freiherr«, wohl zu anord. *berjask*, »kämpfen« (daraus mlat. *baro*, »freier Mann«, und afrz. *baron*, »Vasall«), alter europäischer Adelstitel

Belial, zu hebr. *belija'al*, »Bosheit«, alte Titulierung für den Teufel, den Herrn der Lügen, der mit verführerisch sanfter Zunge spricht

Belzebub, entstellt aus hebr. *Baal-Zewuw*, »Herr der Fliegen«, Spottbezeichnung für *Baal-Zebul* (»Fürst der Dämonen«), den alten Orakelgott der Philister

Bey (auch *Bei und Beg*), »Herr«, einst ein türkischer Ehrentitel, der dem Namen nachgestellt wurde

Bhagava, »Erhabener«, zu skr. *bhágavat*, »hoch, ehrwürdig«, der am häufigsten verwendete Ehrenname Buddhas

Bhagwan, von skr. *bhágavan,* »Erhabener«, zu *bhágavat,* »erhaben, heilig, glücklich«, Ehrentitel der religiösen Lehrer im Hinduismus

Bischof, zu grch. *epískopos,* »Aufseher, Hüter«, Titel des obersten geistlichen Würdenträgers eines Bistums (verkürzt aus ahd. *biscoftuom*)

Bodhisattva, »erleuchtetes Wesen«, aus skr. *bodhi,* »vollkommene Erkenntnis«, und *sattvá,* »Klarheit, Leichtigkeit«, Titel eines Anwärters auf die Buddhawürde

Bojar, aus russ. *bojárin,* »vornehmer Herr« (vielleicht zu türk. *bey,* »Herr, Gebieter«), im alten Russland Angehöriger des nicht fürstlichen Adels

Botschafter, aus ahd. *botoscaft,* »Botschaft« (zu ahd. *biotan,* »bekannt machen«), Titel des obersten diplomatischen Vertreters eines Landes im Ausland

Brahmane, zu skr. *bráhman,* »Gebet«, »höchstes Wesen«, Titel eines indischen Priesters und Gelehrten, eines Angehörigen der obersten Kaste der Hindus

Brigadier, »Brigadegeneral«, aus ital. *brigata,* »Streitgesellschaft« (zu *briga,* »Zank, Händel«), Anführer einer größeren militärischen Truppenabteilung

Bürgermeister, von mhd. *burgermeister,* zu mhd. *burgære,* »Burgbewohner«, und lat. *magister,* »Vorsteher, Leiter«, Titel des Stadt- oder Gemeindeoberhaupts

Butler, aus afrz. *bouteillier,* »Kellermeister« (zu frz. *bouteille,* »Flasche«, vgl. engl. *bottle*), höchster Rang eines Dieners in einem vornehmen englischen Haus

Bwana, suah. »Herr, Meister, Gebieter«, ostafrikanische Anrede für einen weißen Europäer im Sinne des englischen *Sir* (Anrede für eine Frau: *Mwana*)

Caesar (nach *J. Caesar*), wohl zu lat. *caesaries,* »Mähne«, ab 293 n. Chr. offizieller Titel der Unterkaiser, später des Kaisers des Heiligen Römischen Reichs

Camerlengo, ital. »Kämmerer«, Titel eines Kardinalvikars (d. h. Stellvertreters des Papstes als Bischof von Rom) und Schatzmeisters des Heiligen Kollegiums

Caudillo, span. »Führer, Häuptling«, aus einer Verkleinerungsform von lat. *caput,* »Haupt«, Titel des faschistischen spanischen Diktators Francisco Franco

Chairman, engl. »Vorsitzender« (zu engl. *chair,* »Stuhl«, und *man,* »Mann«), in England und Amerika Titel des Vorsitzenden eines Gremiums

Chamberlain, engl. »Kammerherr«, aus gleichbedeutend afrz. *chamberlenc* (s. auch ital. *camerlengo*), Titel des Oberhofmeisters eines englischen Landsitzes

Champion, engl., frz. »Kämpfer, Sieger«, zu lat. *campus,* »Feld, Schlachtfeld«, Ehrenbezeichnung für einen Meister in einer Sportart

Chef, aus afrz. *chef,* »Oberhaupt«, zu lat. *caput,* »Kopf«, saloppe Anrede für einen Vorgesetzten oder Geschäftsinhaber (vgl. frz. *Chef de Cuisine,* »Küchenchef«)

Christus, von grch. *christós*, »Gesalbter«, Lehnübersetzung von hebr. *mashiah* (»Messias«), Beiname Jesu, der am Ende der Zeit als Friedensfürst zurückkehrt

Cid, zu arab. *sajjid*, »Herr«, Ehrentitel des spanischen Ritters und Nationalhelden Rodrigo Díaz, der in maurischen Diensten auch gegen christliche Heere kämpfte

Colonel, engl., frz. »Oberst« (Führer der ersten Kompanie eines Regiments), zu lat. *columna*, »Marschsäule«, Stabsoffiziers im Rang eines Obersten

Commander, engl. »Befehlshaber«, aus *to command*, »befehlen« (zu frz. *commander*), in der britischen Marine Rang eines Fregattenkapitäns

Commander-in-chief, engl. »Höchstkommandierender«, Rang des britischen Oberbefehlshabers, in der Marine eines Stationschefs → *Commander*

Comte, frz. »Graf« (vgl. engl. *count*), zu lat. *comes, comitis*, »Begleiter (des Kaisers oder Königs)«, französischer Grafentitel (weibliche Form: *Comtesse*)

Condottiere (ital. *condottiero*), zu ital. *condotto*, »Leitung«, »Leiter«, aus lat. *conducere*, »anwerben«, Titel italienischer Söldnerführer im 14. und 15. Jh.

Consul, zu lat. *consulere*, »sich beraten«, im alten Rom Titel der beiden höchsten, jeweils für ein Jahr gewählten Staatsbeamten mit großer Machtfülle

Count, engl. »Graf«, aus frz. *comte*, zu lat. *comes, comitis*, »Begleiter (des Kaisers oder Königs)«, in Großbritannien Titel eines Grafen (weibliche Form: *Countess*)

Dalai-Lama, mong.-tibet. »Erhabener, unermesslich wie das Meer« (*dalai*, »Meer«, und *(b)lama*, »Ehrwürdiger«), Titel des Oberhauptes der tibetischen Buddhisten

Dame, aus lat. *domina* (verkürzt *domna*), »Herrin«, in Deutschland höfliche Anrede für eine Frau (z. B. »meine Dame«), in England weiblicher Adelstitel

Dechant, über ahd. *tehhan* zu lat. *decanus*, »Vorgesetzter von zehn Mann«, in der katholischen Kirche Titel des Vorstehers mehrerer Pfarrstellen → *Dekan*

Defensor Fidei, lat. »Verteidiger des Glaubens«, Ehrentitel des englischen Königs Heinrich VIII., den er als Gegner der Reformation vom Papst verliehen bekam

Dekan, aus lat. *decanus*, »Führer von zehn Mann«, Titel des Vorstehers einer Universitätsfakultät, in der evangelischen Kirche auch des Superintendenten

Demarchos, zu grch. *dêmos*, »Volk, Bezirk, Gemeinde«, und *archós*, »Führer, Anführer«, im alten Griechenland der Titel eines Gemeindevorstehers

Diabolus, »Verwirrer, Widersacher«, zu grch. *diábolos*, »Verleumder« (aus *diabállein*, »auseinanderwerfen«), Titulierung für den Teufel → *Iblis*

Diakon, zu grch. *diákonos*, »Diener« (aus *diakoneîn*, »besorgen«), noch nicht zum Priester geweihter katholischer Geistlicher oder evangelischer Pfarrhelfer

Diplomat, zu grch. *diplôma*, »doppelt gefaltete Urkunde«, Bezeichnung für einen geschickt verhandelnden Menschen sowie einen Beamten im auswärtigen Dienst

Direktor, zu lat. *dirigere,* »lenken, bestimmen«, Titel des Leiters einer Schule, einer Behörde oder eines Unternehmens → *Dirigent*

Dirigent, zu lat. *dirigens, dirigentis,* »leitend, lenkend«, Bezeichnung für den Leiter eines Chors oder Orchesters → *Direktor*

Diva, lat. »Göttliche«, postum verliehener Titel der römischen Kaiserinnen, heute auch Bezeichnung für eine gefeierte Bühnen- und Filmschauspielerin

Divus, lat. »Göttlicher«, zu *deus,* »Gott«, im alten Rom Titel des Kaisers, der nach seinem Tod (z.B. Caesar) oder zu Lebzeiten (z.B. Aurelian) verliehen wurde

Doge, venez. »Herzog«, zu lat. *dux, ducis,* »Führer«, Titel des ehemaligen Staatsoberhauptes in Venedig und Genua → *Duce*

Doktor h. c. (oder *e. h.*), »Ehrendoktor«, zu lat. *doctor,* »Lehrer«, und *honoris causa,* »ehrenhalber«, von Hochschulen ohne Prüfung verliehener Titel

Doktor, lat. »Lehrmeister«, zu *docere,* »lehren, bilden« (vgl. *dozieren*), durch eine besondere Prüfung erworbener akademischer Grad und Titel

Domkapitular, »Domherr«, zu lat. *domus,* »Haus (des Herrn«) und *caput,* »Kopf«, Titel eines Mitglieds des geistlichen Kollegiums zur Beratung eines Bischofs

Domnule, rum. »Herr« (zu lat. *dominus*), in Rumänien höfliche Anrede für einen Mann (für eine Frau: *Doamnă*)

Don, ital., span. »Herr« (aus gleichbed. lat. *dominus*), in Italien Titel eines Priesters oder Adligen, in Spanien höfliche Anrede für einen Herrn (samt dem Vornamen)

Doyen, frz. »Rangältester« (aus lat. *decanus,* s. *Dekan*), Titel des Sprechers des diplomatischen Korps, in Frankreich Titel des Dekans einer Universitätsfakultät

Dozent, aus lat. *docens,* »lehrend« (zu *docere,* »lehren, unterrichten«, Titel eines Universitätslehrers, der noch nicht zum Professor ernannt ist → *Doktor*

Druide, kelt. »Magier, Zauberer« (heute ir. und gäl. *draoi,* vielleicht zu grch. *drŷs,* »Eiche«), altkeltischer Priester, insbesondere in Gallien, Britannien und Irland

Duc, frz. »Herzog«, aus lat. *dux,* »Führer«, höchster Adelstitel in Frankreich (weibliche Form: *Duchesse;* → *Doge, Duka, Duce* und *Duke*

Duca, ital. »Herzog«, aus lat. *dux, ducis,* »Anführer«, zu *ducere,* »führen, leiten«, hoher italienischer Adelstitel (weibliche Form: *Duchessa*)

Duce, ital. »Führer«, zu lat. *ducere,* »führen, leiten«, Titel des italienischen Faschistenführers Benito Mussolini → *Duc* und *Duca*

Duke, engl. »Herzog«, aus frz. *duc* (zu lat. *dux,* »Führer«), höchster Adelstitel in England (weibliche Form: *Duchess*)

Duque, span., port. »Herzog«, aus frz. *duc* (zu lat. *dux,* »Führer«), höchster Adelsrang in Spanien und Portugal (weibliche Form: *Duquesa*)

Durchlaucht, von mhd. *durchliuhten,* »durchstrahlen, hindurchleuchten«, früherer deutscher Fürstentitel (Anrede: *Euer Durchlaucht*)

Efendi, über ngrch. *aphéntes*, »Herr, Chef«, aus agrch. *authéntes*, »unumschränkter Herr«, alter Titel türkischer Beamter, später allgemeine Anredeform

Ehrwürden (abgek. *Ew.*), zu ahd. *ēra*, »Gnade, Ehre«, und ahd. *wirdī*, »Ansehen«, in der katholischen Kirche Anrede eines Ordensbruders oder einer -schwester

Emerit, von lat. *emeritus*, »ausgedient« (vgl. *Meriten*, »Verdienste«), in der katholischen Kirche ehrende Bezeichnung eines Geistlichen im Ruhestand

Emeritus, von lat. *emeritus*, »ausgedient«, zu *mereor*, »sich verdient machen«, Ehrentitel eines Professors im Ruhestand

Eminenz, zu lat. *eminens*, »scharf hervortretend, hervorragend«, Ehrentitel und Anrede der katholischen Kardinäle, früher auch geistlicher Kurfürsten

Emir, aus arab. *amīr*, »Fürst, Befehlshaber« (zu *amara*, »befehlen«), osmanischer Heerführer, heute arabischer Titel eines Stammesfürsten → *Admiral*

Emissär, von lat. *emissarius*, »Sendbote, Späher« (zu *emittere*, »aussenden«), Bezeichnung für einen Abgesandten mit einem Geheimauftrag

Empereur, zu lat. *imperator*, »Herrscher, Feldherr«, französischer Kaisertitel Napoleons I. und Napoleon III. (vgl. frz. *empire*, »Kaisertum«, zu lat. *imperium*)

Empress, »Kaiserin« (zu engl. *emperor*, frz. *empereur*, »Kaiser«, aus lat. *imperator*), Titel der britischen Königin Victoria als Kaiserin von Indien

Eques Romanus (abgekürzt *E. Q. R.*), von lat. *eques*, »Reiter, Ritter«, zu *equus*, »Pferd«, Titel des altrömischen Ritters

Eremit, »Einsamer, Einsiedler«, von grch. *éremos*, »verlassen, hilflos«, ein aus religiösen Gründen weltabgeschieden lebender Mensch → *Klausner*

Erlaucht, »Erleuchteter«, von mhd. *erliuhten*, »erleuchten, aufleuchten«, alter deutscher Titel eines Reichsgrafen (Lehnübersetzung aus lat. *illustris*)

Erzbischof, aus grch. *archós*, »Erster«, und *epískopos*, »Aufseher«, erster Bischof einer Kirchenprovinz oder Ehrentitel eines verdienten Bischofs

Esquire (abgek. *Esq.*), engl. »Hochwohlgeboren«, zu lat. *scutarius*, »Schildträger«, englischer, dem Namen nachgestellter Höflichkeitstitel (z. B. für einen Notar)

Euer Ehren (abgek. *Ew. Ehren*), zu ahd. *ēra*, »Gnade, Ehre«, ehemalige Anredefloskel für einen Richter → *Your Honour*

Euer Gnaden, zu ahd. *ginādа*, »Gunst«, Anrede für einen hohen katholischen Würdenträger (Abt, Prälat), veraltet für jeden Höherstehenden

Expedient, zu lat. *expedire*, »erledigen, besorgen«, »bereit machen«, Rang eines Abfertigungsbeauftragten in der Versandabteilung einer Firma

Exzellenz, zu lat. *excellens*, »emporragend, vorzüglich«, Titulierung hochgestellter Persönlichkeiten in Staat und Kirche, insbesondere der Botschafter und Bischöfe

Fakir, von arab. *faqīr*, »arm«, »Armer«, achtungsvolle Bezeichnung eines islamischen Asketen und Bettelmönchs sowie eines indischen Gauklers

Fatih, türk. »Eroberer«, Ehrentitel siegreicher osmanischer Sultane, z.B. Mehmeds II., der 1453 Konstantinopel einnahm

Frater, »Bruder«, lateinische Anrede eines Laienbruders in einem Mönchsorden sowie eines noch nicht geweihten Klosterbruders (Mz. *Fratres*)

Frau, von ahd. *frouwa*, »Herrin« (weibliche Form von *frō*, »Herr«) seit dem Wegfall alter Titel übliche Anrede einer erwachsenen weiblichen Person

Freiherr (abgek. *Frhr.*), aus mlat. *liber baro*, »freier Herr« (Mz. *liberi barones*), Adelstitel unterhalb des Grafen, in Deutschland dem Baron entsprechend

Führer, zu mhd. *vüeren*, »in Bewegung setzen«, in Deutschland während der Zeit des Nationalsozialismus Selbstbezeichnung und Titel Adolf Hitlers → *Duce*

Fürst, zu ahd. *furist*, »zuerst, voranstehend«, Titel eines Angehörigen des Hochadels (Kurfürst, Herzog, Pfalz- und Markgraf, Graf; vgl. engl. *first*)

Geheimrat, auch *Geheimer Rat*, zu mhd. *heimlich*, »vertraut«, und *rât*, »Berater«, Titel eines Mitglieds des landesherrlichen Rats, später eines höchsten Beamten

Genosse, von ahd. *ginōzo*, »gemeinsamer Nutznießer«, zu germ. *nautaz*, »Eigentum, Nutzvieh«, Anrede sozialistischer Parteifreunde untereinander

Gerechter unter den Völkern, zu ahd. *gireht*, »geradlinig«, israel. Ehrentitel für einen Nichtjuden, der unter Lebensgefahr Juden vor dem Holocaust gerettet hat

Gevatter, »Pate«, aus ahd. *gifatero*, »Taufpate« (zu lat. *compater*, »Mitvater«), früher Anrede für einen Verwandten oder Freund der Familie

Ghazi, aus arab. *gāzī*, »Eroberung«, Ehrentitel des »Kämpfers im heiligen Krieg« sowie türkischer Feldherren und Sultane, die für den Islam gekämpft haben

Gospód, slowen. »Herr«, in Slowenien höfliche Anrede für einen Herrn (für eine Frau: *Gospá*)

Gospodin, »Herr«, in Bulgarien, Russland und Kroatien höfliche Anrede für einen Mann, auch Anrufung Gottes (für eine Frau: *Gosposcho*, *Gosposchá*, *Gospoda*)

Gouverneur, von lat. *gubernator*, »Steuermann, Lenker«, Titel des Leiters eines militärischen oder zivilen Verwaltungsbezirks, früher auch einer Kolonie

Graf, zu ahd. *grāfo*, »Verwalter« (aus grch. *grapheús*, »Schreiber«), Adelstitel eines königlichen Beamten mit administrativen und richterlichen Befugnissen

Grande, span. »Großer«, zu lat. *grandis*, »groß, gewaltig, bedeutend«, höchster spanischer Adelstitel (vgl. *grandios*)

Großmeister, Rang und Titel des Oberhaupts eines Ritterordens, auch Titel des Vorsitzenden einer Freimaurer-Großloge → *Hochmeister*

Guardian, von mlat. *guardianus*, »Wächter« (vgl. *Garde* und engl. *guard*), Amtsbezeichnung eines Konventvorstehers der Franziskaner und Kapuziner

Guru, von skr. *gurú*, »Ehrwürdiger, Lehrer«, Titel eines spirituellen Meisters im Buddhismus (vor allem bei den Sikhs), der individuelle Erlösungswege sucht

Hadschi, zu arab. *hadj*, »Wanderung«, Ehrentitel eines frommen Muslims, der die vorgeschriebene Pilgerfahrt nach Mekka bereits unternommen hat

Hafis, arab. »Hüter, Bewahrer«, arabischer Ehrentitel für jemanden, der den Koran auswendig kennt (z. B. *Schams od-Din Mohammed*, persischer Poet 14. Jh.)

Hakim, arab. »Weiser«, »Arzt« (auch »Richter«), zu arab. *hakama*, »urteilen, beurteilen«, in der muslimischen Welt Anrede eines Heilkundigen

Hauptmann, zu ahd. *houbitman*, »Oberster, Führer«, Rang eines Offiziers zwischen Oberleutnant und Major, früher auch des Anführers einer Räuberbande

Heiland, »Erlöser, Retter«, zu ahd. *heilen*, »gesund machen«, Lehnübersetzung aus klat. *salvator* und grch. *sotér*, Ehrentitel für Jesus Christus

Herr, zu ahd. *hēriro*, »älter, erhabener« (Komp. von *hēr*, vgl. *hehr*), früher Titel von Adligen (unter dem Grafen), heute höfliche Anrede eines Mannes

Herra, finn. »Herr«, in Finnland höfliche Anrede für einen Mann (Anrede für eine Frau: *Rouva*)

Herre, »Herr«, in Dänemark, Norwegen und Schweden höfliche Anrede für einen Mann (für eine Frau: *Fru*, »Frau, Dame«)

Herzog, »Heerführer«, aus ahd. *heri*, »Heer«, und *ziohan*, »ziehen«, Titel eines in seinem Amts- oder Stammesherzogtum fast souverän regierenden Adligen

Hetman (vielleicht eine slawische Umformung von *Hauptmann*), in Polen bis 1792 vom König eingesetzter Oberbefehlshaber, in Russland Anführer der Kosaken

Hidalgo, aus span. *hijo d'algo*, »Sohn von etwas (Besitz)«, Titel eines Angehörigen des niederen iberischen Adels

Highness, engl. »Hoheit«, bis zu Heinrich VIII. Königstitel, heute als *Royal Highness* Titel der Prinzen und Prinzessinnen der britischen Königsfamilie

Hipparchos, zu grch. *híppos*, »Pferd«, und *árchein*, »beherrschen«, im alten Athen Titel eines Generals der Kavallerie

Hochgeboren, »von edler Abstammung, adlig«, durch Geburt erworbenes, ursprünglich gräfliches Adelsprädikat

Hochmeister, vor 1530 Titel des Leiters des Deutschen Ordens, danach mit dem des *Deutschmeisters* verbunden

Hochwohlgeboren, in Deutschland früher Höflichkeitsanrede der Angehörigen des Hochadels, später des gesamten Adels und gleich gestellter Staatsbeamter

Hochwürden, von mhd. *hōchwirdic*, »reich an Würde«, alte Anredefloskel für Geistliche ohne höheres Kirchenamt (*Hochwürdigster* für hohe Geistliche)

Hodscha (auch *Hodja*), zu türk. *hoca*, »Lehrer, Meister«, Titel eines islamischen Geistlichen und Lehrers (nach dem weisen Toren *Nasreddin Hodscha*, 13. Jh.)

Hodschatolislam, »Lehrer des Islam«, Titel eines schiitischen Geistlichen der mittleren Ebene im Iran → *Hodscha*

Hoheit, zu ahd. *hōh*, »hoch«, Fürstentitel, z. B. *Kaiserliche* oder *Königliche Hoheit* für einen Kronprinzen bzw. einen Angehörigen des regierenden Hauses

Honourable, engl. »Ehrenwerter«, zu *honour*, »Ehre, Würde«, in Großbritannien Titel eines Abgeordneten, allgemeine hochachtungsvolle Titulierung

Hsien-sheng, »früher geboren«, in China höfliche Anrede für einen Mann (Anrede für eine Frau: *Fùnu* oder auch *Tai-Tai*, eigentlich »sehr, sehr«)

Iblis, von arab. *iblīs*, »Teufel«, aus grch. *diábolus*, »Verleumder, Verwirrer«, im islamischen Glauben Name des Teufels → *Diabolus* und *Teufel*

Illustris, »Erleuchteter«, von lat. *illustris*, »strahlend, berühmt«, spätantiker Titel höchster Würdenträger des Reichs, ab dem 12. Jh. auch der Kardinäle

Imam, zu arab. *imām*, »Anführer, Vorsteher«, Ehrentitel eines besonders frommen oder gelehrten Muslims, auch Bezeichnung des Vorbeters in der Moschee

Imperator, lat. »Gebieter, Feldherr«, römischer Kaisertitel (vor dem Namen, z. B. *Imperator Augustus*), auch Ehrentitel eines siegreichen römischen Feldherrn

Impresario, zu ital. *impresa*, »Unternehmen«, veraltete Bezeichnung eines Theater- oder Konzertagenten, der für einen Künstler die Geschäfte führt

Inspekteur, über frz. *inspecteur* zu lat. *inspector*, »Besichtiger«, Titel eines Aufsichtsbeamten sowie des ranghöchsten Aufsichtsoffiziers einer Teilstreitkraft

Inspektor, lat. »Aufseher, Prüfer«, zu *inspicere*, »genau hineinsehen, untersuchen« (vgl. *inspizieren*), Rangbezeichnung von Verwaltungsbeamten → *Bischof*

Inspizient, von lat. *inspicere*, »hineinsehen, mustern«, Titel einer Aufsicht führenden Person (z. B. bei Theateraufführungen) → *Inspektor*

Intendant, frz. »Aufseher«, zu lat. *intendere*, »seine Aufmerksamkeit richten auf«, Titel eines Theaterleiters sowie des Leiters einer Fernseh- oder Rundfunkanstalt

Junker, von mhd. *juncherre*, »Jungherr«, »Edelknabe«, Standestitel der Söhne eines adligen Grundherrn (auch der adligen Grundherren ohne Ritterschlag)

Jurist, »Rechtsgelehrter«, aus gleichbedeutend mlat. *iurista*, zu *ius, iuris*, »Recht«, Bezeichnung für einen in der Rechtswissenschaft Bewanderten

Justitiar, von lat. *iustitia,* »Gerechtigkeit« (zu *ius, iuris,* »Recht«), Titel des Rechtsbeistands eines Betriebes oder einer Behörde

Justizrat, zu lat. *iustitia,* »Gerechtigkeit«, Titel eines verdienten Juristen, der nicht im Beamtenverhältnis steht

Kadi, arab. »Richter«, in der islamischen Welt Bezeichnung eines Rechtsgelehrten (vgl. unsere Redewendung »jemanden vor den Kadi bringen«)

Kaiser, nach *Iulius Caesar* (wohl zu lat. *caesaries,* »Haarmähne«), höchster weltlicher Titel eines Herrschers über mehrere Völker und Könige

Kalif, zu arab. *chalifa,* »Stellvertreter«, »Nachfolger«, Hoheitstitel des geistlichen und weltlichen muslimischen Oberhauptes (als Nachfolger Mohammeds)

Kamerad, »Stubengenosse«, zu lat. *camera,* »Zimmer«, Bezeichnung und Anrede für jemanden, mit dem man einen Teil des Lebens oder des Tages verbringt

Kammersänger(in), zu lat. *camera,* »Kammer, Raum«, Ehrentitel eines verdienten Sängers, einer verdienten Sängerin (z. B. der Hamburgischen Staatsoper)

Kanzler, zu lat. *cancelli,* »Schranken, Gitter«, früher Titel des für die Ausfertigung von Urkunden verantwortlichen Staatsbeamten, heute Titel des Regierungschefs

Kapitän, zu lat. *caput,* »Haupt«, Rang und Titel eines Schiffs- oder Flugzeugkommandanten (vgl. engl. *captain,* frz. *capitaine,* »Hauptmann«)

Kaplan, aus mlat. *capellanus,* »Betreuer einer Kapelle«, unterster Rang eines katholischen Priesters (zu lat. *capella,* »Kapelle«, eigentlich »Mäntelchen«)

Kardinal, zu lat. *cardo,* »Türangel«, Titel der Haupt-Kirchenfürsten an den Dreh- und Angelpunkten in der Hierarchie der römischen Kirche

Kastellan, aus lat. *castellanus,* »zur Burg gehörig«, Titel eines Burg- oder Schlossvogts, allgemein auch eines Aufsichtbeamten in öffentlichen Gebäuden

Khan (auch *Chan*), verkürzt aus wtürk. *khaghan,* »Gebieter«, alter mongolisch-türkischer Herrschertitel (s. *Dschingis Khan*)

Khedive, zu arab.-pers. *hediw,* »Fürst« (eigentlich »Herrchen«, »kleiner König«), von 1867 bis 1914 Titel des Vizekönigs von Ägypten

King, aus aengl. *cyning,* »König«, zu germ. *kuningaz,* »aus vornehmem Geschlecht«, englischer Titel des obersten Herrschers eines Staates

Kirie, von ngrch. *kýrie,* »Herr«, in Griechenland höfliche Anrede für einen Mann (für eine Frau: *Kyría*)

Klausner, »Bewohner einer Klause«, von lat. *claudere, clausum,* »abschließen«, vgl. *Klausur*), völlig abgeschieden in einer Zelle lebender Mönch → *Eremit*

Kollege, von lat. *collega,* »Amtsgenosse«, zu *colligare,* »verbinden, vereinigen«, Anrede für einen Mitarbeiter oder einen Berufsgenossen

Kommandant, zu lat. *commendare,* »anvertrauen, anweisen«, Befehlshaber eines Kriegsschiffes oder Flugplatzes, auch einer Festung oder Stadt

Kommandeur, zu frz. *commander,* »gebieten«, Rang des Befehlshabers einer

Truppeneinheit; Titel des Inhabers eines Ordens höherer Klasse → *Komtur*

Kommissar, aus mlat. *commissarius*, »mit einer Aufgabe betraute Person«, Dienstrang im Polizeidienst, auch vorübergehender Vertreter eines Beamten

Kommodore, aus frz. *commandeur*, »Vorsteher, Befehlshaber«, Geschwaderführer in Marine und Luftwaffe sowie Titel des ältesten Kapitäns einer Schifffahrtslinie

Komtur, aus lat. *commendator*, »Fürsprecher« (zu lat. *commendare*, »anvertrauen, übergeben«), Verwalter eines Ritterordens, auch hoher Ordensträger

König, zu ahd. *kunne* und mhd. *künne*, aus germ. *kunja*, »(vornehmes) Geschlecht«, Titel des höchsten monarchischen Würdenträgers nach dem Kaiser

Konsistorialrat, Titel eines Angehörigen des Konsistoriums (lat. *consistorium*, »Versammlung«), das die Geschäfte einer evangelischen Landeskirche führt

Konsul, zu lat. *consulere*, »sich beraten, beschließen«, Titel eines halb diplomatischen Vertreters eines Staates sowie seiner Bürger im Ausland

Korrespondent, aus lat. *con*, »zusammen mit«, und *respondere*, »antworten, Bescheid geben«, Bezeichnung eines Zeitungs- oder Fernsehberichterstatters

Kumpan, aus lat. *cum*, »mit«, und *panis*, »Brot«, eigentlich Bezeichnung für jemand, mit dem man sein Brot teilt, heute im Sinn von Geselle, Genosse

Kumpel, volkstümliche Version von *Kumpan*, Bezeichnung und Anrede eines Arbeitskameraden, insbesondere eines Bergmanns

Kurat, »Hilfsgeistlicher«, zu lat. *curare*, »Sorge tragen, pflegen«, Titel eines katholischen Seelsorgegeistlichen unter der Aufsicht eines Pfarrers

Kurator, lat. »Wärter, Pfleger«, Bezeichnung eines Museumsleiters oder eines Staatsbeamten in der Hochschulverwaltung, auch veralteter Titel eines Vormunds

Kustos, von lat. *custos*, »Hüter, Wärter«, Titel des wissenschaftlichen Leiters und Betreuers einer Sammlung, eines Museums oder einer Bibliothek (vgl. *Küster*)

Lady, »Dame«, von aengl. *hlæfdige* (eigentl. »Brotkneterin«, aus *hlāf*, »Laib«, und *dig*, »kneten«), weiblicher englischer Adelstitel und höfliche Anrede einer Frau

Lama, zu tibet. *(b)lama*, »Erhabener«, buddhistischer Priester und Mönch in Tibet und der Mongolei → *Dalai-Lama* und *Panchen-Lama*

Landrat, zu ahd., mhd. *lant*, »offenes Land, Feld« (im Unterschied zur Stadt), und ahd., mhd. *rāt*, »Rat, Fürsorge«, Titel des obersten Beamten eines Landkreises

Laureat, lat. »mit Lorbeer Bekränzter«, zu lat. *laurus*, »Lorbeer(baum)«, in der Antike Ehrenname eines mit einem Lorbeerkranz gekrönten Dichters

Legat, aus lat. *legatus*, »Abgesandter« (zu *legare*, »eine Verfügung treffen«, und *lex, legis*, »Gesetz«), Titel eines päpstlichen Sondergesandten

Legationsrat, zu lat. *legatio*, »Gesandtschaft« (zu *legare*, »absenden, abordnen, verfügen«, Titel eines Beamten im auswärtigen Dienst

Lektor, von lat. *lector*, »Leser«, zu *legere*, »lesen« (vgl. *Lektüre*), Sprachlehrer für praktische Hochschulübungen; Begutachter von Manuskripten in einem Verlag

Leutnant (engl., frz. *lieutenant*), »Stellvertreter« (eigentlich »Platzhalter«), zu frz. *lieu*, »Ort, Stelle«, und *tenir*, »halten«, unterster Rang der Offizierslaufbahn

Lord, »Herr«, über mengl. *lōverd*, »Brotherr«, aus aengl. *hlāford*, »Brotwärter« (zu *hlāf*, »Brotlaib«, und *weard*, »Schutzherr, Wart«), englischer Adelstitel

Madame (engl. *madam*), »gnädige Frau«, aus frz. *ma dame*, »meine Dame« (zu lat. *domina*, »Herrin«), in Frankreich bzw. England Anrede für eine Frau

Maestro, ital. »Meister, Lehrer« (aus gleichbedeutend lat. *magister*), Anrede für einen großen Musiker oder Komponisten, auch für einen Musiklehrer

Magier, von apers. *magush*, »Priester, Zauberer«, in früheren Zeiten Mittler zwischen realer und übersinnlicher Welt; als *Magus* Priestertitel in Indien

Magister, von lat. *magister*, »Vorsteher, Leiter, Lehrer« (zu *magis*, »mehr«), in Deutschland unterster akademischer Grad und Titel

Magister Artium (abgek. *M. A.*), lat. »Meister der (freien) Künste«, in Deutschland niedrigster, von einer philosophischen Fakultät verliehener Grad und Titel

Magna Mater, aus lat. *magna*, »große«, und *mater*, »Mutter«, Ehrenname der phrygischen Muttergottheit Kybele

Magnifizenz, »Erhabenheit«, von lat. *magnificens*, »Großartigkeit, Pracht, Herrlichkeit«, Titel eines Hochschulrektors (Anrede: *Eure Magnifizenz*)

Maharadscha (engl. *maharadjah*), aus skr. *mahārājá*, »Großkönig«, Titel eines indischen Großfürsten (Titel seiner Gattin: *Maharāni*)

Maharischi, aus skr. *mahārsi*, »großer Seher«, Ehrenbezeichnung für einen geistig-religiösen Führer in Indien

Mahatma, »Großer Geist«, zu skr. *mahát*, »groß«, und *mánas*, »Geist, Weltseele«, Ehrentitel großer geistiger Persönlichkeiten in Indien (z. B. Gandhi)

Mahdi, zu arab. *mahdī*, »Geleiteter«, im Islam Titel des erwarteten Erlösers, der angeblich die gesamte Menschheit zum Islam bekehren wird

Mahut (engl. *mahout*), von Hindi *mahāwat*, »Elefantenlenker« (zu gleichbedeutend skr. *mahāmātra*), Bezeichnung eines indischen Führers von Arbeitselefanten

Maighstir, gäl. »Herr«, in Schottland höfliche Anrede für einen Mann (für eine Frau: *A 'Bhean*)

Maître, frz. »Meister, Herr« (zu lat. *magister*), in Frankreich Titel eines Rechtsanwalts, Notars etc., auch Anrede für einen Lehrer (wbl. Form: *Maîtresse*)

Majestät, von lat. *maiestas*, »Größe, Erhabenheit« (zu *maior*, »größer«), Titel und Anrede von Kaisern und Königen → *Major*

Major, zu lat. zu *maior*, »Größerer, Höherer« (Steigerung von *magnus*, »groß«), Offizier im Rang zwischen einem Hauptmann und Oberstleutnant

Majordomus, »Hausverwalter« (vgl. *Meier*), aus lat. *maior*, »größer, höher«, und *domus*, »Haus«, Titel des obersten Beamten an einem Fürstenhof

Manager, von engl. *to manage*, »handhaben« (zu lat. *manus*, »Hand«), leitende Persönlichkeit in einem Betrieb oder Betreuer eines Künstlers, Sportlers etc.

Manitu, »Geist«, ehrfürchtige Bezeichnung der Indianer für ihren Schöpfergott und Ordner des Weltalls (eigentlich *Kitshi Manitu*, »großer Geist«)

Marabut, »Eremit, Asket«, zu arab. *murābit*, »stationiert«, Titel eines islamischen Einsiedlers (davon auch *Marabu*, wegen des würdigen Aussehens dieses Vogels)

Marquis, von afrz. *marchis*, »Markgraf«, zu ahd. *marka*, »Grenze«, französischer Adelstitel, rangmäßig zwischen einem Fürsten und einem Grafen (ital. *Marchese*)

Marschall, aus ahd. *marah*, »Pferd« (vgl. *Mähre*), und *scalc*, »Knecht«, Titel des Stallmeisters, dann des Aufsehers bei Hofe, später des Befehlshabers der Reiterei

Master, »Meister«, zu lat. *magister*, in England Anrede eines jungen Herrn, auch Lehrertitel und akademischer Grad (*M. A.*: *Master of Arts*)

Medicus, lat. »Wundarzt«, »heilsam«, zu *mederi*, »heilen, helfen«, scherzhafte Bezeichnung und Anrede für einen Arzt (vgl. *Medizin*)

Meister, aus lat. *magister*, »Aufseher, Ratgeber«, früher Anrede für einen Lehrer oder Künstler, heute für einen Handwerker mit staatlicher Prüfung

Memsahib, suah. »gnädige Frau«, aus engl. *madam* und arab. *sāhib*, »Herr«, ehrerbietige Anrede einer Europäerin im kolonialen Indien sowie in Ostafrika

Messias, »Gesalbter«, von hebr. *mashiah*, »gesalbt«, Titel der durch die Salbung Jahwe geweihten jüdischen Könige und Priester, im Christentum Beiname Jesu

Metropolit, zu grch. *metrópolis*, »Hauptstadt, Großstadt«, Titel eines Bischofs in der Hauptstadt oder, in der orthodoxen Kirche, als Leiter einer Kirchenprovinz

Mevrouw (abgek. *Mevr.*), niederl. »meine Dame, gnädige Frau«, in den Niederlanden höfliche Anrede einer Dame

Mijneer (auch *Meneer*, abgek. *M.*), niederl. »mein Herr«, in den Niederlanden respektvolle Anrede für einen Herrn

Mikado, »Erhabenes Tor«, aus jap. *mi*, »ehrenwert«, und *kado*, »Tor, Eingang«, alter Titel des japanischen Kaisers → *Tenno*

Minister, lat. »Diener« (zu *ministrare*, »dienen«, aus *minus*, »weniger, geringer«), Regierungsmitglied, das einen Geschäftsbereich verwaltet (vgl. auch *Ministrant*)

Miss, engl. »Fräulein« (verkürzt aus *Mistress*), in Großbritannien höfliche

Anrede einer unverheirateten Frau (*Ms* vor dem Namen heute für *Miss* und *Mrs*)

Missionar, zu klat. *missio*, »Aussendung« (aus *mittere, missum*, »schicken«), zur Bekehrung von Heiden ausgesandter christlicher Glaubensbote (vgl. *Messe*)

Mister (abgek. *Mr*), engl. »Herr«, von *master*, »Meister, Lehrer«, aus afrz. *maistre* (zu lat. *magister*), höfliche englische Anrede eines Mannes (vor dem Namen)

Mistress (abgek. *Mrs*), engl. »Hausfrau, Frau«, von afrz. *maistresse* (heute frz. *maîtresse*), höfliche englische Anrede einer verheirateten Frau (auch »Geliebte«)

Moderator, zu lat. *moderare*, »mäßigen«, Leiter einer Fernsehsendung, auch Titel des Vorsitzenden einer reformierten oder presbyterianischen Synode

Mogul, aus pers. *moghol*, »Mongole«, Herrschertitel einer muslimischen Dynastie mongolischer Herkunft in Indien vom 16. bis 19. Jahrhundert

Mohammed, »Gepriesener«, zu arab. *hamida*, »preisen«, islamischer Ehrenname des Propheten, der ursprünglich *Abd Allah*, »Knecht Gottes«, hieß

Mönch, über ahd. *munih* aus grch. *monachós*, »allein Lebender«, »Einsiedler«, Angehöriger einer Klostergemeinschaft → *Nonne*

Monseigneur, frz. »mein Herr«, aus lat. *meus*, »mein«, und *senior*, »Älterer«, in Frankreich Titel und Anrede hoher Geistlicher und Adliger

Monsieur (Mz. *Messieurs*), aus frz. *monseigneur*, »mein Herr«, in Frankreich höfliche Anrede eines Mannes (sowohl allein stehend als auch vor dem Namen)

Monsignore (abgek. *Msgr.*), ital. »mein Herr«, in der katholischen Kirche Titel eines Prälaten, im Ausland auch Anrede für einen Kardinal oder Bischof

Most Honourable, engl. »Höchst Ehrenwerter«, zu *honour*, »Ehre, Auszeichnung, Ruhm«, in Großbritannien Adelstitel eines Marquis

Mudschahed (Mz. *Mudschaheddin*), von arab. *mudjāhid*, »Kämpfer« (zu *mudjahāda*, »Kampf«), Ehrenbezeichnung für einen islamischen Freischärler

Muezzin, zu arab. *mu'azzin*, »Gebetsrufer« (zu *'azān*, »Ankündigung«), Titel des Ausrufers, der den Gläubigen vom Minarett aus die Gebetszeiten verkündigt

Mufti, zu arab. *muftin*, »Berater, Entscheider«, ehrfürchtige Bezeichnung für einen islamischen Rechtsgelehrten und Gutachter

Mullah, pers. »Lehrer, Prediger«, im Iran Titel aller schiitischen Geistlichen unterhalb eines Ajatollahs, in Indien auch der sunnitischen Geistlichen

Mzee, kik. »alter Herr«, kenianischer Ehrentitel, z. B. des ersten Staatspräsidenten Jomo Kenyatta (1893-1978)

Nabi, arab. »Prophet« (Mz. *Nabijun*), Titel der zahlreichen von Allah gesandten Prediger, zu denen u. a. Abraham, Moses, Jesus und Mohammed zählen

Nabob, von Hindi *nabāb*, zu arab. *nā'ib*, »Stellvertreter«, alter Titel eines

Provinzgouverneurs in Indien (sprichwörtlich auch für einen sehr reichen Mann)

Naib, von arab. *nā'ib*, »Stellvertreter«, Titel eines Beamten oder Abgeordneten in arabischen Staaten (auch in der Bedeutung »Vize-«)

Natschalnik, von russ. *natschál'nik*, »Vorsteher, Chef, Leiter, Führer« (zu *natschálo*, »Anfang«), russische Bezeichnung für einen Vorgesetzten

Nauarch, von grch. *naúarchos*, »Kapitän, Flottenführer«, aus *naûs*, »Schiff«, und *árchein*, »voran gehen, herrschen«, Titel eines altgriechischen Admirals

Negus, aus amh. *n'gus*, »zum König Ernannter«, äthiopischer Königstitel; daraus *Negus Negesti*, »König der Könige«, äthiopischer Kaisertitel

Ninja, aus jap. *nin-ja*, »Spion«, Ehrenname eines Geheimbundkriegers mit besonderen Waffen und Kampftechniken im feudalen Japan

Nonne, über ahd. *nunna* aus klat. *nonna*, »ehrwürdige Mutter« (splat. »Amme, Kindermädchen«), Bezeichnung für eine katholische Ordensfrau → *Mönch*

Notar, aus lat. *notarius*, »Schnellschreiber, Sekretär« (zu *nota*, »Schriftzeichen, Chiffre«), staatlich vereidigter Jurist zur Beurkundung von Rechtsgeschäften

Nuntius, lat. »Bote, Verkünder« (zu *nuntiare*, »melden, anzeigen«), Titel eines ständigen päpstlichen Botschafters bei einer Staatsregierung

Oberst, verkürzt aus *Oberster*, Offiziersrang zwischen Oberstleutnant und Brigadegeneral → *Colonel*

Offiziant, zu mlat. *officiare*, »ein öffentliches Amt haben«, veraltet für einen Bediensteten, auch für einen den Gottesdienst haltenden katholischen Geistlichen

Offizier, von mlat. *officiarius*, »Bediensteter, Beamteter« (vgl. in diesem Sinn engl. *officer*), Rangstufe für militärische Dienstgrade vom Leutnant aufwärts

Padischah, pers. »Weltkönig« (eigentlich »Beschützer«), Titel des Schahs von Persien sowie früherer islamischer Fürsten → *Pascha*

Pair, »(dem König) Ebenbürtiger«, über afrz. *per* aus lat. *par*, »gleich«, Titel eines Mitglieds des französischen Hochadels → *Peer*

Pan, »Herr«, in Polen, Tschechien und der Slowakei (*Pán*) höfliche Anrede für einen Mann (für eine Frau: *Pani*, »Dame«, in der Slowakei *Paní*)

Panchen-Lama, zu tibet. *pandita-chen-po*, »großer Gelehrter«, und *(b)lama*, »Erhabener«, in Tibet Anrede des zweithöchsten *Lamas* nach dem *Dalai-Lama*

Pandit, zu skr. *panditá*, »Gelehrter«, Ehrentitel der Brahmanen in Kaschmir, der sogenannten *Kaschmiri-Pandits* (z.B. des ind. Politikers *Dschawaharlal Nehru*)

Pantokrator, »Allherrscher« (aus der grch. Vorsilbe *panto-*, »alles«, und dem Verb *krateîn*, »beherrschen«), Ehrentitel des auferstandenen, thronenden Christus

Papst, über mhd. *bābest* und ahd. *bābes* aus klat. *papa*, »Vater«, seit dem 5. Jh. Anrede des Bischofs von Rom und des Oberhaupts der katholischen Kirche

Pascha, türk. »Exzellenz« (aus pers. *padishah*), Titel früherer islamischer Fürsten und Beamter, in der Türkei vor allem von Generalen und Provinzgouverneuren

Pastor, lat. »Hirt« (»Seelenhirt«), zu *pascere*, »weiden, nähren«, in der evangelischen Kirche Amtsbezeichnung eines ordinierten Theologen

Pater, lat. »Vater«, römischer Ehrentitel, als *pater familias* für den Hausherrn und als *pater senatus* oder *pater patriae* für den Kaiser; heute kath. Ordensgeistlicher

Patriarch, grch. »Erzvater« (zu *patér*, »Vater«, und *árchein*, »herrschen«), Titel der obersten orthodoxen Geistlichen in Jerusalem, Moskau und Konstantinopel

Peer, von afrz. *peer*, »Gleichrangiger«, zu lat. *par*, »gleich«, Mitglied des britischen Hochadels und des *House of Lords* (Oberhaus des britischen Parlaments) → *Pair*

Perillustris (Dominus), »Durchlauchtigster (Herr)«, von lat. *perillustris*, »sehr angesehen«, alter Titel von Fürsten und Bischöfen → *Durchlaucht*

Pfarrer, aus ahd. *pfarāri* (zu grch. *paroikía*, »Wohnen in der Nachbarschaft«, und *pároikoi*, »die daneben Wohnenden«), Vorsteher einer christlichen Gemeinde

Pharao (in der Bibel *paraoh*), zu ägypt. *per-a'a*, »großes Haus«, Titel der altägyptischen Könige (davon *Papyrus*, wörtlich »Monopol des Pharao«)

Pilot, über ital. *pilota* (älter *pedotta*), »Lotse, Steuermann«, aus grch. *pedótes*, »Rudergänger«, heute Bezeichnung eines Flugzeugführers

Poeta laureatus, »gelobter Dichter«, aus lat. *poeta*, »Poet«, und *laureatus*, »mit einem Lorbeerkranz Gekrönter«, Ehrentitel eines ausgezeichneten Dichters

Pontifex maximus, »oberster Brückenbauer«, zu lat. *pons, pontis*, »Brücke«, und *facere*, »machen«, im alten Rom Titel des Oberpriesters; ab Leo I. Papsttitel

Pope, über russ. *pop* aus ngrch. *papâs*, »Priester« (zu grch. *páppas*, »Vater«), Bezeichnung für einen niederen orthodoxen Weltgeistlichen

Prälat, von lat. *praelatus*, »Bevorzugter«, Titel eines katholischen Geistlichen mit Kirchengewalt (z.B. Bischof) oder Leiter einer evangelischen Landeskirche

Präses, aus lat. *prae*, »vorn«, und *sedere*, »sitzen«, in der evangelischen Kirche Titel des Vorsitzenden einer Provinzial- oder Landessynode

Prätor, zu lat. *praeterire*, »vorbeigehen«, im alten Rom Titel eines für das Rechtswesen zuständigen Beamten als Stellvertreter eines Konsuls

Prätorianer, zu lat. *praetorium*, »Hauptquartier, Palast«, im alten Rom Rang und Titel eines Angehörigen der kaiserlichen Leibwache → *Prätor*

Premier, frz. »Erster« (verkürzt aus *Premierminister*), vor allem in Frankreich geläufige Bezeichnung für den Ministerpräsidenten (vgl. *Premiere*)

Presbyter, zu grch. *presbýteros*, »Älterer«, aus *présbys*, »alt«, in der evangelischen Kirche ein Mitglied des Kirchenvorstands → *Priester* und *Senator*

Priester, über ahd. *priestar* und afrz. *prestre* aus grch. *presbýteros*, »Älterer, Ehrwürdiger«, Bezeichnung eines geweihten katholischen Geistlichen

Primaballerina, ital. »erste Tänzerin« (vgl. *prima* und *primär*), zu ital. *ballare*, »tanzen« (vgl. *Ball*), Bezeichnung der ersten Solotänzerin in einem Ballett

Primadonna, ital. »erste Dame« (ital. *donna* aus lat. *domina*, »Herrin«), Bezeichnung der ersten Sängerin und Hauptdarstellerin in einer Oper

Primas, zu lat. *primus*, »Erster«, Rang eines (Erz-)Bischofs zwischen Patriarch und Metropolit, früher auch Titel des Oberbischofs einer Region (vgl. *Primat*)

Prime Minister, »erster Diener des Staates«, zu lat. *primus*, »der Erste«, und *minister*, »Diener«, in Großbritannien Titel und Anrede des Ministerpräsidenten

Primus inter pares, lat. »Erster unter Gleichen«, zu lat. *primus*, »Vorderster« (Komp. *prior*), Bezeichnung für den Vorzüglichsten unter Gleichrangigen

Prinz, von frz. *prince*, »Fürst«, aus lat. *princeps*, »Anführer« (zu *primus*, »Erster, Ranghöchster«), Titel und Anrede für den Sohn eines regierenden Fürsten

Prior, lat. »Vorderer, höher Stehender« (Komp. von *primus*, »Erster«), bei den Dominikanern Rang eines Klostervorstehers, sonst des Stellvertreters eines Abts

Professor, lat. »Verkünder« (zu *profiteri*, »offen bekennen«), Titel eines beamteten Hochschullehrers, in einigen Ländern der Bundesrepublik auch Ehrentitel

Profos, aus afrz. *provost* (zu lat. *praepositus*, »Vorgesetzter«), im Mittelalter Rang eines Militär-Richters, -Anklägers und -Urteilsvollstreckers → *Propst*

Prokurator, lat. »Verwalter« (zu *procurare*, »Sorge tragen«), im alten Rom Titel eines Provinzstatthalters, heute Titel des Vermögensverwalters eines Klosters

Prokurist, zu ital. *procura*, »Vollmacht« (aus lat. *procurare*, »besorgen, verwalten, pflegen«), Titel des Bevollmächtigen einer Firma → *Prokurator*

Propst, aus lat. *praepositus*, »Vorgesetzter«, Titel des Leiters der äußeren Obliegenheiten eines katholischen Kapitels bzw. evangelischen Aufsichtsbezirks

Prospektor, »Vorausschauer«, zu lat. *prospectare*, »nach etwas Ausschau halten«, Fachbezeichnung für den Erkunder von Bodenschätzen

Provinzial, von lat. *provincialis*, »zur Provinz gehörig« (aus lat. *provincia*, »erobertes Gebiet«), Titel des Vorstehers mehrerer Klöster einer Ordensprovinz

Quästor (lat. *Quaestor*), zu *quaerere, quaesitum*, »befragen« (vgl. engl. *question*), römischer Titel des Untersuchungs- und Blutrichters, später eines Schatzmeisters

Queen, engl. »Königin«, über aengl. *cwēn* und anorw. *kvæn* aus idg. *gwēn*, »Frau, Herrin« (urvw. grch. *gyné*, »Frau«), Titel der britischen Monarchin → *King*

Rabbi, hebr. »mein Lehrer«, »mein Meister«, ursprünglich eine höfliche Anrede, später Ehrentitel eines Schriftgelehrten (auch Jesus wurde so angeredet)

Rabbiner, von mlat. *rabbinus*, zu hebr. *rabbi*, »mein Lehrer«, Titel des Vorstehers einer jüdischen Gemeinde sowie eines jüdischen Religions- und Gesetzeslehrers

Radscha (engl. *rajah*), von skr. *rāja*, »König (von)«, zu *rāj*, »herrschen«, indischer Fürstentitel → *Maharadscha*

Rahman, »Erbarmer«, im Islam einer der vielen Ehrennamen Allahs, den man bei Gebetsanrufungen meist noch durch ein *Al-Rahim* (»der Barmherzige«) verstärkt

Ras, zu arab. *rās*, »Kopf«, früherer äthiopischer Fürstenrang und Titel eines Prinzen (z. B. *Ras Tafari Makonnen*, der spätere Kaiser Haile Selassie)

Rasul, arab. »Gesandter, Apostel«, Titel der 313 Botschafter, von denen Allah jedem Volk nur jeweils einen schickte (z. B. Mohammed den Arabern)

Referendar, »(aus den Akten) Bericht Erstattender«, zu lat. *referre*, »berichten«, Anwärter auf die höhere Beamtenlaufbahn nach der ersten Staatsprüfung

Referent, zu lat. *referre*, »zurücktragen, berichten«, Titel eines Sachbereichsleiters in der Verwaltung, auch Bezeichnung eines Vortragenden (vgl. *Referat*)

Regisseur, frz. »Anordner«, »Verwalter«, zu *régir*, »regeln, bestimmen«, Bezeichnung des Spielleiters beim Theater, Rundfunk oder Fernsehen

Rektor, lat. »Lenker, Vorsteher«, zu *regere, rectum*, »steuern, ausrichten«, Titel eines Hochschulleiters, auch des Leiters einer Grund- oder Hauptschule

Reporter, über engl. *to report* aus frz. *reporter*, »berichten« (zu lat. *reportare*, »zurücktragen, überbringen«), Bezeichnung für einen Medien-Berichterstatter

Rex, lat. »König, Herrscher«, altrömischer, dem Namen in der Regel nachgestellter Königstitel, z. B. *Tarquinius rex* (vgl. frz. *roi*, ital. *re*, span. *rey*, port. *rei*)

Richter, von ahd. *rihtāri*, mhd. *rihtære*, Amtsbezeichnung und Titel eines vom Staat bevollmächtigten Beamten zur Entscheidung von Rechtsstreitigkeiten

Right Honourable, »Sehr Ehrenwerter«, zu engl. *honour*, »Ehre, Achtung, Würde«, Titel britischer Adliger unterhalb des Marquis

Rinpoche, zu tibet. *rin po*, »Juwel«, und *che*, »groß«, tibetischer Ehrentitel des *Panchen-Lama* oder anderer hoher Würdenträger im Lamaismus

Ritter, von gleichbedeutend mndl. *riddere* (Lehnübersetzung von afrz. *chevalier*, zu *cheval*, »Pferd«), mittelalterliche Standesbezeichnung eines adligen Kriegers

Sahib, »Herr«, zu gleichbedeutend arab. *sāhib*, in Indien, Pakistan und Ostafrika gebräuchliche Titulierung eines Europäers → *Ashab*

Sajjid (auch *Said,* pers. *Sejjed*), zu arab. *sajjid,* »Herr«, Ehrentitel der Nachfahren des Propheten, die im Iran an einem schwarzen Turban zu erkennen sind

Sakadagami, skr. »Einmalwiederkehrer«, buddhistischer Titel eines ehrwürdigen Menschen, der vor dem Verlöschen ein letztes irdisches Dasein durchleben muss

Saladin, arab. *salah ed-din,* »Heil der Religion«, »Heil des Glaubens«, Ehrentitel des bekannten muslimischen Heerführers Jussuf ibn Ajjub im 12. Jh.

Salvator, »Erretter, Bewahrer«, lateinische Lehnübersetzung von grch. *sotér,* Ehrentitel für Jesus Christus als Erlöser der Menschheit → *Heiland*

Samurai, jap. »Ritter« (eigentlich »Dienender«), Titel eines Angehörigen des höchsten japanischen Adels- und Kriegerstandes zur Feudalzeit

San, »Ehrenwerte(r)«, an den Namen angehängte höfliche japanische Anrede sowohl für einen Mann als auch eine Frau

Sanyasi, von skr. *samnyāsa,* »Entsagung«, Ehrenbezeichnung für einen Hindu, der nach spiritueller Erkenntnis strebt und der Welt entsagt

Satan, zu hebr. *sātān,* »Widersacher«, zu *sātan,* »nachstellen«, ursprünglich aus dem Paradies verstoßener böser Engel, dann auch Schimpfname für den Teufel

Sati, »treue Gattin«, von skr. *sāti,* »getreu, redlich«, alter Ehrenname für eine Hinduwitwe, die ihrem Mann durch Selbstverbrennung in den Tod folgte

Satrap, über grch. *satrápes,* aus med. *chshathra-pāwan,* »Reichshüter«, im antiken Perserreich Titel eines Großstatthalters, später eines Stadtfürsten

Schah, zu apers. *shāh,* »König«, in Persien einst die allgemeine Bezeichnung für einen Herrscher (vgl. das *Schachspiel,* dessen Ziel es ist, den König zu schlagen)

Schahdschahan, aus pers. *shāhinshāh,* »König der Könige«, frühere offizielle Titulierung des Großmoguls in Indien

Schah-in-Schah, »König der Könige« (also etwa »Kaiser«), einst offizieller Titel des Schahs von Persien (vgl. *schachmatt,* pers. *shāh māta,* »der König ist tot«)

Schaitan, aus arab. *shaitān,* »Teufel, Dämon«, im islamischen Glauben neben Iblis eine Bezeichnung für den Teufel → *Satan*

Schamane, von tung. *shaman,* »buddhistischer Mönch«, zu skr. *śráma,* »Strapaze, religiöse Übung«, Bezeichnung für einen Geisterbeschwörer bei Naturvölkern

Scharfrichter, zu ahd. *scarf,* »schneidend«, im Mittelalter Amtsbezeichnung des Vollstreckers von Todesurteilen (mit dem Schwert oder Beil)

Scheich, arab. »Ältester«, in der traditionellen arabischen Gesellschaft Titel einer führenden Persönlichkeit (z. B. eines Stammeshäuptlings oder Dorfvorstehers)

Scherif (auch *Scharif*), »hoch Geehrter, Adliger« (zu arab. *sharaf,* »Ehre«), Titel eines Nachkommen des Propheten Mohammed

Schogun, von jap. *shōgun,* »Heerführer«, erblicher Titel ehemaliger kaiserlicher Feldherren, die lange Zeit anstelle der machtlosen Kaiser Japan regierten

Sebastos, von grch. *sebastós*, »Ehrwürdiger, Erhabener«, offizieller Titel des byzantinischen Kaisers in Konstantinopel (vgl. *Sebastian*)

Seigneur, frz. »adliger, vornehmer Herr«, in Frankreich früher Titel des Lehns- und Grundherrn, heute ehrfürchtige Bezeichnung Gottes (z.B. *Notre Seigneur*)

Seine Heiligkeit, »absolute Vollkommenheit«, zu mhd. *heilec*, ahd. *heilag*, »heilig, von Gottes Geist erfüllt«, Titel des römischen Papstes (Anrede: *Heiliger Vater*)

Sekretär, aus lat. *secretarius*, »Geheimschreiber«, zu *secretus*, »abgesondert« (vgl. *Sekret*), Dienstbezeichnung eines Beamten oder qualifizierten Angestellten

Senator, lat. *senex, senis*, »alter Mann« (vgl. *senil* und *Senior* sowie span. *Señor*, »Herr«), Titel eines Angehörigen des *Senats*, also des »Ältestenrats«

Señor (port. *Senhor*, ital. *Signore*), zu lat. *senior*, »älter«, in Spanien, Portugal und Italien Anrede für einen Herrn (für eine Frau: *Señora, Senhora, Signora*)

Senyor, katal. »Herr«, in Katalonien höfliche Anrede für einen Mann (für eine Frau: *Senyora*)

Servus servorum dei, lat. »Diener der Diener Gottes«, Titel, der den Päpsten seit Gregor dem Großen zusteht

Sidi, arab. »mein Herr«, in Nordwestafrika übliche hochachtungsvolle Anrede eines Mannes, vor allem eines vermeintlich höher Gestellten

Sikh, Hindi »Schüler«, zu skr. *śiksā*, »Lehre«, Angehöriger einer kriegerischen hinduistisch-muslimischen Religionsgemeinschaft in der Indus-Ebene → *Guru*

Singh, zu skr. *simhá*, »Löwe«, stolzer Namenszusatz eines jeden Sikh (nach dem letzten Guru dieser indischen Religionsgemeinschaft, Gobind Singh, 1675–1708)

Sir, »Herr«, über frz. *Sire* aus *Seigneur* (zu lat. *senior*, »älter«), englischer Adelstitel (mit dem nachfolgenden Vornamen) sowie allgemeine höfliche Anrede

Sire, »Majestät«, aus *Sieur*, Abkürzung von *Seigneur*, »Herr« (zu lat. *senior*, »älter«), einst Anrede für einen französischen Monarchen → *Sir*

Sol invictus, lat. »unbesiegte Sonne«, Name des vom römischen Kaiser Aurelian 274 n. Chr. als Reichsgott eingesetzten babylonischen Bel (Fest: 25. Dezember)

Sotapanna, skr. »von der Strömung Ergriffener«, im Buddhismus Anrede eines erhabenen Menschen auf der untersten Stufe der Loslösung von Trieben

Soter, von grch. *sotér*, »Retter, Erlöser«, Ehrentitel Jesu Christi, aber auch hochachtungsvoller Beiname antiker Herrscher und Götter (z.B. des Zeus)

Speaker, »Sprecher«, zu engl. *to speak*, »sprechen, reden«, in Großbritannien Titel des Ober- bzw. Unterhausvorsitzenden, in den USA des Kongressvorsitzenden

Spektabilität (auch *Spectabilis*), von lat. *spectabilis*, »ansehnlich, prächtig«

(eigentlich »sichtbar«), früher der Titel und die Anrede eines Hochschuldekans

Star, engl. »Stern«, respektvolle Bezeichnung eines gefeierten Künstlers in der Welt des Theaters, Films oder Fernsehens und des Showgeschäfts oder Sports

Starlet, engl. »Sternchen« (Verkleinerungsform von engl. *star*, »Stern«), leicht abwertende Bezeichnung für eine ehrgeizige Nachwuchsschauspielerin

Starost, von russ., poln. *staróst a*, »Ältester«, zu *staryj* bzw. *stary*, »alt«, in Russland und Polen früherer Titel eines Dorfschulzen (später eines Landrats)

Statthalter, »Platzhalter«, zu mhd., ahd. *stat*, »Stelle« (vgl. *anstatt*), früherer Titel eines Beamten als Stellvertreter des Königs oder der Regierung in einer Provinz

Stella Maris, »Meerstern« (eigentlich der Polarstern), aus lat. *stella*, »Stern«, und *mare, maris*, »Meer«, katholischer Ehrentitel der Muttergottes

Steward, aus aengl. *stigweard*, »Hauswart«, Titel des einstigen Verwalters des königlichen Haushalts, heute Fahrgastbetreuer auf Schiffen und in Flugzeugen

Studienrat, von lat. *studium*, »Streben, Eifer«, zu *studere*, »wissenschaftlich erforschen«, Amtsbezeichnung eines beamteten Lehrers an einer höheren Schule

Sugata, »Gesegneter« (auch »Willkommener«), buddhistischer Ehrentitel für einen herausragenden Menschen, der den Weg der Erleuchtung kennt

Sultan, zu arab. *sultān*, »Macht, Herrschaft«, bis 1922 höchster Herrschertitel in türkischen Dynastien (vgl. den ungarischen Rufnamen *Zoltán*)

Superintendent, von klat. *superintendere*, »beaufsichtigen« (vgl. *super*, »über, darüber«), Titel eines evangelischen Geistlichen als Leiter eines Kirchenkreises

Superior, von lat. *superior*, »höher« (vgl. *super*), Titulierung eines katholischen Kloster- und Ordensoberen

Taliban, zu arab. *talib* (Mz. *talaba*), »die Suchenden«, »Schüler«, »Jünger«, Eigenbenennung einer islamistischen Gruppe von Aufständischen in Afghanistan

Tenno, jap. »Himmlischer«, schintoistischer Titel des japanischen Kaisers, an dessen göttliche Herkunft man in Japan bis zur Niederlage 1945 glaubte

Teufel, über ahd. *tiufal* zu grch. *diábolos*, »Verleumder«, in der christlichen Religion »Widersacher Gottes« und Personifizierung des Bösen → *Iblis*

Thabit, »Nachfolger«, zu arab. *tabi'a*, »Folge«, ehrenvoller Beiname der Zeitgenossen und Gefährten des Propheten Mohammed

Tien-tsu, »Himmelssohn«, zu chin. *t'ien*, »Himmel«, und *tsu*, »Ahnen«, offizieller Titel des chinesischen Kaisers, der als Botschafter des Himmels verehrt wurde

Titularbischof, aus lat. *titulus*, »Etikett, Ansehen«, und grch. *epískopos*, »Aufseher«, Bischof ohne Bistum (der also nur den Titel *Bischof* führt)

Towarischtsch, russ. »Genosse« (auch »Kollege«, »Kamerad«, »Freund«), in der Sowjetzeit übliche Anrede für einen Mann

Tribun, zu lat. *tribus*, »Drittel (des Volkes)«, römischer Beamter zum Schutz der anfänglich drei plebejischen Geschlechterverbände vor der Willkür der Patrizier

Tuan, indon. »Herr«, in Indonesien höfliche Anrede für einen Mann (für eine Frau: *Nyonya*, »Dame«)

Tung-Chih, chin. »gleiches Denken«, im kommunistischen China die landläufige Anrede für einen »Genossen«

Ulema, zu arab. *ulamā*, Mz. von *ālim*, »Gelehrter«, ehrenvolle Bezeichnung des muslimischen Klerus, besonders der nach der Scharia urteilenden Richter

Úr, ungar. »Herr«, in Ungarn höfliche Anrede für einen Mann (weibliche Form: *Nő*), gefolgt vom Namen des (der) Angesprochenen

Vicarius Christi, »Stellvertreter Christi«, von lat. *vicarius*, »Vertreter« (zu *vicis*, »Abwechslung«, »Stelle«), lateinischer Ehrentitel des römischen Papstes

Vikar, von lat. *vicarius*, »Stellvertreter« (daraus engl. *vice*), Bezeichnung des Vertreters einer geistlichen Amtsperson (vgl. *Generalvikar*)

Vogt, aus lat. *vocatus*, zu *advocatus*, »Hinzugerufener«, »Beistand«, früherer Titel eines Verwaltungsbeamten (als *Kirchen-*, *Gerichts-*, *Land-* oder *Burgvogt*)

Wesir, aus arab. *wazīr*, »Träger«, »Helfer«, früherer Titel eines Ministers in arabischen Staaten sowie des höchsten Würdenträgers des türkischen Sultans

Yogi, zu skr. *yogin*, »Yoga treibend« (zu *yugā*, »Joch«), Titel eines brahmanischen Büßers, der sich durch *Yoga*-Übungen von seiner Körperlichkeit befreien möchte

Your Honour, engl. »Euer Gnaden«, in Großbritannien korrekte Anrede für einen Richter → *Euer Ehren* und *Euer Gnaden*

Zar, aus lat. *Caesar* (zu lat. *caesaries*, »Haarmähne«, vgl. dt. *Kaiser*), ehemaliger Herrschertitel in Russland, Serbien und Bulgarien (*Zarewitsch*, »Zarensohn«)

Zensor, zu lat. *censere*, »amtlich schätzen«, Titel der beiden römischen Beamten, die alle fünf Jahre eine Steuerschätzung der Bürger durchzuführen hatten

Zot-i, alban. »Herr«, in Albanien höfliche Anrede für eine männliche Person (Anrede für eine Frau: *Zonjë*)

Abkürzungen

adän.	altdänisch
aengl.	altenglisch
afläm.	altflämisch
afries	altfriesisch
afrz.	altfranzösisch
ageorg.	altgeorgisch
agrch.	altgriechisch
ags.	angelsächsisch
ägypt.	ägyptisch
ahd.	althochdeutsch
aind.	altindisch
air.	altirisch
aisl.	altisländisch
aital.	altitalienisch
akk.	akkadisch
alb.	albanisch
alem.	alemannisch
andl.	altniederländisch
anord.	altnordisch
anorw.	altnorwegisch
apers.	altpersisch
apolab.	altpolabisch
apoln.	altpolnisch
arab.	arabisch
aram.	aramäisch
aruss.	altrussisch
asächs.	altsächsisch
aschw.	altschwedisch
aslaw.	altslawisch
ass.	assyrisch
äthiop.	äthiopisch
atsch.	alttschechisch
att.	attisch
atürk.	alttürkisch
awal.	altwalisisch
awall.	altwallonisch
awest.	awestisch
azt.	aztekisch (Nahuatl)
bab.	babylonisch
bair.	bairisch
bask.	baskisch
bologn.	bolognesisch
bret.	bretonisch
bulg.	bulgarisch
dt.	deutsch
dor.	dorisch
eigtl.	eigentlich
emil.	emilianisch
engad.	engadinisch
engl.	englisch
etrusk.	etruskisch
finn.	finnisch
fränk.	fränkisch
friaul.	friaulisch
fries.	friesisch
frz.	französisch
gäl.	gälisch, schottisch
galic.	galicisch
gall.	gallisch
germ.	germanisch
graub.	graubündnerisch
grch.	griechisch
guin.	guineisch
haw.	hawaiisch
hebr.	hebräisch
hind.	hinduistisch
hug.	hugenottisch
idg.	indogermanisch
isl.	isländisch
ital.	italienisch
jap.	japanisch
kant.	kantabrisch
kanton.	kantonesisch
kaschm.	kaschmirisch
katal.	katalanische
kelt.	keltisch
ketsch.	ketschua
kik.	kikuyu
klat.	kirchenlateinisch
kong.	kongolesisch
korn.	kornisch
kors.	korsisch
kroat.	kroatisch
kslaw.	kirchenslawisch

lang.	langobardisch
lomb.	lombardisch
lyk.	lykisch
malai.	malaiisch
maltl.	mittelalterlich
mdl.	mundartlich
mengl.	mittelenglisch
mhd.	mittelhochdeutsch
mlat.	mittellateinisch
mnd.	mittelniederdeutsch
mndl.	mittelniederländisch
mong.	mongolisch
mpers.	mittelpersisch
Mz.	Mehrzahl
nd.	niederdeutsch
ndl.	niederländisch
nepal.	nepalesisch
ngrch.	neugriechisch
norm.	normannisch
norw.	norwegisch
npers.	neupersisch
nsorb.	niedersorbisch
nw.	nordwestlich
okzit.	okzitanisch
osächs.	obersächsisch
oski.	oskisch
osm.	osmanisch
osorb.	obersorbisch
österr.	österreichisch
parm.	parmaisch
phön.	phönizisch
piem.	piemontesisch
pik.	pikardisch
pont.	pontisch
port.	portugiesisch
prov.	provenzalisch
pun.	punisch (karthagisch)
röm.	römisch
rum.	rumänisch
russ.	russisch
ruth.	ruthenisch
s. u.	siehe unten
sab.	sabinisch
schwed.	schwedisch

seneg.	senegalesisch
serbokr.	serbokroatisch
sfrz.	südfranzösisch
sital.	süditalienisch
skr.	sanskrit
slowak.	slowakisch
sorb.	sorbisch
span.	spanisch
splat.	spätlateinisch
sslaw.	südslawisch
südd.	süddeutsch
sum.	sumerisch
svan.	svanisch (georgisch)
suah.	swahili
tat.	tatarisch
tess.	tessinisch
tibet.	tibetisch
tosk.	toskanisch
tsch.	tschechisch
turkm.	turkmenisch
u. a.	und andere/unter anderem
ukr.	ukrainisch
ung.	ungarisch
urslaw.	urslawisch
urvw.	urverwandt
venez.	venezianisch
vgl.	vergleiche
vietn.	vietnamesisch
vlat.	vulgärlateinisch
voridg.	vorindogermanisch
wal.	walisisch
weibl., wbl.	weiblich
wfries.	westfriesisch
wgerm.	westgermanisch
wgot.	westgotisch
wtürk.	westtürkisch
xhos.	Xhosa-Sprache
→	verweist auf einen verwandten Namen oder einen sachlichen Zusammenhang

Literaturverzeichnis

Bahlow, Hans, Deutsches Namenlexikon, 15000 Familien- und Vornamen (neu bearbeitete Ausgabe), Bayreuth 1980

Bartel, Manfred, Lexikon der Pseudonyme (neu bearbeitet), München 1989

Bauch, Albert C., A History of the English Language, 2. Auflage, London 1959

Baumann, Britta (u.a., Hrsg.), Wörterbuch Italienisch-Deutsch/Deutsch-Italienisch, Gütersloh 1993

Beaumont, Oliver de, Majestueuse Égypte, dt. Ägypten (übersetzt von *K.-J. Hoffmann*), Paris und Erlangen 1994

Bellinger, Gerhard J., Knaurs Lexikon der Mythologie, 3. Auflage, Augsburg 2003

Beneš, Josef/Plachý, A., (Wörterbuch) Německo – Český/Česko – Německý (Kapesní-Slovník), Praha 1966

Bertram, Mathias, Geschichte der Philosophie, Darstellungen, Lexika, Handbücher (1 CD), Digitale Bibliothek, Berlin 2004

Biedermann, Hans, Knaurs Lexikon der Symbole, Lizenzausgabe, Augsburg 2000

Brandt, M. (Red.) *u.a.,* Malerei, Lexikon von A bis Z, Zug (CH) 1986

Brockhaus Enzyklopädie, 20 Bände, 17. völlig neu bearbeitete Auflage des Großen Brockhaus, Wiesbaden 1966-1974

Buchanan, Dougal, Gaelic-English, English-Gaelic Dictionary, 2. Paperback-Auflage, New Lanark, Scotland 2002

Bührer, Emil u.a., Die Große Mauer, Geschichte, Kultur- und Sozialgeschichte Chinas, 2. Auflage, Frankfurt am Main 1987

Butinyà i Jiménez, Júlia Butinyà y Jiménez (Hrsg.), Diccionari Barcanova de la Llengua Bàsic (Katalanisch), Barcelona 1988

Cayrou, Gaston, Dictionnaire du français classique – La langue du XVIIe siècle, 2. Auflage, Paris 1924

Charpentier, Louis, Das Geheimnis der Basken, nach der Pariser Originalausgabe 1975, übersetzt von Grit Kuntze, Lizenzausgabe, Olten 1986

Coghlan, Ronan, Irish First Names (Appletree Guides), Belfast 1985

Collins Cobuild, John M. Sinclair (Hrsg.), English Language Dictionary, 5. Auflage, London 1992

Comrie, Bernard (Hrsg.) *u.a.,* Bildatlas der Sprachen, aus dem Englischen von I. Bahr und G. Frank, deutsche Erstausgabe, Augsburg 1998

Cotterell, Arthur, Die Enzyklopädie der Mythologie – Klassisch, Keltisch, Nordisch, Lizenzausgabe, Reichelsheim 1999

Dahlke, Paul (Übers.), Buddha, Auswahl aus dem Palikanon, Lizenzausgabe, Köln 2000

Denzler Georg/Andresen Carl, Wörterbuch Kirchengeschichte, Lizenzausgabe, Wiesbaden 2004

Description de l'Égypte, Publiée par les ordres de Napoléon Bonaparte, Édition Complète, vollständiger Nachdruck der Pariser Originalausgabe von 1809, übersetzt von *Bettina Blumenberg*, Köln 1994

Die Bibel, Die Heilige Schrift des Alten und Neuen Testamentes, übersetzt und herausgegeben von *V. Hamp, M. Stenzel* und *J. Kürzinger*, 2. Auflage, Aschaffenburg 1957

Die Luther-Bibel, Originalausgabe 1545 und revidierte Fassung 1912 (1 CD), Digitale Bibliothek, Berlin 2003

Dieterich, U. Waldemar, Das Runen-Wörterbuch, unveränderte Neuauflage nach der Ausgabe Stockholm 1844, Wiesbaden 2004

Döbler, Hannsferdinand, Die Germanen – Legende und Wirklichkeit (2 Bde.), 2. Auflage, Gütersloh 1979

Dorminger, Georg, Wörterbuch Latein-Deutsch, Ein Schulwörterbuch, Sonderausgabe, Limburg/Lahn 1992

Dubois, Jean/Mitterand, Henri/Dauzat, Albert, Larousse – Grand Dictionnaire, Étymologique du français, 2. Auflage, Paris 2005

Duden, Band 1, Die deutsche Rechtschreibung, 22. völlig neu bearbeitete und erweiterte Auflage, Mannheim 2000

Duden, Band 2, Das Stilwörterbuch, 8. völlig neu bearbeitete und erweiterte Auflage, Mannheim 2001

Duden, Band 6, Das Aussprachewörterbuch, 2. völlig neu bearbeitete und erweiterte Auflage, Mannheim 1972

Duden, Band 7, Das Herkunftswörterbuch, 3. völlig neu bearbeitete und erweiterte Auflage, Mannheim 2001

Duden, Band 9, Richtiges und gutes Deutsch, 5. neu bearbeitete Auflage, Mannheim 2001

Duden, Band 11, Redewendungen und sprichwörtliche Redensarten, bearbeitet von *G. Drosdowski* u.a., Mannheim 1992

Duden, Band 12, Zitate und Aussprüche, bearbeitet von *Werner Scholze-Stubenrecht* u.a., Mannheim 1993

Duden, Das große Fremdwörterbuch, bearbeitet von *Dieter Baer* u.a., 2. erweiterte Auflage, Mannheim 2000

Duden, Das Wörterbuch medizinischer Fachausdrücke, Bearbeitung *V. Kaeppel* und *J. Weiß*, 6. vollständig überarbeitete und erweiterte Auflage, Mannheim 1998

Duden, Familiennamen, Herkunft und Bedeutung, Bearbeitung *Rosa* und *Volker Kohlheim*, 2. Auflage, Mannheim 2005

Duden, Jiddisches Wörterbuch, Bearbeitung *Ronald Lötzsch*, 2. durchgesehene Auflage, Mannheim 1992

Duden, Oxford, Standardwörterbuch Englisch-Deutsch, Deutsch-Englisch, Bearbeitung *M. Clark* u.a., Mannheim 1991

Eliade, Mircea/Couliano, Ioan P., Das Handbuch der Religionen, aus dem Französischen von *Liselotte Ronte*, Düsseldorf 2004

Encyclopaedia Britannica, DeLuxe Edition 2003 (2 CDs), London 2003

Fernández-Armesto, Felipe (Hrsg.), The Times Guide To The Peoples of Europe, London 1994

Fromer, Jakob, Der Babylonische Talmud, Lizenzausgabe, Köln 2000

Fucilla, Joseph G., Our Italian Surnames, 6. Auflage, Baltimore 2003

Geschichte des Altertums, in den Darstellungen von *Johann Gustav Droysen, Theodor Mommsen, Jacob Burckhardt, Robert von Pöhlmann* und *Eduard Meyer* (1 CD), Digitale Bibliothek, Berlin 2001

Glasenapp, Helmuth von, Die fünf Weltreligionen, Sonderausgabe, München 2001

Golther Wolfgang, Germanische Mythologie, Handbuch – Gesamtausgabe, Nachdruck der Rostocker Originalausgabe von 1895, Lizenzausgabe, Essen 2004

Grehan, Ida, Irish Family Names (Appletree Guides), Belfast 1985

Grimm, Jacob und Wilhelm, Deutsches Wörterbuch (Der Digitale Grimm, 2 CDs), elektronische Ausgabe der Erstbearbeitung, 1. Auflage, Frankfurt a. M. 2004

Hansen, Frank-Peter, Philosophie von Platon bis Nietzsche (1 CD), Digitale Bibliothek, Berlin 2003

Hartston, William, Das Lexikon der Zahlen, deutsche Erstausgabe, München 1999

Helfritz, Hans, Bibliothek der alten Kulturen: Amerika, Inka, Maya und Azteken, Sonderausgabe, Wien 1979

Henning, Beate, Kleines Mittelhochdeutsches Wörterbuch, Studienbuch, 2. Auflage, Tübingen 1995

Henning, Max (Übers. und Hrsg.), Der Koran, Reihe Reclam 631, Ditzingen 1991

Herder Lexikon, Griechische und römische Etymologie, 7. Auflage, Freiburg i. Br. 2003

Hermann, Ursula (Hrsg.), Knaurs etymologisches Lexikon – Herkunft und Geschichte unserer Neu- und Fremdwörter, München 1983

Hetzler, Armin, Wörterbuch Albanisch-Deutsch, Deutsch-Albanisch, 3. Auflage, Hamburg 1998

Hubmann, Franz/Pohl, Walter, Deutsche Könige, Römische Kaiser, Lizenzausgabe, Augsburg 1995

Husain, Shahrukh, Die Göttin, Das Matriarchat, Mythen und Archetypen. Übersetzung aus dem Englischen von *Martina Bauer*, Köln 2001

Hutterer, Claus Jürgen, Die Germanischen Sprachen – Ihre Geschiehte in Grundzügen, 4. Auflage, Wiesbaden 1999

Jakob, Jan, Die Großen der Geschichte, Zum Nachschlagen – Politik, Wissenschaft, Kunst und Kultur, München 1982

Jung, Kurt M., Weltgeschichte in einem Griff, neu bearbeitet und ergänzt von Peter Wiensch, Berlin 1979

Junker, Heinrich F./Alavi, Bozorg, Wörterbuch Persisch-Deutsch, 9. Auflage, Wiesbaden 2002

Karas, M./Rymut, Kazimierz (Hrsg.): L'onomastique polonaise. Aperçu general, Louvain, 1978

Karbstein, Andreas, Wörterbuch Spanisch-Deutsch/Deutsch-Spanisch, Chur (CH) 1997

Kluge, Etymologisches Wörterbuch der deutschen Sprache, 24. Auflage, Berlin und New York 2002

Knauer, K. u. E., Wörterbuch Französisch-Deutsch/Deutsch-Französisch, Gütersloh 1959

Knoop, Ulrich, Wörterbuch deutscher Dialekte, Lizenzausgabe, Gütersloh 1997

Köbler, Gerhard, Taschenwörterbuch des althochdeutschen Sprachschatzes, 4. Auflage, Paderborn 1993

Kuzela, Zeno/Rudnyćkyj, Jaroslav B., Ukrainisch-Deutsches Wörterbuch, 3. Auflage, Wiesbaden 1987

Ladstätter/Linhart, Bibliothek der alten Kulturen: China und Japan, Die Kulturen Ostasiens, Sonderausgabe, Wien 1983

Langenscheidt, Großes Schul-WB Französisch-Deutsch, *M. Bleher* u.a., 1. Auflage, Berlin, München 2001

Langenscheidt, Großes Schul-WB Lateinisch-Deutsch, 1. Auflage, Berlin, München 2001

Langenscheidt, Hand-WB Italienisch-Deutsch, Deutsch-Italienisch, *A. Reininger* (Hrsg.), 4. Auflage, Berlin, München 2003

Langenscheidt, Hand-WB Spanisch-Deutsch, Deutsch-Spanisch, *H. Müller/G. Haensch*, 2. Auflage, Berlin, München 2003

Langenscheidt, Hand-WB Deutsch-Sanskrit, *Klaus Mylius*, 7. Auflage, Berlin, München 2001

Langenscheidt, Hand-WB Sanskrit-Deutsch, *Klaus Mylius*, 7. Auflage, Berlin, München 2001

Langenscheidt, Taschen-WB Altgriechisch-Deutsch, Deutsch-Altgriechisch, neu bearbeitet von *K.-H. Schäfer*, 6. Auflage, Berlin, München 1996

Langenscheidt, Taschen-WB Arabisch-Deutsch, Deutsch-Arabisch, *L. Kropfitsch/G. Krotkoff*, 1. Auflage, Berlin, München 1998

Langenscheidt, Taschen-WB Englisch-Deutsch, Deutsch-Englisch, neu bearbeitet von H. Willmann, 3. Auflage, Berlin, München 1990

Langenscheidt, Taschen-WB Hebräisch-Deutsch, Deutsch-Hebräisch, *Jaacov Lavi*, 6. Auflage, Berlin, München 1999

Langenscheidt, Taschen-WB Niederländisch-Deutsch, Deutsch-Niederländisch, Bearbeitung *F. Beermans*, 7. Auflage, Berlin, München 2004

Langenscheidt, Taschen-WB Polnisch-Deutsch, Deutsch-Polnisch, *S. Walewski*, 1. Auflage, Berlin, München 2002

Langenscheidt, Taschen-WB Russisch-Deutsch, Deutsch-Russisch, *S. Walewski/E. Wedel*, 1. Auflage, Berlin, München 2003

Langenscheidt, Taschen-WB Türkisch-Deutsch, Deutsch-Türkisch, neu bearbeitet von *T. Turan*, 1. Auflage, Berlin, München 2001

Langenscheidt, Wörterbuch Bulgarisch-Deutsch, Deutsch-Bulgarisch, neu bearbeitet von *D. Slivkova*, 6. Auflage, Berlin, München 2002

Langenscheidt, Wörterbuch Chinesisch-Deutsch, Deutsch-Chinesisch, Bearbeitung *Pu-Wang-Schütze*, 1. Auflage, Berlin, München 2000

Langenscheidt, Wörterbuch Dänisch-Deutsch, Deutsch-Dänisch, Bearbeitung *I. Mathews*, 5. Auflage, Berlin, München 1999

Langenscheidt, Wörterbuch Finnisch-Deutsch, Deutsch-Finnisch, Bearbeitung *N. Kopra*, 3. Auflage, Berlin, München 2001

Langenscheidt, Wörterbuch Indonesisch-Deutsch, Deutsch-Indonesisch, *Sri S. Adiwimarta*, 1. Auflage, Berlin, München 1997

Langenscheidt, Wörterbuch Isländisch-Deutsch, Deutsch-Isländisch, Bearbeitung *R. Duppler*, 6. Auflage, Berlin, München 2001

Langenscheidt, Wörterbuch Japanisch-Deutsch, Deutsch-Japanisch, Bearbeitung *W. Lemm*, 10. Auflage, Berlin, München 1997

Langenscheidt, Wörterbuch Katalanisch-Deutsch, Deutsch-Katalanisch, Neuentwicklung, 1. Auflage, Berlin, München 2000

Langenscheidt, Wörterbuch Kroatisch-Deutsch, Deutsch-Kroatisch, völlig neu bearbeitet von *R. Hammel*, 1. Auflage, Berlin, München 2002

Langenscheidt, Wörterbuch Neugriechisch-Deutsch, Deutsch-Neugriechisch, 8. Auflage, Berlin, München 1980

Langenscheidt, Wörterbuch Norwegisch-Deutsch, Deutsch-Norwegisch, Neubearbeitung *K. Bjørnskau*, 11. Auflage, Berlin, München 1992

Langenscheidt, Wörterbuch Persisch-Deutsch, Deutsch-Persisch, Neuentwicklung *K.* und *M. Naghed*, 1. Auflage, Berlin, München 2002

Langenscheidt, Wörterbuch Portugiesisch-Deutsch, Deutsch-Portugiesisch, Neubearbeitung, 18. Auflage, Berlin, München 1972

Langenscheidt, Wörterbuch Rumänisch-Deutsch, Deutsch-Rumänisch, Neubearbeitung *E. E. Lange-Kowal*, 21. Auflage, Berlin, München 1993

Langenscheidt, Wörterbuch Schwedisch-Deutsch, Deutsch-Schwedisch, Neubearbeitung *E. Engbrant-Heider*, Berlin, 5. Auflage, München 1997

Langenscheidt, Wörterbuch Serbokroatisch-Deutsch, Deutsch-Serbokroatisch, Neubearbeitung *R. Lauer*, 6. Auflage, Berlin, München 1980

Langenscheidt, Wörterbuch Slowakisch-Deutsch, Deutsch-Slowakisch, Bearbeitung *Tino Berko*, 9. Auflage, Berlin, München 1992

Langenscheidt, Wörterbuch Slowenisch-Deutsch, Deutsch-Slowenisch, Neubearbeitung *H. Perné*, 4. Auflage, Berlin, München 2001

Langenscheidt, Wörterbuch Tschechisch-Deutsch, Deutsch-Tschechisch, Neubearbeitung *H. Henschel*, Berlin, München 2001

Langenscheidt, Wörterbuch Ungarisch-Deutsch, Deutsch-Ungarisch, Bearbeitung *M. Maczky-Váry*, 5. Auflage, Berlin, München 1998

Legouis, E./Cazamian, L., A History of English Literature, 16th Revised Edition, London 1961

Lützeler, Heinrich, Weltgeschichte der Kunst. Die große Bertelsmann Lexikon-Bibliothek (Bd. 6), 1. Auflage, Gütersloh 1959

Lyttelton, Margaret/Forman, Werner, Die Römer – Ihre Götter und ihr Glaube, Luzern und Herrsching 1986

Markale, Jean, Die Druiden, Gesellschaft und Götter der Kelten, aus dem Französischen von B. Bludau und W. Grommes, Lizenzausgabe, Augsburg 1996

Meyer-Lübke, W., Romanisches Etymologisches Wörterbuch, 6. unveränderte Auflage, Heidelberg 1992

Naab, Friedrich (Hrsg.), Die großen Rätsel und Mythen der Menschheit, Augsburg 1996

Nack/Wägner, Bibliothek der alten Kulturen: Hellas, Land und Volk der alten Griechen, Sonderausgabe, Wien 1975

Nack/Wägner, Bibliothek der alten Kulturen: Rom, Land und Volk der alten Römer, Sonderausgabe, Wien 1976

Nack, Emil, Bibliothek der alten Kulturen: Ägypten und der Vordere Orient im Altertum, Sonderausgabe, Wien 1977

Nack, Emil, Bibliothek der alten Kulturen: Germanien, Länder und Völker der Germanen, Sonderausgabe, Wien 1977

Nedden, Otto C. A. zur/Ruppel, Karl H., Reclams Schauspielführer, 5. Auflage, Stuttgart 1958

Noelle, Hermann, Die Kelten, Lizenzausgabe der in Pfaffenhofen erschienenen Ausgabe von 1974, Bergisch Gladbach 1977

Ó Cróinín, Breandán (Hrsg.), Oxford Dictionary Irish-English, English-Irish, 1. Auflage, Oxford 1999

Onions, C.T. (Hrsg.), Oxford Dictionary of English Etymology, 3. Auflage, Oxford 1979

Osman, Nabil (Hrsg.), Kleines Lexikon deutscher Wörter arabischer Herkunft, 6. Auflage, München 2002

Pennington, Piers, Die großen Entdecker. Deutsch von Peter Tautfest, Klagenfurt 1980

Pfeifer, Wolfgang, Etymologisches Wörterbuch des Deutschen, 4. Auflage der Taschenbuchausgabe, München 1999

Pisu, Renata/Shih, Chia-fu, China, Treffpunkt dreier Religionen, übersetzt von Christina Callori-Gehlsen, Freiburg i. Br. 1983

Pongs, Hermann, Das kleine Lexikon der Weltliteratur, 3. erweiterte Auflage, Stuttgart 1958

Pörtner, Rudolf, Die Wikinger-Saga, Lizenzausgabe, Düsseldorf 1985

Raanan, Mordecai (Hrsg.), Die heiligen Stätten, Auf den Spuren Jesu, Jerusalem, Tel Aviv, Haifa 1970

Ranke-Graves, Robert von, Griechische Mythologie – Quellen und Deutung. Aus dem Englischen von Hugo Seinfeld, 13. Auflage, Reinbek bei Hamburg 2000

Reaney, P.H., A Dictionary of English Surnames, 3rd Revised Edition, Sheffield 1997

Reinoß, Herbert, Zeugen unserer Vergangenheit erzählen die deutsche Geschichte, Gütersloh (o. Jahr)

Reiser, Rudolf, Götter und Kaiser, Antike Vorbilder Jesu, München 1995

Rieple, Max, Geheimnisvolle Bretagne, 6. Auflage, Bern und Stuttgart 1977

Room, Adrian, Dictionary of Names, People and Places and Things, 4th Edition, Oxford 1997

Room, Adrian, Dictionary of Place Names in the British Isles, Paperback Edition, London 1993

Rymut, Kazimierz, Słownika nazwisk współcześnie w Polsce używanych, Krakau 1992-94

Schaeffner, Claude (Hrsg.), Édition Rencontre, Weltgeschichte in Bildern (24 Bde.), Lausanne (Schweiz) 1968

Schließler, Martin, Auf verwehten Spuren – Amerika wird entdeckt, Frankfurt am Main 1984

Schmold, Hans, Kleines Lexikon der biblischen Eigennamen, Lizenzausgabe, Stuttgart 1990

Schreiber, Hermann, Auf den Spuren der Goten, Reinbek bei Hamburg 1979

Schreiber, Hermann, Die Vandalen, Siegeszug und Untergang eines germanischen Volkes, Lizenzausgabe, Bindlach 1993

Schulze, Hagen, Kleine Deutsche Geschichte, Sonderauflage für die Bundeszentrale und die Landeszentralen für politische Bildung, München 1996

Schwab, Gustav, Die schönsten Sagen des klassischen Altertums, ausgewählt und bearbeitet von H. Fr. Blunck, Bindlach 1997

Schwanitz, Dietrich, Die Geschichte Europas, Vollständige Taschenbuchausgabe, München 2003

Shakespeare, William, The Complete Works (Hrsg. *Peter Alexander*), 7. Auflage, London & Glasgow 1960

Shakespeare, William (Hrsg. *Oskar Rühle*), Werke, 4 Bände, Stuttgart, Zürich und Salzburg (o. Jahr)

Siliotti, Alberto, Egitto, Ägypten, Götter, Tempel, Pyramiden, übersetzt von A. Kerschgens, Erlangen 1994

Smart, Ninian (Hrsg.), Atlas der Weltreligionen. Übersetzung aus dem Englischen von C. Rochow und H. Ross, Köln 2000

Stemberger, Günter (Hrsg.), 2000 Jahre Christentum, Illustrierte Kirchengeschichte, Herrsching 1983

Stoll, Heinrich Wilhelm, Handbuch der Religion und Mythologie der Griechen und Römer, unveränderter Nachdruck der 3. Leipziger Auflage von 1896, Wiesbaden 2003

Storm, Rachel, Die Enzyklopädie der östlichen Mythologien, Lizenzausgabe, Reichelsheim 2000

Stubhann, Matthias (Hrsg.), Die Bibel von A – Z, Das aktuelle Lexikon zur Bibel, Erlangen 1985

Tacitus, Germania, übersetzt und erläutert von *Manfred Fuhrmann,* Reclams Universal-Bibliothek Nr. 726, Stuttgart 1971

The American Heritage Dictionary of the English Language, 3rd Edition, Boston 1992

Trapp, Wolfgang, Kleines Handbuch der Maße, Zahlen, Gewichte und der Zeitrechnung, Lizenzausgabe, Stuttgart 1998

Vitebsky, Piers, Schamanismus, Reisen der Seele, Magische Kräfte, Ekstase und Heilung. Übersetzung aus dem Englischen von *Markus Goeke,* Köln 2001

Wahrig, Gerhard, Deutsches Wörterbuch, Völlig überarbeitete Neuausgabe, München 1986

Walter, Henriette (Hrsg.), Dictionnaire Hachette, Édition 2003, Paris

Wasserzieher, Ernst, Woher? – Ableitendes Wörterbuch der deutschen Sprache, 18. durchgesehene Auflage von *Werner Betz,* Bonn 1974

Webster's New Encyclopedic Dictionary, Revised Edition, Sonderausgabe, Köln 1993

Weekley, Ernest, Words and Names, 2. Auflage, London 1933

Weidinger, Erich, Die Apokryphen – Verborgene Bücher der Bibel, Augsburg 1985

Weitershaus, F. W., Das neue Vornamenbuch, Lizenzausgabe, München 1978

Wendt, Herbert, Es begann in Babel, Die Entdeckung der Völker, Reinbek bei Hamburg 1970

Wenzel, Gabriele, Hieroglyphen, Schreiben und lesen wie die Pharaonen, München 2001

Wenzel, Walter, Lausitzer Familiennamen slawischen Ursprungs, Bautzen 1999

Westermann, G. von/Schumann, K., Knaurs Opernführer, 6. Auflage, München 1977

Wietersheim, Eduard von (Hrsg. *Felix Dahn*), Geschichte der Völkerwanderung, Königsberg 1880

Wildhagen, Karl, Wörterbuch Deutsch-Englisch, 2. Auflage, Wiesbaden 1972

Wildhagen, Karl, Wörterbuch Englisch-Deutsch, 11. Auflage, Wiesbaden 1962

Wilkinson, Ph./Philip, Neil, Mythen und Sagen in der Bildwelt der Völker und Kulturen, Übersetzung aus dem Englischen von Heidi Wetzel u.a., dt. Ausgabe Stuttgart 1999

Wimmer, Otto/Melzer, Hartmann, Lexikon der Namen und Heiligen. Bearbeitung von *Josef Gelmi,* Lizenzausgabe, Hamburg 2002

Wolff, Friedrich/Wittstock, Otto, Latein und Griechisch im deutschen Wortschatz, Lizenzausgabe der 6. bearbeiteten Auflage, Wiesbaden 1999

Wolffsohn M./Brechenmacher, Th., Die Deutschen und ihre Vornamen, München und Zürich 1999

Wyatt, Alfred J., The Threshold of Anglo-Saxon, 5th Edition, Cambridge 1950

Zacker, Christina, Von Adakadabra bis Zodiakus – Lexikon des Aberglaubens und der magischen Künste, Niedernhausen 2000

Zentner, Christian, Der große Bildatlas der Weltgeschichte, Stuttgart 1982

Von großer Hilfe waren auch die folgenden Internet-Websites:

http://amor.rz.hu-berlin.de → Ethnische Gruppen, Nationalitäten und Sprachgemeinschaften in Europa
http://de.wikipedia.org → freie Enzyklopädie → Biographien
http://encyclopedia.thefreedictionary.com → List of pseudonyms
http://genealogy.about.com/library/surnames → Last name meaning
http://genealogy.euweb.cz → Europäische Herrscherhäuser
http://jeantosti.com/noms → Noms de famille (französische Namen u.a.)
http://research.yale.edu/swahili → Swahili names
http://shop.store.yahoo.com → Celtic Cross Stich – Last name meaning
http://www.2000-names.com → 20,000 names from around the world
http://www.ancientlibrary.com → Dictionary of Greek and Roman Antiquities
http://www.areion.de → Biographien (Personen von A bis Z)
http://www.behindthename.com → Ancient names, western European, eastern European, worldwide
http://www.buber.net → Basque surnames
http://www.earthsphere.com → Your name and the history behind it
http://www.etymologie → Etymologie Portal
http://www.etymonline.com → Online etymology dictionary
http://www.freepages.genealogy.rootsweb.com → Dictionary of Flemish names
http://www.genpol.com → Genealogia Polska
http://www.geocities.com → Lithuanian surnames
http://www.indo-european.nl → Griechisches etymologisches Wörterbuch (Frisk)
http://www.italyworldclub.com/genealogy/surnames → Etymology and origin of Italian surnames
http://www.jewishgen.org/infofiles/GivenNames → Jewish given names
http://www.last-names.net → Last name meanings of Irish, German, English, French, Italian & Jewish descent.
http://www.namesite.com → African names and meanings
http://www.pcs.ca/pages/ulucz/families → Ukrainische Namen
http://www.polishroots.org/surnames → PolishRoots – Surnames: origins & meanings
http://www.rabbel.info → Dutch and Frisian names
http://www.rulers.org → Herrscher
http://www.sungaya.de/schwarz/griechen → Das Schwarze Netz: Griechische Mythologie
http://www.swagga.com/mname → African names
http://www.vaybee.de → Türkische Namen
http://www.vikinganswerlady.com → Altnordische Namen
http://www.yutopian.com/names → Origin of Chinese family names